Hendrik Winter

Die Antwort auf vielleicht

Roman

lübbe

MIX
Papier aus verantwortungsvollen Quellen
FSC® C014496

Dieser Titel ist auch als E-Book erschienen

Originalausgabe

Dieses Werk wurde vermittelt durch die Literarische Agentur
Thomas Schlück GmbH, 30161 Hannover

Lektorat: Daniela Jarzynka
Titelillustration: © alenaganzhela/shutterstock;
pixelliebe/shutterstock; TRONIN ANDREI/shutterstock
Umschlaggestaltung: Sandra Taufer, München
Satz: hanseatenSatz-bremen, Bremen
Gesetzt aus der Adobe Garamond Pro
Druck und Verarbeitung: GGP Media GmbH, Pößneck
Printed in Germany
ISBN 978-3-404-17765-3

4 5

Sie finden uns im Internet unter
www.luebbe.de
Bitte beachten Sie auch: www.lesejury.de

Für Steffi,
um einen lang ersehnten Wunsch zu erfüllen.

Tag X

Die Planungen und Vorbereitungen waren erledigt, die geheimen, geradezu konspirativen Treffen vorbei, die Koffer gepackt, die Lügen gelogen, es gab keine Hindernisse mehr. Doch alles, was sich in der Theorie so bestechend logisch angehört hatte, machte mir plötzlich Angst. Natürlich hatte es Stimmen gegeben, die Bedenken geäußert hatten, am Ende waren sie jedoch alle überzeugt oder zumindest beruhigt gewesen. Nun schien es, als sei ausgerechnet mir diese Überzeugung abhandengekommen, als hätte ich zu viel davon fortgegeben.

Es konnte einiges schiefgehen.

Es konnte in einer Katastrophe enden.

In diesem Fall würde alle Schuld mich treffen, jeder Vorwurf wäre berechtigt.

Mit derselben Angst, wie ich sie seit Wochen spürte, betrachtete ich die Klingeln. Nichts daran war besonders. Die übliche rechteckige Form mit einem Feld für den Namen und einem Taster, dem man ansah, wie häufig er benutzt worden war. Analog zur Anzahl der Wohnungen dieses langweiligen Mietshauses gab es sechs Klingeln, zwei Reihen mit je drei Stück untereinander. Die, die mein Leben anhaltend verändert hatte und wegen der ich heute meinen Job aufs Spiel setzte, befand sich in der rechten Reihe oben. Mit leicht geschwungener Schrift war der Name per Hand auf ein unsauber ausgeschnittenes Stück Papier geschrieben worden.

Bischoff

Ich hatte tatsächlich Angst vor diesem Klingelknopf. Angst davor, ihn zu betätigen. Seit sechs Wochen stand ich beinahe jeden Morgen um Viertel nach acht hier, und meine Hand zitterte, sobald ich sie ausstreckte. Aber die Qual begann schon lange vorher. Sie begann mit dem Läuten des Weckers auf meinem Nachtschrank. Ich bin einer dieser Menschen, die sofort hellwach sind. Wecker klingelt, Augen auf, hallo, hier bin ich! An schönen Tagen ist das toll, aber in den letzten Wochen war natürlich sofort die Besorgnis miterwacht, und ich hatte feststellen müssen, dass es einem ganz ordentlich den Tag vermiesen kann, wenn der erste Gedanke angsterfüllt ist.

Ich atmete tief durch und drückte auf den Knopf. Die Klingel selbst konnte ich nicht hören, da die Wohnung im zweiten Obergeschoss lag; die darauffolgende Wartezeit dehnte sich schier endlos aus. Die Geräusche der Straße hinter mir nahm ich kaum noch wahr. Dafür umso deutlicher das Läuten des Diensthandys in der Freisprecheinrichtung des Wagens.

Ich zuckte zusammen. Warum rief die Zentrale mich ausgerechnet jetzt an? Waren unsere Vorbereitungen doch nicht unbemerkt geblieben? Hatte von der Handvoll Eingeweihter jemand getratscht?

Noch war der Wagen nicht geklaut, in wenigen Minuten aber würde er es sein. Zum allerersten Mal in meinem Leben beging ich eine Straftat, wurde zum Dieb, stahl ein Auto und wusste nicht, wie ich dem Besitzer jemals wieder unter die Augen treten sollte, wenn das herauskam.

Noch ein paar Minuten.

Die letzte Chance, doch noch einen Rückzieher zu machen.

Ich schämte mich für den Gedanken, konnte ihn aber nicht verhindern.

Plötzlich knackte es im Lautsprecher der Gegensprechanlage, so wie immer, wenn oben jemand den Hörer abnahm, und der Moment der Unsicherheit war vorüber.

»Wir kommen!«

Sofort löste sich mein Magen aus der Umklammerung der

Angst, mein Herz nahm seinen normalen Rhythmus auf, und ich fühlte mich von einer Sekunde auf die andere besser.

Offenbar ging es ihr gut. Selbst an der durch die Sprechanlage verzerrten Stimme erkannte ich mittlerweile die feinen Nuancen, die mir Auskunft über ihren Zustand gaben. Schmerz oder Unsicherheit hätte ich sofort herausgehört, doch da war nichts als Vorfreude.

Sie war bereit für das Abenteuer.

Sechs Wochen zuvor

Zwei Glatzen

Zwei schöne runde und glatte, im Morgenlicht wie poliert schimmernde Glatzen.

Zu der einen gehörte ein schmales Gesicht mit allerhand Metall darin. Ein silberner Ring in der Nasenscheidewand, in jedem Nasenflügel ein Piercing, auch in den Brauen, die Ohrläppchen überfrachtet mit Ringen unterschiedlicher Größe. Ich schätzte das Alter des Mädchens auf höchstens achtundzwanzig, wenngleich das echt schwierig war. Leute mit Glatze wirkten jünger, fand ich. Sie war klein, vielleicht eins sechzig, sehr schlank und komplett in Schwarz gekleidet. Schwarze Leggins, so eng anliegend wie eine zweite Haut, ein schwarzes Langarmshirt, die Ärmel bis in die Ellenbogen hochgeschoben. Dazu schwarze Springerstiefel, die an diesen dünnen Beinen zu schwer und zu groß wirkten. In der Taille schnürte ein mit Nieten besetzter Gürtel das Shirt, an den Handgelenken fanden sich passende Armbänder dazu. Die Tattoos an den Unterarmen rankten sich um ein einziges Grundmotiv: den Totenkopf.

Aus leicht schlafmützigen braunen Augen sah mich das Mädchen abschätzig an und kaute dabei auf einem Kaugummi herum. Sie trug einen Jutebeutel mit dem stilisierten Aufdruck eines Orcas auf der Vorderseite, oben schaute ein Handtuch heraus.

Unter meinen Kollegen hatte sich der Ausdruck »Handtuchfraktion« breitgemacht, weil alle eines dabeihatten. Es war bei der Behandlung verpflichtend vorgeschrieben, aber niemand trug es einfach so unter dem Arm, wie man es am Strand oder auf dem Weg in die Sauna tat, nein, sie versteckten es in Tüten, Taschen oder Beuteln. Vielleicht dachten sie, es verriete zu viel. Dabei wussten doch nur Eingeweihte wie ich, was diese Handtücher zu bedeuten hatten.

»Hey, ich bin Vero«, begrüßte sie mich.

»Adam Wondraschek«, stellte ich mich vor und schüttelte ihre Hand.

Obwohl sie so klein war, hatte sie einen kräftigen Händedruck.

»Ditt iss meene Freundin Jessi.«

Veros Berliner Akzent war nicht zu überhören.

Jessi trug eine olivfarbene Cargohose mit unzähligen kleinen und großen Taschen daran, dazu eine blaue Kapuzenjacke mit weißen Bändchen, beides eine bis zwei Nummern zu groß. Sie maß ungefähr eins fünfundsiebzig, hielt die Schultern gerade und machte einen fitten Eindruck. Ihr Gesicht war vollkommen anders als das ihrer Freundin. Zum einen fehlte das Metall, zum anderen war es ein klassisches Modelgesicht mit perfekten Proportionen und makellosen Zähnen. Die nicht vorhandene Frisur hob ihre femininen Züge nur noch mehr hervor. Ihre moosgrünen Augen waren groß und rund und verunsicherten mich.

»Hi.«

Ihr Händedruck war sanfter und weiblicher als Veros. Sie lächelte mich an dabei.

»Na dann, darf ich bitten!«

Ich öffnete die hintere rechte Tür und machte eine einladende Handbewegung. Totenkopf-Vero warf ihre Orca-Handtuchtasche in den Fond und krabbelte dann selbst hinein. Jessi folgte ihr. Bevor ich die Tür zuschlagen konnte, tuschelten die beiden miteinander und lachten.

Über mich?

Mit dem üblichen leichten Unwohlsein ließ ich mich in den Fahrersitz fallen und startete den Motor. Die allererste Fahrt war jedes Mal ein bisschen speziell. Man kannte sich nicht, musste sich erst abtasten und herausfinden, mit wem man es zu tun hatte. Erste Fahrten mochte ich nicht besonders. Im Small Talk war ich nie gut gewesen, es lag mir nicht, im Anbetracht der Umstände übers Wetter oder den Verkehr zu reden. Erst recht nicht, wenn ich eine Kundin im Wagen hatte, die noch nicht im Rentenalter war – und heute waren es gleich zwei davon!

Nur eine von beiden war die Patientin, aber ich wusste nicht, ob Jessi oder Vero. Warum hatten beide eine Glatze? Warum fuhren sie überhaupt gemeinsam zu diesem Termin? In meinem Fahrplan für heute stand nur ein Name. Bischoff. Dazu die Adresse und die Uhrzeit, aber kein Vorname.

Ich warf einen kurzen Blick in den Rückspiegel, dann wusste ich Bescheid.

Seit drei Jahren arbeitete ich bei einem kleinen Unternehmen, das sich auf den Transport von Krebs-Patienten spezialisiert hatte. Ich fuhr eine Krebskarosse. Ein sicheres und einträgliches Geschäftsmodell, da die Krankenkassen diese Fahrten bezahlten und es an Kundschaft nicht mangelte. Wie mein Chef Willi ein wenig schräg an einen bekannten Satz gelehnt sagte: »Krank geworden wird immer.«

Eigentlich handelte es sich um ein stinknormales Taxiunternehmen, der Bereich der Krankentransporte war aber immer stärker angewachsen und irgendwann ausgegliedert worden. Meine Chefin, die fünfundfünfzigjährige Silke Kahlfeld, kümmerte sich um den Taxibetrieb, während die Krankenfahrten von ihrem Mann organisiert und gelegentlich torpediert wurden. Willi hatte eigentlich ein gutes Herz (hoffte ich), war aber leider konfus, cholerisch und beratungsresistent. Alle Mitarbeiter, auch seine Frau, waren froh, wenn er sich nicht zu viel in den Tagesablauf einmischte. Sein Name im Display des Handys bedeutete immer Stress.

Wir fuhren alle möglichen Leute zur Strahlen- und Chemotherapie, zu Arztbesuchen, ins Krankenhaus, zur Apotheke – und, wenn es nötig war, auch zum Einkaufen. All-inclusive-Service bei Tag und Nacht. Eine Strahlentherapie dauerte in der

Regel sechs bis acht Wochen, je nach Tumorart. An fünf Tagen in der Woche mussten die Patienten in die Klinik für Nuklearmedizin, und es war egal, ob gerade Weihnachten, Ostern oder Silvester war. In der Klinik breiteten sie ihr Handtuch auf der Liegefläche des Bestrahlungsgerätes aus, legten sich darauf und ließen sich von einem Linearbeschleuniger zielgenau mit Photonen beschießen, die dem beschissenen Tumor den Garaus machen sollten. Medizinisch betrachtet wurden Tumorzellen dadurch zerstört und somit am Wachstum gehindert. Gesunde Zellen, die im Weg standen, mussten allerdings auch dran glauben, was als Kollateralschaden in Kauf genommen werden musste.

Wenn's gut lief, waren das entspannte Fahrten mit netten Gesprächen.

Doch oft genug lief es nicht gut.

Über sechs bis acht Wochen täglich bis zu einer Stunde mit einem Menschen in der Enge eines Autos zu verbringen schuf Nähe, ob man es wollte oder nicht. Da nützten die klugen Sprüche der Ärzte oder mancher Kollegen, man dürfe die Einzelschicksale nicht an sich heranlassen, so viel wie ein Kühlschrank in der Arktis. Gerade bei weiblichen Fahrgästen, die viel offener über ihre Erkrankung und die Lebensumstände sprachen, schaffte ich es nicht, auf Distanz zu gehen und lediglich über Kim Kardashians Hintern oder Donald Trumps Toupet zu quatschen.

»Und du fährst den lieben langen Tag Todeskandidaten durch die Gegend?«, fragte Vero, nachdem ich losgefahren war.

Ich fädelte mich in den Verkehr der Hauptstraße ein und ließ mir einen Moment Zeit mit einer Antwort. Was sie gesagt hatte, war ziemlich direkt und nicht gerade freundlich, allerdings auch nicht gänzlich falsch.

»So kann man es auch ausdrücken«, antwortete ich.

»Und wie sonst noch?«

»Dass ich den lieben langen Tag Leuten dabei helfe, gesund zu werden.«

Okay, das klang ein wenig schnippischer, als ich es gewollt hatte, aber Vero machte auf mich den Eindruck, als könne sie es vertragen. Typische Berliner Kodderschnauze mit dem Herz auf der Zunge. Mit einem schnellen Blick in den Rückspiegel überzeugte ich mich davon, dass ich richtiglag.

Sie erwiderte den Blick aus frechen, vielleicht sogar ein wenig listigen Augen. Die Schlafmützigkeit war verschwunden.

»Und? Schon mal zwei Glatzen im Wagen gehabt?«

»Nicht zusammen, nein.«

»Siehst jeschockt aus.«

»Echt? Das liegt an was anderem.«

»Mein Outfit, wa.«

»Dein Outfit ist cool. Nee, es liegt eher an der Zeit.«

»Wieso an der Zeet?«

»Ihr habt mich fast zehn Minuten warten lassen, jetzt muss ich versuchen, das irgendwie wieder aufzuholen. In der Klinik legen sie großen Wert auf Pünktlichkeit.«

Das stimmte zwar, aber die zehn Minuten waren kein Problem, da sie in der Tourenplanung mit einkalkuliert waren. Vero war eine gute Beobachterin, sie hatte mich durchschaut, aber ich wollte nicht zugeben, wie sehr die beiden mich irritierten.

»Ich leg beim Herrn Doktor ein jutes Wort für dich ein«, sagte sie nun, blies eine Kaugummiblase auf und ließ sie zerplatzen.

»Du kommst aus Berlin?«, versuchte ich das Gespräch in eine andere Richtung zu lenken.

»Hört man irgendwie, wa?«

Vero zwängte sich zwischen die beiden Vordersitze, und ich bemerkte, dass sie nicht angeschnallt war.

»Ich fände es besser, wenn du dich anschnallst.«

»Wozu?«

»Weil es Leben rettet?«

Sie grinste.

»Bist der Beschützertyp, wa?«

»Bitte!«

»Okay, okay.«

Mit dem Habitus eines kleinen Kindes, das nur widerwillig tut, was es eigentlich nicht will, schnallte Vero sich an. Das hielt sie aber nicht davon ab, einen Moment später erneut zwischen den Sitzen aufzutauchen.

»Und? Was meenste? Wer von uns wird gleich verstrahlt?«

»Das ist leicht. Es ist Jessi.«

Ich griff nach dem Innenspiegel und drehte ihn so, dass ich ihre Freundin sehen konnte. Sie wich meinem Blick nicht aus. Ihr Gesicht war Lächeln vom Mund über die Augen bis zu den Ohren. Sehr ansteckend. Sie sagte nichts.

»Wie kommst du darauf?«

»Du hast Augenbrauen.«

Vero tastete mit den Fingern nach ihren Brauen, die weder aufgemalt noch tätowiert waren, sondern aus echten Haaren bestanden.

»Scheiße, ey, daran hab ich gar nicht jedacht.«

Sie ließ sich in den Sitz zurückfallen.

»Okay, du hast jewonnen, Kleener. Ich bin nur heute dabei«, sagte sie. »Ab morgen fährst du meine Süße allein. Kriegste hin, oder?«

»Vero. Bitte«, sagte Jessi.

»Was denn? Muss den Typen doch abchecken, wa. Nachher ist der so ein Casanova, der dir an die Wäsche jeht.«

Jessi stieß einen Seufzer aus, der genervt und peinlich berührt gleichzeitig klang, und sah aus dem Seitenfenster.

»Biste ein Casanova?«

»In welcher Beziehung?«

»Wie, in welcher Beziehung? Mit Frauen und so.«

»Casanova war unter anderem Doktor der Rechtswissenschaften, Bibliothekar und vom Papst ernannter Ritter. Deshalb frage ich.«

»Oha, ein Klugscheißer, wa. Wie ein Rechtswissenschaftler siehste ma nich aus, und Ritter gibt's keene mehr. Also entweder biste ein langweiliger Bücherfuzzi oder ein Schürzenjäger. Such's dir aus, Kleener.«

»Vero, jetzt halt endlich die Klappe, und lass ihn fahren.«

»Nee, lass ma. Is doch gerade interessant.«

»Ich habe das zweite Staatsexamen in Jura«, antwortete ich und versuchte, ob der Lüge ernst zu bleiben.

»Gloob ick nich. Warum fährste dann Taxi?«

»Downsizing ist der neue Trend unter Akademikern.«

»Wie auch immer, auch Rechtsverdreher können pervers sein und …«

»Oh Gott!«, stieß Jessi aus und unterbrach ihre Freundin.

» … können pervers sein, man sieht das ja keenem an, wa.«

»Da gebe ich dir vollkommen recht und zugleich zu, dass ich wegen meiner Vorstrafen nicht als Anwalt arbeite.«

»Wat für Vorstrafen?«

»Die Liste ist lang. Entführung und Zerstückelung von frechen Mädchen mit Berliner Akzent ist auch dabei, wird aber nur als leichtes Vergehen gewertet.«

Jessi lachte auf, und Vero kam wieder zwischen den Sitzen hervor.

»Weste was, Kleener, du jefällst ma. Ich lass dich meene Süße fahren. Aber kommt mir auch nur eine Beschwerde zu Ohren, steh ich mit sechs Kumpels aus der Rockerszene bei dir auf der Matte, und dann kannste mal sehen, was dir dein zweetes Staatsexamen nützt.«

»Weste was, Kleene, du jefällst ma auch«, machte ich Vero nach. »Aber ich bin trotzdem froh, nicht dich die nächsten sechs Wochen jeden Tag fahren zu müssen.«

Mr. Selbstbewusstsein

Wie immer gab es an der Klinik keinen Parkplatz.

Ich fuhr mit meinem unauffälligen schwarzen Skoda-Taxi direkt vor den Haupteingang, ließ die beiden Mädels aussteigen und beobachtete sie so lange, bis sie im Gebäude verschwunden waren. Die Fahrt hatte zwanzig Minuten gedauert, und es kam mir so vor, als hätte ich die ganze Zeit über die Luft angehalten. Okay, das war ein bisschen übertrieben, aber ganz sicher war ich angespannt und weniger locker beim Fahren gewesen als sonst, hatte mich fast krampfhaft auf den Verkehr konzentriert, so, als führe ich in Jakarta oder Rom und nicht im verschlafenen Bremen.

Vero und Jessi hatten sich miteinander unterhalten, ohne mich weiter einzubeziehen. Aus dem Gespräch hatte ich erfahren, dass Vero eigentlich in Berlin lebte und nur zu Besuch hier in Bremen war – ich vermutete, zur moralischen Unterstützung ihrer Freundin. Nachdem ich als Opfer ausgeschieden war, hatte Vero sich Bremen vorgeknöpft und kein gutes Haar an meiner Stadt gelassen. Einen Satz von ihr fand ich besonders gelungen: »Wenn Spießigkeit flüssig wäre, würden die Leute hier eine Schleimspur hinter sich herziehen.« Gleich dahinter kam: »Noch einen Tag länger, und ich sterbe vor Langeweile.«

Vero war sehr speziell, aber mir gefiel sie.

Im Innenspiegel hatte ich beobachten können, wie sie zwischendurch immer mal wieder nach Jessis Hand gegriffen und sie gedrückt hatte. Rein optisch hätten die beiden Freundinnen nicht unterschiedlicher sein können, und nach dem, was ich bisher mitbekommen hatte, traf das auch auf ihren Charakter zu. Dennoch schienen sie ein Herz und eine Seele zu sein, und ich fand es anrührend, wie Vero sich um Jessi kümmerte. Die meisten Patienten hatten mehr Angst vor der Strahlentherapie als vor der Chemo, das schien bei Jessi auch so zu sein. Dabei war das völlig unbegründet. Nach allem, was ich in den drei Jahren von meinen Fahrgästen erfahren hatte, war die Strahlentherapie zwar nicht gerade eine Wellness-Session, aber sie hatte doch weit weniger Nebenwirkungen als die Chemo.

Wahrscheinlich lag es an dem Linearbeschleuniger. Ein wirklich Angst einflößendes Gerät, keine Frage. Groß, wuchtig und irgendwie außerirdisch, mutete er wie die Schlafkapsel einer Raumfähre an, die einen in den Hyperschlaf versetzte, damit man, ohne zu altern, die nächste Galaxie erreichen konnte.

Wäre Jessi allein im Taxi gewesen, hätte ich versucht, ihr die Angst zu nehmen. Darin war ich mittlerweile ziemlich gut, und ich wusste, wovon ich redete, denn das Personal der Strahlenklinik hatte allen Fahrern unseres Unternehmens, immerhin fünfzehn Leuten, den Beschleuniger erklärt und uns in die Grundzüge der Strahlentherapie eingewiesen. Grund dafür war Werner Rademacher gewesen, ein Rentner und ehemaliger Soldat, der sich mit der Fahrerei etwas Geld dazuverdient hatte. Eigentlich ein netter Kerl, aber er hatte den Patienten etwas von Brandlöchern in der Haut und partiellem Verlust der Hirntätigkeit als direkte Folge der Bestrahlung erzählt. Ich mochte mir nicht vorstellen, was für Horrorfahrten das gewesen sein mussten. Jetzt fuhr Werner keine Patienten mehr, sondern Schulkinder. Ich war mir nicht ganz sicher, ob er dort besser aufgehoben war.

Auf dem gegenüberliegenden kleinen Parkplatz wurde eine Stellfläche frei. Ich fuhr hinüber, setzte den Skoda rückwärts hinein, stellte den Motor ab und stieg aus. Es war Mai, die Luft wurde täglich wärmer, das Grün an den Bäumen und Büschen war jung und frisch, voller Farbe und Leben. Alles, was in der Lage war Knospen zu bilden, schoss dieser Tage aus, es war eine wahre Blätter- und Blüteninvasion. Selbst hier, in der Betonwüste der Stadt.

Im Frühling fiel es mir schwerer als in den anderen Jahreszeiten, acht Stunden am Tag im Auto zu verbringen. Kaum wärmte die Sonne die Luft, plante ich meine nächsten Abenteuer. Leider hatte ich erst Mitte Juli Urlaub, und die Zeit bis dahin würde noch lang genug werden. Ich sehnte den Tag herbei, an dem ich all das hier komplett hinschmeißen konnte.

Michael kam auf mich zu, einer unserer Fahrer. Er war groß, stark übergewichtig und ein unverbesserlicher Schlaumeier. Es gab kein Thema, zu dem er nichts zu sagen wusste, und er ließ den Rest der Menschheit gern an seinen Erkenntnissen teilhaben. Ich mochte ihn nicht, versuchte aber, immer schön freundlich zu bleiben. Schließlich waren wir Kollegen und mussten miteinander auskommen.

»Was hast du denn für eine geile Fuhre?«, rief er. »Ich darf immer nur die Omas und Opas fahren, und du bekommst gleich zwei junge Mädels auf einmal.«

»Die eine ist nur heute dabei«, sagte ich, ohne ihn anzusehen.

Ich trat gegen den Autoreifen, als müsste ich den Luftdruck prüfen. Profis machen das so.

»Welche?«

»Die mit dem langen Haar.«

Darüber dachte er tatsächlich einen Moment nach.

»Ha, ha, sehr witzig. Jetzt mal im Ernst, die sind doch nicht älter als dreißig, oder?«

»Nehme ich an, ja.«

»In dem Alter sind die Tumoren echt aggressiv. Keine guten Aussichten. Was hat sie denn? Brust, Gebärmutter oder was noch Krasseres? Hirn vielleicht?«

»Ich fahre sie zum ersten Mal heute.«

»Ja und? Ich frage meine immer sofort. Dann weiß ich, woran ich bin.«

Ich begriff einfach nicht, wie mein Kollege so vollkommen ohne Scheu und Skrupel mit diesem Thema umgehen konnte. Er sprach über Krebs und die verschiedensten Tumorarten wie ein Heizungsbauer über Überwurfmuttern, Absperrhähne und Doppelmuffen – was möglicherweise daran lag, dass er Heizungsbauer war. Ich hatte ihn einen Patienten fragen hören, ob ihm die Strahlendosis für heute reichte oder sie auf dem Rückweg noch beim Sonnenstudio haltmachen sollten. Solche Zoten riss er dauernd, aber bisher hatte sich kein Patient über ihn beschwert. Mein Chef hielt ihn sogar für seinen besten Mann. Willi setzte leider immer auf die falschen Pferde.

Mein Ding war diese Art von Humor nicht. Dafür ging mir das alles viel zu nah.

»Morgen fahr ich die beiden, dann weiß ich Bescheid«, sagte Michael. »Ist ja auch endlich mal was zum Hingucken.«

Ungeachtet seines Übergewichtes und seiner ständig feuchten Achseln hielt Michael sich für einen echten Womanizer. Zu meiner Überraschung kam er auch relativ gut bei Frauen an, zumindest hatte er ständig eine neue Freundin. Keine Ahnung, wie er das machte, vielleicht konnte er tatsächlich charmant sein und damit seine körperlichen Nachteile überspielen.

»Das ist meine Tour«, sagte ich ernst.

»Alter Egoist.« Er schlug mir auf die Schulter. »Aber ich versteh schon. Würde ich an deiner Stelle genauso machen. Ich hol mir einen Kaffee. Kommst du mit runter?«

»Ich warte lieber hier.«

Schon trottete er mit wackelnden Hinterbacken davon. Selbstbewusst und so auffällig wie jemand, dem die Fähigkeit zur Selbstreflexion vollkommen abging.

Aus Sicherheitsgründen befand sich der Linearbeschleuniger im Keller des Gebäudes. Die Architekten des Neubaus waren aber empathisch genug gewesen, den Keller nach hinten hin durch eine große Glasfront zu öffnen. Sobald man aus dem Fahrstuhl trat, bot sich einem der Blick auf einen kleinen Wasserfall und den dahinterliegenden Patientengarten, sodass man glatt vergessen konnte, wo man sich befand und aus welchem Grund. Es war schön da unten, keine Frage, aber in der Regel blieb ich lieber draußen, auch wenn es gern gesehen wurde, wenn die Fahrer die Patienten nach unten begleiteten, zumindest die ersten paar Mal, bis sie sich eingewöhnt hatten.

Der Praxis angegliedert war das kleine fensterlose Büro unseres Fahrdienstes, in dem Willi-Chef, wie wir ihn nannten, die meiste Zeit des Tages hockte, mit zu viel Kaffee seine Cholerik dopte, abwechselnd entweder hochrot oder blass wurde und sich über jedes Gespräch mit Nicht-Patienten freute.

Ich hatte vorgehabt, Jessi und Vero zu folgen, aber das ging jetzt nicht mehr. Wegen Michael. Ich ärgerte mich über mich selbst. Wieso schaffte dieser Kerl es immer wieder, dass ich mich ihm unterlegen fühlte?

Es war zwar noch etwas früh für mein Training, aber ich musste mich jetzt abreagieren.

Also schlenderte ich zum Gebäude hinüber, betrat es durch den Haupteingang, wandte mich nach rechts und öffnete die Tür zum Treppenhaus. Der gläserne Turm war an das Gebäude rangeklatscht, so, als hätten sie ihn erst vergessen zu verbauen und dann nicht gewusst, wohin damit. An sonnigen Tagen war es knallheiß darin, jetzt, am frühen Morgen, war die Temperatur aber noch angenehm. Sieben Stockwerke, immerhin.

Ich lief los. Zuerst langsam, dann immer schneller, bis ich mit alarmierend schnell klopfendem Herzen oben ankam. Sofort machte ich mich an den Abstieg und lief dann noch ein weiteres Mal hinauf. Jetzt brannten die Oberschenkel, aber ich war zufrieden, schließlich begann ich erst mit dem Training. Mein Ziel war es, ohne Pause sechsmal hintereinander hinaufzulaufen.

Während ich im siebten Stockwerk darauf wartete, wieder zu Atem zu kommen, fragte ich mich, ob Vero immer eine Glatze trug oder ob sie sie sich zugelegt hatte, um Jessi einen Gefallen zu tun.

Ich lehnte an dem metallenen Handlauf und blickte durch die Glasscheibe auf den Parkplatz hinab. Sah dort Michael mit einem Kaffeebecher in der Hand mit einer Krankenschwester flirten, die sich in ihrer Pause eine Zigarette gönnte. Sie lachte und strich sich das Haar zurück. Der Womanizer schlug wieder zu.

Plötzlich traten Vero und Jessi Arm in Arm aus dem Gebäude. Von hier oben erkannte ich sie nur aufgrund ihrer Glatzen. Sofort setzte Michael sich in Bewegung und hielt auf die beiden zu, die etwas verloren herumstanden.

So schnell wie nie zuvor spurtete ich die Treppen hinunter, berührte die Stufen kaum. Dennoch kam ich zu spät.

Michael hatte auf dem Taxistreifen direkt vor der Tür geparkt, was uns eigentlich verboten war, und sein Wagen mit Vero und Jessi darin rollte bereits davon, als ich aus dem Eingang stolperte.

In diesem Moment hasste ich ihn aus tiefstem Herzen.

Oma Olga

Ich wohnte bei meiner Oma.

Okay, auf den ersten Blick war das uncool für einen Fünfundzwanzigjährigen, aber es hatte viele Vorteile.

Der größte war finanzieller Natur.

Denn Oma Olga besaß ein altes Reihenendhaus in Bremen, das für sie allein viel zu groß war. Früher hatte sie mit ihrem Mann und ihren drei Kindern – darunter mein Vater – darin gelebt, es bot also Platz genug. Opa Fritz war schon lange tot. Er war im Containerhafen im Morgengrauen über die Kaikante ins eiskalte Wasser gefallen und ertrunken, vier Jahre, bevor er in Rente gegangen wäre. Mein Vater war auch tot, und seine beiden Schwestern waren längst in alle Himmelsrichtungen verstreut. Nun bewohnte ich zwei der ehemaligen Kinderzimmer, hatte ein eigenes Bad und brauchte keine Miete zahlen. Nur deswegen kam ich mit dem aus, was ich als Taxifahrer verdiente, und konnte auch noch jeden Monat etwas zurücklegen für meinen großen Traum.

Unabhängig davon wohnte ich aber auch gern bei meiner Oma. Mit fast neunzig war sie nicht mehr so gut zu Fuß, und ihr Verstand wurde täglich löchriger, aber ihr spezieller Humor war legendär. In einem alten, faltigen Gesicht wie dem ihren wirkte ein verschmitztes Lächeln wie eine Ode ans Leben. Wenn man bei allen Schicksalsschlägen und Gebrechen, die sich in neunzig Jahren ansammelten – Oma Olga und ihr Mann Fritz waren aus Polen geflohen, hatten also das Grauen des Krieges erlebt –, noch herzhaft lachen und schamlos über Politik und Nachbarn herziehen konnte, musste das Leben an und für sich doch schön sein, oder?

Wir verstanden uns gut. Ich erledigte ihre Einkäufe oder ging mit ihr in den Supermarkt, wenn ihr danach war. Sie kochte für mich. Ich hätte unterwegs jede Menge Fast Food essen können, aber für Oma Olga wäre es eine riesige Enttäuschung gewesen, wenn sie mich nicht mehr hätte verköstigen können. Essen bedeutete viel für sie, und sie schimpfte mit mir, weil ich nicht dicker wurde.

»Immer dieser Sport, das kann doch nicht gesund sein. Ein Mann braucht Speck auf den Rippen. Iss dich an, Junge!«

Diese halbe Stunde jeden Abend, die ich an ihrem kleinen Tisch mit der alten Wachsdecke in der Küche verbrachte, war für uns beide wichtig. Solange Oma Olga fit genug war, um zu kochen, würde ich davon nicht ablassen. Bequem war es für mich natürlich auch.

Heute lag ein Brief von den Stadtwerken auf dem Tisch.

»Die erhöhen schon wieder die Preise für Gas«, schimpfte sie und lud mir den Teller voll.

Es gab Kartoffeln mit Gulasch und grünen Bohnen. Da Oma stets große Portionen kochte, würde es das Gericht auch die nächsten beiden Tage noch geben.

Kauend überflog ich das Schreiben.

»Ich schaue später online mal nach anderen Anbietern.«

»Daran ist nur der Putin schuld. Tut so, als wäre das sein Gas. Dabei hat Gott es für uns alle gemacht. Du musst dir nur seine Augen anschauen, dann weißt du Bescheid.«

»Was ist denn mit Putins Augen?«

»Ist dir das noch nicht aufgefallen? So gucken kleine Kinder, wenn sie nicht bekommen, was sie wollen. Bockig bis unter die Lider. Wenn der allein ist, wirft er sich auf den Boden und strampelt mit den Beinen. Wie früher dein Vater im Supermarkt. Da geh ich jede Wette ein.«

»Ich würde ja mit dir wetten, Oma, aber die Beweisführung dürfte schwierig werden, fürchte ich.«

»Vielleicht bestelle ich wieder Kohle, so wie früher«, überging sie meinen Einwand.

»Oma, die Heizung funktioniert nicht mehr mit Kohle.«

»Ich habe Fritz damals schon gesagt, das ist ein Fehler, diese Abhängigkeit. Kohle konnte er immer billig aus dem Hafen mitbringen. Versuch mal, Gas in Säcke zu stecken. Funktioniert nicht.« Sie dachte kurz nach. »Können wir nicht Gasflaschen aus dem Baumarkt nehmen?«

»Nein, das funktioniert auch nicht. Aber ich gebe dir gern etwas zu den Gaskosten dazu.«

Sie schüttelte den Kopf, wie immer, wenn ich dieses Thema anschnitt.

»Du sparst so eisern für dein großes Ziel. Nee, lass mal, das klappt schon. Ich freue mich ja schon so auf die Karten, die du mir dann schickst.«

Oma Olga wusste, dass ihre Restzeit auf Erden stark begrenzt war. Dennoch ging sie hartnäckig davon aus, dass sie es noch erleben würde, wie ihr Enkel ihr von den entlegensten Orten dieser Welt Ansichtskarten schickte. Sie war ein großer Fan von Postkarten, aber heute versendete ja niemand mehr welche. Manchmal kaufte ich in der Stadt eine, schrieb liebe Grüße drauf und versandte sie mit der Post. Das war aber natürlich nicht dasselbe wie eine Karte aus Ecuador oder Nepal.

»Erzähl mir noch mal, was Himalaya heißt«, bat sie und bekam einen verträumten Blick.

»Der Name setzt sich aus den Begriffen ›hima‹ für Schnee und ›alaya‹ für Ort oder Wohnsitz zusammen.«

»Ja«, sagte sie leise. »Ort im Schnee.«

Irgendetwas löste diese Erklärung in ihr aus. Ich vermutete, es hatte mit ihrem Geburtsort zu tun, aus dem sie wegen des Krieges flüchten musste. Bis dahin hatte sie in einem kleinen Dorf am Fuße der Hohen Tatra gelebt, der zuverlässig jeden Winter im Schnee versank. In Bremen schneite es so gut wie nie, und wenn, dann war der Schnee nicht weiß und trocken, sondern braun und matschig. Eine Zumutung für sie. Für mich übrigens auch. Ich war ein Wintermensch. Etwas, was uns beide verband.

»Und die Eisige Frau?«, fragte Oma Olga.

»Was ist damit?«

»Von dort will ich auch eine Karte.«

»Bekommst du, ich verspreche es.«

Sie löste sich aus ihrer romantischen Träumerei, nahm meinen Teller, den ich noch nicht einmal zur Hälfte geleert hatte, ging zum Herd, füllte ihn wieder auf und stellte ihn vor mich hin.

»Was machen deine Kranken?«, fragte sie, setzte sich zu mir an den Tisch und aß mit mir.

Ich berichtete ihr von den beiden glatzköpfigen Mädchen, die ich heute zum ersten Mal gefahren hatte. Dass Michael mich ausgetrickst und sie mir ausgespannt hatte, erwähnte ich nicht.

»Herr im Himmel! So jung!« Oma Olga schüttelte den Kopf. »Können die Ärzte denn etwas für sie tun?«

Ich zuckte mit den Schultern.

»Ich weiß es nicht.«

»Fährst du sie morgen wieder?«

»Wahrscheinlich.«

»Ich packe etwas von dem Gulasch ein. Wir haben ja genug, und so, wie du es erzählt hast, braucht das Mädchen etwas Ordentliches in den Bauch.«

Dagegen brauchte ich gar nicht erst zu protestieren. Oma Olga würde die Tupperware mit Gulasch eigenhändig in mein Taxi legen, wenn ich sie nicht freiwillig mitnahm. Sie glaubte felsenfest daran, dass ihre eigene Gesundheit vom guten und regelmäßigen Essen herrührte. Mit einem Teller heißer Suppe konnte Oma Olga alles heilen. Erkältungen kannte sie nur vom Hörensagen, weil sie jeden Tag einen Liter Brennnesseltee trank – ein furchtbares Gesöff, das ich auch nach mehreren Versuchen nicht hinunterbekam.

Ich würde das Gulasch unterwegs selbst essen. Kalt.

Was blieb mir anderes übrig?

Später saß ich mit dem Laptop auf den Oberschenkeln auf dem Bett. Draußen war es längst dunkel geworden. Oma schlief vermutlich bereits.

Ein Güterzug donnerte vorbei. Gefühlt rollte er direkt auf der anderen Wandseite meines Schlafzimmers entlang, und es dauerte ewig, bis er endete. Ja, es gab auch einen Nachteil an meiner Wohnsituation. Oma Olga behauptete, sie würde die Züge nicht mehr hören, doch das konnte einfach nicht sein. Das Gleis lag keine zwanzig Meter vom Haus entfernt, in den Vitrinen wackelte das Porzellan, und der Putz hatte überall Risse von den Erschütterungen. Wenn ich fernsah, musste ich immer die Fernbedienung in der Hand behalten, um bei einem vorbeifahrenden Zug die Lautstärke hochzudrehen. Sonst fehlten mir dauernd die wichtigsten Stellen der Dialoge.

Auf dem Bildschirm des Laptops vor mir sah ich den Chimborazo, jenen inaktiven Vulkan in Ecuador und höchster Berg des Landes. Er war 6267 Meter hoch, ragte aus dem ihn umgebenden Hochland aber nur 2500 Meter empor. Für gute Bergsteiger mit Gletschererfahrung in zwei Tagen machbar.

Mein großes Ziel.

Nicht erst, seitdem ich Oma Olga jede Menge Postkarten für Miete und Heizkosten schuldete.

Ob die normale Route, die Whymper-Route oder die direkte Route – ich hatte sie alle im Kopf, war sie Dutzende Male in meiner Fantasie durchstiegen, kannte die Gefahren und die Schlüsselstellen. Extreme Kälte, Lawinengefahr, unberechenbares Wetter, Gletscherspalten, so tief wie Häuser, und Sauerstoffmangel hatten schon vielen Bergsteigern das Leben gekostet. Mich schreckte all das nicht.

Was fehlte, waren allein Geld und Zeit. Die Reise war teuer, die Ausrüstung ebenfalls, und um das Geld dafür zusammenzubekommen, musste ich arbeiten. Als Taxifahrer verdiente ich gerade mal den Mindestlohn, deswegen dauerte es so lange, die Kohle anzusparen. Ich war von Beruf Tischler, da hätte ich mehr verdienen können, doch Ikea hatte fast alle Jobs in der Branche vernichtet, und Pressholzmöbel in lichtlosen Betonbunkern zusammenzuschrauben kam für mich überhaupt nicht infrage. Lieber wartete ich ein wenig länger. Kein Problem. Ich war jung und hatte Zeit.

Meine Gedanken schweiften ab. In meiner Fantasie wiederholte sich ein ums andere Mal der Blick in den Rückspiegel des Taxis heute Morgen. Ich sah Jessi Bischoffs moosgrüne Augen, ihr einladendes Lächeln – und ihre Glatze. Es schnürte mir die Kehle zu. Vielleicht sollte ich ihr Omas Gulasch wirklich geben, statt es selbst zu essen.

Ich schloss die Augen und ließ die ganze Situation noch einmal Revue passieren. Leider schob sich sofort Michael ins Bild. Der dicke, selbstbewusste Michael, der sich nicht infrage stellte, einfach war, wie er war, unverstellt, ungekünstelt, authentisch.

Ich klappte den Laptop zu, legte ihn beiseite, schnappte mir die Fernbedienung des Fernsehers, schaltete ihn ein und startete die DVD an der Stelle, an der ich gestern ausgestiegen war.

Irgendwie war mir jetzt nach *The Walking Dead.*

Nach Zombies, die aussahen wie Michael.

Allein mit Jessi

In der Nacht hatte ich einen erbaulichen Traum. Daryl Dixon hetzte mit seiner Armbrust den dicken Michael durch einen dschungelartigen Wald und jagte ihm einen Pfeil in die linke Arschbacke. Als der Wecker klingelte, war ich dankbar dafür, mich an den Traum erinnern zu können. Ich war ein großer *Walking-Dead*-Anhänger und liebte diese Fan-Fiction, auch wenn sie nur in meinem Kopf stattfand.

Nachdem ich geduscht und mich angezogen hatte, wartete in der Küche bereits das Frühstück auf mich. Oma Olga stand sogar noch vor mir auf, obwohl sie so früh am Tag überhaupt nichts zu tun hatte. Lange auszuschlafen war eine Einladung an den Tod, meinte sie. Ich konnte rein gar nichts dagegen tun, dass der Kaffee bereits fertig war und meine spezielle Müslimischung sowie der Sojajoghurt auf dem Tisch standen.

Wie jeden Tag trug Oma Olga eine blaue Kittelschürze, deren Farbe verblichen war wie ihre Jugend. In aller Herrgottsfrühe hatte sie sich diese altmodischen Lockenwickler ins spärliche Haar gedreht, die aussahen wie aufgerollte Igel. Die bunten Farben waren lustig, alles in allem sah es aber erschreckend aus.

Ebenfalls auf dem Tisch stand eine Tupperdose, die sonst nicht dort stand. Ich ahnte, was sie enthielt.

»Für deine Krebskranke«, sagte Oma Olga. »Damit sie wieder zu Kräften kommt.«

Ich nahm es hin und hoffte auf den Tag, da irgendein Patient oder eine Patientin durch das mitgebrachte Essen meiner Oma eine Spontanheilung erlebte. Warum passierte so etwas eigentlich nicht? Welcher Beamte verwaltete das Schicksal und entschied sich immer wieder für die ganze negative Scheiße? Ich würde eine eigene Klinik eröffnen und dort Anti-Krebs-Essen verkaufen. Hier bitte schön, einmal Nudeln mit Gulasch gegen Leberkrebs. Oder hier, ganz neu, Erbsensuppe mit Speckschwarte gegen Prostatakrebs.

Auf dem Weg zu Jessi Bischoff fragte ich mich, ob ich den Job vielleicht schon zu lange machte. Konnte man eigentlich einen Tumor bekommen, wenn man zu oft an Krebs dachte?

Um acht Uhr zehn, fünf Minuten vor der Zeit, ließ ich den Wagen am Bordstein vom Taubenweg 11 ausrollen. Jessi Bischoff wohnte in einem langweiligen Mietshaus an einer viel befahrenen Straße. Ich stieg aus und trat vor die Eingangstür. Hinter mir der Lärm des Berufsverkehrs, vor mir das Klingelschild mit dem Namen Bischoff darauf. Dass er handgeschrieben war, wirkte irgendwie vorübergehend oder als sei sie gerade erst hier eingezogen. Ich schellte, zog mich einen Schritt von der Tür zurück und steckte die Hände in die Taschen.

»Ja?«, kam es leise aus der Gegensprechanlage.

Ich beugte mich vor.

»Das Taxi ist da.«

»Ich komme.«

Zwei Minuten später sah ich sie durch die gläserne Eingangstür langsam die Treppen hinuntersteigen. Sie trug dieselben übergroßen Klamotten wie gestern. Dazu die Jutetasche mit dem Orca drauf und dem Handtuch darin.

»Hey«, begrüßte sie mich lächelnd. »Überaus pünktlich.«

»Wir geben unser Bestes.«

Ich öffnete die hintere Tür des zivilen schwarzen Taxis.

Sie zögerte.

»Darf ich vorn sitzen?«

»Aber sicher.«

Ich war nicht schnell genug, um ihr auch diese Tür aufzuhalten, konnte sie aber immerhin noch schließen, während sie den Gurt um ihren Körper raffte.

Als ich einsteigen wollte, fuhr ein UPS-Lieferwagen mir um Haaresbreite die Tür ab. Meine Schuld. Ich hatte ihn nicht gesehen. Der Fahrer hupte, es klang wütend. Zu Recht.

»Das war knapp«, sagte Jessi.

Sie sah erschrocken aus.

»Alles klar mit dir?«

Erst jetzt realisierte ich, wie knapp ich soeben dem Tode entronnen war.

»Alles bestens. Ich mach das morgens immer so. Hilft mir, wach zu werden.«

»Versuch's doch mal mit Kaffee«, schlug sie vor.

»Hab ich. Es ist aber die Kombi von beidem, die mich wirklich durchstarten lässt.«

Ich stieg ein, schnallte mich an und fuhr los.

»Sorry wegen Vero gestern«, sagte Jessi.

»Kein Problem. Ist sie immer so direkt?«

»Du machst dir kein Bild.«

»Doch so schlimm.«

»Schlimmer. Sie kann echt furchtbar anstrengend sein, aber ich hatte nie eine bessere Freundin. Ich liebe sie. Sie hat sich meinetwegen eine Glatze schneiden lassen, dabei hatte sie so wundervolles langes schwarzes Haar. Sie würde alles für mich tun.«

»Klingt toll.«

»Manchmal ist es das … und manchmal auch nicht.«

An dieser Stelle fehlten mir zwar nicht die Worte, aber ich fand, es stand mir nicht zu, zu fragen, warum es manchmal nicht toll war, Vero zur Freundin zu haben.

»Du hast jeden Tag mit Krebskranken zu tun?«, fragte Jessi.

Ich nickte.

»Jeden Tag.«

»Reden die darüber? Über die Krankheit, meine ich.«

»Manche ja, andere nicht. Ist ganz verschieden.«

»Ich nerve dich sicher nicht damit.«

»Du würdest mich nicht damit nerven. Ehrlich.«

»Kann schon sein, aber je weniger ich drüber rede, umso besser geht's mir. Vero hat es nett gemeint mit der Glatze, das weiß ich, aber immer, wenn ich sie anschaue, sehe ich mich.«

»Verstehe«, sagte ich und konzentrierte mich aufs Fahren, denn jetzt fehlten mir wirklich die Worte.

Bei jedem Abbiegen wandte ich übertrieben den Kopf, so wie man es damals in der Fahrschule tun musste, behielt ständig die anderen Verkehrsteilnehmer im Blick und sah dauernd in den Rückspiegel, so als würden wir verfolgt. Ich war vollauf mit Fahren beschäftigt und stellte mir die Frage, was Michael in dieser Situation wohl sagen würde …

Und, was für einen Krebs hast du? Brust oder Gebärmutter? Oder irgendwas noch Fieseres? Ich will nicht taktlos sein, ich weiß halt nur gern, woran ich bin. Wie lange haben dir die Ärzte noch gegeben?

Irgendwas in der Richtung vermutlich. Alles indiskrete Fragen, die ich niemals über die Lippen bringen würde.

»Ich ging gestern davon aus, du würdest uns auch wieder zurückfahren«, sagte Jessi Bischoff und rettete uns beide aus dem peinlichen Schweigen.

»Eigentlich war das auch so geplant, aber dann ist … in letzter Sekunde etwas dazwischengekommen«, log ich.

»Und heute?«

»Fahre ich dich auf jeden Fall zurück. War mein Kollege nett?«

»Schon, ja. Er hat Musik von Conny Frei gehört, und das war ein gefundenes Fressen für Vero. Nachdem sie ihn sich vorgenommen hatte, hat er dann auch den Mund gehalten.«

»Mag Vero die Musik von Conny Frei etwa nicht?«

Die Schlagersängerin war in aller Munde und sehr erfolgreich.

»Vero hasst Schlagermusik!«

»Überrascht mich nicht. Und du?«

»Ach, so schlimm find ich die Frei gar nicht. Sie textet gut.«

»Vero und du, ihr seid so unterschiedlich. Woher kennt ihr euch eigentlich?«

Endlich war mir eine halbwegs vernünftige Frage eingefallen, die nichts mit der Krankheit zu tun hatte.

»Bis vor einem halben Jahr hab ich in Berlin gelebt. Vero und ich haben uns auf der Arbeit kennengelernt.«

»Und was machst du jetzt hier?«

»Meine Eltern leben hier.«

Und schon waren wir wieder beim Thema. Natürlich wollte Jessi Bischoff in dieser schwierigen Situation ihre Eltern um sich haben, und ihre Eltern wollten für sie da sein. Verständlich.

»Ich wollte hier neu anfangen. Außerdem sollte Leonie Oma und Opa in der Nähe haben.«

Zwischen den beiden Sätzen hatte sie eine große Pause gemacht. Was da alles hineinpasste, wirbelte meine Gedanken durcheinander, sodass ich nicht gleich verstand, wie das mit Leonie und Oma und Opa zusammenhing.

»Meine Kleine wird bald fünf«, schob Jessi nach.

»Du hast eine fünfjährige Tochter?«

»Da bist du überrascht, was?«

»Ein wenig«, gab ich zu.

»Ist das nicht eine geile Geschichte?«, fragte sie mit vor Sarkasmus triefender Stimme. »Da entschließe ich mich endlich, zurück aufs Land zu ziehen, alle Zelte hinter mir abzubrechen und noch einmal neu anzufangen, und noch bevor ich einen Job finde, bekomme ich eine Krebsdiagnose.«

»Darf ich fragen, was für einen Tumor du hast?«

»Was ganz Exotisches. Er sitzt neben der Luftröhre und klettert wie Efeu an einem Baum daran hoch. Ohne Behandlung würde er nach und nach meine Luftröhre zusammenquetschen und mich ersticken. Und weil ich so jung und kräftig bin, wächst er doppelt so schnell wie bei anderen. Soweit die Diagnose der Ärzte.«

»Gibt es noch eine andere?«

»Ja, meine. Die ganze Scheiße, die ich in Berlin erlebt habe, ist mir buchstäblich im Hals stecken geblieben. Aber keine Bange, ich sorge dafür, dass ich sie wieder loswerde. Oh Mann, jetzt reden wir ja doch über den Krebs! Ich hatte doch gesagt, ich nerve dich nicht damit.«

»Das ist wirklich in Ordnung. Ich würde mich sonst die ganze Zeit fragen, warum du es nicht tust.«

»Okay, das war's dann aber auch. Ich hätte da aber noch eine Bitte.«

»Schieß los!«

»Meine Mama hat Leonie gestern und heute in den Kindergarten gebracht, aber das klappt nicht immer, da sie arbeiten muss. Wäre es vielleicht möglich, wenn wir die Kleine hin und wieder vorher zum Kindergarten mitnehmen? Es ist auch fast kein Umweg.«

»Klar, kein Problem«, sagte ich leichthin.

Erst danach wurde mir bewusst, wie schnell es bei unserem eng getakteten Zeitplan eben doch zu einem Problem werden konnte.

Dass es aus einem ganz anderen Grund zu einem Problem werden würde, konnte ich ja nicht ahnen.

Willi-Chef

»Fahrstuhl oder Treppe?«, fragte ich Jessi.

»Treppe«, antwortete sie.

Ich hielt ihr die Tür auf, sie bedankte sich mit einem Lächeln, und nebeneinander liefen wir die Stufen in den Keller hinunter. Unten angekommen, war sie ein wenig außer Atem, versuchte aber, es sich nicht anmerken zu lassen. Die doppelflügelige Tür zur Klinik öffnete sich automatisch, und wir betraten das Reich von Carl dem Großen.

Der Chefarzt der Klinik für Strahlentherapie war Professor Carl Urban. Weil er annähernd zwei Meter groß war, lag es nahe, ihm diesen Spitznamen zu verpassen. Er ging stets leicht gebückt und litt wohl unter Rückenschmerzen. Ich konnte den Mann nicht wirklich einschätzen. Im Umgang mit Patienten schien er sensibel und freundlich zu sein, aber ich hatte ihn auch wütend erlebt, wenn irgendwas nicht rundlief oder wir unsere Fahrgäste nicht pünktlich zur Bestrahlung anlieferten. Die Klinik war von morgens acht bis abends sechs geöffnet, und die beiden Weltraum-Linearbeschleuniger arbeiteten ohne Pause durch. Doch das reichte nicht, es gab eine Warteliste mit Patienten. Die ganze Welt, so erschien es mir, war krebsverseucht.

Draußen im Patientengarten plätscherte der Wasserfall. Die morgendlichen Sonnenstrahlen fielen schräg durch das zwei Stockwerke umfassende Panoramafenster in ein Atrium, in dem um eine nur wenige Zentimeter tiefe Wasserfläche Sitzgruppen platziert waren. In großen Terrakottatöpfen standen drei bis vier Meter hohe Palmen herum, alle paar Minuten stießen aus der Wasserfläche kleine Geysire empor, und das sanfte Geräusch sprudelnden Wassers hallte zwischen den Wänden wider. Dies war der extravaganteste und teuerste Warteraum, den ich je gesehen hatte, und nach dem, was ich gehört hatte, war er auf Wunsch Carls des Großen entstanden. Er wollte seinen Patienten die Wartezeit so angenehm wie möglich gestalten. Das fand ich nobel. Man konnte aber andererseits auch denken, die Arbeit mit Krebspatienten brachte zu viel Geld ein.

An der rechten Seite befand sich die Anmeldung mit dem langen Tresen aus glänzendem Holz. Heute hatte Anna-Lena Frühdienst. Sie wünschte uns beiden einen guten Morgen.

Statt sich zu setzen, ging Jessi bis an das Panoramafenster vor und sah hinaus. Ich stand hinter ihr und kam nicht umhin, zu bemerken, wie das Sonnenlicht auf ihrer Glatze schimmerte. Ich fand es gut, dass sie kein Tuch trug, so wie die meisten anderen Frauen, denen durch die Chemo das Haar ausgefallen war.

»Ist schon krass, dass man erst todkrank werden muss, um so etwas Schönes zu sehen zu bekommen«, sagte Jessi.

»Taxifahren reicht auch«, erwiderte ich.

Sie drehte sich zu mir um.

»Ja, du hast den absoluten Traumjob.«

Dann wandte sie sich wieder dem Ausblick zu.

»Wenn ich reich und berühmt bin, will ich auch so einen Wasserfall vor dem Wohnzimmerfenster.«

In diesem Moment hatte ihr Blick etwa Sehnsüchtiges.

Aus den Lautsprechern, die überall im Atrium verteilt waren, erklang eine sanfte Stimme.

»Frau Bischoff, bitte in Kabine eins.«

»Man verlangt nach mir«, sagte Jessi, ging auf die Kabine zu und warf einen Blick über die Schulter zurück. »Nicht wieder weglaufen.«

Würde ich nicht.

Auf gar keinen Fall!

Ich nutzte die zehn Minuten für ein Gespräch mit Willi-Chef.

Die Klinik stellte uns ein Büro zur Verfügung, damit die Wege zwischen Personal, Patienten und Fahrdienst kurz gehalten werden konnten. Die kleine fensterlose Kammer war eigentlich ein Behandlungsraum mit allen dafür notwendigen Vorrichtungen und Anschlüssen, wurde zurzeit aber für diese Zwecke nicht gebraucht. Aus diesem Grund war die Büroeinrichtung aus Schreibtisch, Aktenschrank, zwei Besucherstühlen und einer staubigen Plastikpalme provisorisch. Das Licht war kalt und hart, die Lüftung schlecht, alles in allem überhaupt kein Vergleich zu dem Atrium vorn.

Es roch nach Kaffee und Mettbrötchen, als ich den Raum betrat. Willi-Chef hockte blass und hohlwangig und mit krummem Rücken vor dem PC. In puncto Größe konnte er es mit Professor Urban aufnehmen, doch Willi war viel dünner, geradezu dürr, mit Armen und Beinen wie Bambusstangen. Wie er in diesem kalten Licht dahockte, sah er aus wie ein Krebskranker im Endstadium.

Wir begrüßten uns mit dem obligatorischen »Moin«.

»Kaffee?«, fragte Willi.

»Hast du ihn gekocht?«

»Selbstredend.«

»Dann lieber nicht.«

Er trank einen Schluck und warf mir über den Rand des Bechers einen gequälten Blick zu. Ich ließ mich in einem der Besucherstühle nieder.

»Ich bin mit Jessi Bischoff hier«, sagte ich, obwohl er das natürlich wusste, schließlich machte er die Planung.

Ich erzählte ihm von Jessis Bitte, ihre Tochter hin und wieder morgens am Kindergarten abzusetzen.

»Ich hasse Sonderwünsche«, sagte Willi-Chef. »Wie viel Kilometer?«

»Wie bitte?«

»Wie viele Kilometer beträgt der Umweg?«

»Höchstens einen, aber das spielt doch wohl keine Rolle.«

»Natürlich spielt es eine Rolle, weil er nicht von der Krankenkasse bezahlt wird. Geht also auf unsere Kosten.«

»Das ist jetzt nicht dein Ernst?!«

»Du willst doch am Ende des Monats auch dein Geld, oder nicht?«

»Ja, sicher, aber wir reden hier über ein paar Hundert Meter.«

»Jaja, schon gut. Solange du vorher keine Tour hast, sollte das klappen«, sagte Willi-Chef. »Musst dann halt früher dort aufschlagen.«

»Das bekomme ich hin.«

Ich fragte ihn, ob es möglich wäre, mich für die gesamte Dauer von Jessi Bischoffs Bestrahlung als einzigen Fahrer einzusetzen. Keine Ahnung, warum ich das tat. Ich wollte wohl einfach nicht, dass Michael sie vollquatschte.

Mein Chef nickte.

»Habe ich ohnehin so eingeplant. Carl der Große hat mich darauf hingewiesen, hier einen sensiblen Fahrer einzusetzen.«

»Wirklich?«

Ich wusste bisher nicht, dass ich in diesem Unternehmen als sensibel eingestuft wurde. Diverse Streits mit Willi-Chef waren nicht gerade höflich und respektvoll verlaufen. Viel interessanter war aber, warum Carl der Große überhaupt einen bestimmten Fahrertypus für Jessi Bischoff verlangte. Es war mir nicht bekannt, dass er dergleichen vorher schon einmal getan hatte.

»Warum?«, fragte ich.

Willi sah nicht vom PC-Bildschirm auf, als er antwortete. Buchstabenreihen spiegelten sich auf seinen Brillengläsern.

»Weil es sein kann, dass sie die sechs Wochen Strahlentherapie nicht überlebt.«

Jetzt nahm ich doch einen Kaffee.

Knochenbrecher-Ingo

Die Route hieß »Knochenbrecher« und war als glatte Sechs eingestuft.

Sie lag in der südwestlich ausgerichteten Wand und damit den gesamten Nachmittag in der bereits kräftigen Maisonne. Als ich am frühen Abend meine Hand an die raue Betonwand des Bunkers legte, strahlte sie enorme Wärme ab.

Zu Zeiten des Zweiten Weltkriegs hatte dieses monströse Bauwerk dem Schutz von Material und Menschen gedient, nun war es ein Eldorado für Kletterfreaks wie mich. Bremen in der norddeutschen Tiefebene war arm an natürlichen Felswänden, wir nahmen daher alles, was wir kriegen konnten. Wie die meisten, die hierherkamen, kletterte auch ich lieber in den Wänden der Dolomiten oder Alpen, wo es fantastische Ausblicke gab, doch die waren weit entfernt und für mich nur zweimal im Jahr erschwinglich – wenn überhaupt. Vom Bunker aus hatte man nur Ausblick auf die umliegenden, ein wenig deprimierend wirkenden Häuser und von ganz oben auf die Autobahn. Deren stetiges Rauschen gehörte hier einfach dazu.

»Alles klar?«, fragte Ingo.

Ingo Schneider war mein Kletterbuddy. Mein Sicherungspartner. Mein Freund. Mit Ingo hatte ich die Grundschule und die Realschule durchgestanden sowie alle Partys und die unvermeidlichen Bewährungsproben für jede echte Männerfreundschaft: Mädchen. Nichts von alledem hatte uns auseinanderbringen können. Unsere Bande waren fest, und das gemeinsame Interesse am Klettern sorgte dafür, dass sie es blieben. Einmal die Woche trafen wir uns am späten Nachmittag am Bunker. Wenn man gut sein und besser werden wollte, musste man regelmäßig trainieren. Außerdem begann jetzt die Vorbereitung für die Alpentouren im Sommer. Und zwar nicht nur für uns, sondern für alle anderen Kletterer der Stadt ebenso, dementsprechend voll war es am Bunker.

»Kann losgehen«, sagte ich mit Entschlossenheit in der Stimme.

Am Knochenbrecher war ich bereits zweimal gescheitert. Eine glatte Sechs war eine glatte Sechs, da gab es nichts zu beschönigen. War man nicht fit und fokussiert, kackte man ab. Bei den vielen Blicken der Zuschauer, die dank des guten Wetters auf dem Rasen ringsherum lagen und saßen, wäre ein erneutes Versagen äußerst peinlich.

»Na dann, lass knacken!«, forderte Ingo mich auf.

Ein letztes Abklatschen.

Ich griff in den Magnesiumbeutel, der hinten am Rücken an meinem Sicherungsset befestigt war, puderte meine Hände und schloss kurz die Augen, um mich zu konzentrieren. Sofort sah ich Jessi Bischoff, wie sie mit glänzender Glatze und sehnsüchtigem Blick vor dem Wasserfall im Atrium der Klinik stand.

Ich schüttelte das Bild ab, packte den ersten Griff und stieg in die Route ein. Vor mir lagen zwanzig Meter Aufstieg. Die ersten zwei waren von den Erbauern der Route nicht ernst gemeint, sie sollten einen in Sicherheit wiegen oder verarschen, je nachdem, wen man fragte, aber danach ging es ans Eingemachte. Die Griffe wurden kleiner, glatter, lagen weiter auseinander, die Fußarbeit wurde wichtiger. Sechs Meter schaffte ich in geschmeidigen Bewegungen ohne Pause, dann stoppte ich, puderte meine Hände erneut und sah hinauf. Noch zwei Meter bis zum Überhang. Weiße Magnesiumspuren zeugten von den vielen Versuchen, ihn zu überwinden. Auf diese Schlüsselstelle sollte ich mich fokussieren, nur darauf.

Aber mein Kopf beschäftigte sich mit Jessi Bischoff.

Oder besser mit dem, was Willi-Chef gesagt hatte.

Während der Rückfahrt hatte ich mich nicht getraut, Jessi zu fragen, ob es stimmte. Sie selbst hatte das Krebsthema nicht erneut angeschnitten, aber ich hatte das Gefühl gehabt, es sei allgegenwärtig, lauere hinter jedem Wort, jeder Geste, jedem Lächeln. Jessi hatte viel gelächelt auf der Rückfahrt und von Leonie gesprochen, ihrer kleinen Tochter. Offenbar ein Wildfang und Sonnenschein zugleich. Über Leonies Vater hatte sie hingegen kein Wort verloren …

»Soll ich dir eine Tasse Tee bringen«, kam es von unten.

Ingo stand mit in den Nacken gelegten Kopf da und starrte hinauf. Seine Hände lagen am Sicherungsseil.

»Ich genieße die Aussicht.«

»Ja, ich auch … auf deinen Arsch, also sieh zu, dass du weiterkommst.«

Bereits am Beginn des Überhangs schmerzten meine Arme, und die Finger in der rechten Hand waren nahe an einem Krampf. Ich lockerte sie, kundschaftete mit Blicken die Route aus und machte mich an die Arbeit. Meine Muskeln schrien und zitterten, aber ich kam voran. Dann packte ich einen Griff, der streng genommen keiner war, ein Nichts, an dem man sich festhalten sollte. Meine Fingerspitzen suchten die kleinen Vertiefungen auf der Innenseite, krallten sich hinein, doch als ich mein Gewicht verlagerte, rutschte ich ab.

Sturz.

Zwei Meter.

Ingo hatte wie immer gut aufgepasst und fing mich sanft ab.

Ich schrie meine Wut hinaus, während er mich an der Wand herabließ.

Danach war ich mit Sichern an der Reihe. So war unsere Regel. Wer stürzt, darf es nicht sofort noch einmal versuchen. Irgendeine Strafe, wenn schon nicht den Tod, sollte so ein Sturz wenigstens nach sich ziehen, fanden wir. Ingo war schnell und souverän und brachte den Knochenbrecher ohne Probleme hinter sich. Er konnte schon immer besser klettern als ich, aber heute wurde der Klassenunterschied besonders deutlich.

Nachdem er unten angekommen war, setzten wir uns ins Gras und sahen anderen Kletterern dabei zu, wie sie sich abmühten.

»Was war los?«, stellte Ingo die unvermeidliche Frage.

»Nicht mein Tag.«

Er reichte mir die Wasserflasche, ich nahm sie und trank.

»Hab ich gleich gemerkt. Willst du drüber reden?«

Das war so eine Sache, die zwangsläufig mit einer jahrelangen guten Freundschaft einherging. Man konnte sein Gefühlsleben kaum verstecken. Ingo hatte ein gutes Gespür dafür, wie es mir ging, und umgekehrt war es genauso. Aus Gründen, die ich nicht verstand, war ich aber nicht bereit, mit ihm über Jessi Bischoff zu sprechen. Mir schien es, als versuchte ich, sie dadurch für mich zu behalten. Total beknackt, irgendwie.

»Die Arbeit«, sagte ich ausweichend.

Einen Moment beobachteten wir, wie ein junges Mädchen mit langem brünetten Haar, höchstens sechzehn Jahre alt, den Überhang am Knochenbrecher mit Leichtigkeit meisterte. Sie bewegte sich, als würde sie tanzen, es war ein Fließen und Gleiten, sie war eins mit dem Fels … oder vielmehr mit der Betonwand des Bunkers.

»Alter, wie lange willst du den Scheiß noch machen?«, fragte Ingo. »Das hält doch auf Dauer keiner aus. Du bist der Chauffeur der Toten.«

»Die leben alle.«

»Ja, gerade noch so.«

»Man merkt, du bist ein Roadie.«

Ingo hatte eine Ausbildung zum Veranstaltungstechniker gemacht, war also streng genommen gar kein Roadie. Zwar baute er immer noch eigenhändig Ton- und Lichttechnik auf, die wirklich harte Arbeit machten aber die schweren Jungs mit dem langen Haar und den tätowierten Armen. Ingo war gefragt und bekam immer öfter Aufträge von richtigen Stars oder solchen, die es mal gewesen waren. Er hatte in der Stadthalle die Showtechnik für BossHoss, Mark Forster und Sarah Connor gemacht und, für mich besonders hart, für Reinhold Messner, als der im *Pier Eins* sein neues Buch vorgestellt hatte. Klar war ich auch dort gewesen, aber im Publikum, während Ingo dieser Legende ganz nahe gekommen war.

»Ich sag's dir noch mal. Du kannst jederzeit bei mir anfangen.«

Das Angebot machte Ingo mir, seitdem er sich selbstständig gemacht hatte und ich nach meiner Ausbildung zum Tischler keinen richtigen Job mehr gefunden hatte.

»Hast du nicht gesagt, Janet Jackson hätte dir in den Schritt gefasst?«

»Na und?«

»Mann, die ist voll alt. Nee, danke, da fahre ich lieber die Todgeweihten.«

»Fang dir bloß nichts ein.«

»Krebs ist nicht ansteckend.«

»Schlechte Laune aber schon.«

»Ich hab keine schlechte Laune.«

Die hatte ich wirklich nicht. Ich war nachdenklich und traurig, aber schlechte Laune hatte ich nicht. Dafür war die Erinnerung an Jessis Lächeln viel zu intensiv.

Das Mädchen, das mir vorgemacht hatte, wie man gut kletterte, sprang auf den Boden und hakte sich aus dem Sicherungsseil aus.

Ingo klatschte Beifall, und sie sah herüber.

»Hätte ich die als Kletterpartnerin, müsste ich nicht immer auf deinen hässlichen Arsch starren. Weißt du eigentlich, wie beängstigend es ist, wenn der auf einen zugestürzt kommt?!«

Ich verpasste ihm einen Faustschlag gegen die Schulter.

Oma wird vergesslich

Als ich um halb acht nach Hause kam, hockte Oma Olga auf der untersten der drei Stufen, die zur Haustür hinaufführten. Sie trug ihren blauen Arbeitskittel, die frisch gedrehten Locken standen wie Draht von ihrem Kopf ab.

»Oma? Warum sitzt du vor dem Haus?«

Sie sah zu mir auf, und ich hatte für einen klitzekleinen Moment den Eindruck, sie müsse darüber nachdenken, wer ich war. Sie wirkte verzweifelt.

»Die Schlüssel«, sagte sie. »Ich hab die Schlüssel drinnen vergessen.«

Beim ersten Mal war das eine Katastrophe gewesen, die eine Rechnung von zweihundertdreißig Euro für den Schlüsseldienst nach sich gezogen hatte. Die blöde alte Alu-Haustür verriegelte, sobald sie ins Schloss fiel. Eigentlich hätte sie längst gegen eine neue, moderne Tür ausgetauscht werden müssen, bei der so etwas nicht passierte. Aber Oma Olga wollte erstens keine neue Tür und hatte zweitens kein Geld dafür. Wir waren gemeinsam zu der Lösung gekommen, einen Ersatzschlüssel unter dem kleinen grünen Gartenfrosch aus Ton zu verstecken, der seit Jahrzehnten hinten im Garten in den Blumenrabatten vermooste.

Ich sprach meine Oma auf den Ersatzschlüssel an.

»Ach was«, sagte sie unwirsch. »Ich würde niemals einen Schlüssel im Garten verstecken. So leichtsinnig bin ich nicht.«

Statt die Sache auszudiskutieren oder ihr zu beweisen, dass sie sich irrte, half ich meiner Oma hoch, schloss die Tür auf und begleitete sie ins Haus. Sie verschwand in die Küche, um für mich das Essen aufzuwärmen.

Seit einigen Monaten vergaß sie Dinge, das war mir nicht verborgen geblieben. Neulich hatte sie mit mir geschimpft, weil ich Schubkarre und Harke über Nacht im Garten stehen gelassen hatte, dabei war sie es gewesen, die damit gearbeitet hatte. Ein anderes Mal hatte sie verzweifelt die Fernbedienung für ihren Fernseher gesucht, die wir nach langer Suche in der Tasche ihrer Kittelschürze fanden. Kleinigkeiten, aber sie häuften sich, und dass sie sich jetzt nicht mehr an den Ersatzschlüssel erinnern konnte, bereitete mir Sorgen. Wenn Oma Olga nicht mehr allein zurechtkäme, würde das alles verändern. Denn eines würde auf keinen Fall passieren: dass sie ins Pflegeheim ginge. In diesem Haus, in dem sie ihre Kinder großgezogen hatte, wollte sie sterben, das war ihr Wunsch, und ich würde alles tun, um ihn zu erfüllen.

Erst einmal schob ich den Gedanken beiseite, sprang unter die Dusche und betrat zehn Minuten später die Küche, in der es wunderbar roch. Wie schon vermutet gab es Gulasch die Zweite, heute allerdings ohne Bohnen. Ich war hungrig und langte ordentlich zu.

Genau wie Ingo brauchte auch Oma Olga nicht lange, um zu bemerken, dass ich nicht bester Laune war. Das war aber kein Wunder, denn wir hatten eine sehr enge Mutter-Sohn-Beziehung.

Als ich vier Jahre alt war, waren meine Eltern ums Leben gekommen. Leider hatte ich keine bewusste Erinnerung mehr an sie, was ich einerseits bedauerte, andererseits machte es den Verlust aber auch leichter, denn für mich war es, als wären sie nie da gewesen. 1994 hatten meine Eltern eine Skandinavienreise gemacht, der erste Urlaub, seitdem ich auf der Welt war. Ich war bei Oma und Opa geblieben. Meine Eltern waren jedoch nie wieder zurückgekehrt. Sie waren auf der *Estonia* gewesen, dieser Fähre, die binnen Minuten im eiskalten Wasser versunken war. Über achthundert Menschen waren damals ertrunken, und die Leichen meiner Eltern waren mit vielen anderen im Schiffswrack geblieben. Es gab auf dem Friedhof zwar einen Grabstein, doch das Grab war leer.

»Stimmt etwas nicht?«, fragte Oma Olga zwischen zwei Bissen.

»Nein, alles klar.«

Ich glaubte nicht wirklich, mit dieser knappen Antwort einem Gespräch entgehen zu können, probierte es aber, weil ich ehrlich gesagt keine Lust darauf hatte. Meine Oma beobachtete mich misstrauisch durch die dicken Gläser ihrer Brille.

»Hat deiner neuen Patientin mein Gulasch geschmeckt?«, fragte sie.

Ach, Mist. Ich hatte total vergessen, Jessi die Tupperdose mit der für sie gedachten Ration Gulasch zu geben. Sie lag noch im Handschuhfach.

Na ja, vergessen hatte ich es ehrlich gesagt nicht, sondern es bewusst unterlassen. Sosehr ich meine Oma auch mochte, diesen Wunsch konnte ich ihr dann doch nicht erfüllen. Das war einfach zu peinlich.

Hastig schob ich mir eine Portion Fleisch in den Mund, um nicht sofort antworten zu müssen.

Ich nickte kauend, aß den Mund leer und sagte: »Ich weiß nicht, sie konnte es ja schlecht im Taxi essen.«

»Da hast du recht. Geht es ihr denn gut?«

Wieder brauchte ich lange für eine Antwort.

»Ich denke nicht. Ich habe heute gehört, dass sie vermutlich bald sterben wird, traue mich aber nicht, sie darauf anzusprechen.«

»Warum nicht?«

»Ich kann sie doch nicht einfach fragen, ob sie bald stirbt.«

»Na ja, vielleicht nicht so direkt, aber aus einem Gespräch heraus bestimmt.«

»Wie spricht man denn mit jemandem, der bald stirbt?«

»Wie sprichst du denn mit mir? Ich werde auch bald sterben.«

Das kam überraschend direkt und gleichzeitig beiläufig, und ich verschluckte mich an einem Stück Rindfleisch. Der Versuch, es mit Wasser hinunterzuspülen, machte alles nur noch schlimmer; ich rang um Atemluft und schlug mir auf dem Brustkorb herum, bis mir Tränen in die Augen schossen.

»Soll ich klopfen?«, bot meine Oma an.

Ich schüttelte den Kopf. Nach zwei Minuten ging es wieder.

»Warum sagst du so etwas? Bist du krank?«, fragte ich mit belegter Stimme.

»Nein, aber alt. Ich bin fast neunzig, es ist also abzusehen, dass ich bald sterbe.«

In gewisser Weise hatte meine Oma recht, auch wenn die Umstände bei ihr und Jessi andere waren. Ich fand, es machte einen Unterschied, ob man am Ende eines erfüllten Lebens starb oder ganz am Anfang. Noch dazu, wenn man eine kleine Tochter hatte. Aber ich konnte meiner Oma ja schlecht sagen, dass es in ihrem Fall okay war zu sterben, in Jessi Bischoffs aber nicht.

»Ich gehe mal davon aus, du wirst hundert«, sagte ich.

Oma Olga schüttelte den Kopf.

»Ach was, das will ich gar nicht. Ist viel zu mühsam. Alt werden ist wie ein Marathonlauf. Am Ende wünschst du dir nur noch, es wäre schon vorbei.«

»Wirklich? Wünschst du dir das?«

»Es gibt solche und solche Tage.«

»Wie meinst du das?«

»Na ja, an manchen Tagen finde ich es ungerecht, immer noch leben zu müssen, an anderen freue ich mich darüber. Und ich denke immer öfter, dass dies genau der richtige Zustand ist, um zu sterben. Wenn man es sich im Stillen bereits manchmal wünscht …«

Oma Olga sah die Küchenwand an, als könne sie dahinter das Jenseits sehen. Ich war ziemlich erschrocken darüber, welche Wendung dieses Gespräch genommen hatte. Was war mit den alltäglichen Themen, über die wir uns sonst beim Abendessen unterhielten? Hatte nicht irgendeine Adelige ein Kind bekommen oder ein Schlagersternchen sich von seinem Freund getrennt? Meine

Oma konnte sich stundenlang wunderbar über solche Dinge echauffieren.

»Bei Jessi Bischoff ist es aber etwas anderes«, sagte ich.

»Warum?«

»Sie ist jung und hat eine fünfjährige Tochter. Ich glaube nicht, dass sie sich im Stillen wünscht, sterben zu dürfen.«

»Nein, wahrscheinlich nicht. Aber dennoch kannst du mit ihr genauso darüber sprechen, wie wir es jetzt tun. Es geht ja nicht um eine eklige Geschlechtskrankheit oder so.«

»Oma!«

»Ich mein ja nur. Dein Opa hatte mal die …«

»Hör sofort auf! Ich will nichts davon hören.«

Ich hatte mein Gulasch nicht einmal zur Hälfte aufgegessen, und irgendwie waren wir von Jessi Bischoff übers Sterben zu Opas Geschlechtskrankheiten gelangt. So langsam verging mir der Appetit.

»Möchtest du Nachschlag? Es ist noch was da.«

Sie wusste genau, was ich dachte, ich erkannte es an dem listigen Leuchten in ihren Augen.

»Nein, danke.«

»Dann packe ich den Rest wieder für deine Patientin ein. Wie hieß sie doch gleich?«

»Jessi Bischoff.«

»Und eine Tochter hat sie auch?«

»Genau. Leonie.«

»Dann pack ich zwei Portionen ein.«

Mit Leonie nach Wichtelhausen

Acht Uhr zehn.

Ich parkte mein Taxi, stieg aus und klingelte bei Jessi Bischoff.

»Kannst du raufkommen, bitte? Ich hab ein Problem«, rief sie durch die Gegensprechanlage.

Der Türöffner gab ein summendes Geräusch von sich, und ich drückte die schwere Eingangstür zu Haus Nummer 11 im Taubenweg auf. Im Flur blieb ich stehen, schaute die Treppen hoch und hörte, wie oben eine Tür geöffnet wurde. Eine glockenhelle Stimme erklang.

»Da ist niemand, Mama.«

Ich stieg die Treppen hinauf.

In der Tür zu Jessi Bischoffs Wohnung stand ein kleines strohblondes Mädchen mit Pippi-Langstrumpf-Zöpfen. Es trug eine braune Strumpfhose, bunte Schuhe und ein Kleidchen mit großen Blumenblüten darauf. Aus großen braunen Augen sah es mich neugierig an und hakte dabei einen Fuß hinter den anderen, so, als müsse es dringend auf die Toilette.

»Hallo«, sagte ich. »Du bist bestimmt Leonie.«

Die Kleine nickte.

»Und du bist der Taximann?«

»Genau. Willst du heute bei mir mitfahren?«

»Oma macht Hundehackfleisch in Dosen. Darum kann sie mich nicht bringen.«

»Aha. Das hört sich ja … spannend an.«

Jessi tauchte hinter ihrer Tochter auf. Sie war barfuß, trug die übliche Cargohose, aber nicht die übergroße Kapuzenjacke, sondern ein weißes Muskelshirt. Ich entdeckte eine große Tätowierung auf ihrem rechten Schlüsselbein. Ein Orca.

Jessi sah ein bisschen verzweifelt aus.

»Tut mir leid, meine Mutter hat erst spät erfahren, dass sie zur Frühschicht muss.«

»Hundehackfleisch in Dosen?«, fragte ich und nahm den Kindersitz, den Jessi hinter der Tür hervorholte.

»Sie arbeitet in der Tierfutterfabrik«, klärte sie mich auf. »Geht doch schon mal runter, ich komme gleich nach.«

Ich streckte Leonie meine Hand entgegen.

»Kleine Dame, darf ich bitten. Ich bin heute Ihr Chauffeur.«

»Ich bin keine Dame, ich bin die Eiskönigin«, sagte sie und ergriff huldvoll und ohne Scheu meine Hand.

»Natürlich. Entschuldigen Sie bitte, Eure königliche Hoheit.«

Nebeneinander stiegen wir die Treppe hinab, was bei Leonie mit ihren kurzen Beinen ein wenig länger dauerte. Der eigentlich leichte Kindersitz in meiner Linken wurde schnell schwer.

»Was ist ein Schoför?«, fragte die Kleine.

»Das ist jemand, der Leute in seinem Auto mitnimmt.«

»Leute wie Mama und ich.«

»Genau. Damit ihr nicht selber fahren müsst. Da fällt mir ein, hast du überhaupt einen Führerschein?«

Leonie kicherte.

»Ich bin doch viel zu klein.«

»Stimmt auch wieder. Außerdem werden Königinnen ja auch mit der Kutsche gefahren.«

Am Auto angekommen, war ich ein bisschen überfordert damit, die Kleine nicht aus den Augen zu lassen und gleichzeitig den Kindersitz auf der Rückbank zu befestigen. Ich parkte Leonie auf dem Beifahrersitz zwischen, was sie richtig cool fand, und beschäftigte mich mit dem Sitz. Ich hatte absolut keine Ahnung, wie das funktionieren sollte. In all den Jahren, die ich den Job jetzt machte, hatte ich nie einen Kindersitz benutzen müssen. Wir fuhren zwar hin und wieder auch Schulkinder, aber die bekamen nur eines dieser simplen Sitzkissen aus Styropor unter den Hintern.

Ich war noch nicht wirklich weitergekommen, als Jessi hinter mir auftauchte.

»Kann ich dir helfen?«

Leicht verschwitzt kam ich aus dem Fond hervor.

»Bist du sicher, dass der in dieses Auto passt?«

Sie lachte.

»Der passt in jedes Auto.«

Zwei Handgriffe, und die Sache war erledigt. Zwei weitere, und Leonie saß vorschriftsmäßig angeschnallt in ihrem Sitz.

Erstaunlich! Ganz erstaunlich!

Auf der Fahrt zum Kindergarten saß Jessi hinten neben ihrer Tochter und lotste mich durch das verwirrende Straßengeflecht eines engen Wohngebietes. Flotte Fahrradmütter mit Kindersitzen auf den Gepäckträgern, die aussahen wie Astronautensessel, überholten uns rechts und links. Leonie quasselte ohne Unterlass und fragte ihre Mama Sachen wie: »Wenn du bestrahlt bist, leuchtest du dann im Dunkeln?«

Nach wenigen Minuten erreichten wir einen flachen Neubau mit einer Wiese daneben, auf der eine Vielzahl von Spiel- und Turngeräten stand. Ein Holzschild neben dem Eingang verriet mit bunten Buchstaben den Namen dieses Stadtteils: »Wichtelhausen«.

Zwerge und Feen in bunter Kleidung strömten ins Gebäude und alle quasselten fröhlich. Ich blieb im Wagen und beobachtete Jessi und Leonie, die Hand in Hand über einen geschwungenen Pflasterweg schritten. Zwei Mütter, deren Kinder bereits vorgelaufen waren, folgten ihnen, steckten die Köpfe zusammen und tuschelten miteinander. Vielleicht über Jessi, dachte ich. Über ihre Krankheit und wie schlimm es für das Kind sein musste. An einem Ort wie diesem, voller Fröhlichkeit und Lebendigkeit, fiel Jessi mit ihrer Glatze besonders auf. Sicher spürte sie die Blicke und hörte das Tuscheln und musste irgendwie damit umgehen. Äußerlich sah man ihr nichts an. Sie ging erhobenen Hauptes, und wenn sie es gewollt hätte, hätte sie sich ein Tuch umbinden oder eine Perücke aufsetzen können. Soweit ich wusste, bezahlte die Krankenkasse die sogar. Allerdings nur die günstigsten Modelle, denen man schon auf einen Kilometer Entfernung ansah, dass es kein Echthaar war. Ich fand es beeindruckend, wie offensiv Jessi mit ihrer Krankheit umging, konnte mir aber vorstellen, dass es nicht immer einfach war. Diese Gedanken führten mich zu der Frage, wie viel Leonie wusste. Konnte man einer Fünfjährigen erklären, dass ihre Mama bald sterben würde? Durfte man das überhaupt? Oder war es klüger, die letzten Wochen oder Monate, die man miteinander hatte, unbeschwert zu verbringen – unbeschwert für das Kind, versteht sich.

Nach fünf Minuten kehrte Jessi zurück. Sie ging schnell, so, als habe sie es eilig. Auf halbem Weg zum Wagen blieb sie aber plötzlich stehen, stützte sich an einem Holzpfahl ab, an dem eine Lampe angebracht war, und presste sich eine Hand an den Brustkorb.

Im Nullkommanichts war ich aus dem Wagen und bei ihr.

»Alles klar?«

Sie brachte ein missglücktes Lächeln zustande.

»Geht schon. War ein bisschen stressig heute.«

»Lass dir Zeit.«

Sie atmete konzentriert tief ein und aus.

»Wir kommen zu spät, oder?«

»Kein Problem.«

»Bekommst du Ärger?«

»Mach dir darüber bitte keinen Kopf.«

Ich kam mir hilflos und blöd vor, weil ich einfach nur dastand.

»Kann ich irgendwas tun?«, fragte ich.

»Vero singt immer ein Lied, wenn ich diese Anfälle habe«, sagte Jessi zwischen zwei kontrollierten Atemzügen.

»Was für ein Lied?«

Jessi richtete sich ein wenig auf und begann leise nach der Melodie von *Ein Männlein steht im Walde* zu singen:

»Ein Krebs wächst mir im Haaalse, ganz still und stumm, und wenn ich ihn nur laaasse, bringt er mich um.«

Jessi stieß sich von dem Pfahl ab.

»Doch das lasse ich nicht zu, blöder Tumor, gib jetzt Ruh, sonst dröhn ich dich mit Cheeemo und Strahlen zu.«

Ich war mir nicht sicher, ob ich das lustig finden sollte, es passte aber zu Vero, dem Krebs auf diese Art die Stirn zu bieten.

»Vero ist schon sehr speziell«, sagte ich.

»Die zweite Strophe stammt von mir«, sagte Jessi.

»Umso schlimmer. Wie kannst du darüber Witze machen?«

»Schon mal davon gehört, dass Humor die beste Medizin ist?«

»Das ist kein Humor, sondern Sarkasmus.«

»Bitte schön, dann ist es eben bittere Medizin.«

Jessi hatte ihre Atmung wieder unter Kontrolle und ging voraus. Ich blieb dicht bei ihr, um sofort helfen zu können, falls sie erneut schwächelte. Einen Moment war ich sogar versucht, ihr meinen Arm anzubieten, zögerte aber, weil sie sich damit bestimmt wie eine alte Frau fühlte. Jemand, der solche Texte draufhatte, nahm eine zu übertriebene Hilfsbereitschaft sicher übel. Ich hatte schon Patienten gefahren, die mich ausgeschimpft hatten, weil ich ihnen die Tür aufhielt. Andere hingegen bestanden darauf. Man konnte nie sicher sein, ob man sich richtig oder falsch verhielt. Entweder trat man ins Fettnäpfchen oder sammelte Pluspunkte. Obwohl ich sie schon so lange fuhr, waren Krebspatienten immer noch wie ein Buch mit sieben Siegeln für mich. Klar gab es Stereotypen, aber viel seltener als unter den Gesunden, zudem wechselten ihre Launen binnen Minuten. Gerade bei Frauen. Mir war mal erklärt worden, das liege an den Hormonen, die manche Frauen zur Unterstützung der Therapie bekamen.

Zumindest lag ich bei Jessi nicht verkehrt, als ich ihr die Beifahrertür öffnete. Sie bedankte sich mit einem Lächeln. Es war nicht so strahlend und gesichtsfüllend wie gestern und vorgestern, aber zum Teufel noch mal, für dieses Lächeln würde ich alles tun und alles ertragen.

Sobald ich aus dem Wohngebiet raus war, stellte ich die Frage, die mir unter den Nägeln brannte.

»Was ist mit Leonies Vater? Warum hilft er dir nicht?«

»Er lebt in Berlin. Ich will seine Hilfe nicht. Ich will ihn auch nicht in Leonies Nähe.«

Okay, das war eindeutig. Ich war einen Schritt zu weit gegangen, hatte eindeutig ein Thema angeschnitten, bei dem der Humor längst zu Grabe getragen worden war. Da hatten wir es wieder, das Buch mit den sieben Siegeln.

»Tut mir leid«, sagte Jessi bald. »Ich bin auf ein Arschloch reingefallen, deshalb reagiere ich so angepisst.«

»Mir tut es leid, ich hätte nicht fragen dürfen.«

»Nein, schon okay.«

»Wie gut, dass Leonie ganz nach dir kommt.«

»Findest du?«

»Das ist doch offensichtlich.«

Da war es wieder, ihr Lächeln. Sie streckte die Beine aus, lehnte sich zurück und entspannte sich.

»Wahrscheinlich hast du recht. Sie ist manchmal genauso anstrengend wie ich. Will immer alles, und das sofort. Und sie ist unglaublich wissbegierig. Ich hätte nie gedacht, dass es so anstrengend sein kann, einem Kind seine Fragen zu beantworten.«

»Sie wirkt aufgeweckt.«

»Und wie! Morgens macht sie die Augen auf und ist gleich voll da. Als sie hörte, dass ihre Oma sie nicht abholt, versuchte ich ihr zu erklären, wer uns stattdessen fährt, und damit ging die Fragerei los. Sie wollte wissen, wo Taxifahrer aufs Klo gehen.«

Ich lachte auf.

»Elementar wichtige Frage.«

»Oder ob du dein Taxi jeden Samstag wäschst, so wie Opa sein Motorrad.«

»Viel schlimmer. Jeden zweiten Tag.«

»Und dann hat sie ihr Sparschwein geholt, um das Taxi bezahlen zu können.«

»Na so was! Bei mir ist das Geld nicht angekommen.«

»Außerdem will sie nicht mehr so gern in den Kindergarten. Sie findet's langweilig. Möchte lieber in die Schule.«

»Ist bald so weit, oder?«

»Ab August. Zum Glück.«

Drei Monate, dachte ich still bei mir. Eine endlos lange Zeit für ein kleines Mädchen, das darauf wartet, aber viel zu wenig Zeit, wenn man bald stirbt.

»Kannst du dir nicht einen anderen Termin für die Bestrahlung geben lassen, damit es morgens nicht so eng ist für dich?«, fragte ich.

»Ich hab schon darauf gedrängt, den Termin vormittags zu bekommen, was auch nicht einfach war, weil irgendwie alle gern vormittags wollen. Hat dein Chef was dagegen, wenn du uns zum Kindergarten fährst?«

»Nein, auf keinen Fall, und selbst wenn, würde ich es machen. Gar kein Problem«, beeilte ich mich zu sagen.

»Danke.«

»Jederzeit gern. Und du musst dich nicht dafür bedanken. Ich gebe dir meine private Handynummer. Ruf mich das nächste Mal vorher an, dann komme ich zehn Minuten früher, und alles ist gut.«

»Leonie findet dich nett«, sagte Jessi und sah mich von der Seite an. »Ich hab ihr gesagt, ich finde dich auch nett.«

»Ich fürchte, das wird sich jetzt ändern.«

»Warum?«

»Öffne mal das Handschuhfach.«

Jessi sah mich verwirrt an, tat dann aber, um was ich sie gebeten hatte.

Im Handschuhfach befanden sich zwei Tupperdosen. Die eine rund, gelb mit blauem Deckel, die andere eckig, transparent und mit grünem Deckel. Beide waren durch den jahrelangen Gebrauch zerschrammt, die Farbe verblichen.

»Die sind für dich und Leonie«, sagte ich.

Jessi nahm sie heraus und beäugte den flüssigen Inhalt.

»Was ist das?«

»Das beste Gulasch der Welt. Von meiner Oma gekocht. Sie meint, du brauchst Kraft. Tut mir leid, ich konnte es nicht verhindern.«

Jessis Blick in diesem Moment war Gold wert. Eine Mischung aus Verwirrung, Erstaunen und Unglaube.

»Wie toll ist das denn!«, stieß sie aus. »Da brauche ich heute nicht mehr zu kochen.«

Ich fürchte, mein Blick war Platin wert.

Die Antwort auf Vielleicht

Da ich wieder einmal keinen Parkplatz vor der Klinik fand, ließ ich Jessi am Haupteingang aussteigen, fuhr ein paarmal im Kreis, parkte schließlich in einer Einfahrt, in der ich nicht parken durfte, und blieb deshalb zunächst im Wagen sitzen. Ich war nervös, wollte raus und mich bewegen, war aber dazu verdammt, im Taxi zu verharren, wenn ich kein Strafticket riskieren wollte. Die Politessen waren hier gnadenlos, da nutzte es auch nichts, den Krebspatienten-Joker zu ziehen.

Zum Glück zog ein Krankenhauspatient meine Aufmerksamkeit auf sich und lenkte mich ab. Gekleidet in einen beigen Bademantel und braune Pantoffeln, kam er aus dem Klinikeingang geschlurft und hielt mit verbissenem Ehrgeiz auf die verglaste und überdachte Raucherecke zu, in der schon einige andere Suchtleidende zusammengepfercht standen. Das Gehen fiel dem Mann, ich schätzte ihn auf Mitte fünfzig, sichtlich schwer, zudem zerrte er einen Infusionsständer auf Rollen neben sich her. Ein durchsichtiger Plastikschlauch verband die beiden wie eine Nabelschnur miteinander. Kaum in dem vernebelten, gläsernen Käfig angekommen, nestelte der Mann mit nervösen Fingern eine Zigarette hervor, steckte sie zwischen seine Lippen, zündete sie an und tat mit geschlossenen Augen einen langen Zug. Selbst auf die Entfernung konnte ich erkennen, wie sehr er es genoss. Ich stellte mir vor, dass er wahrscheinlich gestern operiert worden war und bisher nicht hatte rauchen können, und dann fragte ich mich, was der Arzt denken musste, der ihm vielleicht einen Lungentumor entfernt hatte.

Endlich wurde ein Parkplatz frei. Streng genommen war er zu schmal, doch ich quetschte den Skoda hinein und mich hinaus und folgte Jessi, die bereits seit zehn Minuten im Gebäude war. Statt in den Keller zu gehen und mir Willis Leichengesicht anzuschauen, absolvierte ich im Treppenhaus mein tägliches Stufenpensum. Dabei konnte ich weiterhin den frisch operierten Raucherpatienten beobachten, der mit der zu Ende gehenden Zigarette die nächste anzündete. Ich spürte Stiche in der Lunge und quälte mich besonders hart. Als ich beide Läufe hinter mir hatte, war ich außer Atem und verschwitzt. Ich suchte die Toilette auf, spritzte mir kaltes Wasser ins Gesicht, trank davon – es schmeckte ein wenig nach Chlor –, trocknete mir mit Klopapier das Gesicht ab – es gab nur diesen doofen Gebläsetrockner für Hände –, und als ich wieder herauskam, stand Jessi bereits wartend vor der Tür.

Vom Parkplatz her näherte sich wie eine Spinne einem im Netz gefangenen Insekt mein Kollege Michael und winkte ihr zu. Sein dicker Bauch schaukelte, und er nahm keine Rücksicht auf die Autos, die seinetwegen bremsen mussten. Dieses Selbstbewusstsein war beeindruckend!

Panik ließ mich meinen Schritt beschleunigen, und ich kollidierte mit der automatischen Eingangstür, die sich nicht schnell genug öffnete. Es schepperte laut, als meine Schulter dagegenstieß, ein Geräusch, das mir die Aufmerksamkeit aller Umstehenden einbrachte.

Zeitgleich mit Michael erreichte ich Jessi.

Die beiden grinsten mich an, als hätten sie sich abgesprochen.

»Was ist?«, fragte ich, eine Verschwörung witternd.

Michaels riesige Pranke landete auf meiner Schulter, er zog mich ein wenig zu sich heran, und sein zu dick aufgetragenes, billiges Deo vernebelte mir die Sinne.

»Alter, wie siehst du denn aus? Guckst du morgens nicht in den Spiegel?« Dann stieß er mich von sich weg und wandte sich Jessi zu. »Guten Morgen, schöne Frau. Toll sehen Sie heute aus. Adam ist ein wenig von der Rolle, fürchte ich. Kann ich Ihnen meine Dienste anbieten?«

»Aber klar doch.«

Jessi ließ ihr warmes, herzliches Lächeln sehen, und mein Herz bekam einen Riss. Mehrere Risse. Tiefe Risse!

»Ich nehme einen Latte macchiato«, flötete sie. »Wenn es den nicht gibt, einen Milchkaffee. Vielleicht mit einem netten Kakaoherzchen obendrauf?«

Michael brauchte einen Moment, um darüber nachzudenken, derweil sah Jessi ihn mit einem Blick an, der mich als Sechzehnjährigen in der Disco von der Tanzfläche katapultiert und direkt in die dunkelste Ecke getrieben hätte. Ganz so schlimm war es heute nicht mehr, dennoch war ich überrascht von der Härte in ihren Augen. Die Bandbreite ihrer Mimik hatte mehr zu bieten als nur Lächeln.

»Alles klar«, sagte Michael deutlich um Fassung bemüht und verschwand eilig ins Gebäude.

Jessi streckte die Hand aus und zupfte etwas aus meinem Gesicht.

Zu meinem Entsetzen sah ich, dass es sich dabei um einen Fetzen Klopapier handelte, der wohl beim Abtrocknen an meinen Bartstoppeln hängen geblieben war.

»Und ich dachte schon, es wäre Schimmel«, sagte sie.

»Ich …«

»Warte, da sind noch welche. Augen zu!«

Ich schloss die Augen, und sie pulte mir einen weiteren feuchten Fetzen aus dem Augenwinkel und noch einen von der Braue und einen von der Wange. Ihre Berührungen hinterließen brennende Stellen auf meiner Haut.

»So, fertig. Jetzt kannst du wieder unter Leute gehen.«

So, wie sich mein Kopf anfühlte, war er gerade knallrot geworden.

»Was war das da im Treppenhaus?«, fragte Jessi, während wir auf den Wagen zugingen.

»Du hast mich beobachtet?«

»Na ja, du läufst in einem Glaskasten wie ein Irrer die Treppen rauf und runter. Jeder kann dich dabei beobachten. Ich war zwischendurch auf der Toilette und hab dich zufällig gesehen.«

»Ich trainiere.«

»So sah es auch aus, richtig verbissen. Wofür trainierst du?«

»Chimborazo.«

»Was ist das? Eine Käsesorte?«

»Erkläre ich dir im Wagen.«

Nachdem ich ausgeparkt hatte und wir über die leicht abschüssige Ausfahrt der Klinik auf die Hauptstraße zurollten, wollte ich gerade loslegen, doch da entdeckte Jessi Michael, der mit zwei Coffee to go aus dem Haupteingang kam.

»Halt mal an«, sagte sie.

Ich hielt, sie sprang raus, nahm meinem verdutzten Kollegen beide Becher ab und stieg wieder ein. Ihren Becher behielt sie in der Hand, meinen stellte sie in den Halter in der Mittelkonsole ab.

»Eigentlich doch ein ganz Netter, dein Kollege«, sagte sie und winkte ihm zum Abschied zu.

Ich konnte nicht anders, musste einen Blick in den Rückspiegel werfen und sah einen völlig konsternierten Michael, dem sein legendäres Selbstbewusstsein abhandengekommen war. Täuschte ich mich, oder stand sogar sein Mund offen?

Kaum auf der Hauptstraße angekommen, prusteten wir beide los vor Lachen. Beinahe hätte Jessi ihren Kaffee auf Hose und Sitz verschüttet. Nachdem wir uns beruhigt hatten, kam sie zum Thema zurück.

»Also? Chimborazo? Was ist das?«

»Ein Berg in Ecuador.«

»Du willst auf einen Berg steigen?«

»Nicht auf einen. Auf diesen. Er ist ganz besonders.«

»Was macht ihn so besonders?«

»Er ist 6267 Meter hoch und damit höher als der Everest.«

Sie runzelte die Stirn. Das tat sie oft, und wegen der nicht vorhandenen Haare hatte es eine ganz eigenartige Wirkung. Ich fand es einfach nur süß.

»So ein Quatsch. Der Everest ist doch über achttausend Meter hoch.«

»Es kommt darauf an, von wo man misst. Der Gipfel des Chimborazo ist tatsächlich der am weitesten vom Erdmittelpunkt entfernte Punkt der Erde, und damit ist der Berg fast zweitausend Meter höher als der Everest.«

»Im Ernst?«

Ich nickte. »Deswegen finde ich ihn interessanter als den Everest. Der ist ohnehin vollkommen überlaufen.«

»Chimborazo«, wiederholte Jessi langsam. »Klingt toll.«

»Finde ich auch. Willst du wissen, was es bedeutet?«

»Unbedingt.«

»Der Name geht wahrscheinlich auf den Begriff ›schingbu‹ für Frau und ›razo‹ für Eis und Schnee zurück. Den Chimborazo bezeichnet man auch als die ›Eisige Frau‹.«

Ich erzählte ihr, dass ich schon seit Jahren kletterte und Bergsteigen ging. Ich hatte einige Drei- und Viertausender in den Alpen bestiegen, aber in Höhen über sechstausend Meter war ich noch nie zuvor gewesen. Zusammen mit Ingo plante ich die Tour zum Chimborazo bereits seit einigen Jahren.

»Und wann geht es los?«

Ich zuckte mit den Schultern.

»Dieses Jahr sind wieder nur die Alpen dran. Das Geld reicht noch nicht für Ecuador.«

»Aber du sagtest doch, du trainierst dafür.«

»Eigentlich schon.«

Wie sollte ich ihr erklären, dass es dieses große Ziel war, das mich aufrecht hielt, mich die vielen mühsamen Stunden im Taxi und die harten Trainingseinheiten durchhalten ließ und mich gleichzeitig davon abhielt, mir einen besser bezahlten, langfristigen Job zu suchen und sesshaft zu werden? Wie sollte ich ihr erklären, wie groß meine Angst vor der Zeit nach der Erfüllung dieses Traumes war?

»Man kann so eine Tour nicht übers Knie brechen«, sagte ich ausweichend.

»Was fasziniert dich am Bergsteigen?«, wollte Jessi wissen.

»Die Antwort auf Vielleicht.«

»Die Antwort auf Vielleicht?«, wiederholte sie. »Was meinst du damit?«

Ich musste darüber nicht nachdenken, schon lange nicht mehr, ließ aber dennoch einen Moment verstreichen.

»Da spielt so vieles hinein. Das Abenteuer, die Gefahr, der Nervenkitzel. Sportlicher Ehrgeiz ist auch ein Thema, gerade am Anfang, und man kann prima damit angeben, wenn man wieder daheim ist. Aber all das tritt in den Hintergrund, wenn du zum allerersten Mal auf einem hohen Gipfel stehst. In diesem Moment geht es um etwas anderes. Unter dir der Fels, über dir der Himmel, in dir Freiheit, Unbeschwertheit und das Gefühl, ein wenig von der Ewigkeit kosten zu dürfen. Vielleicht gibt es sie für jeden Menschen, vielleicht existiert die Erde bis in alle Ewigkeit, vielleicht ist unsere Seele ein Stück davon, vielleicht gibt der Berg etwas von seiner Kraft und Weisheit an mich ab. Vielleicht bin ich dort oben mehr Mensch als irgendwo anders oder zu irgendeinem anderen Zeitpunkt. Vielleicht ist die Schöpfung dort oben so greifbar wie nirgendwo sonst. Auf alle diese Vielleichts bekommst du nach einem mühevollen, harten Anstieg am Gipfel die Antwort.«

»Und wie lautet sie?«

»Vielleicht.«

»Also bist du danach nicht schlauer als zuvor.«

»Irrtum. Ein Vielleicht bietet dir viele Chancen. Wenn ich auf einem Gipfel stehe, kann ich nichts mehr ausschließen. Dann ist alles möglich.«

Während der Fahrt löste ich den Verschluss meiner Armbanduhr und reichte sie Jessi.

»Auf der Rückseite«, sagte ich.

»›Vielleicht bedeutet möglich‹«, las sie die Gravur vor. »Von wem stammt der Spruch?«

»Von mir.«

»Hm … ich würde ja eher sagen, vielleicht ist das Zünglein an der Waage von Möglich und Unmöglich, und in welche Richtung sie sich neigt, hängt davon ab, was wir selbst bereit sind, in die Waagschale zu werfen.«

»Ist mir zu philosophisch.«

»Okay, dann erkläre mir doch bitte eines: Du planst diese Besteigung schon ewig, bereitest dich seit Jahren darauf vor, trainierst dafür, verschiebst es aber immer wieder auf später. Tendiert dein Vielleicht dann nicht eher in Richtung Unmöglich?«

Der graue Mann

Ich würde ja gern behaupten, ich hätte den ganzen restlichen Tag daran gedacht, wie Jessi Bischoff die eingravierten Worte auf der Rückseite meiner Armbanduhr wiederholte, welche Sehnsucht und Hoffnung dabei in ihrer Stimme lag und wie es sich anfühlte, als sie die Uhr an mein rechtes Handgelenk band, das falsche zwar, aber an das linke kam sie nicht heran, und es war ja auch vollkommen egal. Übrigens trug ich die Uhr seitdem am rechten Handgelenk.

Dies zu behaupten wäre jedoch gelogen, denn sie hatte meine Worte infrage gestellt und gleichsam eine Frage aufgeworfen, die mich wirklich fertigmachte.

Hatte sie recht?

Schob ich mein großes Ziel auf, bis es mir nicht mehr möglich sein würde, es zu erreichen?

Ja, ich hatte Angst vor der Zeit danach, aber daran lag es nicht nur, dass Ingo und ich bis heute nicht aufgebrochen waren. Es lag außerdem am Geld und an der Zeit. Ingo war selbstständig und konnte nicht mal eben Urlaub machen, gerade jetzt nicht, da seine eigene Firma ins Rollen kam. Geld hatte er auch nicht im Überfluss. Auf meinem Sparkonto lagen tausend Euro, das war nicht schlecht, reichte aber nicht, da ich auch noch Expeditionsausrüstung davon kaufen musste.

Nein, was Jessi da angedeutet hatte, stimmte nicht. Es war eben einfach nur so, dass manche Träume ein wenig länger geträumt werden wollten und mussten.

Glücklicherweise hatte ich auch nicht viel Zeit, darüber intensiv nachzudenken. Denn kaum hatte ich den Kindersitz für Leonie hinaufgetragen und mich von Jessi verabschiedet, erreichte mich auf dem Diensthandy ein Anruf von Willi-Chef, der diesen Tag so richtig in die Miesen zerrte.

Zuerst klang es wie ein normaler Auftrag. Ich sollte in einen kleinen Ort außerhalb der Stadt fahren und dort einen Mann namens Herbert Ulfkotte abholen. Mehr Informationen bekam ich nicht. Ich machte mich in dem Glauben auf den Weg, einen weiteren Patienten für den Linearbeschleuniger abzuholen, den ich bisher noch nicht gefahren hatte oder der neu dazugekommen war.

Der Verkehr in der Stadt war aufgrund eines Unfalls auf der nahe gelegenen Autobahn enorm dicht. Alle suchten sich einen Ersatzweg durch die engen Straßen. Frauen und Männer waren gleichermaßen genervt, machten exzessiven Gebrauch von ihren Hupen, benutzten Blinker und Scheinwerfer wie Waffen und machten damit alles nur noch schlimmer. In diesem Chaos die Ruhe zu bewahren war Schwerstarbeit. Ich brauchte deutlich länger als erwartet, was nicht schlimm war, denn Willi-Chef hatte mir keine Zeit genannt, zu der ich bei Herrn Ulfkotte sein musste. Das war ungewöhnlich und hätte mich stutzig werden lassen müssen, doch war ich in Gedanken noch viel zu sehr bei Jessi Bischoff, um solchen Kleinigkeiten allzu viel Aufmerksamkeit zu schenken.

Herbert Ulfkotte wohnte im spießigsten Winkelbungalow, den ich je gesehen hatte. Der Garten mit dem Haus darin glich einer Ausstellung für geometrische Formen. Gerade Linien überall. Vierecke. Dreiecke. Selbst die Bäume waren in Quaderform geschnitten. Farbliche Abwechslung schien Herrn Ulfkotte nicht zuzusagen. Verschiedene Grautöne passten sich dem hier im Norden üblicherweise grauen Himmel an. Hellgraue Fenster, dunkelgraue Dachpfannen, mittelgraue Pflastersteine, ockergrauer Klinker, grüngrauer Rasen, rotgraue Rosen in quadratischen Beeten.

Ich ließ den Wagen an der Straße stehen, um an der braungrauen Haustür zu klingeln, doch Herr Ulfkotte kam heraus, ehe ich dort angekommen war.

Er war klein, quadratisch, hatte graues Haar, trug eine graue Hose und eine beigegraue Jacke.

Plötzlich erfasste mich ob all dieses grauen Allerlei eine tiefe Traurigkeit.

»Meine Frau hatte einen Unfall«, sagte er mit ruhiger Stimme, nachdem er in mein Taxi eingestiegen war. »Sie ist im Rot-Kreuz-Krankenhaus. Wissen Sie, wo das ist?«

Wusste ich.

Ich wunderte mich zwar, fragte aber nicht weiter nach. Es kam immer mal wieder vor, dass ich Fahrten machte, die nichts mit einer Krebserkrankung zu tun hatten. Leider führten auch diese meistens zu Krankenhäusern oder Arztpraxen. In meiner Galaxie kreiste alles um ein schwarzes Loch namens Gesundheitssystem.

»Ich hatte sie noch gewarnt«, fuhr Herr Ulfkotte fort. »Herta, habe ich gesagt, das ist zu weit, und dann der Alkohol. Außerdem macht niemand im Mai eine Kohltour.«

Auf mein Nachfragen hin erfuhr ich, dass Herta Ulfkotte gestern Nachmittag mit einigen Kollegen aus der Arztpraxis, in der sie als Schreibkraft arbeitete (willkommen zurück in meiner Galaxie), zu einer verspäteten Kohl- und Pinkeltour aufgebrochen war. In der dafür üblichen Jahreszeit hatte das Praxisteam keine Zeit dafür gehabt, es sich aber nicht nehmen lassen wollen, dieses Event nachzuholen. Es gehörte in Bremen einfach dazu, sich einmal im Jahr mit fettem Essen und Alkohol stilsicher abzuschießen. Herr Ulfkotte selbst war kein Freund dieser Tradition und ließ in seinem Bericht kein gutes Haar daran.

Gestern Abend hatte er einen Anruf erhalten. Seine Herta war an einer ungünstigen Stelle ins Schwanken geraten und den Weserdeich hinuntergestürzt. Vier Meter freier Fall. Aufgefangen von einem Drahtzaun, hinter dem Schafe weideten. Beinbruch. Kompliziert wohl. Herta war am frühen Morgen operiert worden, und nun wollte ihr Gatte zu ihr, um ihr ein paar Utensilien für einen ein- bis zweiwöchigen Krankenhausaufenthalt zu bringen. Genau so formulierte er es. Er sprach nicht davon, sie zu besuchen.

Ich fragte mich, warum er gestern Abend nicht sofort zu seiner Frau geeilt war, und gab mir die Antwort nach ein paar Minuten schweigender Fahrt selbst. Herr Ulfkotte feierte nicht. Nie. Er pflegte das Grausein. Seine Frau aber nicht, und das nahm er ihr übel. Die Unannehmlichkeiten, die ihm dadurch entstanden, sicher ebenso. So sah sie also aus, die Ehe, wenn alle Farben gewichen waren.

Alles in allem war es eine stille Fahrt von knapp einer Stunde, und als Herr Ulfkotte vor dem Haupteingang des Rot-Kreuz-Krankenhauses ausgestiegen war, öffnete ich alle Fenster, atmete tief durch und versuchte, all das Grau loszuwerden.

Da ich keinen Anschlussauftrag hatte, steuerte ich eine kleine Bäckerei in der Nähe an. Dort versorgte ich mich mit Kaffee und einem Käsebrötchen und genoss die freie Zeit. Ich setzte mich auf eine Bank, aß und trank und beobachtete das Stadtleben. In Bremen ging es nicht so hektisch zu wie in München oder Berlin, und es war längst nicht so voll, aber auch hier waren die Menschen alles andere als entspannt. Niemand ging langsam. Fast alle starrten in ihre Handys, schafften es aber irgendwie, nicht mit anderen Menschen oder Straßenschildern zu kollidieren. Keiner blieb stehen, um vielleicht das frische Grün an den Bäumen zu bewundern.

Mein Vielleicht kam mir wieder in den Sinn.

Jessi hatte die Bedeutung, die es für mich hatte, infrage gestellt, das irritierte mich nachhaltig. In einem hatte sie aber recht: Vielleicht konnte sowohl Möglich als auch Unmöglich bedeuten, wenn man es aus der Gesamtheit der Menschen heraus betrachtete. Aus meiner Sicht bedeutete es jedoch nur eines: dass etwas möglich ist. Dass es kein Nein ist. Und dabei blieb ich. Für mich gab es kein Zünglein an der Waage, nur fehlende Zeit und fehlendes Geld.

Eine Stunde später sollte ich Herrn Ulfkotte wieder abholen.

Ich sah ihn schon von Weitem.

Da stand der kleine graue Mann mit zwei Plastiktüten in den Händen vor dem Haupteingang. Ich wunderte mich. Auf dem Hinweg hatte er nur eine Tüte mit den Utensilien für Herta dabeigehabt und diese eigentlich im Krankenhaus lassen wollen.

Seine Schultern hingen, seine Wangen, seine Mundwinkel, sein Blick hing, alles hing, so, als sei er einer erhöhten Schwerkraft ausgesetzt. Unbewegt starrte er in die Ferne, bis ich direkt vor ihm ausrollte. Dann sah er mich an, rührte sich aber nicht.

Ich stieg aus.

»Wollen Sie die Taschen auf den Rücksitz stellen?«, fragte ich.

Er schüttelte den Kopf. Zuerst zögerlich, dann vehement.

Ich hielt ihm die Beifahrertür auf, er stieg ein und positionierte die beiden Tüten zwischen seinen Füßen, klemmte sie ein und strich mit den Händen darüber, ehe er nach dem Gurt griff und sich anschnallte.

Auf dem kurzen Weg ums Auto herum wäre ich am liebsten geflüchtet.

Der Weg von der Beifahrer- zur Fahrertür war objektiv betrachtet immer gleich lang. Doch je nachdem, wem man gerade die Tür aufgehalten hatte, konnte er sich ausdehnen oder zusammenziehen. Das war auch so etwas, das man als Taxifahrer, speziell als Krebstaxifahrer, lernte. In diesem Fall zog der Weg sich zusammen – zumindest hatte ich das Gefühl. Denn ich hatte nicht genügend Zeit, mich auf das vorzubereiten, was mich erwartete.

Ich stieg ein, startete den Motor, sagte nichts, fuhr einfach los und konzentrierte mich auf den Verkehr. Es war immer gut, sich auf den Verkehr zu konzentrieren, denn manchmal spürten die Fahrgäste das und tolerierten die daraus entstehende Sprachlosigkeit. Aber eben nicht immer.

Herbert Ulfkotte starrte geradeaus. Seine rechte Hand hielt die Griffe der beiden Plastiktüten fest umklammert. Ich hörte ihn nicht atmen, wollte aber nicht hinübersehen, weil ich dann seine Aufmerksamkeit auf mich ziehen würde. Vielleicht schaffte ich es ja, ihn wortlos bis zu seiner Haustür zu bringen.

Ich frage nicht, ich frage nicht, ich frage nicht, sagte ich mir immer wieder im Stillen.

»Ich fahre nicht mehr mit dem Wagen in die Stadt. Seit Jahren nicht«, sagte Herr Ulfkotte irgendwann.

Es klang zwar nicht so, als spräche er mit mir, aber irgendeine Reaktion erwartete er sicher. Ich würde also nicht um das Gespräch herumkommen.

»Herta wusste das.«

Ich schluckte trocken. Da war sie, die Vergangenheitsform. Ich tat so, als hätte ich es nicht mitbekommen. Und dann tat ich so, als hätte ich die Fähigkeit zu sprechen eingebüßt und räusperte mich lediglich.

»Sie ist während der Operation gestorben. Um acht Uhr zweiunddreißig.«

Okay, das konnte ich nicht mehr ignorieren. Nicht, wenn ich meine Menschlichkeit bewahren wollte. Ich sprach ihm mein Beileid aus und fragte, wie so etwas bei einer Operation nach einem Beinbruch passieren konnte. Ich hatte mir angewöhnt, auf schlechte Nachrichten, die mich betroffen machten, mit sachlichen Fragen zu reagieren. Hinter dieser Sachlichkeit versteckte ich meine Gefühle, denn ich war einfach nicht imstande, frank und frei über den Tod zu sprechen. Keine Ahnung, warum.

Allerdings bekam ich von Herrn Ulfkotte keine Antwort auf meine Frage.

Stattdessen sagte er nach einer Weile: »Gestern Abend hätte ich Zeit gehabt. Nach dem Länderspiel hätte ich Zeit gehabt.«

Und das war's dann für den Rest der Fahrt. Ich fühlte mich derart unwohl, dass es körperliche Auswirkungen hatte. Übelkeit, Schwitzen, Schwindel. Zwischen meinen Händen und dem Plastiklenkrad bildete sich eine schmierige Gleitschicht. Der Innenraum des Wagens wurde immer enger, die Luft ließ sich kaum noch atmen. Die ganze Zeit über suchte ich nach Worten, fand keine, kam mir deswegen schlecht vor und befürchtete gleichzeitig, Herr Ulfkotte würde in Tränen ausbrechen.

Doch er hielt durch. Als ich vor dem Winkelbungalow stoppte, schämte ich mich für meine Erleichterung.

Ich fragte, ob ich ihm mit den Taschen helfen konnte.

Herbert Ulfkotte schüttelte den Kopf und stieg aus.

Über den exakt geraden Pflasterweg ging der kleine graue Mann auf das kleine graue Haus zu, in den Händen die Habseligkeiten seiner um acht Uhr zweiunddreißig verstorbenen Frau, verpackt in schreiend bunte Plastiktüten.

Free Willy

»Was hat es mit dem Orca auf sich?«, fragte ich und deutete auf die Jutetasche mit dem Wal-Aufdruck, in der Jessi erneut ihr Handtuch transportierte.

Gerade hatte ich ihr von dem grauen Mann berichtet und damit geendet, wie Herbert Ulfkotte mit den beiden bunten Tüten voller Habseligkeiten seiner verstorbenen Frau auf das graue Haus zugegangen war. Möglicherweise war der Bericht trauriger ausgefallen, als ich es gewollt hatte, und ich fühlte mich dafür verantwortlich, die Stimmung wieder aufzuhellen. Zu diesem Zweck erschien mir die Frage nach dem Orca genau richtig, weil sie nichts mit Krankheit, Tod oder Krebs zu tun hatte. Hoffte ich wenigstens. Außerdem interessierte es mich wirklich, denn heute gab es den Wal gleich doppelt. Jessi trug zwar wieder die übergroße blaue Kapuzenjacke, heute aber geöffnet, und darunter blitzte ein weißes Shirt mit einem großen Orca-Aufdruck auf der Brust hervor. Und noch etwas war anders: Ihre Glatze glänzte nicht mehr. Grund dafür war der leichte Haarwuchs, nicht mehr als ein Flaum, aber dennoch erkennbar.

»Schön, dass du nicht Killerwal sagst.«

»Die Bezeichnung mochte ich noch nie«, gab ich zurück. »Damit schließt die menschliche Spezies von sich auf ein Tier, und das passt nicht. Ein Killer tötet um des Tötens willen.«

Sie lächelte mich auf diese geheimnisvolle Art an, die mich im Ungewissen ließ. Fand sie gut, was ich sagte, oder doof? Machte sie sich insgeheim lustig über mich? Jessi hatte das Talent, in der einen Minute offen und herzlich, in der nächsten unergründlich und verschlossen zu sein. Das war erschreckend und sexy zugleich.

»Also?«, hakte ich nach. »Du hast ein Orca-Tattoo, eine Orca-Tasche, ein Orca-Shirt. Was hat es damit auf sich?«

»Woher weißt du von dem Tattoo?«

Sie sah mich stirnrunzelnd an.

»Na ja … hab ich gestern gesehen, als ich an deiner Wohnungstür stand.«

Ihr Gesicht entspannte sich.

»Ach ja, richtig, ich hatte nur ein Top an.«

»Ich habe aber nicht absichtlich hingesehen.«

»Kein tolles Kompliment für mich.«

»Okay, doch, ich hab absichtlich hingesehen. Schönes Tattoo übrigens. Alles andere auch.«

»Weil du die Narbe nicht gesehen hast.«

»Wo ist die?«

Sie zeigte mit dem Finger auf eine Stelle zwischen ihren Brüsten. Ich war ein bisschen verlegen und plärrte ein blödes »So-schlimm-kann-sie-nicht-sein« heraus.

Jessi faltete ihre Hände auf den Oberschenkeln. Sie hatte lange, schlanke Finger, die Nägel waren kurz und gepflegt, aber nicht lackiert.

»Okay. Themenwechsel. Wir wollten nicht über Krebs reden.«

»Du wolltest das nicht.«

»Richtig. Und da die Kundin Königin ist, musst du mir gehorchen.«

Ich deutete einen Hofknicks an.

»Stets zu Diensten, Euer Hoheit.«

Jessi nickte erfreut.

»Es fing alles mit *Free Willy* an«, sagte sie. »Diesem Film.«

»Kenne ich. Sehr kitschig.«

»Mhm, findest du? Na ja, ich hab ihn jedenfalls geliebt und bestimmt zwei Dutzend Mal angeschaut. Schließlich hieß der kleine Hauptdarsteller wie ich. Und über viele Jahre hinweg hatte ich keinen größeren Wunsch, als mit einem Orca zu schwimmen.«

Ich konnte ein trockenes Auflachen nicht verhindern.

»Da warst du sicher nicht die Einzige. Haben die Orcas aller Weltmeere sich nicht genau deswegen für lange Zeit in die Tiefen des Marianengrabens zurückgezogen?«

Ihren Blick konnte man durchaus als böse bezeichnen. Sie zeigte mir ihren Mittelfinger.

»Kein sehr königliches Verhalten, Eure Hoheit.«

»Aber ein angemessenes. Also ... Ich hab meinen Eltern damals keine Ruhe gelassen, hab sie bis zur Weißglut getrieben, nichts konnten sie mir recht machen, alle Geschenke waren fade, was natürlich Berechnung war. Irgendwann gaben sie auf und flogen mit mir nach San Diego in den Urlaub. Die Initiative ging von meinem Vater aus, meine Mutter hätte den Psychoterror wahrscheinlich einfach ausgesessen, aber welcher Vater kann auf Dauer diesem Blick widerstehen?«

Sie sah mich an wie ein Hund, dessen Leben enden würde, wenn er nicht sofort den Knochen bekäme.

»Wow! Wie lange hast du dafür geübt?«

»So etwas bekommen Mädchen bei der Geburt mit.«

»Ja, das erklärt einiges. Was ist in San Diego?«

»SeaWorld, so ein Freizeitpark, wo sie Shows mit Orcas aufführen.«

»Und du bist tatsächlich mit einem geschwommen?«

Jessi blickte geradeaus durch die Windschutzscheibe, und ihr Gesicht bekam einen harten, sturen Zug.

»Ich war vier oder fünf, als ich den Film zum ersten Mal gesehen hab, und sieben, als wir nach San Diego geflogen sind. Sie haben mich nicht ins Becken zum Orca gelassen, aber ich durfte neben der Tiertrainerin direkt am Beckenrand stehen. Ich war so aufgeregt, ich wäre wahrscheinlich ertrunken, wenn ich ins Wasser gedurft hätte. Meine Eltern saßen in der ersten Reihe, gleich vorn am Becken, und waren mindestens genauso aus dem Häuschen wie ich. Ich kann mich an das Gesicht meiner Mutter erinnern, an das meines Vaters aber nicht, weil er die ganze Zeit diese große Kamera davor hielt. Es gibt Hunderte Fotos davon. Die Trainerin, sie hieß Shayline, glaube ich, drückte mir einen toten Fisch in die Hand und zeigte mir, wie ich ihn halten muss. Dann hat sie den Orca angelockt. Er hieß John Boy. Ich sah ihn in dem glasklaren Wasser unter der Oberfläche auf mich zukommen, beobachtete, wie er größer und größer wurde, geradezu riesig, und ich bekam es mit der Angst zu tun. Dann schnellte er plötzlich aus dem Wasser und rutschte mit dem halben Körper auf die Insel, die ein paar Meter ins Becken hineinragte. Von einer Sekunde auf die andere lag ein ausgewachsener Orca direkt vor mir. Ich dachte, ich wäre darauf vorbereitet, doch ich war es nicht. Starr vor Angst konnte ich nicht einmal die Hand mit dem Fisch darin heben. Shayline rief mir etwas zu, aber ihre Stimme drang irgendwie nicht zu mir durch. Der Orca war keine zwei Meter entfernt und dann …«

Sie stockte, und ich spürte, dass ich besser nichts sagen sollte. Vor allem nichts Flapsiges.

Nachdem sie ein paarmal geschluckt hatte und die Züge in ihrem Gesicht noch härter geworden waren, sprach Jessi weiter. Ihre Stimme klang belegt.

»Dann passierte etwas mit mir. Denn obwohl ich noch so jung war, verstand ich es. Es lag am Ausdruck in John Boys Augen. Den habe ich nie wieder vergessen. Es war das Traurigste, was ich bis dahin gesehen hatte, und ich kann mir bis heute nicht verzeihen, meine Eltern dazu gezwungen zu haben, Geld für die lange Reise und die Eintrittskarten auszugeben und diesen Park damit zu unterstützen.«

Jessi macht eine Pause.

Ich ahnte, was kommen würde.

»Sie sind Gefangene«, fuhr sie fort. »Und sie wissen es. Wissen, dass sie niemals wieder das weite offene Meer sehen werden. Niemals wieder mit ihren Brüdern und Schwestern spielen werden. Niemals wieder jagen werden, wie es ihre Natur ist. In John Boys

Augen sah ich Leid und Verzweiflung, aber auch eine tiefe Resignation, die schlimmer war als alles andere. Er hatte längst aufgegeben, hatte keine Hoffnung mehr, und obwohl ich es damals noch nicht in Gedanken, geschweige denn in Worte fassen konnte, wusste ich: Dieser Zustand ist bei Weitem grausamer als der Tod. Ringsherum lachten und klatschten die Menschen, auch meine Eltern, und ich stand einfach nur da und schämte mich zu Tode. Ich hab sogar geweint. Ganz ehrlich, die Fotos solltest du sehen.«

Was Jessi erzählte, war nichts Neues. Ich erinnerte mich. *Free Willy* hatte Anfang der Neunzigerjahre eine Diskussion losgetreten, und mittlerweile war es weitverbreiteter Konsens, diese Meeressäuger nicht einzusperren. Leider hatte dies nicht dazu geführt, dass es weltweit verboten wurde. Noch immer herrschte Profitgier über Einsicht. Noch immer mussten sie die Clowns für vergnügungssüchtige Menschen geben.

»Weiß du, was mit Free Willy passiert ist?«, fragte Jessi.

»Nein.«

»Der Film war so erfolgreich, dass zwei weitere Teile gedreht wurden. Aber es ging vielen Menschen wie mir. Nach dem dritten Film wurde er mit Spendengeldern freigekauft und in die Freiheit ausgesetzt – und genau das war sein Tod. Er starb wenige Monate später in der Nähe von Norwegen an einer Lungenentzündung.«

»Wie traurig.«

»Dachte ich auch lange Zeit. Bis ich zu der Überzeugung gelangte, dass er glücklich gestorben sein muss, jedenfalls glücklicher als in Gefangenschaft.«

»Trotzdem, ein wenig mehr Zeit in Freiheit hätte ich ihm gewünscht.«

»Vielleicht wiegt die kurze Zeit, die er in Freiheit verbrachte, die lange seiner Gefangenschaft auf. Keine Ahnung. Aber was ich weiß, ist, dass er sie genossen hat, jede einzelne Minute. Willst du wissen, wie ich zu dieser Überzeugung gekommen bin?«

Klar wollte ich das.

Doch in diesem Moment bog ich in die Einfahrt der Klinik ab. Jessis sechste Strahlendosis stand bevor, der Linearbeschleuniger wartete bereits auf sie. Ich hielt direkt vor dem Haupteingang, wie immer war um diese Zeit Hochbetrieb und an einen freien Stellplatz nicht zu denken. Ich ließ den Motor laufen. Jessi ergriff den Türöffner, drehte sich aber noch einmal zu mir um.

»Ich erzähl es dir, aber nicht hier in deiner Krebskarosse. Überleg dir einen schöneren, angemessenen Ort.«

Orca-Slam

In meinem Job gab es immer mal wieder unterschiedlich lange Pausen zwischen den einzelnen Touren. Mitunter reichte die Zeit, um im Park spazieren oder ins Einkaufszentrum zu gehen, meistens jedoch nur für einen Coffee to go am Kiosk oder um das Auto zu waschen und zu tanken. Für diese Pausen hatte ich im Laufe der Zeit über die ganze Stadt verteilt Plätze ausgemacht, die mit dem Wagen gut erreichbar waren, an denen ich dennoch meine Ruhe hatte. Einen dieser Plätze fand ich sehr geeignet für Jessis Wal-Bericht.

»Wohin fahren wir?«, fragte sie sofort, nachdem sie eingestiegen war.

»Lass dich überraschen. Viel Zeit haben wir aber leider nicht.«

»Wie viel?«

»Fünfzehn Minuten.«

»Okay, die reichen.«

Ich lenkte den schwarzen Skoda von der Klinik über die Schnellstraße ins Hafengebiet. Dort kannte ich eine Stelle in der Nähe der Waterfront, an der ich mit dem Taxi ziemlich nah an die Weser herankam. Wir ließen den Wagen stehen und gingen die letzten zwanzig Meter zu Fuß. Die Sonne blitzte hinter leichten Wolken hervor, die Luft war irgendwas zwischen warm und frisch, ein leichter Wind wehte vom Fluss her, und tatsächlich riefen sogar ein paar Möwen. Jessi ging langsam, und ich passte mich ihrer Geschwindigkeit an. An der Mole setzten wir uns nebeneinander auf einen Betonquader, der sich trotz des guten Wetters verdammt kalt am Hintern anfühlte.

»Blasenentzündungsgefahr«, sagte ich.

»Nicht für mich, ich glühe von der Bestrahlung.«

Jessi sah sich um.

Zugegeben, es war kein atemberaubender Blick. Das Wasser dunkel, das Umfeld verbaut, und auf der anderen Flussseite ragten nichtssagende Häuserfronten empor. Dazwischen tuckerte gerade ein Binnenschiff vorüber, das Sand geladen hatte.

»Nett hier«, sagte Jessi.

»Für Bremer Verhältnisse ja.«

»Nein, ehrlich, du hast die richtige Location gewählt. Das weite Meer, der endlose Horizont …«

»Sehr witzig.«

Jessi schwieg einen Moment, dann legte sie los.

»Ich kam darauf, als ich erfuhr, dass Free Willy in Norwegen gestorben war. Wieso Norwegen?, fragte ich mich. Warum ist er nach Europa gekommen? Und dann fand ich heraus, dass hoch oben im Norden, im Tysfjord, jedes Jahr ein atemberaubendes Schauspiel stattfindet. Im Winter ziehen Hunderte Orcas den Heringen hinterher und fressen sich dort satt.«

»Das wusste ich nicht.«

»Ich bis dahin auch nicht. Aber weil ich diesen traurigen Blick, den ich in John Boys Augen gesehen hatte, nicht loswurde, setzte ich mir ein neues Ziel. Ich wollte einen Orca in freier Wildbahn erleben, ihn dort aus der Nähe sehen. Einen glücklichen Orca. Also habe ich recherchiert und bin auf den Tysfjord gestoßen.«

»Du bist dort gewesen?«

Sie nickte, und ein Lächeln huschte über ihr rundes Gesicht.

»Es hat eine Weile gedauert, aber ja. Vor sechs Jahren. Zusammen mit Vero. Zwei Jahre hab ich all mein Geld gespart, alles zusammengekratzt, was ging, hab dafür sogar gemodelt, obwohl ich es hasste, mich zur Schau zu stellen. Alles habe ich diesem Ziel untergeordnet. Und dann bin ich dorthin gefahren. Im Nachhinein betrachtet muss ich sagen, ich war so sehr fixiert darauf, dass ich mein ganzes Leben danach ausgerichtet und mir keine Gedanken über das Danach gemacht habe. Für mich fühlte es sich so an, als würde es kein Danach geben, als würde sich mein Leben beim Anblick der Wale in freier Wildbahn einfach auflösen. Und soll ich dir was sagen?«

»Ich bitte darum.«

»In jenem Augenblick, als ich die Orcas sah, wenn ich da gestorben wäre, wäre ich glücklich gestorben. Zufrieden. Im Reinen mit mir und der Welt.«

»Ist aber Gott sei Dank nicht passiert.«

Jessi warf mir einen Blick zu, und ich schämte mich für meine ziemlich blöde Aussage.

»Dann gäbe es deine wunderbare Leonie nicht«, schob ich schnell hinterher.

»Tja, mehr Glück kann man wohl nicht erwarten.«

Das klang traurig und ehrlich zugleich.

Gemeinsam starrten wir auf den Fluss. Für einen Moment waren keine Worte notwendig, sie hätten sogar gestört. Aber gerade, als ich mich fragte, ob das schon alles war, was Jessi mir über die Orcas vor Norwegen erzählen wollte, sprang sie auf und stellte sich vor mich hin.

»Okay.«

Sie faltete die Hände und drückte sie nach unten durch wie ein kleines schüchternes Mädchen, das sich schämte. Das linke Bein klemmte sie hinter das rechte.

»Du musst mir versprechen, nicht zu lachen.«

»Lachen? Worüber?«

»Du weißt, was Poetry-Slam ist?«

»So ungefähr.«

»Ich bin ein großer Fan davon und wollte immer mal selbst auf einer großen Bühne vor Hunderten Menschen auftreten. Ich nehme aber auch mit dir vorlieb.«

»Was für eine Ehre. Ich höre also ein Gedicht über Orcas?«

»Genau. Wenn du lachst, töte ich dich und werfe dich in den Fluss. Ich hab gehört, da drin gibt es gefräßige Piranhas.«

Ich lehnte mich zurück und stützte mich mit den Händen auf dem kalten Betonquader ab.

»Nie zuvor war ich ernster.«

Jessis Lächeln verunglückte ein wenig, denn sie versank augenblicklich in tiefe Konzentration. Den Blick zu Boden gerichtet, dachte sie ein paar Sekunden nach, bevor ein Ruck durch ihren Körper ging, sie den Rücken durchdrückte und mit dem Finger auf mich zeigte.

»Grau ist keine Farbe, denkst du, nur schlechtes Licht, diffus und schal.

Stimmt nicht, sag ich dir, grau ist eine Kulisse, eine große Bühne für den Wal.

In der Ferne, die Lofoten, graue Berge, hart und alt, unter dem Kiel graues Wasser, tief und kalt.

Schwärme von Möwen am Horizont, graue Vögel, frei und wild, und dann er, großer Auftritt, starkes Bild.

Zunächst die Finne, sie zerschneidet die Fluten, dann der Blas, der aufrecht in den Himmel stößt,

erst hier, dann dort, überall winken die Fluken, eine am Bug, als ob sie dich grüßt.

Schwarz-weiße Körper, glänzend und glatt, durch ihre Schönheit ist selbst das Grau nicht mehr matt.

Wie sie mühelos gleiten ist pure Magie, zum Schwimmen geschaffen, verweilen sie nie.

Die endlose Weite aller Ozeane der Welt hat ein weiser Schöpfer diesen Tieren gestellt.

Du schaust und staunst, könntest weinen vor Glück, und endlich begreifst du die Schöpfung ein Stück.

Dann hebt er den Kopf, sieht dich an, du erwiderst den Blick, deine Seele entblößt, erkennst, dass der Orca kein Killer sein kann, weil statt Angst er dir Sehnsucht nach Freiheit einflößt.«

Sie sah mich an, ein wenig außer Atem, die Wangen gerötet. Ihr schmaler Brustkorb hob und senkte sich, auf dem weißen Shirt bewegte sich der aufgedruckte Orca. Ihre Augen wurden groß und größer, deutlich darin zu erkennen die Frage, ob es mir gefallen habe.

Ich stieß mich von dem Betonquader ab, stand auf und applaudierte.

Jessi errötete noch ein bisschen mehr.

»So toll war es auch nicht«, sagte sie. »Es hakt an einigen Stellen.«

»Es ist wunderschön«, widersprach ich und meinte das absolut ehrlich. »Für ein paar Sekunden hab ich die Orcas vor mir gesehen – und die Lofoten.«

»Wirklich?«

Ich deutete auf die Weser.

»Gleich da unten, ich schwöre es.«

»Verarschen kann ich mich allein.«

»Ich verarsch dich nicht. Und du erzähl mir bitte nicht, du warst mit deinem Talent noch nie auf einer Bühne.«

»War ich. Drei Mal. In kleinen Clubs in Berlin. Vor zwei Dutzend Leuten, die meisten davon Freunde und Bekannte. Hab sogar mal einen Slam gewonnen.«

»Damit musst du weitermachen, unbedingt.«

»Ja … irgendwann.«

Das Diensthandy in meiner Hosentasche klingelte. Ärgerlich. Ich sah nur kurz aufs Display, ging aber nicht ran.

»Scheiße, die Zentrale. Ich glaube, wir müssen los.«

»Okay.«

Nebeneinander gingen wir zurück zum Taxi. Ihre Schulter berührte meine.

»Hast du dir das gerade ausgedacht? Den ganzen Text?«

Sie schüttelte den Kopf.

»Dein trauriger Bericht vom grauen Mann hat etwas in mir ausgelöst. Und als ich unter dem Linearbeschleuniger lag, flossen die Worte nur so.«

»Hey, das Ding hat eine positive Wirkung auf dich.«

»Scheint so.«

»Er braucht einen Namen, findest du nicht auch?«

»Wer? Der Beschleuniger?«

Ich nickte.

»Irgendeinen Vorschlag?«

Ich hielt ihr die Tür auf, und sie stieg ein.

»Wie wäre es mit Free Willy?«

Free Willy hat seine Tage

So nannten wir Fahrer es, wenn der Linearbeschleuniger mal wieder streikte. Das kam häufiger vor, als man annahm, und meistens montags, sodass man dem Gerät schon vorwerfen konnte, ein notorischer Blaumacher zu sein. Allerdings nahm er sich, wie heute, auch gern mal mitten in der Woche frei.

Den Anruf, dass alle Fahrten bis auf Weiteres abgesagt waren, bekam ich, da saß Jessi bereits im Wagen, und wir befanden uns auf halber Strecke zur Klinik.

Sie hörte über die Freisprecheinrichtung mit.

»Hey, ein freier Tag!«, versuchte sie sich in gespielter Freude.

»Ja, aber der wird hinten drangehängt.«

»Echt?«

»Ich fürchte ja. Du bekommst deine vierzig Einheiten Photonen, egal, wie lange es dauert.«

Sie zuckte mit den Schultern.

»Und wenn schon. Diesen Tag sehe ich trotzdem als Geschenk an. Hast du dadurch auch frei?«

So ein außerplanmäßiger Ausfall brachte immer den Fahrplan durcheinander und unverhoffte Auszeiten mit sich. Dennoch musste ich mich zur Verfügung halten. Manchmal besann sich Free Willy schnell eines Besseren, und dann ging es plötzlich weiter. Ich beschrieb Jessi, wie die medizinisch-technischen Angestellten unten im Keller der Klinik in diesem Moment mit Hämmern auf der Außenhaut des Linearbeschleunigers herumschlugen, um ihn wieder zum Laufen zu bewegen. Direkt vor der Klinik konnte man das metallische Hämmern sogar hören, wenn man ganz still war.

»Und ich dachte, das kommt von der Werft unten am Fluss«, sagte Jessi.

»Nur manchmal«, beharrte ich.

»Und wenn das nicht hilft?«, wollte sie wissen.

»Dann rufen sie den Techniker an. Davon gibt es genau einen in Norddeutschland, und bis der hier ist, ist der Tag vorbei.«

»Also hast du Zeit?«

»Bis auf Weiteres.«

»Dann lass uns irgendwo einen Kaffee trinken und Kuchen essen.«

»Kuchen am Vormittag?«

»Du fährst mich ja nicht nachmittags.«

»Okay, ich kenne ein nettes Café, in dem es auch ordentliches Frühstück gibt.«

»Ist das eine Einladung?«

»Es ist mir eine Freude.«

Über die Werderstraße und den Kuhhirtenweg erreicht man den Sandweg und das *Café Sand*, das auf einer Flussinsel direkt am Weserufer liegt und einen tollen Blick auf den gegenüberliegenden Osterdeich mit seinen stuckverzierten Fassaden bietet. Zudem ist das Café von Schrebergärten umgeben. In den kleinen Wegen und Gassen kann man hervorragend herumspazieren und den Gedanken freien Lauf lassen. Ich hatte das schon oft getan.

Jessi zeigte auf das massive, fast schon bunkerähnliche Gebäude an der Werderstraße, an dem wir vorbeifuhren.

»Sieht unheimlich aus.«

»Wir Bremer nennen es ›die umgedrehte Kommode‹.«

»Warum?«

»Die kleinen Türmchen an den Ecken sehen doch aus wie die Füße einer Kommode, findest du nicht?«

»Mhm … aber nur, weil du es sagst.«

»Die Bremer Fantasie ist eben sehr speziell.«

»Kein Widerspruch.«

Am *Café Sand* standen wir vor verschlossenen Türen. Es öffnete erst um zehn Uhr.

»Warum bieten die Frühstück an, wenn sie erst mittags öffnen?«, fragte Jessi verstimmt.

»Na, dann hoffen wir mal, dass Free Willy noch ein bisschen herumzickt. Komm mit, hier kann man wunderbar spazieren gehen.«

Kaum waren wir losgegangen, brach die Sonne durch den leichten Nebel, der seit dem frühen Morgen über der Stadt lag.

Und so kam es, dass ich an einem stinknormalen Wochentag in diesem bezaubernden Licht mit einem bezaubernden glatzköpfigen Mädchen, das wunderbare Gedichte schrieb und in die Augen eines Orcas geschaut hatte, spazieren ging. Ich war mir dieses Momentes sehr bewusst und genoss ihn. Normalerweise war ich in Gegenwart von Frauen eher eingeschüchtert und verschlossen, hatte Angst, mich zu blamieren oder zurückgewiesen zu werden, doch bei Jessi war das nicht so.

»Übrigens musste ich Vero deine Handynummer geben«, sagte sie, während wir nebeneinander herschlenderten. »Wenn ich sie ihr nicht gegeben hätte, hätte sie direkt in deiner Firma angerufen.«

Ich konnte mir denken, warum Vero um meine Handynummer gebeten hatte, und vielleicht war jetzt der richtige Zeitpunkt, das Thema anzusprechen.

»Du redest mit ihr nicht darüber, wie es dir geht, also will sie mich aushorchen, richtig?«

Jessi nickte.

»So was in der Art.«

»Okay. Dann muss ich Vero aber auch Rede und Antwort stehen können. Wie geht es dir?«

Jetzt war sie heraus, die Frage, auf deren Antwort ich einerseits gespannt war, vor der ich andererseits aber auch Angst hatte.

Jessi blickte zu Boden und kickte einen größeren Stein weg,

der auf dem Weg lag. Er kullerte ins Gras und blieb dort liegen. Sie steckte die Fingerspitzen in die Taschen ihrer Jeans.

»Im Moment großartig.«

»Schön zu hören. Aber ich wüsste auch gern, wie es mittelfristig aussieht.«

»Nicht so toll.«

Wir bogen nach links ab. Von anderen Besuchen hier wusste ich, dass es dort eine Bank an einer schönen Stelle gab, und vielleicht täuschte ich mich, aber ich hatte den Eindruck, Jessi atmete schwerer als noch vorhin. Eine kleine Pause erschien mir angebracht.

»Wenn du nicht darüber reden willst, ist das okay«, sagte ich. »Aber ich hab mit den MTAs in der Klinik was am Laufen. Die erzählen mir alles, wenn ich sie frage.«

»Ja, so siehst du auch aus.«

»Hey! Was soll das denn heißen?«

»Nein, im Ernst. Ich kann's mir vorstellen.«

Ein sehr verklausuliertes Kompliment, aber es kam bei mir an.

»Und? Hast du sie schon gefragt?«, wollte Jessi wissen.

Ich schüttelte den Kopf.

»Nein.«

Das war nicht einmal gelogen. Schließlich hatte ich Willi-Chef nicht gefragt, er hatte von sich aus erzählt, wie es um Jessi stand. Und eine MTA war er auch nicht.

Die Bank kam in Sichtweite.

»Setzen wir uns dort hin«, sagte ich.

Ein Romantiker hätte es nicht besser planen können. Es herrschte Niedrigwasser, und über der Weser lagen Nebelbänke. Unter der Kraft der Sonne in Auflösung begriffen, schienen sie aus sich selbst heraus zu leuchten und zu glitzern. Die sonst lauten Verkehrsgeräusche vom Osterdeich drangen nur gedämpft herüber. Ein wenig konnte man sich dem Gefühl hingeben, allein auf der Welt zu sein – oder irgendwo auf den grauen Lofoten.

»Wow!«, sagte Jessi, zückte ihr Handy, schoss ein Foto und tippte mit flinken Fingern auf dem Display herum.

Zwei Sekunden später machte es leise *Pling*, und Jessi las die Nachricht.

»Ist von Vero. Sie schreibt, sie hatte recht.«

»Womit?«

»Du bist ein Casanova und willst mir an die Wäsche. Ich soll nicht auf die Kulisse hereinfallen.«

Sie tippte etwas ein und steckte das Handy weg.

»Was hast du geantwortet?«

»Geheimnis unter Freundinnen.«

Wir schwiegen und betrachteten das Schauspiel der unter der Wärme aufsteigenden und sich auflösenden Nebelschwaden.

Jessi war mir eine Antwort schuldig, und ich würde so lange still sein, bis sie sie mir freiwillig gab. Und wenn es bis zum Sankt-Nimmerleins-Tag dauern sollte.

Sie ließ mich weitere Minuten schweigend warten. Minuten, in denen ich spürte, wie sie sich die richtigen Worte zurechtlegte.

»Vor drei Monaten gaben die Ärzte mir höchstens noch sechs bis neun Monate«, begann sie schließlich. »Und dann zählten sie die verschiedenen Behandlungsmethoden auf. Zuerst Chemotherapie, dann Operation, dann Bestrahlung. Ich habe sie gefragt, wie lange die Behandlungen alles in allem dauern würden. Der Chefarzt meinte, wenn sie sofort beginnen würden und alles glattliefe und es bei der OP keine Komplikationen gebe, ungefähr ein halbes Jahr. Ich fragte ihn, ob er sich der Ironie dessen, was er gerade gesagt hatte, bewusst sei. Aber er verstand keine Ironie. Schlussendlich hatte er nur eine Antwort für mich. Die Hoffnung stirbt zuletzt.«

»Ist nicht dein Ernst!«, empörte ich mich.

»Im ersten Moment war ich genauso sauer wie du jetzt, aber dann habe ich verstanden, dass Phrasen auch Schutzmauern sein können.«

»Schutzmauern für wen?«

»Für den, der sie benutzt. Ich nehme es dem Arzt nicht mehr krumm. Wenn er so als Überbringer schlechter Nachrichten besser klarkommt, dann bitte. Vielleicht muss man ihm auch seinen Glauben an die Schulmedizin zugutehalten.«

»Dennoch war es in dem Moment unpassend, so etwas zu sagen«, beharrte ich.

Jessi zuckte mit den Schultern.

»Ich habe mir einen eigenen Sinnspruch daraus gebastelt. Einen, der meine eigene Wahrheit widerspiegelt. Willst du ihn hören?«

»Unbedingt.«

»Nicht die Hoffnung, sondern der Krebs stirbt zuletzt. Was bedeutet: Ich werde bis zum letzten Atemzug, bis zum allerletzten Gedanken hoffen, und dann sterbe ich mit der Hoffnung, nicht ohne sie. Und ich stelle mir vor, wie der beschissene Tumor in meinem Körper in Panik gerät, weil er endlich kapiert, dass er die ganze Zeit an dem Ast gesägt hat, auf dem er sitzt, aber dann ist es zu spät für ihn, und er stirbt in Panik und Angst, und es gibt nichts Schönes mehr für ihn, kein frisches Blut aus meinem Herzen, keine Luft aus meiner Lunge. Er stirbt. Nach mir. Allein – und wirklich hoffnungslos.«

Ich saß einfach nur da und starrte Jessi an.

»Sag was«, forderte sie mich auf.

»Es … tut mir leid.«

»Was anderes.«

»Nein, wirklich. Es tut mir unendlich leid für deinen Tumor. Was du vorhast ist einfach schrecklich und gemein, und ich werde es der SFT melden.«

»SFT?«

»Schutzvereinigung für Tumoren.«

Ich bekam einen Ellenbogencheck in die Seite und zuckte zusammen.

»Auch Ärzte irren«, sagte ich, weil ich einfach etwas Hoffnungsvolles sagen musste.

Niemand kann in einer solchen Situation einfach dasitzen und sagen: »Hey, du hast noch sechs Monate, höchstens, verdammt wenig, oder, aber was soll's, es gibt Schlimmeres, und überleg mal, wie viel Steuern du nicht zahlen musst.«

Nein, man wies die Hoffnungslosigkeit der Situation von sich, widersetzte sich ihr besseren Wissens, belog sich selbst und andere. Aber man tat es nicht aus Dummheit oder Ignoranz, sondern aus Schwäche – und die war verzeihlich.

»Er wächst weiter. Trotz Behandlung. Er wächst, Adam.«

Sie sah mich an, Tränen in den Augen, der Wasserstand jedoch noch zu niedrig, um den Damm zu überwinden. Silbrige Sichelmonde schimmerten auf ihren Lidern.

Ich tat, was wohl jeder in dem Moment getan hätte: Ich drückte ihre Hand.

»Scheiß drauf, ich hoffe mit dir.«

Eine Zeit lang saßen wir einfach nur da und starrten vor uns hin.

Bis Jessis Magen sich lautstark bemerkbar machte.

»Jesus!«, sagte ich. »Deinem Appetit schadet das alles aber nicht, oder?«

»Ich hab dauernd Hunger.«

»Na los, dann lass uns endlich frühstücken.«

Das Gegenteil von Gerecht

Free Willy ließ sich von den Hammerschlägen der MTAs nicht beeindrucken. Er schien zu wissen, dass der einzige Techniker Norddeutschlands eine Grippe auskurierte und seine Vertretung erst am nächsten Tag Zeit hatte. So kam es, dass die Bestrahlung für alle Patienten zwei volle Tage lang ausfiel. Da es aber eine Mindestdosis pro Woche gab, die verabreicht werden musste, musste dieser Ausfall ausgeglichen werden. Also plante die Klinik den normalerweise freien Samstag als Bestrahlungstag ein.

Mein Chef fragte mich, ob ich am Samstag arbeiten könnte, und ich sagte zu. Zwar würde ich den Einkauf mit Oma Olga verschieben müssen, doch es war mir wichtig, niemand anderen, schon gar nicht Michael, Jessi Bischoff fahren zu lassen.

Außerdem schickte Willi-Chef mich auf Besorgungsfahrten von Pontius zu Pilatus. Ich besorgte drei Handy-Freisprecheinrichtungen und brachte sie in die Zentrale, damit sie in den nächsten Tagen in die neuen Autos eingebaut werden konnten.

Auf dem Hof des Taxibetriebes war Silke, Willis Frau, damit beschäftigt, einen Wagen auszusaugen. Ich zog den Stecker des Staubsaugers, damit wir einen Moment Ruhe hatten. Silke nutzte die Gelegenheit und zündete sich eine Zigarette an.

»Wie kannst du noch rauchen, bei all den Geschichten, die wir mitbekommen?«

Sie zuckte mit den Schultern.

»Es kommt sowieso, wie es kommen soll. Wie geht's deiner Oma?«

»Bestens. Ich soll Grüße bestellen.«

»Sie hat auch geraucht, oder?«

»Jaja.« Ich winkte ab. »Es finden sich immer Beispiele, die das Gegenteil beweisen.«

Ich erzählte ihr von Jessi Bischoff, die noch nie eine Zigarette angefasst hatte, die noch gar nicht lange genug auf Erden weilte, um ausreichend ungesund gelebt haben zu können, die sportlich und klug war und eine kleine Tochter hatte. Und die binnen sechs Monaten sterben würde. Zumindest, wenn man den Ärzten Glauben schenkte – was ich nicht tat.

»Traurig«, sagte Silke und paffte. »Weiß ihre Tochter davon?«

Jetzt war ich an der Reihe, mit den Schultern zu zucken. Ich wusste es nicht. Die Frage hatte ich mir bereits an dem Tag gestellt, als wir Leonie am Kindergarten abgesetzt hatten, doch sie war bisher unbeantwortet geblieben.

»Du kannst ein paar Tage normales Taxi fahren, wenn du willst«, bot Silke an.

Sie war das Herz und die Seele des Betriebes, und das hatte Gründe. Sie hatte feine Antennen für das Befinden ihrer Mitmenschen, und sie sah nicht einfach darüber hinweg, wenn es jemandem schlecht ging, sondern versuchte, alles zum Besseren zu wenden.

»Nicht nötig, ich komme zurecht.«

»Bist du sicher?«

»Absolut.«

Nächstes Jahr, okay!

Nach Feierabend traf ich mich mit Ingo zum Joggen, wir liefen um den Werdersee.

»Du wirkst verstimmt«, sagte Ingo nach der ersten Runde.

»Weil wir schon wieder für einen Berg trainieren, den wir dieses Jahr nicht besteigen. Wahrscheinlich werden wir ihn sowieso niemals besteigen.«

»Hey, nicht so pessimistisch.«

»Ist doch wahr! Wir lange planen wir den Chimbo bereits? Fünf Jahre?«

»Na und?! Die Hoffnung stirbt zuletzt.«

Kurz überlegte ich, meinen Freund die Böschung zum See hinunterzustoßen, entschied mich aber dagegen.

»Kannst du nicht doch noch Urlaub nehmen?«, fragte ich stattdessen.

»Keine Chance. Viel zu viele Aufträge. Wir haben Reinhard Mey und Bon Jovi.«

»Krasse Mischung. Sind eigentlich nur noch alte Leute on tour?«

»Danke, du mich auch.«

»Meine Oma wird neunzig und vergesslich. Ich habe ihr eine Postkarte aus Ecuador versprochen. Von der Eisigen Frau.«

»Mann, was ist los? Wir kommen da schon noch hin. Nächstes Jahr klappt es bestimmt. Ich nehme mir den kompletten August frei. Versprochen. Und deine Oma schafft locker noch die Hundert.«

Wir zogen unser Tempo ein wenig an.

Ich konnte Ingo keine Vorwürfe machen. Es lag ja nicht an

ihm allein, dass wir unsere große Reise bisher nicht angetreten hatten, ich hatte in den vergangenen Jahren auch nicht gerade großen Druck aufgebaut. Weder bei mir selbst noch bei ihm. Wir waren ja auch jedes Jahr zum Klettern in die Alpen gefahren, insofern war alles gut gewesen.

Aber Jessis Worte nagten in mir, ließen mir keine Ruhe.

»Ist noch was anderes?«, fragte Ingo.

»Nee, alles klar.«

Wie sollte ich ihm klarmachen, dass ein krebskrankes Mädchen mit bescheidenen Zukunftsaussichten mein Vielleicht infrage gestellt hatte?

Keine Luft

Samstag brach ich um sechs Uhr von zu Hause auf. Oma Olga war nicht zu sehen, aber auf der alten Wachsdecke des Küchentisches stand mein Taxi-Thermobecher, gefüllt mit heißem Kaffee. Wie gut, dass wir gestern Abend zu der Übereinkunft gelangt waren, sie solle bitte nicht so früh aufstehen, um mir Kaffee zu machen.

Wegen des Linearbeschleuniger-Ausfalls war der Fahrplan komplett umgestellt worden. Jessi musste bereits um sieben in der Klinik sein.

Ich war guter Dinge, pfiff *Yankee Doodle* vor mich hin und freute mich auf die Fahrt. Die Stadt war ungewohnt ruhig. Kaum Verkehr auf den sonst immer überlasteten Durchgangsstraßen, nur wenige Menschen waren schon unterwegs, einige von ihnen, den Gesichtern nach zu urteilen, wohl immer noch. Ich meldete mich in der Zentrale, damit man dort wusste, dass ich im Dienst war, schaltete danach das Autoradio aus und genoss die frühmorgendliche Ruhe. Lange würde sie nicht anhalten. Ab zehn Uhr setzte der Shoppingverkehr ein, und der war kaum weniger dicht als der Berufsverkehr.

Im Taubenweg war es ebenfalls ruhig. Vor den meisten Fenstern waren noch die Rollladen heruntergelassen. Ein alter Herr kam mit einem Hund an der Leine und einer Brötchentüte in der Hand die Straße hinunter. Er erwiderte meinen fröhlichen Gruß nicht, sein miesepetriges Gesicht blieb auf seinen Hund gerichtet, die Laune verderben konnte er mir damit aber nicht.

Ich drückte auf den Klingelknopf und wartete. Erst mal tat sich jedoch nichts, und zwar so lange, dass ich mich genötigt fühlte, ein zweites Mal zu klingeln. Vielleicht hatte Jessi ja verschlafen! Wieder musste ich auf eine Reaktion warten, aber kurz bevor ich ein drittes Mal auf den Klingelknopf drücken konnte, knackte es in der Gegensprechanlage, und ich hörte ihre Stimme. Leise und schwach, so, als funke sie vom anderen Ende der Welt.

»Kannst du raufkommen, bitte?«

Mit einem Summton entriegelte das Schloss, ich stieß die Haustür auf und lief die Treppen hinauf. Die Tür zu Jessis Wohnung stand einen Spaltbreit offen. Ich klopfte vorsichtig.

»Komm rein.«

Hinter der Tür lag ein kleiner Flur. Vollgestopft mit Jacken, Schuhen, Kindersitz und Kinderwagen, konnte ich mich gerade so hindurchschieben.

»Ich bin hier«, rief sie.

Ich folgte ihrer Stimme und landete in der Küche. Sie war lang und schmal, ein schlauchartiger Raum. An einem halbrunden Tisch hockte Jessi auf einem Stuhl und blickte mich aus trüben Augen an. Ihr Gesicht war aschfahl, die Lippen waren blass, ihre Arme hingen kraftlos herunter. Sie trug Jeans und Trägershirt, war aber barfuß.

»Es geht wieder los«, sagte sie so leise, dass ich sie kaum verstand.

Ich ging vor ihr auf die Knie.

»Was geht wieder los?«

»Keine Luft. Ich bekomme kaum Luft … kann nicht mal die Schuhe anziehen.«

Jetzt hörte ich, wie mühsam sie atmete. Es klang, als arbeite sie gegen einen Widerstand in ihrer Luftröhre an.

»Was kann ich tun? Soll ich in der Klinik anrufen und die Bestrahlung absagen?«

Sie schüttelte den Kopf.

»Nein … das wäre der dritte Tag in Folge. Er wächst, wenn er nicht bestrahlt wird.«

»Okay … okay.« Ich sah mich um. »Wo ist Leonie?«

»Bei meinen Eltern. Ich wollte, dass sie ausschläft.«

»Gut. Ich helfe dir, wir schaffen das schon. Wo sind deine Schuhe?«

»Im Flur. Neben der Garderobe. Die blauen.«

Ich holte die blauen Sneaker, die ich schon kannte, ging wieder vor ihr auf die Knie und zog sie ihr an.

Diese Art von Hilfestellung war auch im Leben eines Krebstaxifahrers nicht alltäglich, aber sie kam häufiger vor, als man annahm.

Als ich den zweiten Schnürsenkel gebunden hatte und zu Jessi aufsah, blickte ich in angsterfüllte Augen. Sie war den Tränen nahe.

»Hey, keine Angst, wir schaffen das.«

Jessi nickte mit zusammengepressten Kiefern.

Ich half ihr vom Stuhl auf und stützte sie. Im Flur nahm ich die blaue Kapuzenjacke vom Haken und half ihr hinein. Mit der linken Hand tastete sie sich an der Wand entlang aus der Wohnung, ich blieb dicht hinter ihr, um sie notfalls auffangen zu können. Nachdem ich die Wohnungstür abgeschlossen hatte, hakte ich Jessi unter. Ihr Atem ging rasselnd, und sie war so schwach, dass ich ihr ganzes Gewicht auf meinem Arm spürte. Vor der obersten Treppenstufe blieben wir stehen. In diesem Haus gab es keinen Fahrstuhl.

»Ich kann dich tragen«, bot ich an.

Jessi schüttelte den Kopf und ging voran. Ich blieb dicht an ihrer Seite. Zusammen schafften wir es unfallfrei die Treppe hinunter, aber es dauerte lange. Als Jessi endlich im Auto saß, waren wir beide verschwitzt und sie völlig fertig. Ich beugte mich über sie, schnallte sie an und beeilte mich einzusteigen.

Meine Gedanken rasten. Sollte ich in der Klinik anrufen und die Situation schildern? War es besser, einen Rettungswagen zu alarmieren? Ich hatte keine Ahnung, was richtig war.

Jessi saß mit geschlossenen Augen regungslos auf dem Beifahrersitz, die Hände ineinander verkrampft. In meinem ganzen Leben hatte ich noch nie jemanden so mühsam atmen hören. Ihr Brustkorb hob und senkte sich wie in Zeitlupe, und das schleifende Geräusch darin klang besorgniserregend.

»Soll ich nicht besser einen Rettungswagen rufen?«, fragte ich.

Sie schüttelte den Kopf, sagte aber nichts. Gleichzeitiges Sprechen und Atmen war zu viel für sie.

Also startete ich den Motor und gab Gas. Zuerst noch vorsichtig, weil ich Angst hatte, Jessi zu sehr zu belasten, doch schon nach wenigen Minuten musste ich mich zusammenreißen, um nicht mit Bleifuß durch die leeren Straßen zu rasen.

Was sollte ich tun, wenn sie kollabierte? Konnte man jemanden wiederbeleben, durch dessen Luftröhre kaum noch Luft strömte? Ich hatte Angst, mehr, als ich jemals zuvor gehabt hatte.

Zwei Ampeln sprangen auf Rot, als ich just die Haltelinie überfuhr, bei der dritten schaffte ich es nicht mehr und musste stoppen.

»Kann ich irgendwas tun?«, fragte ich.

Jessi hielt die Augen geschlossen. Ich glaubte, ihre verzweifelten Atemzüge seien ruhiger und gleichmäßiger geworden.

»Ich hab von deinem Berg geträumt, weißt du«, sagte sie sehr leise. »Chimborazo, die Eisige Frau, nicht wahr?«

»Ja, die Eisige Frau.«

»So schön, diese weiße Spitze in der klaren blauen Luft. Wir … wir sind zusammen raufgestiegen, und die Luft wurde immer dünner, immer dünner … und dann war keine mehr da, keine Luft … und ich bin aufgewacht …«

Sie brach ab, um sich auf die selbstverständlichste Sache der Welt zu konzentrieren: atmen.

Es wurde grün. In bester Rennfahrermanier überholte ich einen Bäckerwagen und schaffte die nächste Ampel wieder bei Dunkelorange.

»Wie fühlt es sich an … auf einen Berg zu steigen?«, fragte Jessi.

Ich sah, wie sich ihre Finger ineinander verkrampften. Sie hatte Schmerzen, keine Frage.

Erzähl was, sagte ich mir. Lenk sie von den Schmerzen ab.

»Ganz unten, am Fuß des Berges, bist du voller Adrenalin und musst aufpassen, nicht zu schnell zu gehen, denn die Kraft würde dir später fehlen. Mit jedem Schritt steil bergan wirst du aber ruhiger, und bald verfällst du in einen Flow, der dich trägt. Schritt für Schritt überwindest du Höhenmeter um Höhenmeter, lässt irgendwann die Baumgrenze hinter dir, überwindest Geröll und Schuttfelder und stehst bald am Gletscher. Eis und Schnee, so weit das Auge reicht. Hinter dem Gipfel geht gerade die Sonne auf, das Licht ist diffus und blau, plötzlich kommst du dir einsam und verletzlich vor, und die gewaltigen Spalten des Gletschers machen dir Angst. Du überlegst, ob du umkehren sollst. Doch dann erwischt dich ein Sonnenstrahl und gibt dir deinen Mut zurück. Du schreitest weiter voran. Tief unter dir im Gletscher rumpeln die Steine, die das Schmelzwasser mit sich trägt, unter deinen Füßen knirscht der über Nacht hart gefrorene Schnee. Im ersten Licht des Tages glitzert er wie der sternengesprenkelte Nachthimmel, der langsam über dir verschwindet. Und du spürst, du bist in einer anderen Welt, hier ist nichts für dich und nichts gegen dich, hier ist alles einfach nur da. Keine Gier, kein Ziel, kein Besitz, nur Sein. Alle Ängste in dir verwandeln sich in Kraft, und du weißt, du wirst den Gipfel auf jeden Fall schaffen. Die dünne Luft fühlt sich gut an in deinen Lungen, auch wenn dir das Atmen dort schwerfällt. Oder vielleicht gerade deswegen. Viele sagen, ein Berg müsse bezwungen werden, es sei ein Kampf um jeden Meter, aber ich fühle etwas anderes. Du kämpfst nicht gegen den Berg, der Kampf findet nur im Inneren statt, du kämpfst gegen deine eigene Schwäche. Der Berg ist da, er bietet sich an, und wenn du seine Regeln kennst, hast du die Chance, hinauf- und wieder hinunterzukommen. Das

Stapfen durch den tiefen Schnee ist mühsam, gleichzeitig zieht es dich aber auch in eine Art Trancezustand, der dir hilft, dich zu fokussieren. Du spürst, wie du eins wirst mit deiner Umgebung, und alles, was im Tal noch von so großer Wichtigkeit gewesen war, liegt weit hinter dir, ist nicht mehr als eine blasse Erinnerung, nicht von Bedeutung. Bedeutsam ist jetzt nur noch der Gipfel.«

Anfangs stolperte ich durch meine Sätze, doch je mehr Jessi sich entspannte und je leichter sie atmete, desto leichter flossen die Worte, und es war, als stiege ich in diesem Moment tatsächlich einen Berg hinauf, der in den Himmel wuchs.

Die Zeit reichte jedoch nicht, um den Gipfel zu erreichen. Weil es so gut wie keinen Verkehr gab und ich wie ein Henker gerast war, hatte ich für die Strecke zur Klinik nur halb so viel Zeit gebraucht wie sonst. Mein Fahrstil würde selbst Sebastian Vettel neidisch machen.

»Wir sind da«, sagte ich.

Jessi öffnete die Augen.

»Ich würde das so gern erleben«, sagte sie. »Auf einen Berg zu steigen.«

»Ich nehme dich mit.«

Das war heraus, bevor ich darüber nachdenken und den Unsinn erkennen konnte, den ich gerade verzapfte.

»Carl der Große und Free Willy machen dich fit, und dann steigen wir beide zusammen auf einen Berg.«

Heute war es mir scheißegal, ob ich vor dem Gebäude stehen bleiben durfte oder nicht. Es war ohnehin noch nicht viel los, ich behinderte niemanden, aber selbst wenn ein Rettungswagen mit Blaulicht meinetwegen eine Vollbremsung hätte hinlegen müssen, hätte ich es getan. Zwischen der Beifahrer- und der Eingangstür zur Klinik blieb nur ein schmaler Korridor, so dicht fuhr ich den Skoda heran, streng genommen behinderte ich also einfach jeden, der hinein- oder hinauswollte.

Ich spurtete um den Wagen und riss die Tür auf.

Jessi sah etwas besser aus, war aber nach wie vor schwach. Kaum stand sie auf den Beinen, schwankte sie auch schon und musste sich an mir und dem Türrahmen festhalten.

»Es geht … es geht«, sagte sie und rang sich ein schiefes Lächeln ab.

Ich spürte, wie sie zitterte.

»Du wartest hier«, befahl ich und ließ sie vorsichtig zurück auf den Sitz gleiten.

Dann lief ich hinunter in die Höhle des Linearbeschleunigers und holte einen der drei Rollstühle, die dort für solche Fälle bereitstanden. Jessi bekam große Augen, als ich damit auf sie zukam.

»Auf keinen Fall!«, stieß sie aus.

Ich stellte das Ding wenige Zentimeter vor ihren Füßen ab. Zugegeben, diese Leihrollstühle des Krankenhauses waren das Äquivalent zu einem Lada Nova: praktisch, robust, langlebig, aber alles andere als eine Augenweide. Man konnte sich darin nur alt oder krank oder beides zugleich fühlen.

»Junge Dame«, sagte ich möglichst streng. »Sie erweisen mir die Ehre, Sie darin zu schieben, oder ich trage Sie die Treppen hinunter. Auf keinen Fall lasse ich Sie allein gehen. Ihre Entscheidung.«

Sie sah wohl etwas in meinen Augen, das ihren Widerstand brach. Seufzend hievte sie sich vom Autositz hoch und ließ sich auf die schwarze Kunststoffsitzfläche des Rollstuhls sinken. Ich schloss den Wagen ab, und los ging's. Es war schon merkwürdig, Jessi in dieser Position vor mir zu haben und auf ihre Glatze, auf der der leichte Flaum dichter wurde, hinabzublicken. Mir war klar, dass es für sie demütigend sein und etwas von »Letztes-Stündlein« haben musste, deshalb versuchte ich es mit Humor.

»Diesen Extraservice müssen wir Ihnen leider in Rechnung stellen.«

Ich stoppte den Rolli vor dem Fahrstuhl, drückte auf den Knopf und sah sie an.

»Keinen Cent zahle ich für dieses schäbige Ding.«

»Na hören Sie mal! Es handelt sich um ein Oberklassemodel. Metallic-Lackierung, Servolenkung, Breitreifen, Sportfahrwerk.«

Die Aufzugtüren öffneten sich, und ich schob sie hinein.

»Ich hätte dich mich tragen lassen sollen.«

»Das Angebot war nicht ganz ernst gemeint. Du bist viel zu schwer für mich.«

»Und das sagt ein Sportler. Weichei.«

Sie musste husten und presste sich eine Hand an die Kehle.

Als sich die Türen wieder öffneten, stand zu unser beider Überraschung Carl der Große davor. Er hielt Papiere in der Hand, in denen er blätterte, sah uns und zog die Augenbrauen zusammen.

Er fragte: »Was ist passiert?«

Jessi sagte lediglich: »Ich bestehe auf Lieferung bis ins Haus, nicht nur bis zur Bordsteinkante.«

Der Professor lächelte säuerlich und trat einen Schritt zurück, damit ich Jessi aus dem Aufzug schieben konnte.

»Schwierigkeiten beim Atmen?«, versuchte er es erneut mit einer Frage.

»Heute drückt er wieder besonders fest zu.«

»Nach der Bestrahlung sehe ich Sie in meinem Büro.«

»Worauf Sie wetten können«, warf ich ein und schob Jessi von dannen.

Erst, als wir außer Hörweite waren, sagte sie leise: »Er ist so Furcht einflößend.«

»Ja, nicht wahr? Es geht das Gerücht um, in seiner Freizeit mache er auf Domina.«

Sie lachte, aber das war nicht gut, weil man zum Lachen viel Luft benötigte, und da holte ihre Krankheit sie wieder ein.

Ich sagte am Empfang Bescheid, wie es heute um Jessi bestellt war. Maren, die Arzthelferin, rief das Team am Beschleuniger an, und sofort kam Kerstin, eine der MTAs, heraus. Sie ging vor Jessi in die Knie, nahm ihre Hand, streichelte ihren Handrücken und fragte sie nach den Symptomen. Jessi stand Rede und Antwort, ich stand irgendwie hilflos daneben, dann nahm Kerstin sie mir ab und schob sie durch die breite Doppeltür ins Reich des Linearbeschleunigers.

Bevor sich die Tür hinter ihr schloss, drehte Jessi den Kopf und flüsterte etwas, das ich wegen der Entfernung nicht verstehen konnte.

So, wie sich ihre Lippen bewegten, sah es wie »Danke« aus.

Gero und Angel

Nach der Bestrahlung schob Kerstin Jessi auf direktem Weg zu Professor Urban ins Büro. Jessi saß aufrecht, sprach mit ihr und sah besser aus als vorhin. Sie hatte wieder Farbe im Gesicht. Ich beobachtete sie von einem Stuhl an der Wasserfläche des Atriums aus, auf dem ich die letzten fünf Minuten gewartet hatte. Zuvor war ich eine Viertelstunde an der Fensterfront auf und ab gelaufen, nachdem ich das Auto schnell umgeparkt hatte.

Ich war Taxifahrer, Krebstaxifahrer, schon klar, da gab es immer mal wieder besondere Umstände und emotionale Ausnahmesituationen, aber ich konnte mich an keine Fahrt erinnern, die mich ähnlich nah an meine Grenzen gebracht hätte. Bis ich Jessi an Kerstin übergeben hatte, war die Befürchtung, sie würde in meinem Beisein sterben, verdammt realistisch gewesen. Auf so etwas bereitete einen niemand vor, es gab kein Coaching für Taxifahrer, keine seelsorgerische Betreuung, keine Erste-Hilfe-Kurse für Schwerstkranke, es reichte, wenn man die kürzeste Verbindung zwischen zwei Orten kannte und die Straßenverkehrsordnung einigermaßen dem Recht entsprechend interpretierte. Das, und die Sorge um Jessi, hatte mich die vergangene Viertelstunde aufgeregt und mich wie ein Tiger im Käfig umherlaufen lassen. Ich war sauer, weil ich nicht gewusst hatte, was ich tun sollte. Ich hatte instinktiv gehandelt, und es war gut gegangen. Glücklicherweise. Aber wieso, verdammt noch mal, bekamen wir Fahrer nicht wenigstens ein paar Seminare, die uns lehrten, mit diesen Dingen umzugehen? Wir verbrachten mehr Zeit mit den Patienten als die Krankenschwestern, MTAs und Arzthelferinnen. Von Carl dem Großen ganz zu schweigen.

Jetzt, da es Jessi besser ging, musste ich meinem Ärger Luft machen. Ich ging zu Willi-Chef hinüber, der wie immer in seinem fensterlosen Gefängnis hockte. Heute sah er besonders beschissen aus. Gegen Willi wirkte Jessi wie das blühende Leben.

»So geht das nicht weiter!«, platzte es aus mir heraus. »Wir sind stinknormale Autofahrer, keine Krankenschwestern oder Seelsorger!«

Willi-Chef sah zu mir auf.

»Was ist los?«

Ich erzählte ihm, was mir mit Jessi Bischoff passiert war. Dabei lief ich abermals auf und ab, drehte in dem engen Raum aber zwangsläufig kürzere Kreise.

Willi lehnte sich in seinem Stuhl zurück, hörte zu und nickte.

»Soll ich die Tour jemand anderem geben?«, fragte er.

»Nein! Darum geht es doch gar nicht. Hast du nicht verstanden, was ich gesagt habe?«

»Doch, schon klar. Hör mal, ich weiß, ihr macht hier teilweise einen Job, für den eigentlich ausgebildete Rettungssanitäter vonnöten wären. Die sind aber zu teuer. Taxifahrer sind billig. So läuft es nun mal. Ich kann daran nichts ändern.«

»Aber das kann doch nicht sein!«

Willi zuckte mit den Schultern.

»Akzeptier einfach, dass ein gewisser Prozentsatz unserer Patienten über kurz oder lang stirbt.«

»Ich soll sein wie Werner oder Michael, ist es das, was du meinst?«

»Zum Beispiel.«

Willi widmete sich bereits wieder seinem Bildschirm, und ich verstand, dass es ihn bei Weitem nicht so mitnahm wie mich. Warum auch? Er kannte Jessi nicht. Er wusste nichts von der fünfjährigen Leonie, die auf ihre Mama wartete, oder vom Blick ins Auge des Orcas. Er wusste nichts von moosgrünen Augen voller Angst vor dem Tod und Atemgeräuschen, die es einem kalt den Rücken hinablaufen ließen. Willis Horizont wurde von den Mauern dieses Raumes begrenzt, und was außerhalb davon vor sich ging, ließ er nicht näher als nötig an sich heran.

»Ich teile jemand anderen für die zweite Tour mit Frau Bischoff ein«, sagte er.

Ich trat näher an seinen Schreibtisch.

»Zweite Tour?«

»Professor Urban hat für sie heute eine zweite Einheit eingeschoben. Sie kommt als Letzte um siebzehn Uhr noch einmal her. Ich schicke Michael.«

»Auf gar keinen Fall. Ich fahre sie!«

»Okay, ganz wie du meinst. Das wird dann aber ein langer Tag.«

»Ist mir egal.«

Ich wandte mich ab, wollte den Raum verlassen, blieb an der Tür aber noch stehen.

»Ich werde etwas ändern. Ich rede mit Urban.«

Willis Kopf zuckte hoch.

»Machst du nicht!«

»Doch, mach ich.«

»Der Professor hat andere Dinge im Kopf. Und vergiss nicht: Wir sind nur für die Fahrerei zuständig.«

Ich ging, ohne etwas zu erwidern, und positionierte mich vor Professor Urbans Büro. Mein Puls steigerte sich von Minute zu Minute, während ich versuchte, die richtigen Worte für eine Ansprache zu finden. Mehr als Floskeln hatte ich bisher nicht mit ihm ausgetauscht, und Jessi hatte recht, er *war* Furcht einflößend, durch seinen Blick, seine Größe, seinen Titel, seine Intelligenz. Ein Professor, Herrgott! Ich war Tischler und Taxifahrer. Was bildete ich mir eigentlich ein?

Zehn Minuten lang, in denen kein Geräusch aus dem Büro drang, ging es in meinem Kopf so und ähnlich hin und her.

Schließlich trat Carl der Große heraus.

»Herr Wondrascheck, sehr schön. Bringen Sie Frau Bischoff bitte hinüber in die Diakonie. Dort weiß man Bescheid.«

Er ließ mir keine Gelegenheit, etwas hervorzubringen, da er sofort in Richtung Linearbeschleuniger davoneilte.

Ich stand wie vom Donner gerührt. Dann sah ich nach Jessi. Zum ersten Mal, seitdem ich für den Fahrdienst arbeitete, betrat ich das Büro des Professors. Ins Verhältnis gesetzt zum Atrium war es ein liebloser Raum, verglichen mit Willis Kammer hingegen ein Palast. Der Blick aus dem Fenster ging auf den Wasserfall hinaus, der heute nicht plätscherte. Wasserfälle hatten ein Recht aufs Wochenende. Krebspatienten nicht.

Ich sah sofort, dass Jessi geweint hatte. Ihre Augen waren gerötet, die Wangen feucht.

»Was ist los?«, fragte ich.

»Er sagt, ich muss heute Abend noch einmal bestrahlt werden und darf zwischendurch nicht nach Hause. Ich soll drüben in der Klinik bleiben. Wahrscheinlich auch über Nacht. Hängt davon ab, wie es mir später geht.«

»Okay … Ist vielleicht besser, oder?«

»Ja, vielleicht.«

»Ich halte mich aber auf jeden Fall bereit, falls du heute Abend doch nach Hause darfst.«

Jessi schüttelte den Kopf.

»Das ist lieb, aber meine Eltern kommen später vorbei. Ich würde dann bei ihnen mitfahren.«

Während ich sie hinüber in die Klinik schob, machten wir keine Scherze und sprachen kaum, und ich hasste den Tag dafür, dass er so eine Wendung genommen hatte.

In den nächsten Stunden fuhr ich sieben weitere Patienten zur Bestrahlung, drei Frauen, vier Männer, allesamt im Rentenalter und guter Dinge. Ich beteiligte mich an der Konversation übers Wetter, Angela Merkels Kleiderwahl, Donald Trumps Entgleisungen, den Frühling auf Mallorca und das Alter der Queen. Nichts davon interessierte mich, und nachdem die Patienten aus dem Wagen ausgestiegen waren, hätte ich von keinem der Gespräche den Inhalt wiedergeben können.

Als ich am frühen Nachmittag endlich eine halbe Stunde Luft hatte, lief ich auf dem Parkplatz vor dem Diakoniekrankenhaus auf und ab und rang mit mir selbst um eine Entscheidung. Sollte ich nach Jessi sehen oder runter in den Keller gehen, um mit Carl dem Großen zu reden?

Ich war mit der Entscheidungsfindung nicht wirklich vorangekommen, da spuckte die Drehtür des Krankenhauses Leonie aus. Ihr Haar war wieder zu Pippi-Langstrumpf-Zöpfen geflochten, sie trug eine blaue Jeans-Latzhose mit rotem Pullover darunter und sah unglaublich niedlich aus.

Es lag also nicht an ihr, dass ich in der Bewegung erstarrte und meine Kinnlade heruntersackte.

Hinter Leonie trat zuerst eine Frau aus der Tür, dann ein Mann. Rocker, alle beide. Steife Bluejeans, schwarze, nietenbesetzte Stiefel, schwarze Lederjacken, darüber Kutten mit verschiedenen Aufnähern und Stickern. Auf dem Rücken, den ich nicht sehen konnte, vermutete ich das Emblem irgendeines ortsansässigen Rockerclubs. Sie gingen dicht beieinander, hielten sich an den Händen und schauten verbissen drein.

Leonie benutzte die Gehwegplatten für eine Abfolge von kleinen Sprüngen und war darauf konzentriert, nicht auf die Fugen zu treten. Erst, als sie das Rondell erreichte, auf dem vor dem Krankenhaus die Fahrzeuge wenden konnten, rief die Frau sie zurück. Leonie gehorchte, sah auf und entdeckte mich. Sie sagte etwas zu der Frau, zeigte auf mich, und das Rockerpaar starrte mich mit harten Mienen an.

Ich war entdeckt. Meine starre Körperhaltung und der heruntergeklappte Kiefer waren sicher nicht vorteilhaft. Wie sagte man doch so treffend? Für eine erste Einschätzung sind die ersten zwei Sekunden entscheidend. Okay, die hatte ich wohl versaut.

Der Mann kam mit großen Schritten auf mich zu. Er hatte verdammt lange Beine, maß schätzungsweise eins neunzig, war dünn und sah mit seinem Drei-Tage-Bart und seinen Klamotten bedrohlich aus.

»Du fährst Jessi?«, fragte er geradeheraus.

Ich konnte es gerade noch vermeiden, in Hab-Acht-Stellung zu gehen.

»Ja.«

»Ich bin Gero, Jessis Vater.«

Er streckte die Hand aus. Ich ergriff sie. Sein Händedruck war vergleichbar mit einer Schraubzwinge. Dank der Kletterei konnte ich ihn jedoch ebenbürtig erwidern.

»Jessi sagt, du hast ihr sehr geholfen. Danke dafür.«

»Ist doch selbstverständlich.«

»Red' keine Scheiße. Ist es nicht. Heutzutage nicht mehr. Deswegen wissen wir das zu schätzen.«

Leonie und die Rockerfrau kamen heran.

»Hi, ich bin Angel, Jessis Mam.«

Anstatt mir die Hand zu reichen, wie es Gero getan hatte, umarmte sie mich, so, als würden wir uns schon lange kennen.

»Danke für deine Hilfe«, flüsterte sie.

Ihre moosgrünen Augen hatte Jessi von ihrer Mutter, keine Frage.

»Mami bleibt hier«, sagte Leonie. »Sie darf sich nicht anstrengen, und ich bin anstrengend.«

Ich hockte mich vor sie hin.

»Ach was, wer sagt denn so was? Eine kleine Prinzessin wie du kann doch gar nicht anstrengend sein.«

»Mami sagt das. Und Frau Zittnick.«

»Wer ist Frau Zittnick?«

»Die Chefin der Kleeblattgruppe.«

Ich kam aus der Hocke hoch.

»Kindergartenleiterin«, klärte Gero mich auf. »Die knöpf ich mir Montag vor.«

Da wäre ich gern dabei, wenn Pädagogik auf Straßengesetz traf.

»Jessi bleibt hier?«, fragte ich.

»Mindestens bis morgen Abend. Dann müssen wir weiterschauen.«

Angels Augen wirkten müde und traurig. Ich sah ihnen den langen Weg und Kampf an, den sie bereits hinter sich hatten. Die Patienten, die in der Strahlenklinik landeten, hatten meisten eine Chemo und Operation über sich ergehen lassen, waren also schon durch die Hölle gegangen, mit den Angehörigen an ihrer Seite, denen Hitze und Flammen doppelt zusetzten, weil sie nichts weiter tun konnten, als da zu sein.

»Geht doch schon mal zum Wagen«, sagte Gero in einem Tonfall, der klarmachte, dass das kein Vorschlag war.

Angel nahm Leonies Hand, lächelte mir zum Abschied zu, und die beiden zogen von dannen.

Gero ging mit mir zu dem gläsernen Raucherhäuschen, das ausnahmsweise einmal frei war. Auf dem Weg dorthin holte er eine Packung Zigaretten hervor und bot mir eine an. Ich lehnte dankend ab. Er zündete sich eine an, blieb aber mit mir zusammen vor dem Häuschen stehen. Er sah mich nicht an, als er zu sprechen begann. Sein Blick war in die Ferne gerichtet, in Richtung des Klinikgebäudes, aber ich glaubte, er sah etwas ganz anderes.

»Scheiß Krebs. Ist hartnäckig. Aber Jessi ist eine Kämpferin.«

Ich nickte.

»Meine Frau und ich, wir haben während der Chemo und der OP unseren gesamten Jahresurlaub aufgebraucht, um bei Leonie und Jessi sein zu können. Nichts mehr da. Ich wollte kündigen, aber Angel ist dagegen.«

Ich nickte abermals. Typen wie Gero ließen einen merken, wenn man an der Reihe war zu sprechen.

»Wäre toll, wenn du dich weiterhin ein bisschen kümmern könntest. Du weißt schon, Leonie zum Kindergarten bringen, auf Jessi achten …«

»Natürlich, kein Problem«, sagte ich schnell.

Jetzt richtete er seine stechenden Augen auf mich. Mit der qualmenden Kippe zwischen den Lippen stand er dicht vor mir, beugte sich ein wenig herab, und ich verstand, warum man mit Schrauben, Kleber und den Augen etwas fixieren konnte.

»Weiß du, woran man Arschlöcher erkennt?«, fragte er.

Ich schüttelte den Kopf.

»Am Händedruck.« Er legte mir eine Hand auf die Schulter. »Ich vertraue dir, mein Freund. Mach's nicht kaputt.«

Er nickte mir zu, wandte sich ab, ließ mich stehen und ging qualmend mit lässigem John-Wayne-Schritt über den Vorplatz auf den Saloon zu. Staub wallte unter seinen Stiefeln auf.

Erst jetzt atmete ich wieder aus.

Auf dem Bunker

Die SMS kam abends um acht.

Hast du kein WhatsApp?

Die Nummer kannte ich nicht, sie war keinem meiner Kontakte zugeordnet. Ich dachte einen Moment darüber nach, ob ich antworten sollte oder nicht. In der Hoffnung, dass die Frage von der Person kam, von der ich annahm, dass sie dahintersteckte, tat ich es schließlich.

Wer will das wissen?

Eine, die sich zu Tode langweilt – was auch nicht besser ist, als zu ersticken.

Wie geht' dir?

Besser. Kein WhatsApp?

Nein. Oldschool. SMS.

Hast du ein Bild?

Wovon?

Chimborazo?

Ich sprang vom Bett auf und nahm den großen Bildband aus dem Bücherregal. Darin gab es eine Aufnahme des Chimborazo, die mir besonders gut gefiel. Der Berg war aus großer Entfernung fotografiert worden. Im Vordergrund sah man die flache Hochebene, ganz weit hinten ragte die Eisige Frau daraus hervor. Imposant, mächtig und irgendwie majestätisch. Ich fotografierte das Bild mit dem Handy ab und schickte es an Jessi.

Eine Antwort ließ nicht lange auf sich warten.

Sehr beeindruckend und wunderschön. Sieht nicht so aus, als könne man da hinauf.

Doch, man kann.

Ist es sehr schwierig?

Na ja, leicht ist es nicht.

Kann man dabei sterben?

Ich dachte einen Moment über eine originelle Antwort nach.

Wenn die Eisige Frau dich mit ihrem kalten Atem einhüllt und nicht mehr freigibt, bleibst du zu Eis erstarrt für alle Zeiten am Berg.

Klingt toll! Du musst das unbedingt machen!

Sicher. Irgendwann. Was machst du gerade?

Liege im Bett, lese ein Buch, meine Nachbarin
ist nett, die Nachtschwester ein Fluch.

Hey, die Poetry-Slammerin ist
wieder da.

Die war nie fort, ist immer da, doch nicht zu jeder Zeit
sind die Gedanken klar.

Mehr davon.

Es dauerte eine Weile, bis ich die nächste Nachricht bekam.

Ich wünschte, hier wäre Farbe, doch es ist alles weiß.
– weiße Kleidung, weißer Gang,
weißes Zimmer.
Ich wünschte, hier wäre Musik,
doch es ist alles still.
– stille Räume, stille Mimik, stille
Drohung.
Ich wünschte, hier wäre mehr
Heiterkeit, doch es ist alles trüb.
– trübe Fenster, trübe Pflanzen,
trübe Geister.
Ich wünschte, ich hätt' andere
Fragen, doch stell
ich nur die eine:
– für welche Sünde zahl ich hier
den Preis?

Ich las die Nachricht dreimal hintereinander, und jedes Wort, jeder Satz, jeder Gedanke dahinter lähmte meine Finger, keine Chance, spontan irgendwas Geistreiches zu schreiben.

Sekunden vergingen.

Was los?, kam es von Jessis Handy.

Wunderschön, aber traurig, rang ich mir ab.

Meine aktuelle Stimmungslage eben.
Heiter mich auf.
Bitte! Brauche das jetzt.

Ich wollte ihr gern den Gefallen tun, wollte Farbe, Musik und Heiterkeit in ihr Krankenzimmer bringen. Doch wie? Meine Gedanken rasten, während ich auf dem Bett saß und das Handy anstarrte. Zu ihr konnte ich nicht, um diese Zeit würde man mich hochkant hinauswerfen. Ein einfacher Videochat erschien mir unangebracht. Wie brachte man gute Laune zu jemandem, der in einem Krankenhaus eingesperrt und somit quasi unerreichbar war?

Wie lange kannst du warten?, tippte ich ein.

Ich hab die ganze Nacht Zeit.

Okay, ich melde mich gleich wieder.

Ich tippte eine Nachricht an einen anderen Empfänger ein und wartete auf die Antwort. Sie fiel so aus, wie ich es erwartet hatte.

Ich sprang aus dem Bett, zog mir eine kurze Hose und ein Shirt an und eine Kapuzenjacke drüber. Die Ausrüstung befand sich in der kleinen Kammer unter der Treppe. Ich kontrollierte sie rasch, warf alles in meine große schwarze Sporttasche, schnappte mir den Schlüssel für das Taxi und lief hinaus, ohne mich von Oma Olga zu verabschieden.

Sie saß im Wohnzimmer vor dem Fernseher, dessen blaues Flackerlicht durchs Fenster auf den Gehweg hinausfiel. Der Ton war laut genug, um die Nachbarschaft am Gesang von Conny Frei teilhaben zu lassen. Oma würde gar nicht merken, dass ich nicht mehr da war, und es war ja auch beileibe nicht so, dass ich mich abmelden musste, wenn ich das Haus verließ.

Streng genommen durfte ich das Taxi nicht für Privatfahrten verwenden, es sei denn, ich erledigte sie während des Dienstes zwischendurch. Ein eigenes Auto besaß ich jedoch nicht, und mit der Straßenbahn oder dem Bus würde ich um diese Zeit nicht dorthin gelangen, wo ich hinwollte. Willi und Silke fuhren abends nur selten durch die Gegend; das Risiko, erwischt zu werden, war daher nicht allzu groß. Außerdem plante ich einen Einbruch oder Hausfriedensbruch – keine Ahnung, wie Juristen das nennen würden –, da kam es auf das ungefragt geliehene Auto auch nicht mehr an.

Die Fahrt von Hemelingen über die Neustadt nach Gröpelingen dauerte eine Weile. Als ich an einer roten Ampel warten musste, simste ich Jessi eine Nachricht.

Der Berg ruft!

In Bremen?

Jawoll!

Ingo wartete bereits an der Straßenecke auf mich. Er hatte ebenfalls seine Sporttasche mit der Ausrüstung dabei, um die ich ihn gebeten hatte. Er verstaute sie auf der Rückbank und stieg neben mir ein.

»Was'n los?«, fragte er.

Per SMS hatte ich ihm nur das Notwendigste mitgeteilt, jetzt erklärte ich ihm, was ich vorhatte.

»Geile Idee! Ich wollte da immer schon mal einbrechen.«

Ich hatte gewusst, dass Ingo nicht Nein sagen würde, nur weil es ein wenig illegal war.

»Ist die Übertragung technisch überhaupt möglich?«, wollte ich wissen.

Ingo kannte sich von Berufs wegen mit diesen Dingen besser aus als ich und war aus demselben Grund professionell ausgestattet.

»Kein Problem. Ich hab Periskope, damit kann ich die Bilder der GoPro direkt auf meinen YouTube-Kanal übertragen.«

»Live?«

»Natürlich live.«

Wir erreichten unser Ziel zehn Minuten später. Zwischenzeitlich waren drei Nachrichten von Jessi eingegangen, auf die ich mit Nicht mehr lange reagiert hatte.

»Fahr in diesen kleinen Weg unten am Graben«, sagte Ingo.

Das tat ich. Der Weg war unbefestigt, schmal und durch dichten Wildwuchs vor Blicken geschützt. Er grenzte das Areal zum Brachland neben der Autobahn hin ab. Tagsüber wurde er von Fahrradfahrern und Fußgängern als Abkürzung benutzt, aber jetzt waren wir dort allein.

Als wir ausstiegen, hatte das Tageslicht bereits stark nachgelassen. Ingo meinte, es sei noch kein Problem, für die nächste halbe Stunde sollte es reichen, trödeln dürften wir aber nicht – und wir hatten nur einen Versuch. Schnell holten wir die beiden großen Sporttaschen aus dem Wagen. Ingo nahm die GoPro heraus und stellte sie ein. Ich bat ihn um die Kamera und richtete sie auf meinen Freund.

»Sag Hallo zu Jessi«, forderte ich ihn auf.

»Hallo Jessi. Der verrückte Typ hier hat mich zu einem Einbruch überredet. Er faselt was von Farbe und Heiterkeit. Keine Ahnung, was mit dem los ist, akuter emotionaler Anfall, würde ich sagen. Ich kann ihn auf keinen Fall allein ins Verderben laufen lassen. Over and out.«

Ich sandte Jessi den Link des YouTube-Kanals. Dann befestigte Ingo die GoPro auf seinem Helm. Ab diesem Moment filmte er alles, was ich tat, die Kamera sendete es in Echtzeit auf Ingos YouTube-Kanal, auf dem Jessi es miterleben konnte – gepriesen sei das Internet!

Außen. Abend. Rasenfläche.
Im schwindenden Tageslicht klettert Adam in kurzen Hosen und gelbem Shirt über einen zwei Meter hohen Maschendrahtzaun, nachdem er eine große Sporttasche hinübergeworfen hat. Im Hintergrund ist ein monströses, rechteckiges, graues Gebäude zu sehen, das wie ein Monument den Himmel verstellt.

Außen. Abend. Vor dem Bunker.
Adam steht am Fuß eines gigantischen Betonbunkers, der aus einer gepflegten, zum Bunker hin ansteigenden Rasenfläche herauswächst. Rechts und links stehen ein paar Holzbänke, auf einer davon hat er seine Sporttasche abgestellt.

Er legt sich einen schwarz-roten Klettergurt an, dann tritt er vor die Wand, dreht sich aber noch einmal um, grinst in die Kamera, zeigt auf die zahllosen bunten Kunststoffklettergriffe, die an der Wand befestigt sind, und sagt: »Siehst du, Jessi, alles bunt hier! ›Knochenbrecher‹ heißt diese Route. Schwierigkeitsstufe ist eine glatte Sechs, wobei ich stellenweise eine Sechs plus vergeben hätte. Das ist schon ziemlich schwierig!«

Außen. Abend. In der Wand des Betonbunkers.
Adam klettert an den bunten Griffen empor und gewinnt dabei schnell an Höhe. Man erkennt, dass er mit einem Kletterseil gesichert ist. Bald wirkt er klein und verloren in dieser gewaltigen Betonwand des Bunkers. Er klettert schnell und gewandt, bis er einen Überhang erreicht, der aus dieser Perspektive unüberwindbar wirkt. Er lässt sich Zeit mit den nächsten Metern, denkt über jeden Griff genau nach und hangelt sich schließlich frei schwingend durch den Überhang.

Man hört lautes Johlen und Klatschen.

Außen. Abend.
Ingo Schneiders Gesicht füllt die Kamera aus.

Er grinst und sagt: »Am Knochenbrecher ist Adam bereits dreimal gescheitert, und ich hab es ihm auch heute nicht zugetraut. Aber siehe da! Wenn er einer Lady die Langeweile vertreiben will, dann klappt's.«

Außen. Abend. Auf dem Dach des Betonbunkers.
Die Kamera schwenkt langsam einmal im Kreis. Mittlerweile ist es dunkel. In einiger Entfernung sieht man die Scheinwerfer der Autos über die Autobahn huschen. Dann kommen Häuser ins Bild, die Fenster erleuchtet. Schließlich sieht man den Weserhafen mit den beleuchteten Promenaden und in einiger Entfernung das grelle Flutlicht des Weserstadions, in dem gerade ein Fußballspiel stattfindet.

Außen. Abend. Auf dem Dach des Betonbunkers.
Adam sitzt im Schneidersitz auf dem Dach.

Er wirkt entspannt, lächelt und spricht in die Kamera: »Hi Jessi! Eigentlich darf man sich hier oben nicht aufhalten, und wir sind tatsächlich zum ersten Mal hier. Wow, was für ein Ausblick, findest du nicht auch? Hier sind Farbe, Musik und Heiterkeit, und ich hoffe, es hilft dir ein wenig über das triste Krankenzimmer hinweg, bis ich dich am Montag wieder fahren darf. Schau mal, der Sternenhimmel.«

Außen. Nacht. Sternenhimmel.
Die Kamera schwenkt über den Himmel, an dem die Sterne glitzern. Plötzlich setzt Musik ein. DJ Ötzi singt: »Ein Stern, der deinen Namen trägt …«

Außen. Nacht.
Ingos Gesicht füllt die Kamera aus.

»Okay, für die Musik entschuldige ich mich …«

Totenkopf-Vero

»Kannste mich vom Bahnhof abholen? Ich bin um elf da.«

Der Anruf erreichte mich um zehn nach zehn, also am frühen Sonntagvormittag, quasi zu nachtschlafender Zeit. Meine Augen waren noch nicht wirklich geöffnet, die Synapsen in meinem Hirn nicht freigeschaltet. Ich war sozusagen im Stand-by-Modus, und entgegen sonstiger Gewohnheiten dauerte das Hochfahren ein wenig. Da ich in der Nacht, nachdem wir vom Bunker zurückgekehrt waren, noch mit Jessi geschrieben hatte, lag mein Handy eingeschaltet neben meinem Bett. Sonst war ich nicht so leichtsinnig, denn Willi-Chef hatte überhaupt keine Hemmschwelle, wenn es darum ging, seine Mitarbeiter anzurufen. Es war aber nicht mein Chef, der mich gerade anrief. Es war Totenkopf-Vero.

»Hallo? Biste da?«

»Bin ich. Du bist in Bremen?«

»Noch nicht, aber in einer Dreiviertelstunde. Kannste mich abholen und zu Jessi bringen?«

»Äh … ja, sicher.«

Wir verabredeten einen Treffpunkt auf dem Parkplatz der Stadthalle, gleich gegenüber dem Hauptbahnhof.

Als das Gespräch beendet war, saß ich ein paar Minuten einfach nur da und überlegte, was ich tun sollte. Dann wählte ich Silke Kahlfelds Nummer und erklärte ihr, dass Jessi Bischoffs Schwester extra aus Berlin angereist kam, weil es Jessi nicht gut ging, und dass sie mich gebeten hatte, sie vom Bahnhof abzuholen. Natürlich würde sie die Fahrt bezahlen. Okay, das entsprach nicht ganz der Wahrheit, von wegen Schwester und bezahlen und so, und ich belog Silke nicht gern, aber was blieb mir anderes übrig?

Sie gestattete es mir, den Wagen zu benutzen.

Als ich zehn Minuten später geduscht, aber nicht wirklich wach das Haus verließ, war meine Oma damit beschäftigt, den Pflasterweg im Vorgarten zu fegen. Bei ihrem Anblick kam ich mir älter vor als sie. Sie wirkte hellwach und fit.

»Du willst ohne Frühstück aus dem Haus?«, fragte sie.

»Tut mir leid, ich hab einen Anruf bekommen und muss sofort los.«

»An einem Sonntag? Das gehört sich nicht. Dein Chef hat ja gar keinen Anstand!«

»Stimmt, hat er nicht. Bis später!«

»Junge, du musst aber doch was essen!«

»Keine Zeit.«

Fünf Minuten vor der verabredeten Zeit stieg ich auf dem Parkplatz vor der Stadthalle aus dem Wagen und machte mich auf den Weg zum Bahnhof.

Vero kam mir auf halber Strecke entgegen. Sie war wirklich eine besondere Person, selbst hier am Bahnhof, wo es in der Regel mehr als genug sonderbare Personen gab. Heute war sie nicht wieder komplett in Schwarz gekleidet, sondern knallbunt. Gelbe Hose, grünes Shirt, roter Cardigan. Die Sohlen ihrer grün lackierten Stiefel waren dick genug für sieben Weltumwanderungen, und mit den Nieten, Ösen, Ringen und Piercings an ihrer Kleidung und ihrem Körper hätte man eine vernünftige Basis für einen Metallwarenhandel. Über der rechten Schulter trug sie einen kleinen violetten Rucksack.

Ich war überrascht, als sie mich zur Begrüßung umarmte.

»Hey, Casanova, allet klar?«

»Hey, heute als Clown unterwegs?«

Sie sah an sich herunter.

»Farben zur Aufheiterung. Ist schwierig mitzuhalten, so wie du gestern Nacht vorgelegt hast.«

Ich sah sie überrascht an.

»Du weißt davon?«

»Mann, Kleener, Jessi und ich sind so dicke, ich wes allet.«

Wir gingen nebeneinanderher zum Wagen zurück.

»Hat Jessi dich angerufen?«

Vero winkte ab.

»Kannste vergessen, die blöde Kuh sacht mir ja nicht, wie et ihr jeht. Als ich sie nicht oofm Festnetz erreichen konnte, hab ich gleich ihre Eltern anjerufen und danach erst mit Jessi gesprochen.«

»Finde ich toll von dir, dass du extra wieder herkommst.«

»Wat ist daran toll? Dit is doch janz normal. Sie ist meine beste Freundin.«

»Ich mein ja nur.«

Ich hielt Vero zurück, weil sie beinahe vor ein richtiges Taxi gelaufen wäre, das viel zu schnell fuhr und den Zebrastreifen missachtete.

Als wir im Skoda saßen und vom Parkplatz rollten, sagte Vero: »War richtig romantisch gestern Nacht. Mit den Sternen und so. Du stehst auf meine Süße, oder?«

»Sie tut mir leid.«

»Erzähl mir nichts, Casanova, ick hab dich schon beim ersten Mal durchschaut.«

»Wenn du meinst.«

»Muss ich nicht meinen, dat sieht man. Aber krieg dich wieder ein, is okay, solange du ihr nicht an die Wäsche …«

»Vero, bitte. Jessi ist todkrank.«

»Gloobste, dat wes ick nich? Und? Is sie deswegen keine Frau mehr, oder wat? In Berlin hat sie gemodelt, du hättest dir den Hals verdreht nach ihr, das kannste ma globen. Na ja, wie auch immer, ich fand das jedenfalls richtig süß … und Jessi och.«

»Meinst du?«

»Nee, wes ick. Ich wes nur nicht, ob das so jut war, ihr diesen Floh ins Ohr zu setzen.«

»Welchen Floh?«

»Sie sagt, du willst mit ihr zusammen auf einen Berg steigen.«

Ich zuckte mit den Schultern.

»Das hab ich doch nur so gesagt. Ich meine … na ja … in ihrem Zustand ist das doch sowieso nicht möglich.«

»Ich kenn meene Süße. Wenn Jessi erstma Feuer gefangen hat, kann sie keener mehr aufhalten. So was sagt man nicht einfach nur so zu ihr.«

»Gestern konnte sie nicht mal allein gehen.«

»So schlimm?«

Ich nickte.

»Scheiße.«

Wir schwiegen für die Dauer von zwei Querstraßen.

»Det wird allet wieder, glob ma!«, sagte Vero mit großer Überzeugung in der Stimme.

»Meinst du?«

»Nee, wes ick. Mann, Kleener, du musst an deiner Sprache arbeiten. Viel zu pessimistisch.«

Das hatte mir noch niemand gesagt, und ich hielt mich auch nicht für einen Pessimisten, aber an diesem Morgen klang ich wahrscheinlich wirklich wie einer.

»Was hat sie dir denn gesagt? Über die Krankheit, meene ick.«

»Nicht wirklich viel«, sagte ich. »Sie redet nicht gern darüber. Kennst du ja. Ich weiß, dass es ein Tumor an der Luftröhre ist und die Ärzte ihr nicht viel Hoffnung gemacht haben.«

»Nicht viel is jut. Gar keene. Aber die wissen och nich allet. Jessi packt das, allein schon für Leonie.«

»Wie viel weiß die Kleine eigentlich?«

»Sie weiß nur, dass die Mama krank ist. Mehr nicht. Und mehr gibt es auch nicht zu wissen.«

»Was ist mit Leonies Vater?«

»Nichts. Ein Arschloch.«

»Aber er könnte sich doch wenigstens um seine Tochter kümmern.«

»Vergiss es, der kümmert sich nur um sich. Andere Welt, verstehste. Hat Jessi betrogen, als sie schwanger war. Kannste vergessen, den Typ.«

»Weiß er von Jessis …«

»Vergiss ihn«, fuhr Vero mich heftig an.

Ich verstummte und konzentrierte mich auf den Verkehr. Eine oder zwei Minuten saß Vero mit verbissenem Blick neben mir, dann schüttelte sie den Kopf und ließ die Fingergelenke knacken.

»Sorry. Aber ick würde den Typen umbringen, wenn er hier ooftaucht.«

»Schon gut. Es hat mich nur gewundert.«

Vero nestelte ihr Handy hervor, suchte eine Weile irgendetwas und hielt mir das Telefon dann so hin, dass ich einen Blick aufs Display werfen konnte.

»Hier, meene Süße, ein paar Monate vor der Diagnose.«

Der sonntägliche Verkehr war nicht besonders dicht, ich konnte lange genug hinsehen. Auf dem Foto trug Jessi ein kurzes rotes Kleid und hochhackige rote Schuhe. Ihr langes blondes Haar fiel lockig auf ihre Schultern, sie hatte die Arme in die Hüften gestellt wie einst Marilyn Monroe und lachte in die Kamera.

Vero hatte nicht übertrieben. Nach dieser Frau würde sich wohl jeder umdrehen.

»Das ist während eines Shootings für Katalogmode entstanden. Geil, oder?«

»Wirklich schön«, bestätigte ich etwas zurückhaltender.

»Ey, Kleener, nun komm mal aus dir raus. Det is geil.«

»Ja, ist geil«, bestätigte ich, obwohl ich das Wort hasste.

Ich benutzte es nicht, hatte ich noch nie getan. Keine Ahnung, woher meine Abneigung dagegen kam. Auf das Foto traf es auch nicht zu. Darauf hatte Jessi eine ganz besondere, ätherische Ausstrahlung, die nichts mit diesem vulgären Wort zu tun hatte. Sie war wunderschön in dem roten Kleid, nicht geil. Aber ich hatte keine Lust, mich wegen eines Wortes mit Vero anzulegen.

Sie starrte das Foto an und strich sogar mit dem Daumen darüber.

»Weeste, was sie zu mir gesagt hat, nachdem sie die Diagnose bekommen hatte?«

Die Frage war rhetorisch, deshalb antwortete ich nicht darauf.

»Sie hat mich angerufen und mich gefragt, ob ich nach Bremen kommen könnte. Sie wollte mal wieder eine Nacht durchtanzen, und das könne sie nur mit mir. Also bin ich am Samstag hingefahren. Wir sind in einen Club gegangen, und Jessi hat die ganze Nacht durchgetanzt. Und wenn ich sage, die ganze Nacht, dann meine ich das auch. Da hab sogar ich schlapp gemacht, aber Jessi sah aus wie das blühende Leben. Irgendwann zwischen vier und fünf sind wir mit dem Bus zurückgefahren, und da hat sie es mir gesagt. Ich kann mich noch ganz genau an ihre Worte erinnern. ›Vero‹, hat sie gesagt, ›ab morgen ändert sich einfach alles. Die medizinische Statistik will, dass ich sterbe, ich will das nicht. Und jetzt wollen wir doch mal sehen, wer recht bekommt.‹«

Ich erwiderte nichts, sah einfach nur geradeaus durch die Windschutzscheibe. In den drei Jahren, die ich für Willi und Silke Taxi fuhr, hatte ich viele Patienten kennengelernt, die ihre Krebsdiagnose nicht so ernst genommen hatten, wie sie es hätten tun sollen, die geglaubt hatten, wenn sie den Tumor ignorierten, würde er schon wieder verschwinden. Dann gab es die anderen, die auf Gedeih und Verderb alles richtigmachen wollten, Leben und Ernährung umstellten und sich sklavisch an alle Vorschriften hielten und gegen den Krebs kämpften. Sowohl die einen wie auch die anderen starben. Sowohl die einen wie auch die anderen überlebten. Es gab keine Systematik, kein erkennbares Muster und daher keinen vernünftigen Ratschlag, den man geben konnte. Es war die reine Willkür. Zufall. Anarchie.

Anders würde es auch bei Jessi nicht sein.

»Warum so still?«, fragte Vero.

Ich zuckte mit den Schultern.

Vero klopfte auf den Autositz, auf dem sie saß.

»Wie viele sind darauf schon gestorben?«

»Hier im Wagen? Niemand.«

»Du weißt, wie ich es meine.«

Ja, ich wusste es.

»Zu viele.«

»Zu viele für dich?«

Ich nickte.

»Kleener, ick gloobe, du brauchst einen anderen Job.«

»Könnte schon sein.«

»Aber erst, wenn Jessi wieder gesund ist und nicht mehr gefahren werden muss.«

»Selbstverständlich.«

»Und wehe, du lässt sie noch einmal von diesem dicken Proll fahren.«

Ich musste lachen.

»Habe ich nicht vor«, sagte ich.

Ich lenkte das Taxi in das Rondell vor dem Krankenhaus Hinter der Weser und ließ Vero vor dem Haupteingang aussteigen.

»Wie lange bleibst du?«

»Ich muss leider heute wieder zurück. Hab auf der Arbeit nicht freigekriegt. Kannst du mich wieder zum Bahnhof bringen? Der Zug fährt um 16.32 Uhr.«

»Streng genommen bin ich nicht im Dienst.«

»Jetzt och nicht?«

»Nein, jetzt och nicht.«

»Mist, das wusste ich nicht. Dann ruf ich mir ein anderes Taxi.«

»Musst du nicht. Ich bin um halb vier wieder hier.«

Vero lächelte mich an, stieg aus und verschwand in ihren schreiend bunten Klamotten in der Klinik.

Ich dachte kurz darüber nach, den Wagen zu parken und ihr zu folgen, verwarf den Gedanken aber. Wenn beste Freundinnen sich unterhalten wollten, wäre ich nicht einmal das fünfte Rad am Wagen, sondern der platte Ersatzreifen im Kofferraum, mit dem niemand etwas anfangen konnte.

Frau Grabenhorst

Ich fuhr Vero nicht zurück zum Bahnhof. Sie schickte mir eine SMS, in der sie mir mitteilte, dass Jessis Eltern darauf bestanden, sie zu fahren. Und als ich Sonntagabend per Mail meinen Dienstplan für Montag bekam, sah ich, dass Jessi nicht draufstand. Ich rief Willi-Chef an und bekam bestätigt, was ich geahnt hatte: Sie war noch nicht entlassen worden und würde von der Klinik aus zur Bestrahlung gebracht.

Also fuhr ich Montag andere Patienten, hatte schlechte Laune und hoffte auf einen Anruf, um Jessi wenigstens nach der Bestrahlung nach Hause fahren zu können. Der kam nicht, stattdessen aber ein anderer. Willi schickte mich zum Klinikum Mitte, um dort Frau Grabenhorst abzuholen. Sie war Dialysepatientin und seit langen Jahren unsere Dauerkundin. Dreimal die Woche musste sie mit dem Taxi zur Blutwäsche, die allerdings nicht im Klinikum Mitte stattfand, deshalb wunderte mich die Zieladresse.

Frau Grabenhorst war eine lebenslustige alte Dame, die sich von ihrer Krankheit nicht unterkriegen ließ. Ich mochte die kurzen Fahrten und die Gespräche mit ihr. Sie war damals, als ich angefangen hatte, meine allererste Dialysefahrt gewesen, und ich konnte mich noch sehr gut an diese Fahrt erinnern.

Ich hatte sie von der Blutwäsche abholen sollen und war völlig unvorbereitet in die Dialysepraxis gestolpert. Wenn man zum ersten Mal dorthin kommt und die doppelflügelige Tür öffnet, schlägt einem sofort der schwere Geruch von warmem Blut entgegen. Dieser Geruch ist nicht scharf und schneidend wie der in Zahnarztpraxen, sondern weich und dick, er legt sich wie eine Decke über einen, hüllt einen ein, fährt aber dennoch binnen Sekunden bis tief in den Bauch. Zumindest war es bei mir so gewesen, und mein Bauch hatte sich reflexartig zusammengezogen, was zu einem explosiven Anstieg von unverdauten Speiseresten in der Speiseröhre führte. Eilig suchte ich nach einer Toilette. Dort angekommen, musste ich mich dann aber doch nicht übergeben, da das Fenster weit offen stand und die frische Luft mich rettete. Ich dachte, ich hätte meine persönliche Grenze erreicht, könnte nicht mehr zurückkehren, könnte das nicht durchziehen.

Konnte ich aber doch. Vor allem, weil andere es auch konnten und ich mich nicht blamieren wollte. Ich hielt abwechselnd die Luft an oder atmete flach durch die Nase, kämpfte gegen den Würgereiz an und tat so, als mache es mir nichts aus. Auch der Anblick der vielen Menschen nicht, die aufrecht in den Betten saßen, aus denen Schläuche heraushingen, durch die Blut aus ihren Körpern in Maschinen floss und wieder zurück. Ich tat so, als sei ich ein alter Hase, der schon alles gesehen hatte. Die Fassade zerbrach erst, als ich auf Frau Grabenhorst traf.

Sie lag noch im Bett, war aber schon von der Maschine abgekoppelt. So wie überall, herrschte auch in der Dialysestation Personalmangel. War eine Patientin nicht mehr mit der Maschine verbunden, fühlten sich die Krankenschwestern nicht mehr für sie verantwortlich. An dieser Stelle setzte bereits die Arbeit des Taxifahrers ein. Es wurde einfach von uns erwartet.

Frau Grabenhorst bat mich, den Rollstuhl aus der Ecke des Raumes zu holen, und das tat ich. Als ich damit zum Bett zurückkehrte, hatte sie bereits die Decke zurückgeschlagen, und ich sah, dass ihr linkes Bein bis unters Knie amputiert war. Später erfuhr ich, dass das was mit ihrer Erkrankung und mangelnder Durchblutung zu tun hatte.

Die kleine alte Dame mit der am Hinterkopf platt gelegenen Dauerwellenfrisur saß auf der Bettkante und wies mich an, vor sie zu treten. Sie hatte einen ordentlichen Kommandoton drauf, dem man sich nicht widersetzte. Ich tat, was mir befohlen wurde, sie hielt sich an mir fest, und ich wuchtete sie vom Bett in den Rollstuhl. Obwohl ›wuchten‹ nicht der richtige Ausdruck war. Sie war leicht – wahrscheinlich auch aufgrund des fehlenden halben Beines –, daher kostete es mich keine Mühe. Die Schwierigkeit lag darin, dass sie mir dabei sehr nahe kam. Ihr Gesicht lag an meinem, ich spürte ihren Atem an meinem Ohr und eine fiebrige Wärme an meiner Wange. Diese Nähe setzte sich weiter fort, als sie mich darum bat, ihr die Schuhe anzuziehen – also den einen. Es war ein Seniorenschuh, breit, flach, aus gemütlich warmem, kariertem Stoff, bekleckert mit Speiseresten. Ich war froh, dass der Schuh einen Reißverschluss und keine Schnürsenkel hatte.

Nach dieser Prozedur waren wir abreisefertig, und ich schob Frau Grabenhorst aus der Station. Das lief nicht ohne viel Gewinke und Händeschütteln ab und zog sich in die Länge.

Mein Gott, was war ich froh, als ich endlich wieder frische Luft atmen konnte!

Frau Grabenhorst instruierte mich erneut hervorragend beim Umsetzen vom Rollstuhl in das Taxi, wobei sie mir ins Ohr hustete.

Ein wenig dumm stellte ich mich beim Zusammenklappen des Rollstuhls an. Ich bekam es nicht hin und musste die alte Dame um Rat fragen. Beim zweiten Versuch fasste ich in etwas Weiches, das an einer der Metallstangen klebte – danach auch an meinen Fingern –, und stellte fest, dass es eine gewisse Ähnlichkeit mit Soße Bolognese hatte. Voller Ekel wischte ich meine Finger einfach am Teppichboden des Kofferraums ab und nahm mir vor, nicht damit im Gesicht herumzufuhrwerken, ehe ich sie nicht gewaschen hatte.

Das war damals gewesen. Seitdem war meine Ekelgrenze expandiert wie das Universum, es gab kaum noch etwas, das mich schocken konnte. Dachte ich.

Bis ich an diesem Tag Frau Grabenhorst aus dem Klinikum Mitte abholte. Da sie nicht an der Tür wartete, womit ich auch nicht gerechnet hatte, rief ich Willi an, bekam von ihm die Station und Zimmernummer durchgegeben, lief in den vierten Stock hinauf, fragte mich durch die verwinkelten Gänge und fand schließlich die Frauenstation. Im Schwesternzimmer saß eine junge Schwester, und ich trug ihr mein Anliegen vor. Sie lächelte freundlich und brachte mich zu dem Raum, in dem Frau Grabenhorst auf ihren Taxifahrer wartete.

Ich bekam einen Schock.

Sie saß im Rollstuhl, das hatte ich erwartet. Aber heute hatte sie keine Beine mehr. Auch das andere war weg, unter dem Knie amputiert.

Dann warf ich unglücklicherweise einen Blick auf den Beutel, in dem sich Wundflüssigkeit sammelte, die durch einen Schlauch aus ihrem Körper herauslief.

Meine erste Frage sparte ich mir bis in den Fahrstuhl auf.

Darin war es eng, ich konnte gar nicht anders, als auf diesen durchsichtigen Schlauch zu starren. Warum waren die Dinger nicht schwarz oder blau?

»Frau Grabenhorst, was ist denn nur passiert?«

»Ach, ich weiß auch nicht. Die sagen, es liegt daran, dass ich mich nicht an die Diät halte. Das Bein war vergiftet, das musste weg.«

»Oh Gott, das tut mir so leid!«

Sie winkte ab.

»Muss es nicht. Ich konnte vorher nicht laufen und kann jetzt nicht laufen. Kein Unterschied also. Und wenn die Schmerzen erst einmal vorbei sind, ist alles wie vorher. Und ich wiege weniger!«

»Aber so sollte man nicht abnehmen«, hielt ich dagegen.

»Geht aber schnell, und ich muss nicht auf meine Schwarzwälder Kirschtorte verzichten.«

Auf die nicht und auch nicht auf die Obstbrände. Es war allgemein bekannt, dass Frau Grabenhorst ganz gern mal einen becherte.

Auf dem Parkplatz klappte ich die Rampe aus dem Caddy und bereitete alles für den Rollstuhltransport vor.

»Wieso dürfen Sie eigentlich schon nach Hause?«, fragte ich dabei.

»Die Wundbehandlung macht der Hausarzt«, klärte Frau Grabenhorst mich auf. »So ist das heutzutage. Die Betten im Krankenhaus müssen schnell wieder frei werden.«

»Na, wenn das mal so richtig ist.«

»Ich hätte es da sowieso nicht mehr lange ausgehalten.« Sie beugte sich zu mir, als wolle sie mir ein Geheimnis anvertrauen. »Die Nachtschwester ist ein Drachen und der Oberarzt ein Drachenreiter«, fuhr sie fort und kicherte wie ein kleines Mädchen.

Es dauerte einen Moment, bis ich begriff, was sie damit sagen wollte.

»Frau Grabenhorst, ich bitte Sie!«

»Warum? Wenn's doch die Wahrheit ist!«

Bei Rollstuhltransporten war es schwierig, sich während der Fahrt miteinander zu unterhalten. Der Caddy war im Inneren sehr laut, und der Rollstuhl stand weit entfernt vom Fahrersitz. Da wir aber durch die ganze Stadt mussten und dauernd an roten Ampeln hielten, hatten wir mehr als genug Gelegenheiten für kleine Pläuschchen. Die Krankheit mochte dieser kleinen Frau die Hälfte ihres Körpers genommen haben, ihren Lebensmut und Humor hatte sie ihr nicht nehmen können.

»Jetzt brauchst du mir auch nicht mehr den Schuh an- und ausziehen«, wies Frau Grabenhorst mich auf einen weiteren Vorteil hin.

»Hat mir aber nichts ausgemacht.«

Kurze Fahrt, nächste rote Ampel.

»Und ich kann meine Bettdecke weiter nach oben ziehen.«

»Es gibt sehr lange Decken.«

Kurze Fahrt, nächste rote Ampel.

»Ich muss nirgendwo mehr in der Schlange anstehen.«

»Mussten Sie als Einbeinige auch schon nicht.«

Etwas längere Fahrt, nächste rote Ampel.

»Ich wäre sowieso nirgendwo mehr hingegangen. Nur noch zur Blutwäsche, den Rest meines Lebens.«

Das sagte sie ohne den bissigen Humor, den sie sonst an den Tag legte. Warum sich die Rotphase gerade an dieser Ampel so lange hinziehen musste, war mir ein Rätsel. Was sagt man in einer solchen Situation?

Hätte man mich gezwungen, ehrlich zu sein, ich hätte gesagt: »Ich hoffe für Sie, es dauert nicht mehr so lange.« Aber nichts von alledem kam mir über die Lippen. Ich brachte lediglich ein mattes: »Die beste Krankheit taugt nichts!«, hervor und schämte mich im selben Augenblick dafür.

Chemofabrik

Nachdem ich Frau Grabenhorst zu Hause abgesetzt und die übliche Einladung zu einem Obstbrand – heute hatte sie Marille im Angebot – abgelehnt hatte, fuhr ich in die Klinik für Nuklearmedizin, um mir meinen Chef vorzuknöpfen. Ich fand ihn in seinem Büro im Keller, er mampfte gerade Pommes Currywurst rot-weiß.

»Du hättest mich warnen können«, fuhr ich ihn an.

Er wusste nicht, was ich von ihm wollte.

»Frau Grabenhorst hat keine Beine mehr«, half ich ihm auf die Sprünge.

»Ja, und?«

»Ich wusste davon nichts. Du hättest es mir am Telefon sagen können.«

»Vergessen«, murmelte er mit vollem Mund und stopfte mit dem Finger eine Pommes nach, die sich zwischen den Lippen verkantet hatte.

Dieser Anblick und die Erinnerung an den Stumpf, aus dem Wundflüssigkeit herauslief, waren zu viel für mich. Ich wandte mich ab, wollte fluchtartig die Klinik verlassen, doch Willi rief mich zurück.

»Vierzehn Uhr. Frau Bischoff. Von drüben nach Hause«, instruierte er mich, noch immer kauend.

Schlagartig verbesserte sich meine Laune.

Jessi durfte nach Hause!

Ich hatte noch eine halbe Stunde Zeit, aber keine Lust, sie wartend zu verbringen, also schrieb ich ihr eine SMS und fragte sie, ob sie schon abreisefertig sei. Die Antwort kam sofort.

JAAAAAAAAAAAAAA.

Rollstuhl?

Untersteh dich!

Jessi saß bereits fertig angezogen auf ihrem Bett, als ich kurze Zeit später ihr Zimmer betrat.

Sie sah besser aus, richtig gut, wie ich fand. Rosige Wangen, leuchtende Augen, auch das gesichtsfüllende Lächeln war zurück. Zudem waren ihre Haare ein ganzes Stück länger geworden in den vergangenen zwei Tagen.

»Hey, du hast eine richtige Matte«, begrüßte ich sie. »Wollen wir auf dem Rückweg beim Friseur haltmachen?«

Zu meiner Überraschung umarmte sie mich und hielt mich einen Moment lang sehr fest.

»Vielen Dank, für alles«, sagte sie, nachdem sie mich wieder losgelassen hatte.

»Du musst dich nicht bedanken«, antwortete ich über den Kloß in meinem Hals hinweg.

Ich schnappte mir ihren Koffer, der neben dem Bett stand. Jessi trug einen braunen Umschlag mit Papieren darin, ihre Krankenakte, wie ich vermutete. Auf dem Gang verabschiedete sie sich von einer älteren Krankenschwester ebenfalls mit einer Umarmung. Die Schwester streichelte Jessi über den Rücken und sagte, dass sie sie hier nicht wiedersehen wolle. Jessi presste die Lippen zusammen, nickte und kämpfte gegen die Tränen an. Ich stand daneben, spürte meinen Hals erneut eng werden und fragte mich, wie man als Krankenschwester damit zurechtkam, jeden Tag solche Schicksale mitzuerleben. Vielleicht sollte ich mir bei dieser Frau Rat einholen?

Diesmal nahmen wir den Fahrstuhl. Wir waren aber nicht allein darin. Ein Pfleger schob ein Bett herein, in dem eine Patientin lag, die entweder tief und fest schlief oder bereits tot war. Dem Gesicht nach zu urteilen, von dem ich nur die linke Hälfte sehen konnte, war sie steinalt. Niemand sprach. Im Erdgeschoss stiegen wir aus, der Pfleger fuhr in den Keller hinunter. Ich hatte keine Ahnung, was sich dort befand, und wollte es auch nicht wissen.

Jessi ging langsam, und ich blieb an ihrer Seite.

Als sie draußen in die Sonne trat, schloss sie die Augen und atmete tief ein und aus.

»So fühlt sich Glück an«, sagte sie.

»Und wenn es regnen würde?«

»Wäre es genauso schön.«

Wir gingen zu dem Rollstuhl-Caddy hinüber. Erst heute Abend würde ich den Wagen gegen meinen Skoda tauschen können. Als Jessi erkannte, womit wir fahren würden, sah sie mich erschrocken an.

»Ist nicht dein Ernst?«

»Nur zur Sicherheit, falls du wieder …«

Sie ließ mich nicht ausreden, boxte mir in die Seite und schlug mir mit dem Umschlag auf den Kopf.

»Du bist so gemein!«

»Wie geht es dir denn?«, fragte ich, nachdem wir eingestiegen waren.

»Viel besser. Allerdings …«, sie fuhr sich mit der flachen Hand über den dichter gewordenen blonden Flaum auf ihrem Kopf, »wir machen tatsächlich halt bei einem Friseur.«

Jessi erzählte mir, dass die behandelnden Ärzte sich dazu entschlossen hatten, ihr zusätzlich zur Bestrahlung eine weitere leichte Chemotherapie zu spendieren. Die nächsten vier Wochen musste sie einmal die Woche in eine kleine Praxis in der Nähe des Hauptbahnhofes. Genau dorthin sollte ich sie nun auch für ein Vorgespräch fahren. Während sie sprach, registrierte ich die Hoffnung, die in Jessis Stimme mitschwang. Durch diese Doppelbehandlung würde der Krebs viel langsamer wachsen, meinte sie. Ich konnte nur daran denken, dass ich noch niemals eine Patientin gefahren hatte, die gleichzeitig Bestrahlung und Chemo bekam.

»Samstagabend, dein Video«, wechselte Jessi das Thema. »Das war wirklich schön. Du hast mich damit echt gerettet.«

»Das freut mich.«

»So was hat noch nie jemand für mich gemacht.«

»Dann wurde es aber höchste Zeit.«

Sie beugte sich zu mir rüber und gab mir einen schnellen Kuss auf die Wange.

»Danke.«

Blut schoss mir in den Kopf und ließ meine Ohren glühen.

Die restliche Fahrzeit berichtete sie mir davon, wie Vero am Sonntag die Station aufgemischt hatte, wie es dank ihr und Leonie zu einem Rolli-Wettrennen auf dem Gang gekommen war, in dessen Folge ein Oberarzt mit gequetschtem kleinen Zeh in die Notaufnahme hatte eingeliefert werden müssen, woraufhin Gero und Angel nichts anderes übrig geblieben war, als Vero schnellstmöglich zum Bahnhof zu bringen, um sie vor irgendwelchen Regressansprüchen zu schützen.

Ich lachte Tränen.

Jessi schien die Sache eher peinlich zu sein.

Die kleine Praxis, zu der ich Jessi fuhr, lag Am Dobben, einer viel befahrenen Straße, an der es kaum Parkplätze, dafür aber jede Menge aggressive Autofahrer, militante Fahrradfahrer und hochmotivierte Politessen gab. Dazu gesellten sich hektische Fußgänger, Menschen, deren Hunde im Gehen Kot auf dem Gehweg verloren, sowie einen Rockerclub, deren Angehörige mit ihren Bikes in schöner Regelmäßigkeit die Bürgersteige blockierten. Ich fuhr dreimal im Kreis, fand aber keinen Platz.

»Lass mich einfach rausspringen«, bot Jessi an.

»Kommt gar nicht infrage.«

Zu spät, um noch pünktlich in der Praxis anzukommen, wurde in dem schmalen Parkstreifen vor dem Gebäude endlich ein Platz frei. Mit Mühe bugsierte ich den langen Caddy hinein und begleitete Jessi.

Der Fahrstuhl war selbst für zwei Personen zu eng, und es roch schlecht darin. Wir sahen uns mit skeptischen Mienen an, und ich bemerkte, wie Jessis Hand den braunen Umschlag zerknitterte.

Fünf Minuten zu spät trafen wir in der Praxis von Doktor Kohl ein. Aber so, wie es darin aussah, spielte unsere Unpünktlichkeit wohl keine Rolle. Zum zweiten Mal an diesem Tag war ich schockiert. Schon auf dem Gang hinter der Eingangstür saßen einige Patienten auf Rollstühlen, Metallständer neben sich, an denen die Beutel mit der Chemotherapie hingen. Mit glasigen Blicken beobachteten sie uns. Es roch nach Schweiß und abgestandener Luft. Die Fenster waren gekippt, von der Straße drang hektischer Verkehrslärm herein, in diesem Moment untermalt vom Gekreische eines Rettungswagens, der unten vor der Kreuzung das Martinshorn eingeschaltet hatte.

Ein: »Großer Gott!«, verkniff ich mir, aber es wäre angebracht gewesen. Diese Praxis war total überfüllt, Massenabfertigung auf engstem Raum. Eine Chemofabrik!

Am Empfang, einem winzigen Tresen in der Ecke des Ganges, fuhr eine genervte Arzthelferin Jessi an.

»Sie sind zu spät!«

»Das liegt an den nicht vorhandenen Parkplätzen«, sprang ich ihr bei.

Ein scharfer Blick fixierte mich.

»Und wer sind Sie?«, fuhr sie mich an.

»Frau Bischoffs Fahrer.«

»Dann warten Sie draußen.«

»Warum?«

»Privatsphäre der Patienten.«

Ich warf einen Blick durch den Gang, der als Behandlungszimmer herhalten musste und ihre Begründung ad absurdum führte.

»Ist nicht Ihr Ernst, oder?«

»Sehe ich wie ein Spaßvogel aus?«

Ich wollte etwas erwidern, doch Jessi warf mir einen schnellen Blick zu und schüttelte den Kopf. Also hielt ich die Klappe, blieb aber trotzig am Tresen stehen.

Die Arzthelferin schien nicht gewillt, ihre Arbeit fortzusetzen, solange ich nicht ihr Königreich verließ.

In meiner dreijährigen Laufbahn als Patientenfahrer hatte ich gelernt, mich mit Arzthelferinnen möglichst gut zu stellen und ihre Autorität niemals infrage zu stellen. In Arztpraxen waren sie die wirklich Mächtigen, entschieden über Termin oder keinen Termin, riefen unseren Fahrdienst an, wenn ein Patient fertig war, oder eben irgendeinen anderen. Darüber hinaus konnten sie einem ganz ordentlich den Tag vergrätzen.

»Ist noch was?«, fragte sie mit diesem Von-oben-herab-Unterton, den ich nicht leiden konnte.

»Wie lange wird es dauern?«

»Nun ja … Sie sind zu spät. Lassen Sie Ihre Nummer da, wir rufen an.«

»Alles klar, ich hab deine Nummer«, sagte Jessi. »Bis gleich!«

Unter stillem Protest und dem missbilligenden Blick der Arzthelferin verließ ich das Schlachtfeld. Nicht besiegt, aber für heute geschlagen.

Nach einer Stunde kam Jessi aus dem Gebäude, stieg ein und stieß einen lauten Seufzer aus.

»Kennst du *Dr. House*? Diese Serie?«

»Ja. Warum?«

»Der Arzt da oben muss dafür Pate gestanden haben. Ein entsetzliches Ekel. Wirklich schade, dass ich Vero nicht dabeihatte.«

Es war von Jessi sicher nicht so gemeint, aber ich kam mir dank dieses Satzes wie ein Versager vor. Vero hätte dort oben in der Praxis für ihre Süße gekämpft wie eine Löwin und sowohl die Arzthelferin als auch den Arzt vernichtend geschlagen. Ich hingegen hatte das Schlachtfeld nach kurzem Kampf verwundet verlassen. Klar, es war nicht meine Aufgabe, ich war schließlich nur der Fahrer, dennoch fühlte ich mich verpflichtet, Jessi zu beschützen. Hier hatte ich es nicht gekonnt.

»Ich geh da nie wieder hin«, sagte Jessi. »Kennst du nicht eine andere Praxis?«

Ich rammte den Zündschlüssel ins Schloss.

»Doch, kenne ich. Ich rede mit Carl dem Großen, versprochen!«

Jetzt fühlte ich mich doch wieder ein klein wenig wie der edle Ritter, den alle Männer in sich trugen – oder in sich tragen sollten.

Carl der Große

Ich spürte es genau, heute reichte mein Ärger, um Carl den Großen anzusprechen. Ich musste mir nur das Bild im Eingangsbereich der Chemofabrik in Erinnerung rufen und Jessis verzweifelten Gesichtsausdruck, als sie ins Taxi gestiegen war, dann kochte es wieder in mir.

Auf dem Weg zu Professor Urbans Büro musste ich an Willis Abstellkammer vorbei. Die Tür stand offen, ich befürchtete, er würde mich aufhalten, doch vor seinem Schreibtisch saß ein älteres Pärchen, neue Kunden. Willi war beschäftigt.

Die Tür zu Urbans Büro stand ebenfalls offen. Ich warf einen schnellen Blick hinein. Niemand da. Enttäuscht wandte ich mich ab, da kam mir der Professor entgegen. Wie meistens trug er eine Patientenmappe mit sich herum.

»Haben Sie einen Moment Zeit?«, fragte ich.

»Worum geht es denn?«

Er sah mich über den Rand seiner Brille hinweg neugierig an.

»Jessi Bischoff.«

Er nickte, als hätte er es ohnehin gewusst.

»Kommen Sie.«

Er ließ mich in sein Büro eintreten, schloss die Tür, setzte sich hinter seinen Schreibtisch und bot mir mit einem Handzeichen Platz an.

Ich hatte mit einem Gespräch im Stehen auf dem Gang gerechnet, meinem Status angemessen. Zögerlich setzte ich mich auf den Besucherstuhl.

»Diese Chemopraxis Am Dobben«, begann ich. »Frau Bischoff fühlt sich dort sehr unwohl und möchte nicht wieder hin.«

»Hat Frau Bischoff Sie gebeten, mit mir zu sprechen?«

»Ja, hat sie. Ich kann sie verstehen, es ist dort … na ja, zwischen Ihrer Praxis und der Am Dobben liegen Welten.«

»Inwiefern?«

»Sie sind nie dort gewesen?«

»Nein, aber Doktor Kohl ist ein Studienfreund.«

Na klasse, dachte ich im Stillen. Mit Anlauf ins Fettnäpfchen.

Aber da ich nun schon einmal drinsteckte, konnte ich auch weitermachen.

»Es ist eng und voll dort, die Menschen sitzen auf den Gängen.«

Carl der Große lehnte sich zurück.

»Hab ich schon gehört. Aber lassen Sie sich davon nicht täuschen. Doktor Kohl ist ein sehr guter Onkologe. Ich würde meine Patienten nicht zu ihm schicken, wenn es nicht so wäre. Sagen Sie Frau Bischoff, sie muss dorthin, das bringt sie weiter.«

»Wie weit?«, fragte ich.

»So weit es geht.«

»Dürfte ich wissen, wie …«

»Nein«, unterbrach mich der Professor. »Dürfen Sie nicht. Was Frau Bischoff mit Ihnen bespricht, ist Ihre Sache, aber ich unterliege der Schweigepflicht. Wie Sie wissen dürften.«

Ich sah zu Boden und nickte.

»Wissen Sie, wie das ist?«, fragte ich, ohne wirklich darüber nachgedacht zu haben.

»Wie was ist?«

»Es ist eine Sache, jeden Tag Patienten zu fahren und nicht zu wissen, wie lange diese Menschen noch zu leben haben. Nicht einfach, aber man kommt damit zurecht. Aber Frau Bischoff … das ist etwas vollkommen anderes.«

»Inwiefern?«

»Zu wissen, dass sie bald stirbt und ihr dennoch jeden Tag

Hoffnung machen zu müssen, weil sie sich selbst Hoffnung macht, das ist ...«

Ich ließ den Satz offen und zuckte mit den Schultern.

Professor Urban stützte sich mit den Ellenbogen auf dem Schreibtisch ab.

»Frau Bischoff weiß sehr genau, was mit ihr passiert, und es ist nicht Ihre Aufgabe als Fahrer, ihr Hoffnung zu machen. Lassen Sie es einfach bleiben.«

»Leicht gesagt, hier im Büro. Ich sitze jeden Tag mit Frau Bischoff eine Stunde in einem engen Auto. Glauben Sie, wir würden dabei schweigen?«

»Herr Wondrascheck ...«

Ich war überrascht, dass er sich an meinen Namen erinnerte.

»Sie müssen lernen, damit umzugehen, sonst sind Sie hier fehl am Platze.«

Ich stand auf.

»Ja, vielleicht. Vielen Dank für das Gespräch.«

Ich verließ das Büro ohne ein weiteres Wort.

Oma weiß alles

Na super!

Das Gespräch hatte ja richtig was gebracht. Carl der Große hielt mich wahrscheinlich für einen sentimentalen Deppen, der nicht verstand, worum es ging. Und ehrlich gesagt verstand ich es auch nicht. Warum musste ein sterbenskranker Mensch, für den es keine Hoffnung gab, solche Behandlungen aushalten und in den letzten Wochen seines Lebens eine Tour der Grausamkeiten starten? Man musste wohl Medizin studiert oder hohe Investitionen in ein schickes Behandlungszentrum getätigt haben, um das zu verstehen.

Frau Bischoff weiß, was sie erwartet, hatte Professor Urban gesagt. Aber wusste sie das wirklich? Oder hatte der Professor die Hoffnung in ihr geweckt, alles würde sich zum Guten wenden? Er schien selbst jedenfalls nicht daran zu glauben.

Alles in allem war ich ziemlich deprimiert, als ich nach Hause kam. Meine Gedanken ließen sich nicht ordnen, rannten um die Wette, jeder in eine andere Richtung. Der tiefe Wunsch, endlich meine Sachen zu packen und das große Abenteuer anzugehen, wurde befeuert von Professor Urbans Andeutung, ich sei falsch in diesem Job. Irgendwie kam alles zusammen, man konnte es als Wink mit dem Zaunpfahl begreifen, als unmissverständliches Zeichen. Ich würde aber auf keinen Fall alles hinschmeißen, solange Jessi gefahren werden musste.

Als ich die Küche betrat, erwartete mich eine Überraschung, die alle anderen Gedanken ablöste.

Es köchelte nichts auf den Herdplatten, das Radio lief nicht, Oma Olga war nicht da.

Ich suchte sie zuerst im Haus, dann im Garten und schließlich in der kleinen Werkstatt hinter dem Haus, die früher meinem Opa gehört hatte.

Oma Olga war nirgendwo zu finden.

Während ich noch im Flur stand und überlegte, was zu tun war, hielt vor dem Haus ein Taxi.

Ich lief hinaus.

Oma Olga saß auf dem Beifahrersitz.

Ich riss die Tür auf.

»Oma? Wo kommst du denn her?«

»Also ist es hier doch richtig«, sagte der Taxifahrer, ein älterer Herr mit dickem Bauch, den ich nicht kannte, obwohl er ein Kollege war.

Oma strahlte mich an.

»Wusste ich's doch!«

»Was ist denn passiert?«

Der Taxifahrer rollte mit den Augen.

»Ihre Oma hat ihre Adresse vergessen. Wir kurven schon seit einer Stunde durch die Stadt. Sie hat sich an Häusern orientiert, die ihr bekannt vorkamen.«

»Eine Stunde?! Warum haben Sie denn nicht auf ihren Ausweis geschaut?«

Der Taxifahrer wich meinem Blick aus und spielte an seinem Funkgerät.

»Ach ja, richtig, hab ich gar nicht dran gedacht«, nuschelte er.

»Jetzt ist ja alles gut«, sagte Oma Olga fröhlich. »Ich bin wieder zu Hause.«

»Hat meine Oma schon bezahlt?«, fragte ich den Taxifahrer.

»Nein.«

»Was bekommen Sie?«

»Vierundfünfzig siebzig.«

»Ich gebe Ihnen zwanzig. Wenn Sie das nicht wollen, rufe ich in Ihrer Firma an und beschwere mich.«

»Lass doch, mein Junge, ich bezahle den netten Herrn«, flötete meine Oma dazwischen.

»Der nette Herr ist ein Abzocker«, sagte ich und fixierte den Mann.

Einen Moment kreuzten wir unsere Blicke wie Schwerter. Dann drückte er die Summe auf dem Taxameter weg.

»Gib her, bevor ich es mir anders überlege«, gab er klein bei.

Oma Olga hatte in der Zwischenzeit ihre Handtasche geöffnet und das übergroße rote Portemonnaie herausgeholt. Sie öffnete es, um den Fahrer zu bezahlen, und ich sah, dass das Fach für Scheine voller Hunderter war. Mit einem schnellen Griff nahm ich einen Zwanziger heraus und reichte ihn dem Fahrer. Dann half ich Oma beim Aussteigen und holte die Tüte mit ihren Einkäufen aus dem Fond.

Kaum hatte ich die Tür zugeworfen, fuhr das Taxi mit laut aufheulendem Motor davon.

»Der war nett«, sagte Oma. »Ein netter Kollege. Wir haben uns ganz prächtig unterhalten. Er ist noch neu in der Stadt und kennt sich nicht so gut aus.«

»Du hast deine Adresse vergessen? Ehrlich?«

Sie zuckte mit den Schultern.

»Ich weiß auch nicht, auf einmal war sie wie weggeblasen. Komisch, nicht wahr?! Wo ich doch schon so lange hier lebe.«

»Und warum hast du so viel Geld dabei? Das ist gefährlich, Oma. Überall wird geklaut.«

»Ach was, mir passiert schon nichts. Ich sehe doch nicht reich aus.«

Wir gingen ins Haus.

»Was wolltest du überhaupt in der Stadt? Ich hätte dich doch fahren können.«

»Auf keinen Fall! Schließlich hab ich dein Geburtstagsgeschenk gekauft.«

»Aber der ist doch erst in drei Monaten.«

»Ich komme ja nicht so oft raus, da muss man die Gelegenheit beim Schopfe packen. Außerdem gab es meine Haftcreme im Sonderangebot bei Rossmann. Da habe ich einen Euro pro Packung gespart.«

Ich wunderte mich, dass Oma zwar ihre Adresse vergaß und wo der Ersatzschlüssel deponiert war, sich aber an meinen Geburtstag erinnerte, ein Datum, das nur einmal im Jahr eine Rolle spielte. Das menschliche Gedächtnis war eine sprunghafte, unzuverlässige Einrichtung mit einem besonderen Sinn für Humor.

Oma verstaute die Tüte mit meinem Geschenk in ihrem Schlafzimmer und machte sich ans Abendessen. Da sie nichts vorbereitet hatte, fragte sie mich, was ich gerne hätte. Wir einigten uns auf Kartoffelpuffer. Niemand machte bessere als meine Oma, zudem ging es schnell, und ich wusste, dass sie sie auch gern aß.

Wir schälten zusammen die Kartoffeln. In der Zeit, die ich für eine brauchte, schälte meine Oma drei. Ihre alten, faltigen Hände bewegten sich wie die einer Zwanzigjährigen. Zudem waren ihre Kartoffeln schön rund, während meine eher an Streichholzschachteln erinnerten. Nach der vierten gab ich auf und übernahm das Reiben. Das konnte ich gut, denn dazu war nur ein bisschen Kraft erforderlich. Oma zerließ Fett in einer großen Pfanne, portionierte die Kartoffelmasse hinein und briet die Kartoffelpuffer von beiden Seiten goldbraun.

Ich bekam vier Stück auf einen Teller, setzte mich an den Tisch, häufte Apfelmus drauf und aß. Nach dem achten Puffer war ich satt, und wir wechselten die Rollen. Ich briet, Oma aß. Meine Puffer waren allerdings nur von einer Seite goldbraun, die andere ging eher in Richtung Holzkohle. Oma aß trotzdem mit gutem Appetit.

Nach dem Essen saßen wir noch bei einem Glas Milch zusammen.

Ich sprach an, was angesprochen werden musste.

»Du wirst vergesslich, Oma.«

»Wie kommst du darauf?«

»Na ja, die Sache mit dem Ersatzschlüssel neulich, heute hast du vergessen, wo du wohnst …«

»Hab ich nicht. Ich hab den netten Fahrer doch hergelotst.«

»Ja, aber du konntest ihm nicht die Adresse nennen.«

»Das kann doch jedem mal passieren!«

Sie wurde ein bisschen lauter. Das kannte ich nicht von ihr.

»Ich mach mir doch nur Sorgen um dich«, sagte ich.

»Um mich muss sich niemand sorgen. Wir geht es denn deiner jungen Patientin, die mit dem kleinen Kind? Um die muss man sich sorgen.«

»Du lenkst vom Thema ab, Oma.«

»Willst du sie nicht mal zum Essen einladen? Ich hätte so gerne mal wieder eine volle Küche.«

»Oma, ich …«

Ich unterbrach mich selbst, weil ich einen Moment über ihren Vorschlag nachdenken musste.

»Gar keine so schlechte Idee«, sagte ich. »Und das wäre dir nicht zu viel Arbeit?«

»Ach wo.« Sie winkte ab. »Ob zwei oder vier Leute zum Essen macht doch kaum einen Unterschied. Früher hab ich doch auch immer für fünf Personen gekocht.«

»Okay, ich frag sie. Aber was die Sache mit der Adresse angeht …«

»Welche Adresse?«

»Na deine. Die du vergessen hast.«

»Wieso vergessen? Lindenstraße fünf. Ich vergesse doch meine Adresse nicht.«

»Und warum hast du sie dem Taxifahrer nicht gesagt?«

»Welchem Taxifahrer?«

»Der, der dich …«

Ich kapitulierte laut seufzend. Das führte zu nichts.

»Was ist denn?«

»Ach nichts. Geht's dir denn sonst gut?«

Oma Olga trank ihr Glas in einem Zug halb leer. Danach hatte sie einen Milchbart, zusätzlich zu ihrem Damenbart, der auch schon ganz ordentlich war.

»Bestens. Wie dein Opa schon gesagt hat: ›Unkraut vergeht nicht.‹ Aber um dich mache ich mir Sorgen.«

»Um mich? Warum?«

»Du siehst in letzter Zeit unglücklich aus. Irgendwas stimmt nicht mit dir.«

Ich zuckte mit den Schultern.

Sie hatte recht, ich spürte es ja selbst, aber es war schwer in Worte zu fassen, eigentlich gar nicht, jedenfalls nicht für mich. Es ging um die Ohnmacht, Jessi nicht helfen zu können, sie nicht aus diesem grausamen System befreien, den Tumor nicht vernichten zu können. Ich saß einfach nur auf dem Fahrersitz, sorgte dafür, dass sie nicht bei einem Verkehrsunfall starb, sah ansonsten aber dabei zu, wie der Tumor meine Bemühungen, sie vor dem Tod zu bewahren, zunichtemachte. Ich war kein Krebstaxifahrer, ich war der Fahrer des Todes, hielt ihm seine Beute warm, chauffierte sie ihm bis vor die Tür.

»Mit mir ist alles in Ordnung«, sagte ich bestimmt und versuchte, die dunklen Gedanken zu verscheuchen.

Oma Olga nickte, aber ich spürte, sie war noch nicht fertig.

»Damals, als deine Eltern starben, kannst du dir vorstellen, wie es mir da ging?«

»Wahrscheinlich sehr schlecht.«

»Dafür gibt es gar keine Worte. Ich habe damals angefangen, Tagebuch zu schreiben, und kann mich noch an eine bestimmte Textpassage erinnern. Ich schrieb, ich gehe über brüchiges Eis, das jeden Moment unter mir nachgeben kann, es gibt auch sichere Stellen, aber die meide ich, ich meide sie, obwohl ich es besser weiß.«

Ich sah meine Oma, die für mich immer wie eine Mutter gewesen war, nur an. Wir hatten nie darüber gesprochen, wie es ihr damals ergangen war, immer hatte ich im Mittelpunkt gestanden, der Vollwaise, dem sie von da an seine Mutter ersetzen musste. Sie, die ihr eigenes Kind verloren hatte.

»Zum Glück hast du mir wirklich viel Arbeit gemacht«, fuhr Oma Olga fort. »So konnte ich nicht ins Eis einbrechen. Ich hatte einfach zu viel zu tun.«

»Beschäftigung lenkt ab, oder?«

»Nein. Beschäftigung lenkt die Gedanken auf das wirklich Wichtige. Was nützt es schon, alles infrage zu stellen und sich zu wünschen, es wäre anders. In einem Sack Kartoffeln sind immer ein paar faule dabei. Sortier sie aus, und nimm die guten, aber versuch nicht, aus den faulen auch noch Kartoffelpuffer zu machen.«

Ich hob mein Milchglas.

»Darauf lass uns anstoßen.«

Wir ließen die Gläser klirren.

Zwei Menschen, die sich gut auskannten mit dem Tod.

Der Deal

Ich war pappsatt von den Kartoffelpuffern aus guten Kartoffeln und musste mich unbedingt bewegen. Also holte ich mein Fahrrad aus dem Keller und fuhr hinaus zum Flughafen. An dessen Rückseite lag der Park Links der Weser, ein großes Landschaftsgebiet, in dem man hervorragend radeln und joggen konnte. In schnellem Tempo fuhr ich die Wege ab, trat ordentlich in die Pedale und verausgabte mich. Nach einer halben Stunde war das Völlegefühl verflogen und mein Kopf durchgepustet.

Ich fuhr ein Stück an dem Drahtzaun entlang, mit dem das Flughafengelände eingefriedet war, bis zu der Stelle, an der ich schon häufig Pause gemacht hatte. Dort legte ich mein Fahrrad ins Gras, setzte mich an einen Baumstamm und genoss den tollen Blick auf das Flugfeld mit den startenden und landenden Flugzeugen. Immer wenn ich dort saß, spürte ich einen Hauch von Freiheit, so, als könne ich einfach aufstehen, in den nächsten Flieger steigen und nach Ecuador oder sonst wohin fliegen.

Ein kleiner weißer Flieger rollte langsam auf die Startbahn zu. Er kam mir nahe genug, dass ich die hellen Flecken der Gesichter der Piloten hinter der Cockpitverglasung sehen konnte. Ich beobachtete, wie der Flieger die Kurve nahm und vor der langen Geraden noch einmal stoppte. Ein paar Minuten stand er einfach nur da, dann heulten die Turbinen auf, ein Ruck ging durch den Flieger, er setzte sich in Bewegung, wurde schneller und schneller, schließlich hob sich die Nase sanft von der Piste ab, einen Moment stand die Maschine schräg, bevor sich auch die hinteren Räder vom Asphalt lösten und das Flugzeug abhob.

Ein normaler Vorgang, an den wir uns gewöhnt hatten, der nichts Besonderes mehr war. Doch wenn man sich einmal die Zeit nahm, darüber nachzudenken, wurde einem das Wunder wieder bewusst. Menschen flogen, weil sie es wollten. Sie überwanden Hindernisse, die einige Generationen vor ihnen noch für unüberwindbar gehalten hatten. Sie eroberten den Planeten, die Luft, den Weltraum, scheinbar gab es keine Grenzen. Für uns als Spezies zumindest nicht. Der Einzelne stand sehr wohl jeden Tag vor Hindernissen, die ihm seine Grenzen aufzeigten. Ich schaffte es nicht einmal, aus Bremen fortzukommen. Meine Oma hatte ihr Gedächtnis nicht mehr im Griff. Und Jessi würde sterben, ohne die Chance zu bekommen, ihr Kind aufwachsen zu sehen. Einzelschicksale, gewiss, aber für die Betroffenen der Nabel ihres Universums. Wir alle hielten uns für einzigartig, für unverzichtbar, dabei kam es, wenn man das große Ganze betrachtete, auf den Einzelnen überhaupt nicht an. Was zählte, war die Gemeinschaft, die Masse der Menschen.

Vielleicht war mein Horizont einfach zu begrenzt. Vielleicht sollte ich über den Tellerrand schauen, das große Ganze im Auge behalten und mich nicht an irgendwelchen traurigen Einzelschicksalen abarbeiten? Das taten sie doch alle, die politischen und wirtschaftlichen Führer dieser Welt. Die Eliten. Die wirklich Erfolgreichen. Die kümmerten sich nicht um die beinlose Frau Grabenhorst oder den grauen Herrn Ulfkotte, nicht um Jessi, Leonie oder irgendeinen anderen Krebspatienten.

Aber ich ahnte, dass ich dafür nicht gemacht war.

Und weil das so war, hatte Carl der Große wohl recht. Ich war hier fehl am Platze. Ich war fünfundzwanzig Jahre alt und beschäftigte mich tagein, tagaus mit Krankheit und Tod. Beides Themen, die in unserer Gesellschaft tabu waren, über die nicht gern gesprochen wurde.

Außer mit mir. Mit mir sprachen alle darüber.

Vielleicht sollte ich einfach nicht mehr zuhören …

Mein Handy riss mich aus den Gedanken und meldete den Eingang einer SMS.

Sie kam von Jessi.

Meintest du das ernst?

Für einen Moment glaubte ich, sie hätte meine Gedanken gelesen, und ich schämte mich dafür, weil sie so ichbezogen und weinerlich waren und überhaupt keine Relevanz hatten, wenn man bedachte, was Jessi gerade durchmachte.

Was meinst du?

Du sagtest, du steigst mit mir auf einen Berg.

Ich verharrte mit den Fingern über dem Display. Was sollte ich tun? Vernünftig sein und mein Angebot zurücknehmen?

Sprachlos?, schrieb Jessi.

Sie wartete, also tippte ich das Erstbeste, was mir einfiel.

Ich würde gern mit dir auf einen Berg steigen, aber dafür muss man fit sein.

Soll das heißen, ich bin nicht fit?

Sagen wir es mal so: Free Willy raubt dir deine Kräfte.

Nicht Free Willy, der verdammte Krebs in meinem Hals.

Oder der.

Soll ich mich davon aufhalten lassen?

Nein, aber manche Dinge gehen
damit einfach nicht.

Und wer entscheidet, was geht und was nicht?

Über diese Antwort musste ich einen Moment nachdenken. Schlussendlich schrieb ich, was mir im Kopf herumgeisterte.

Du.

Genau. Und ich will jetzt auf einen Berg mit dir.
Lass uns einen Deal machen.

Einen Deal?

Ich bringe diese verdammte Chemo hinter mich, in
dieser furchtbaren Praxis, und dann gehst du mit mir
auf einen Berg.

Mein erster Impuls war abzulehnen, aber dann startete auf dem Rollfeld ein weiteres Flugzeug, überwand scheinbar mühelos die Gravitation und bewies damit, dass Unmögliches nur unmöglich blieb, solange niemand versuchte, es möglich zu machen.

Vielleicht klappte es ja, und wo ein Vielleicht seine Berechtigung hatte, da musste man es versuchen.

Ich schoss ein Foto von dem Flieger und schickte es Jessi.

Einen Moment später klingelte mein Handy, und sie war dran.

»Wo bist du?«

»Auf einer Wiese hinter dem Flughafen.«

»Und soll das Foto bedeuten, wir haben einen Deal?«

»Ja, aber ich suche den Berg aus.«

»Er muss die Bezeichnung aber verdienen.«

»Ich verspreche, es wird der höchste Berg von Irgendwo sein.«

»Okay. Deal?«

»Moment, nicht so schnell. Bergführer sind verdammt teuer!«

»Was denn noch?«

»Ich will einen Poetry-Slam von dir. Eine Privatvorführung nur für mich.«

Es blieb einen Moment still.

»Gut, ich überleg mir was.«

»Schön. Jetzt haben wir einen Deal.«

Das Krebstaxi streikt

Einen Tag, nachdem wir unseren Deal gemacht hatten, sollte Jessi routinemäßig ihre Bestrahlung und gleich danach die Chemo in der Chemofabrik des Doktor Kohl bekommen.

Als ich frühmorgens vor ihrer Haustür stand, hatte ich ein merkwürdiges Gefühl in der Magengegend und regelrecht Angst davor, den Klingelknopf zu betätigen. Was, wenn sich wieder diese dünne, brüchige Stimme melden und mich hinaufbitten würde? Ich stand einen Moment einfach nur da, starrte die Klingel an und wunderte mich über mich selbst. Dann überwand ich meine Furcht und klingelte.

Die Stimme, die sich meldete, war laut, hoch und mädchenhaft.

»Bist du der Taximann?«, fragte Leonie.

»Ja, der bin ich, und wer bist du?«

»Prinzessin Lillifee.«

»Darf ich Ihr Schloss betreten, Prinzessin?«

»Einen Moment, bitte.«

Der Summer ertönte, und ich ging hinein.

Die kleine Prinzessin wartete an der geöffneten Wohnungstür. Entweder hatte sie selbst oder aber ihre Mutter eine Vorliebe für Kleidchen mit kurzen Röcken und Strumpfhosen in den abenteuerlichsten Farben. Heute war es eine blaue, eingestreut darin gelbe Sonnenblumen. Die Zöpfe standen keck vom Kopf ab. Zauberhaft!

»Darf ich wieder bei dir mitfahren, Taximann?«

»Er heißt Adam«, rief Jessi aus den Tiefen der Wohnung.

»Echt?« Leonie sah mich mit großen Augen an. »Wie der aus

der Bibel mit dem Apfel, wegen dem das Paradies geschlossen wurde?«

»Eigentlich war ja Eva daran schuld«, erwiderte ich.

Jessi kam mit besorgtem Gesichtsausdruck an die Tür.

»Können wir sie mitnehmen, geht das? Meine Mutter hat eine Erkältung, und da sie mich nicht anstecken darf, ist sie lieber nicht vorbeigekommen.«

»Kein Problem, weißt du doch.«

Es wurde eine lustige Fahrt zum Kindergarten, an deren Ende Jessi mich bat, Leonie hineinzubringen. Ich musste gar nicht fragen, warum, sie war noch nicht wieder bei Kräften. Wie selbstverständlich griff Leonie nach meiner Hand, was sich irgendwie gut anfühlte, und tänzelte neben mir her auf den Eingang zu.

Bevor ich sie an eine Erzieherin abgeben konnte, fragte sie mich: »Machst du jetzt, dass es Mama wieder besser geht?«

»Ja, genau das mache ich.«

»Sie hat gestern Abend geweint.«

Ich strich der Kleinen übers Haar.

»Ich verspreche dir, es geht deiner Mama bald wieder besser.«

Zurück im Wagen sprach ich das nicht an. Jessi war sowieso schon stiller als sonst, in sich gekehrt. Ich brachte sie zur Bestrahlung und danach zur Chemo und holte sie auch wieder ab. Jessi verlor kein Wort darüber, dass es ihr nicht gefallen hatte oder sie nie wieder dorthin gehen würde. Sie war fest entschlossen, sich an unseren Deal zu halten, vermutete ich.

Zwei Tage später stieg ich morgens früh in meine Krebskarosse, wollte den Motor starten, aber es tat sich nichts. Alles Probieren half nicht, der Wagen sprang einfach nicht an. Mir blieb nichts anderes übrig, als Willi-Chef anzurufen. Der organisierte meine ersten Touren um und schickte mir jemanden von der Werkstatt mit einem Ersatzwagen. Leider schaffte ich es dadurch nicht mehr, Jessi abzuholen. Ich schickte ihr eine SMS.

Bin verzweifelt. Wagen streikt. Jemand anderes holt dich ab.

Du verarschst mich!

Nein, leider nicht.

Dann sehe ich dich heute nicht?

Ich werde wohl auch die Rückfahrt nicht schaffen, tut mir leid.

Kann ich nicht akzeptieren. Heute Abend. Zwanzig Uhr. Bei mir. Poetry-Slam.

Ich musste nicht lange überlegen.

Ich werde da sein.

Es hatte während meiner Krebstaxifahrerkarriere schon Tage gegeben, die sich wie Kaugummi dahinzogen, aber dieser hier setzte noch mal einen drauf. Erst kam er gar nicht in die Gänge, dann verlief er wie in Zeitlupe, und schließlich wollte er überhaupt nicht enden – und ich fieberte die ganze Zeit dem Abend entgegen.

Es dauerte eine Stunde, bis der Ersatzwagen eintraf. Das war dann zumindest eine Mercedes E-Klasse, sehr komfortabel, allerdings auch wieder in Schwarz.

Da mein Tourenplan völlig durcheinander war, holte ich einen Patienten ab, den ich bis dahin noch nie gefahren, aber schon einige Male gesehen hatte. Er bekam keine Bestrahlung, sondern wurde in der HNO-Klinik, die im selben Gebäude war, jeden Tag behandelt. In seinem Kiefer, so hatte man mir gesagt, klaffte ein riesiges Loch, vom Krebs hineingefressen und nach der OP nicht wieder verheilt. Zwar bekam er täglich einen neuen Verband, aber der war stets durchgesuppt und roch sehr streng. In der Enge des Taxis war der Geruch beinahe unerträglich. Reden konnte ich mit dem Mann auch nicht. Die Fahrt war eine Tortur, auch wenn sie lediglich eine Viertelstunde dauerte. Ich atmete flach durch die Nase und lenkte mich ab, indem ich nur an das bevorstehende Date mit Jessi dachte.

Nach dieser Tour war Frau Grabenhorst dran. Sie musste zur Nachuntersuchung ins Krankenhaus. Ich wusste nicht, ob ich mich auf die Fahrt freuen sollte oder nicht, und fuhr mit gemischten Gefühlen zu ihr. Vorher tauschte ich auf dem Betriebshof unserer Firma den schönen Mercedes gegen den holprigen Caddy.

Frau Grabenhorst lebte im Erdgeschoss eines Vierfamilienhauses, extra für sie war an die Stufen zur Haustür eine Rampe gebaut worden.

Ich stellte den Wagen direkt am Eingang ab, stieg aus und klingelte. Per Summer öffnete sie mir und parkte schon in der Wohnungstür, als ich den Hausflur betrat. Sie sah fröhlich aus. Diese Art von Fröhlichkeit, die man von vergorenem Obst bekam. Ihre Wangen glühten, ihre Augen schimmerten feucht.

»Einmal zur Nachsorge, Frau Grabenhorst?«

»So ist es, mein Junge, damit ich endlich diesen blöden Beutel loswerde.«

Sie schlug mit der flachen Hand auf den Beutel mit der Wundflüssigkeit, der auf ihrem Schoß lag, und ich zuckte zusammen, weil ich befürchtete, er würde platzen. Das hätte mir heute noch gefehlt zu meinem Glück.

»Was für ein schöner Tag, mein Junge, nicht wahr!«, rief sie, als wir draußen waren.

Ich stimmte ihr zu.

Herrgott, die Frau war sturzbetrunken! Wenn das mal gut ging.

Der Rollstuhl musste auf der Ladefläche des Caddys mit Gurten verzurrt werden, damit er während der Fahrt nicht hin und her rollte oder bei starken Bremsmanövern nach vorn geschleudert wurde. Um die Gurte anzubringen, quetschte ich mich zwischen den Rollstuhl und die Fahrzeugwand und ging auf die Knie, denn der Gurt sollte möglichst an einem tiefen Punkt angebracht werden.

Frau Grabenhorst wuschelte mir durchs Haar und rief: »Rapunzel, lass dein Haar hernieder!«

Dann lachte sie wie ein kleines Mädchen.

Auf der linken Seite wollte ich schlauer sein und ging nicht in die Knie, sondern bückte mich. Frau Grabenhorst nutzte die Chance und schlug mir auf den Hintern, dass es nur so klatschte.

»Frau Grabenhorst!«, ermahnte ich sie mit tadelnder Stimme. »So etwas gehört sich nicht.«

»Mein Egon hatte früher auch so einen Knackarsch. Am Ende war er leider nur noch fett.«

Auf manche Aussagen erwiderte man besser nichts.

Während der Fahrt in die Klinik sang Frau Grabenhorst lauthals *What Shall We Do With the Drunken Sailor*.

Sie hatte eine sehr hohe, fast schon schrille Stimme, und mir klingelten die Ohren, als wir endlich ankamen. Ich war froh, sie in der Notfallambulanz abgeben zu können. Die Krankenschwester, die sie mir abnahm, roch sofort den Alkohol, runzelte die Stirn und warf mir einen fragenden Blick zu. Ich zuckte mit den Schultern.

Nicht meine Schuld.

Afrika-Slam

Ohne Willi-Chef zu fragen, nahm ich für den Weg zu Jessi das Taxi und stand um zehn vor acht mit einem kleinen Blumenstrauß, den ich für sie gekauft hatte, in der Hand vor ihrer Tür – zum ersten Mal nicht in meiner Eigenschaft als Krebstaxifahrer. Ich war nervös, hatte aber keine Angst vor dem Klingelknopf.

Nachdem ich ihn betätigt hatte, ertönte nicht wie gewohnt der Summer. Ich wollte schon ein zweites Mal klingeln, da sah ich durch das Glas der Tür Jessi langsam und mit einer Hand am Handlauf die Stufen hinuntersteigen. Sie hatte sich schick gemacht. Trug ein blaues, knielanges Kleid und hohe Schuhe dazu.

»Guten Abend, Taximann«, begrüßte sich mich.

»Guten Abend, Frau Bischoff. Sie sehen toll aus.«

Ich streckte ihr den Blumenstrauß entgegen.

»Für mich?«

»Nein, für Leonie.«

Ich fing mir einen Ellenbogencheck ein, der fünfte oder sechste, seitdem wir uns kannten, schätzte ich.

Nebeneinander stiegen wir die Treppe hinauf.

»Auto wieder heil?«, fragte Jessi.

»Ja, morgen alles wie gewohnt. Wer hat dich heute gefahren?«

Sie verdrehte die Augen.

»Michael.«

»War ja klar. Hat er sich benommen?«

»Na ja, wie man's nimmt. Ich hab sehr viel gelernt über die weltpolitische Lage, erstaunlich, wie bewandert ein Taxifahrer in diesen Dingen sein kann. Er hat mir geraten, einen Lebensmittelvorrat für mindestens einen Monat anzulegen.«

»Warum?«

»Nach seiner Meinung bricht binnen zwei Monaten der Dritte Weltkrieg aus. Trump sei Dank.«

»Michael ist ein Spinner, nimm ihn nicht ernst.«

Jessi schlug sich die Hand vor den Mund und tat entsetzt.

»Nein, das glaube ich nicht. Ich bat ihn um seine Hand, schließlich ist nur noch wenig Zeit.«

Diesmal wollte ich sie mit dem Ellenbogen knuffen, doch sie wich mir aus.

Vor der Wohnungstür blieb sie stehen und sah mich an.

»Leonie ist noch wach. Wenn du vielleicht kurz zu ihr gehst, wird sie bestimmt bald einschlafen. Wir haben hier nicht so oft Besuch, und sie ist aufgeregt … Ich auch.«

Unsere Blicke fanden sich für einen bedeutsamen Moment, Jessi lächelte, aber nicht so gesichtsfüllend wie sonst, sondern eher scheu.

»Geht mir genauso«, sagte ich.

Dann stieß ich die Wohnungstür auf und rief: »Wo ist die Prinzessin? Hier kommt der edle Ritter, der sie vor dem bösen Drachen retten will.«

Ein gedämpftes Kichern drang aus dem Kinderzimmer.

Ich fand Leonie in ihrem Bettchen, oder besser gesagt, ich fand eine merkwürdig ausgebeulte Bettdecke und tat so, als suchte ich sie.

»Wo kann sie denn nur sein? Hat der böse Drache sie bereits gefressen?«

Nach kurzer Suche erschreckte ich sie, indem ich die Bettdecke wegzog. Leonie machte sich ganz klein und quietschte vor Vergnügen.

Sie trug bereits ihren lila Schlafanzug, ihr Haar war offen und ordentlich gebürstet, sie sah ganz anders aus als sonst.

Ich durfte mich zu ihr aufs Bett setzen und aus einem Kinderbuch vorlesen. Nach zehn Minuten kam Jessi herein, lehnte sich in den Türrahmen, verschränkte die Arme vor der Brust und betrachtete uns mit einem leichten Lächeln in den Mundwinkeln.

»Zeit zum Schlafen«, sagte sie.

Leonie fügte sich widerwillig, aber sie fügte sich. Eine Frage hatte sie aber noch an mich.

»Wo machen Taxifahrer Pipi?«

»In den Wald.«

»Ihhh. Gibt es auch Mädchentaxifahrer?«

»Ja. Und die machen auch in den Wald.«

»Ihhh.«

Sie zog die Decke übers Gesicht.

Ich wartete im Flur, bis Jessi ihrer Tochter Gute Nacht gesagt hatte und die Tür hinter sich zuzog.

»Sie sagt, sie will niemals Taxifahrerin werden.«

»Zu schade. Vielleicht kann ich sie noch umstimmen. Man lernt in diesem Job sehr besondere Menschen kennen.«

Jessi führte mich ins Wohnzimmer. Das war groß und mit einer Couchecke, einem Tisch, einem Sideboard, einem Fernseher und einer Bücherwand möbliert. An den freien Wänden hingen Bilder, die mich sofort anzogen. Es waren Fotografien, wie bei mir zu Hause, aber nicht von Bergen, sondern von Tieren. Giraffen. Elefanten. Antilopen.

»Die hast du aber nicht gemacht, oder?«

»Doch. Hab ich.«

»Du warst in Afrika?«

»Ja. Nachdem ich Free Willy im Tysfjord gesehen habe, wollte ich noch viel mehr Tiere in freier Wildbahn erleben.«

Auf einem Foto entdeckte ich im Hintergrund den Kilimandscharo, den höchsten Berg Afrikas. Seine weiße Kuppe schien über der Steppe zu schweben.

»Wahnsinn, du warst ihm so nahe.«

Jessi kam zu mir.

»Noch viel näher als auf diesem Foto. Ich hatte nur leider kein Geld für eine Besteigung übrig.«

»Du hast Talent.«

»Vielleicht, aber vor allem eine Ausbildung.«

»Als Fotografin?«

»Irgendwas muss man ja lernen. Dafür bin ich extra nach Berlin gegangen. Hier auf dem Land kann man ja nur Hochzeiten und Junggesellenabschiede fotografieren.«

Ich sah mich weiter um. Das Wohnzimmer hatte insgesamt einen afrikanischen Touch. Die Farben an den Wänden waren rostrot oder braun, Steppengras steckte in hohen Gläsern, Holzmasken hingen neben der Tür.

Ich schüttelte den Kopf.

»Was ist?«

»Wie alt bist du?«

»Sechsundzwanzig.«

»Ich auch, fast. Wie kann es sein, dass du das alles schon gesehen hast, während ich nicht mal über den Alpenhauptkamm hinausgekommen bin? Und du hast auch noch eine fünfjährige Tochter. Jetzt bin ich total neidisch.«

»Na ja, nach Afrika bin ich gleich nach meiner Ausbildung gereist, da war ich zwanzig. Ich wollte das unbedingt machen, bevor es keine frei lebenden Wildtiere mehr gibt. Nebenbei hab ich gemodelt, sonst hätte ich mir das nicht leisten können.«

»Orcas im Tysfjord, wilde Tiere in Afrika … Was kommt als Nächstes?«, fragte ich.

»Vielleicht ein Glas Wein?«

»Gut, den brauche ich jetzt.«

Eine Flasche Rotwein und zwei Gläser warteten bereits auf dem Tisch. Jessi schenkte ein, wir stießen im Stehen an. Mit den hohen Schuhen war sie ein paar Zentimeter größer als ich.

»Halt!«, sagte ich, bevor sie trinken konnte. »Darfst du überhaupt Alkohol zu dir nehmen?«

Sie zuckte mit den Schultern.

»Der wird mich nicht umbringen.«

»Stimmt auch wieder.«

Als ich mein Glas an die Lippen führte, rief Jessi: »Halt! Du bist mit dem Wagen hier. Darfst du überhaupt Alkohol zu dir nehmen?«

Ich zuckte mit den Schultern.

»Ich hab meinen eigenen Taxifahrer mitgebracht.«

»Auch wieder wahr.«

Ich mochte eigentlich keinen Rotwein, viel zu bitter und zu elitär, aber an diesem Abend schmeckte er mir. Jessi sah mich über den Rand ihres Glases hinweg an, ihre moosgrünen Augen waren dunkler als sonst. Mit ihr hätte ich alles getrunken – mit der Ausnahme von Frau Grabenhorsts Obstbrand vielleicht.

Jessi bot mir einen Platz an, wir setzten uns nebeneinander auf die Couch, und ich erzählte ihr von der sturzbetrunkenen Frau Grabenhorst. Sie lachte lauthals, ein ehrliches, herzliches Lachen, sehr ansteckend.

»Die gefällt mir«, sagte sie. »Geht durchs Leben, als hätte sie noch Beine.«

»Hm, ein wenig makaber.«

»Findest du?«

»Bevor ich es vergesse«, sprang ich zum nächsten Thema. »Ich habe einen Anschlag auf dich und Leonie vor, aber du kannst auch Nein sagen, gar kein Problem.«

»Okay …«

»Meine Oma lädt euch zum Essen ein. Ihr könnt euch das Gericht sogar aussuchen.«

»Zu dir nach Hause?«

»Streng genommen zu meiner Oma nach Hause. In ihre Küche, dem heimeligsten Ort der Welt … zumindest für mich. Sie würde sich riesig freuen und …«

»Klar kommen wir!«

Das klang aufrichtig begeistert.

»Ehrlich?«

»Na hör mal! So, wie deine Oma kocht!? Da muss ich nicht eine Sekunde überlegen.«

»Das ist … toll. Aber mach dich auf ein Drei-Gänge-Menü mit Überfüllungsgarantie gefasst. Es sind schon Menschen an Übersättigung gestorben, nachdem sie bei uns gegessen haben.«

Ich erzählte ihr, dass meine Oma glaubte, mit Essen ließe sich beinahe jedes Wehwehchen heilen und wenn nur alle Menschen auf der Welt immer ausreichend zu Essen hätten, wäre die Erde ein friedlicher Ort, an dem sich alle gegenseitig lieben würden.

»Ist gar nicht so weit hergeholt«, meinte Jessi.

»Ich weiß nicht. Wenn es nicht die Nahrung ist, ist es etwas anderes. Die Menschen wollen doch immer mehr. Das Wort ›genug‹ hat für uns keine Bedeutung.«

»Kein Berg ist hoch genug, oder?«, fragte Jessi.

»Und kein Wunsch abenteuerlich genug.«

»Vielleicht hat Gott damals im Paradies zu Adam und Eva gesagt: ›Ich habe genug von euch, also sollt ihr niemals genug bekommen.‹ Und das war quasi das Ende vom Paradies und der Beginn der Hölle«, sinnierte Jessi.

»Das ist weise. Darauf sollten wir trinken.«

Wir stießen noch einmal an.

»Okay«, sagte Jessi und setzte ihr Glas ab. »Genug der formellen Höflichkeit, mach's dir gemütlich, fühl dich wie zuhause.«

Sie streifte die wahrscheinlich schrecklich unbequemen Schuhe ab, lehnte sich in die Couchecke und schlug die Beine unter.

»Scheiße, ich komme nicht mehr an mein Glas.«

Ich schenkte ihr noch einmal nach und reichte es ihr.

»Na los, du auch. Schuhe aus!«, forderte sie mich auf.

Ich tat wie befohlen und lehnte mich in die andere Couchecke. Wir tranken die Flasche Wein leer, knabberten Erdnüsse und Salzstangen, und Jessi berichtete von ihrer Afrikareise. Ich hörte ihr gern zu, sie hatte eine angenehme Stimme und konnte mitreißend erzählen. Irgendwann geriet das Gespräch jedoch ins Stocken, und ich fand, es war an der Zeit, auf den Grund meines Besuches zu sprechen zu kommen.

»Du willst wirklich ein Gedicht hören?«, fragte Jessi.

»Versprochen ist versprochen. Irgendwas über Afrika. Du hast da nicht zufällig etwas in petto?«

»Nein, zufällig nicht, aber absichtlich. Ich hab so einiges aufgeschrieben, während und nach meiner Reise dorthin.«

»Und? Würdest du mir etwas davon vortragen?«

»Wenn du es hören magst.«

»Unbedingt.«

»Ich glaube, jetzt bin ich auch angeschwipst genug dafür.«

Jessi stemmte sich von der Couch hoch, und als sie stand, taumelte sie etwas.

»Holla, der Wein hat es in sich. Warte, ich muss kurz etwas nachschauen.«

Sie trat vor das Bücherregal, zog einen Ordner heraus und blätterte darin.

In dem gedämpften Licht sah sie einfach bezaubernd aus.

»Nee«, sagte sie und schüttelte den Kopf. »Das bekomme ich auswendig nicht mehr hin, ist zu lange her.«

Sie nahm einen Zettel aus dem Ordner und stellte sich so hin, dass wir uns ansehen konnten.

»Du musst also damit leben, dass ich ablese. Kein guter Stil, ich weiß.«

»Ich verrate es niemanden.«

Jessi tat, was sie schon damals vor dem Orca-Slam am Ufer der Weser getan hatte: Sie verschränkte die Beine, was besonders jetzt, da sie ein Kleid trug, mädchenhaft schüchtern wirkte.

Sie räusperte sich.

»Warte mal!«, sagte ich, sprang auf und spürte ebenfalls sofort die Wirkung des Weines.

Das Innere meines Kopfes schien für die plötzliche Bewegung länger zu brauchen.

»Wir brauchen hier ein bisschen Professionalität.«

Ich schnappte mir den hüfthohen Kerzenständer, auf dem eine halb abgebrannte rote Kerze steckte, und stellte ihn vor Jessi hin.

»Das ist dein Mikro.«

Dann rückte ich die Stehlampe in ihre Nähe und richtete den Spot auf sie.

»Jeder Künstler muss ins rechte Licht gesetzt werden.«

Ich setzte mich wieder auf die Couch, aber nicht gemütlich in die Ecke, sondern angespannt vorn auf die Kante.

Jessi stand hinter dem Kerzenständer, von der Seite angestrahlt, sodass eine Gesichtshälfte leuchtete, die andere aber beinahe schwarz war. Sie sah mich unsicher an.

»Vielen Dank, jetzt bin ich nervös«, sagte sie.

Sie räusperte sich abermals, warf einen Blick auf den Zettel und sammelte sich.

»Okay, in diesem Text geht es um Freiheit und darum, wie man sie heutzutage noch finden kann. Du musst aber bedenken, ich habe ihn unter dem massiven Eindruck der Erlebnisse in Afrika geschrieben.«

»Soll das eine Entschuldigung sein?«

»Noch ein doofer Kommentar, und ich breche die Vorstellung ab. Ich kann so nicht arbeiten.«

Ich machte eine Geste, als wären meine Lippen ein Reißverschluss, den ich zuzog.

Das dritte Räuspern. Sie beugte sich über die Mikrofonkerze, machte einen Tontest, und ich bestätigte die richtige Lautstärke.

Dann legte sie los. Zwischendurch schaute sie immer mal wieder auf den Zettel, doch die meiste Zeit sah sie mich an.

»Unsere Grenzen bestehen aus Angst, fußen fest im Fundament unserer Gedanken.

Denn ab Tag eins unseres Lebens fallen täglich neue Schranken.
Das darf ich nicht, das kann ich nicht, das will ich nicht, akzeptiere die Regeln: Bei Grün darfst du gehen, bei Rot aber nicht.
Kein Mensch ist wirklich frei, da gibt's nichts zu beschönigen,
Tu dies, tu das, lerne, strebe, sammle, folge den Königen.
Doch gepflasterte Wege führen selten in unbekanntes Land,
und selbst der stärkste Geist bricht, ist er dutzendfach gegen diese Mauern gerannt.
Also muss die Frage doch lauten: Wo find ich wieder, was verloren ging,
wie reiß ich Netze nieder, in denen ich mich schon als Kind verfing?
Wer nimmt mir die Angst, alles zu verlieren,
wie entkomm ich der Scham, mich bei Facebook zu blamieren?
Wo sind die Antworten auf all diese Fragen,
und wer kann zum ewigen Leben mir was sagen?
Die Zivilisation ist keine Hilfe, so viel steht mal fest,
sie erstickt unsere Stärke, und Social Media erledigt den Rest.
Also lass sie hinter dir, geh tausend Meilen, überquere alle Meere,
tu das Schwierigste, was du je getan hast: Überwinde deine Angst, reise in eine andere Sphäre.
Geh in die weiten Steppen Afrikas, und lerne von den Tieren,
ihre Angst ist eine andere, denn sie lassen sich nicht von Besitz verführen.
Die schnellen Antilopen, die schlauen Giraffen, die weisen Elefanten.
Für sie gibt's nur eine Grenze, die sie schon immer kannten.
Das ist der Tod, und der bedeutet Freiheit, nicht Not.«

Jessi stand da, den Zettel in Händen, den Blick auf mich gerichtet, das eine, von der Lampe beleuchtete Auge dunkelgrün, das andere fast schwarz, und erwartete eine Reaktion.

Zu der war ich zunächst aber nicht fähig.

Tausend Gedanken waren losgerannt ab der ersten Zeile ihres Textes, und sie kamen mit dessen Ende nicht zur Ruhe. Wenn sie diese Worte schon vor Jahren geschrieben hatte, wie konnte es dann sein, dass sie wie Salz in der Wunde brannten, die Jessi an jenem Tag gerissen hatte, als sie mein Vielleicht infrage gestellt hatte?

»Nicht gut?«, fragte sie.

Ihre Mimik schrie geradezu danach, endlich erlöst zu werden.

»Scheiße!«, sagte ich, erhob mich und klatschte Applaus.

Leise nur, weil nebenan Leonie schlief, aber dafür lang und voller Bewunderung.

Und Jessi lächelte, schöner und ehrlicher, als ich es je bei einem Menschen gesehen hatte.

»Das war Weltklasse«, sagte ich.

»Danke. Aber eine Einzelmeinung ist natürlich nicht repräsentativ. Außerdem wäre es für einen richtigen Slam zu kurz.«

»Komm her«, sagte ich und deutete auf den Platz an meiner Seite.

Jessi setzte sich ganz nah neben mich. Ich spürte ihre Wärme und roch ihr Parfum.

»Machst du das mit Absicht?«

»Was denn?«

»Mich mit alldem so tief ins Herz zu treffen?«

Vielleicht hätte ich sie in diesem Moment geküsst oder sie mich, vielleicht hätten wir uns auch einfach nur weiter angestarrt, aber plötzlich stand Leonie in der Tür. Mit ihren kleinen Fäustchen rieb sie sich die Augen.

»Ich hab Geräusche gehört«, nörgelte sie.

»Tut mir leid«, flüsterte ich, denn wahrscheinlich war es mein Klatschen gewesen, das sie geweckt hatte.

Jessi beruhigte ihre Kleine und brachte sie zurück ins Bett. Ich stellte den Kerzenständer und die Lampe an ihren Platz, lauschte, hörte die beiden tuscheln, lief unschlüssig herum, ging schließlich doch in den Flur und wagte einen Blick ins Kinderzimmer.

Jessi lag neben Leonie unter der Decke und las ihr vor. Die Kleine hatte die Augen geschlossen. Jessi warf mir einen Blick zu, unterbrach ihre Lesung aber nicht. Ich nickte, ging zurück ins Wohnzimmer, ließ mich in die Couch fallen, nahm den Zettel, auf dem Jessi ihren Poetry-Slam notiert hatte, und las ihn.

Tu das Schwierigste, was du je getan hast, überwinde deine Angst, reise in andere Sphären.

Minutenlang saß ich einfach nur da und dachte nach. Nein, nicht einmal das tat ich. Ich grübelte, ohne meinen Gedanken eine Richtung geben zu können. Ich wollte es auch gar nicht, weil sie sonst viel zu schmerzhaft gewesen wären. Es ist so viel einfacher, nicht in den Spiegel zu schauen, der einem vorgehalten wird, zumindest, wenn er das ungeschminkte Ich spiegelt.

Irgendwann merkte ich, dass aus dem Kinderzimmer keine Geräusche mehr kamen. Ich schlich hinüber und spähte abermals um die Ecke. Die kleine bunte Lampe auf dem Nachtschränkchen war aus, nur das Licht vom Flur fiel ins Zimmer. Jessi hatte einen Arm um ihre Tochter geschlungen und ihr Gesicht an ihren Hals geschmiegt. Beide schliefen. Wahrscheinlich war die Kombination aus Bestrahlung, Chemo und Rotwein doch etwas viel gewesen für Jessi.

Ein paar Minuten tigerte ich im Wohnzimmer auf und ab, wusste nicht, was ich tun sollte. Auf keinen Fall würde ich die beiden wecken. Sollte ich mich auf die Couch legen und ebenfalls schlafen? Nein, das kam mir unpassend vor. Ich konnte aber auch nicht einfach die ganze Nacht hierbleiben und nichts tun.

Ich löschte die Kerzen und das Licht, außer das im Flur, dann nahm ich einen Ersatzschlüssel vom Haken, ging hinaus, zog ganz leise die Wohnungstür hinter mir zu, schloss sie von außen ab, steckte den Schlüssel ein und ging.

Kaum losgefahren spürte ich den Wein bleiern hinter meinen Lidern, doch meine Gedanken waren nach wie vor aktiv. Ich ahnte, ich würde nicht sofort einschlafen können, außerdem war mir jetzt nach etwas Besonderem. Nach einem kleinen Abenteuer, einem Ort, an dem ich Jessis Text wenigstens noch ein klein wenig nachspüren konnte.

Afrikas Steppe war es nicht und auch kein Berggipfel, aber immerhin ein Hügel. Künstlich aufgeschüttet zwar. Und aus Müll. Eine Halde neben der Autobahn, von der aus man einen guten Blick auf die Stadt hatte. Erlaubt war es nicht, sich dort aufzuhalten, aber ich kannte ein Loch im Zaun, quetschte mich hindurch, stieg die steile Flanke hinauf und setzte mich oben auf einen Findling, auf dem ich schon häufiger gesessen hatte.

Unter mir schimmerten die Lichter der Stadt, und ich bildete mir ein, das Fenster sehen zu können, hinter dem Jessi und Leonie friedlich schliefen.

Etwas zog mich dorthin, ich wünschte mir, bei ihnen zu sein, und nicht hier allein.

Ein warmes Gefühl floss durch meinen gesamten Körper.

So also fühlte sich Verliebtsein an.

Prosecco-Kehlchen

Ein wenig unausgeschlafen stand ich am nächsten Morgen pünktlich bei Jessi vor der Tür.

»Oh Gott, das ist mir so peinlich!«, sagte sie, als sie aus der Haustür trat. »Ich weiß auch nicht … Der Wein war schuld, schätze ich. Sonst schlafe ich nie so früh ein.«

»Muss dir nicht peinlich sein, ich hatte einen wunderschönen Abend. Stundenlang hab ich euch beide angestarrt.«

»Hast du nicht!«

Ich nickte feierlich.

»Doch, allerdings schnarchst du ein bisschen.«

Dem erwarteten Ellenbogencheck wich ich mit einer schnellen Bewegung aus und öffnete die Beifahrertür.

»Ein Taxi nach Paris, die Dame?«

»Vorsicht! Setz mir keine Flausen in den Kopf.«

Nachdem wir losgefahren waren, kam ich auf den gestrigen Abend zurück und versicherte Jessi noch einmal, wie sehr mir ihr Gedicht gefallen hatte. Sie bedankte sich und verriet mir, dass sie anfangs Angst davor gehabt hatte, sich mit anderen zu messen, dass sich diese Angst jedoch gelegt hatte, nachdem sie an einigen Slams in Berlin teilgenommen und einen sogar gewonnen hatte. Kleine Slams seien das gewesen, erklärte sie, mit weniger als fünfzig Gästen. Die wirklichen Stars der Szene träten regelmäßig vor tausend Leuten auf.

»Mit denen könntest du doch locker mithalten«, warf ich ein.

»Hm, ich weiß nicht«, sagte Jessi. »Das ist schon eine andere Liga. Keine Ahnung, ob ich das packen würde. Ich hab ja auch Ansprüche an mich selbst. Vom Zettel ablesen kommt zum Beispiel gar nicht infrage. Wenn, dann will ich es auswendig können, und die wirklichen Stars haben Fünf-Minuten-Texte drauf.«

»Also ich bin auch damit zufrieden, wenn ich hin und wieder eine Privatvorstellung von dir bekomme. Egal, ob vorgelesen oder auswendig aufgesagt.«

»Okay, aber beim nächsten Mal verlange ich Eintritt. Von irgendwas muss ich schließlich leben.«

»Egal, wie viel es ist, ich bezahle.«

»Das höre ich gern.«

Gestern Abend auf ihrem Sofa, da waren wir nahe dran gewesen, uns zu küssen, und als ich auf der Müllhalde saß und mir vorkam wie Sir Edmund Hillary auf dem Everest, hatte ich mir eingestanden, in Jessi verliebt zu sein. Daran hatte sich auch nichts geändert, aber natürlich war die Situation heute eine andere. Gestern Abend war Kerzenschein und Abgeschiedenheit, heute Innenstadtverkehr und Hupkonzert. Romantik ging anders, und obwohl ich mir fest vorgenommen hatte, mit Jessi über meine Gefühle zu sprechen, kniff ich jetzt und ließ sie vor der Klinik aussteigen, ohne ein Wort darüber verloren zu haben.

Ich wollte ihr in den Keller folgen, wurde aber auf dem Parkplatz von Willi-Chef abgefangen. Er wirkte aufgeregt. Wie immer eigentlich.

»Michael hat sich krankgemeldet, hier geht alles drunter und drüber.«

Er zappelte. Sein hoher Blutdruck bescherte ihm einen hochroten Kopf.

»Du musst auf der Rückfahrt zwei weitere Patientinnen mitnehmen«, teilte er mir mit. »Frau Schierloh und Frau Osterholz. Die fahren schon von Anfang an zusammen.«

»Okay.«

Ich fügte mich, obwohl ich das überhaupt nicht toll fand. Bei drei Patientinnen entstand für die, die als Erste bestrahlt wurde, zwangsläufig eine lange Wartezeit, und den Unmut darüber bekamen immer wir Fahrer zu spüren.

Willi-Chef war schon unterwegs zu seinem eigenen Wagen, er drehte sich aber noch einmal zu mir um.

»Bist du gestern Abend mit dem Taxi unterwegs gewesen?«, fragte er und erwischte mich auf kaltem Fuß.

»Äh … ja, aber nur ganz kurz. Ein Notfall sozusagen. Meine Oma brauchte ein Medikament aus der Apotheke. Hast du mich gesehen?«

»Nein, aber ein befreundeter Taxiunternehmer meinte, den Wagen an der Mülldeponie gesehen zu haben.«

»Mülldeponie? Nee, das kann nicht sein. Da muss er sich getäuscht haben. Was sollte ich dort?«

»Hat mich auch gewundert. Na gut. Vergiss nicht, Frau Osterholz und Frau Schierloh mitzunehmen.«

Willi-Chef wandte sich ab, stieg in seinen Wagen und fuhr davon.

Puh, gerade noch mal gut gegangen. Ich würde in Zukunft vorsichtiger sein müssen. Und vielleicht sollte ich mal über ein eigenes Auto nachdenken.

Ich ging in den Keller und suchte nach meinen Patientinnen.

Frau Osterholz wartete bereits. Sie war eine Mitfünfzigerin, rundlich, und ihrer Perücke sah man an, dass sie nicht viel gekostet hatte. Sie las in der *Bunte*, schien guter Dinge zu sein, und nein, sagte sie, es mache ihr nichts aus, auf jemanden zu warten, so würde sie die Zeitschrift vielleicht noch schaffen.

Ich erkundigte mich am Empfang nach Jessi und erfuhr, dass sie soeben in die Kabine gerufen worden war.

Fünf Minuten später kam Frau Schierloh aus Kabine zwei. Auch sie war zwischen fünfzig und sechzig Jahre alt, noch ein bisschen moppeliger als Frau Osterholz und hatte ein breites, fröhliches Gesicht voller Lachfalten. Sie trug keine Perücke, sondern ein buntes Tuch. Ihre Kleidung war ungewöhnlich: Große, bunte, wallende Baumwolltücher verhüllten ihren Körper, alles raschelte und schwebte beim Gehen, und ganz kurz bekam ich nackte Füße in Öko-Sandalen zu sehen.

Sie setzte sich zu Frau Osterholz und die beiden quasselten drauflos. Sie schienen sich köstlich über die Berichte in der *Bunte* zu amüsieren.

Eine Viertelstunde später kam Jessi aus der Kabine. Sie entdeckte mich am Empfang und kam lächelnd auf mich zu. Ich erzählte ihr von der Änderung des Fahrplans. Sie nahm es schulterzuckend zur Kenntnis.

»Kein Problem«, sagte sie.

Vielleicht nicht für sie, für mich aber schon. Denn Jessi würde zuerst aussteigen, was bedeutete, wir hätten auf der Rückfahrt keine ruhige Minute für ein paar private Worte. Na ja, dachte ich, ich hätte mich ja sowieso nicht getraut, ihr meine Gefühle zu gestehen.

Mit den beiden lustigen Damen und Jessi im Schlepptau ging es zurück an die Oberfläche. Wir nahmen ausnahmsweise den Fahrstuhl, weil Frau Schierloh nicht sonderlich gut zu Fuß war.

Im Auto saß Jessi vorn, die beiden älteren Frauen saßen hinten. Kaum hatte ich den Motor gestartet, ging es auch schon los.

»Meine Beste, woran sollte ich Sie erinnern?«, sagte Frau Osterholz.

»Ich denke, wir wissen es beide«, entgegnete Frau Schierholz.

Und zugleich riefen sie: »Bergfest, die Hälfte ist geschafft!«

»Darauf sollten wir anstoßen!«

Und schwupps, zauberte sie eine Miniflasche Prosecco aus ihrer Handtasche, in der auch das obligatorische Handtuch steckte.

»Junger Mann, Sie haben nicht zufällig Gläser an Bord?«

»Tut mir leid«, musste ich passen.

»Was für ein miserabler Service. Michael hätte Gläser dabeigehabt, das war so abgesprochen für heute.«

»Trinken wir halt aus der Flasche«, wiegelte Frau Schierloh ab.

Die Flasche wurde geköpft, machte die Runde und kam bei Jessi an, die zuerst ablehnte.

»Also bitte, junge Frau, Alkohol ist die einzige Freude, die uns noch bleibt«, insistierte Frau Osterholz.

»Ich bestehe darauf, ich habe Bergfest«, sprang Frau Schierloh ihr rasch bei. »Wie viele Bestrahlungen haben Sie denn noch vor sich?«

»Dreißig, glaube ich«, sagte Jessi und nahm die Flasche entgegen.

»Was heißt, glauben Sie? Zählen Sie nicht mit?«

»Äh … nein.«

Zugleich zogen die beiden Frauen etwas aus ihren Handtaschen hervor. Die Bewegung wirkte einstudiert, ja geradezu choreografiert, wie bei einem Wasserballett.

Es waren kleine weiße Karteikärtchen, auf denen die Ziffer ›20‹ notiert war.

»Zwanzig! Ein Prosit auf das Leben!«, riefen sie im Chor und es folgte Gekicher im Fond, als säße dort eine Horde junger Schülerinnen.

Jessi und ich sahen uns an und mussten ebenfalls lachen.

»Na dann«, sagte Jessi, setzte die Flasche an und trank einen Schluck.

»So ist es richtig. Und jetzt der junge Mann!«

Jessi reichte mir die Flasche und grinste.

»Nein, auf gar keinen Fall, ich bin der Fahrer«, wehrte ich ab.

»Nun haben Sie sich mal nicht so!«, sagte Frau Osterholz. »Michael sieht das auch nicht so eng. Bei zehn hat er auch mit uns angestoßen.«

»Kommt gar nicht infrage.«

Schon tauchte eine Hand zwischen den Sitzen auf und nahm Jessi die Flasche weg.

»Dann eben nicht. Haben wir mehr davon?«

»Wieso bei der Zehn?«, fragte Jessi. »Was haben Sie da gefeiert?«

»Halbes Bergfest.«

Wieder kicherten die beiden Damen.

»Schätzchen, Sie müssen unbedingt mitzählen, sonst haben Sie ja gar keinen Grund zu feiern.«

»So hab ich es noch gar nicht gesehen«, sagte Jessi. »Moment …« Sie begann an den Fingern abzuzählen. »Ich glaube, ich hab heute zehn!«

Jubelschreie aus dem Fond.

»Halbes Bergfest! Ein Prosit auf das Leben!«

Eine weitere Flasche Prosecco tauchte aus den Untiefen der Handtasche auf, wurde geöffnet und an Jessi gereicht.

»Für Sie allein, Schätzchen. Sie haben was nachzuholen.«

Jessi trank ganz ungeniert einen kräftigen Schluck aus der Flasche und warf mir einen fragenden Blick zu. Ich schüttelte den Kopf, konnte es nicht fassen. Ich fuhr keine Krebskarosse mehr, sondern eine rollende Bar. Es roch schon nach dem süßen Zeug, das sich die Damen einverleibten.

»Wir haben beide Brustkrebs«, sagte Frau Osterholz ungefragt. »Bei mir ist die rechte Brust weg, bei Gerlinde die linke. Zusammen sind wir immerhin noch eine vollständige Frau. Wo hat es Sie denn erwischt, Schätzchen?«

»Luftröhre«, sagte Jessi knapp.

»Oh, klingt nicht gut«, kam es von hinten.

»Ist es auch nicht«, pflichtete Jessi bei.

Frau Schierloh tauchte zwischen den Sitzen auf.

»Bei uns beiden alten Schachteln ist ohnehin Hopfen und Malz verloren, aber dass es Sie so jung erwischt hat, ist wirklich eine Schande. Ich schließe Sie in meine Gebete ein, Schätzchen.«

»Vielen Dank.«

»Schlechte Prognose?«, fragte Frau Schierloh.

Jessi nickte nur.

Eine pralle Hand tätschelte ihre Schulter.

»Nicht den Kopf hängen lassen, Schätzchen. Ändert ja nichts. Über Leben und Tod entscheiden nun einmal nicht wir. Der junge Mann hier könnte morgen bei einem Verkehrsunfall sterben, und was es für ihn so undramatisch sein ließe, wäre seine Unwissenheit. Zack, und weg!«

»Na, herzlichen Dank«, sagte ich.

»Nichts für ungut, junger Mann. Was ich damit sagen will, ist ...«

Sie hielt einen Moment inne, schien nachdenken zu müssen.

Plötzlich schob sie die andere Prosecco-Flasche nach vorn und stieß mit Jessi an.

»Was ich damit sagen will: ein Prosit aufs Leben, solange es dauert!«

»Jawoll«, sagte Jessi und nahm einen weiteren kräftigen Zug.

Als ich sie vor ihrem Haus absetzte, schien Jessi ein wenig zu schwanken. Ich sprang aus dem Wagen und begleitete sie zur Haustür.

»Soll ich mit raufkommen?«, fragte ich.

»Nee, alles gut. Eine echt lustige Fahrt, oder?«

»Ja, sehr lustig.«

»Hey«, sie stupste mich mit dem Finger in den Bauch, was sich absolut wunderbar anfühlte. »Du bist zu verkrampft, wenn es um den Tod geht. Lass dich mal von den beiden Damen anstecken. Das hilft. Bis morgen.«

Und weg war sie.

Ich konnte mich nur mit Mühe losreißen und kehrte widerwillig in meine rollende Krebsbar zurück.

Kaum losgefahren, kam es, wie es kommen musste.

»Junger Mann«, setzte Frau Osterholz an, »wir können nicht umhin, zu bemerken, dass Sie wohl verliebt sind.«

Sie kicherten.

»Unsinn«, sagte ich barsch.

Ich wollte mit den beiden Prosecco-Kehlchen nicht darüber

reden. Wahrscheinlich schaffte es das Thema sonst bis in den Flurfunk der Klinik.

»Geht uns ja eigentlich auch nichts an«, sagte Frau Schierloh und dehnte das »eigentlich« bis dorthinaus. »Aber wenn ich Sie wäre, würde ich mich in das Schätzchen verlieben. Ich kenne keine Frau, die ohne Haare so toll aussieht … außer vielleicht Sinéad O'Connor.«

Manchmal überraschten einen die älteren Leute. Wer hätte gedacht, dass Frau Schierloh diese Sängerin kannte? Selbst ich hatte den Vergleich noch nicht gezogen, musste ihm bei genauerer Betrachtung aber zustimmen.

»Ist ihr Tumor sehr schlimm?«, fragte Frau Osterholz.

Ich nickte.

»Kaum eine Chance, sagen die Ärzte. Und sie hat eine fünfjährige Tochter.«

Ich spürte, wie sich mein Magen bei diesen Worten verkrampfte, und musste an die beiden denken, wie sie aneinandergeschmiegt im Kinderbettchen lagen.

»Wir beide haben auch keine guten Prognosen. Siebzig zu dreißig, dass wir an dem Tumor innerhalb von fünf Jahren sterben. Und weil das so ist, feiern wir praktisch jeden Tag.«

Die pralle Hand, die vorhin Jessi an der Schulter getätschelt hatte, tätschelte nun mich.

»Egal, wie viel Zeit das Schätzchen noch hat, tun Sie, was Sie tun müssen, damit es eine glückliche Zeit wird, junger Mann.«

Essen bei Oma

Zwei Wochen lang lief alles gut. Der Linearbeschleuniger beschleunigte seine Teilchen, ohne auszufallen, und Jessi ging es dank der Doppeltherapie aus Bestrahlung und Chemo sichtlich besser.

Sie hatte mir erklärt, es sei nur eine ganz leichte Chemo, die zu keiner Übelkeit führte, ihr Haarwachstum allerdings wieder zunichtemachte. Ich hielt das für den richtigen Moment, ihr zu sagen, was für einen wunderschönen Glatzkopf sie hatte. Ihr Lächeln war ein wenig kryptisch, ich wusste nicht, ob sie mein Kompliment als solches auffasste, und erst, als es zu spät war, fiel mir das Foto ein, das Vero mir gezeigt hatte: Jessi auf einer Modenschau mit langem blondem Haar.

Eine andere Patientin, die nur ein paar Jahre älter gewesen war als Jessi, hatte mir mal erzählt, sie hätte sich über ihr Haar definiert, jede Menge Zeit und Geld darin investiert und zwei Wochen nur geheult, als es ihr während der Chemo ausgefallen war. Später war sie ihrem Krebs dann sogar dankbar gewesen, weil er sie von der täglichen Last der Haarpflege befreit hatte. Ich wusste nicht, ob die Frau noch lebte und heute wieder langes Haar hatte, das wöchentlich Unmengen an Pflegeprodukten verschlang. Aber mir war damals klar geworden, wie sehr Frauen an ihrem Haar hingen. Die meisten Männer machten sich ja gar kein Bild davon.

Gegen Ende der zweiten guten Woche erinnerte ich Jessi an die Einladung meiner Oma zum Essen, und wir einigten uns auf den kommenden Samstagmittag. Natürlich bot ich an, Jessi und Leonie mit dem Taxi abzuholen, aber das lehnte Jessi mit der Begründung ab, sie wolle nicht auch noch am Wochenende in der

Krebskarosse kutschiert werden. Also nahmen sie die Straßenbahn. Die Haltestelle lag fünf Minuten zu Fuß von Oma Olgas Haus entfernt.

Überpünktlich stand ich dort und wartete auf die Ankunft der beiden. Ich war nervös, das ließ sich nicht leugnen, wenngleich es eigentlich keinen Grund dafür gab. Es war ja kein Date im eigentlichen Sinne, wenn eine Fünfjährige und eine Neunzigjährige den gesellschaftlichen Rahmen bildeten.

Die Straßenbahn traf ein, die beiden stiegen in einem Pulk anderer Menschen aus, in dem Jessi mit ihrer Glatze auffiel. Sie glänzte wie am ersten Tag, der zarte Flaum war verschwunden. Jessi selbst strahlte übers ganze Gesicht. Sie trug heute eine enge Bluejeans und ein weißes Langarmshirt, dessen Ärmel sie hochgeschoben hatte.

Wir umarmten uns zur Begrüßung.

»Du siehst toll aus«, sagte ich.

»Ja, nicht wahr?« Sie deutete eine Modelpose an. »Leonie meinte, ich solle auch ein Kleid anziehen, aber das war mir dann doch zu gewagt.«

Leonie trug natürlich ein Kleid. Eines aus Jeansstoff, und der Rock stand von ihren kurzen dünnen Beinchen ab, als befände sich ein Reifen darunter. Die pinkfarbene Strumpfhose passte zum pinkfarbenen Oberteil und den pinkfarbenen Zopfbändern.

Ich ging vor ihr in die Knie.

»Und du siehst aus wie eine kleine Prinzessin. Wow!«

»Jawohl! Ich bin Prinzessin Lillifee.«

»Natürlich bist du das, gar keine Frage.«

Leonie lief tänzelnd ein Stück voraus, wir folgten ihr.

»Sag mal, wer ist eigentlich diese Prinzessin Lillifee?«, fragte ich leise.

»Ein zauberhaftes Monster, das den Eltern die Taschen leert. Daran kommst du nicht vorbei, wenn du eine fünfjährige Tochter hast.«

»Konsumterror?«

»Vom Allerfeinsten.«

Leonie gab ein zügiges Tempo vor, mit dem Jessi und ich jedoch mühelos Schritt halten konnten.

»Darf ich fragen, wie es dir geht?«, sagte ich.

Diese Frage hatte ich mir eine Weile verkniffen. Direkt nach unserem via SMS getroffenen Deal hatte ich sie Jessi jeden Tag gestellt und sie damit genervt. Unter der Androhung, lieber mit Michael fahren zu wollen, hatte ich sie dann nicht mehr gefragt, dafür aber umso genauer beobachtet, wie sie sich verhielt. Beim Treppensteigen beispielsweise oder frühmorgens, wenn ich sie abholte und sie von Leonies Eifer gestresst war. Und obwohl ich sehen konnte, dass es ihr besser ging, stand ich jeden Tag wieder mit dem gleichen Magendrücken vor ihrem Klingelknopf und versuchte die Vorstellung zu unterdrücken, dass sie sich nicht oder weinend meldete. Tatsächlich hatte ich sogar Albträume deswegen. Darin drückte ich auf einen Knopf, der keine Klingel auslöste, sondern die Schaltung eines elektrischen Stuhls, auf dem ein Mensch zusammenzuckte. Dieser Mensch war nicht Jessi, bisher jedenfalls nicht, worüber ich heilfroh war.

»Mir geht es ziemlich gut«, antwortete Jessi. »Deshalb wollte ich auch unbedingt mit der Bahn herkommen.«

»Und ich befürchtete schon, du hasst meinen Wagen.«

»Tue ich auch. Warum muss der eigentlich schwarz sein, wie ein Bestattungsfahrzeug?«

»Hat mein Chef ausgesucht. Ich kann nichts dafür.«

»Ich muss jeden Tag daran denken, wie viele todkranke Menschen mit diesem Wagen fahren.«

»Glaub mir, ich auch.«

»Hauptsächlich bin ich aber mit der Bahn gekommen, um es dir zu beweisen.«

»Was beweisen?«

»Dass ich von Tag zu Tag fitter werde.«

»Ist mir schon aufgefallen. Schon vergessen? Wir sehen uns jeden Tag.«

»Ja, aber frühmorgens, und ich war nie ein Frühmorgenmensch. Um die Zeit bin ich schlecht gelaunt und sehe furchtbar aus.«

»Finde ich nicht.«

Sie lächelte mir zu und rief dann ihre Tochter zurück, die dem Straßenrand gefährlich nahe gekommen war.

»Meine Oma freut sich riesig«, sagte ich. »Sie steht schon den ganzen Vormittag in der Küche.«

»Oh nein, wegen uns?«

»Tja, eigentlich steht sie jeden Vormittag in der Küche.«

»Und es gibt wirklich mein Wunschgericht?«, fragte Jessi.

Ich nickte.

»In einer Qualität, wie du es noch nie erlebt hast.«

Gern hätte ich ihr versprochen, dass allein dieses Essen ihren Krebs heilen würde und sie auf jede weitere Behandlung verzichten könnte, doch ich traute mich nicht. Jessi hatte einen wunderbaren Humor, auch und gerade was ihre Krankheit anging, aber manche Sätze kamen mir dennoch nicht über die Lippen. Ich war eben nicht Michael.

Jessi und Leonie hatten sich Rindsrouladen mit Kartoffeln und Rotkohl gewünscht. In der traditionellen Küche meiner Oma war das ein reines Sonntagsgericht, das wahlweise auch zu Feiertagen gereicht werden konnte, aber niemals einfach so unter der Woche, wenn es nur darum ging, den Magen voll zu bekommen. Als ich ihr Jessis Wunschgericht übermittelt hatte, war das aber kein Thema gewesen. »Ich hole die Rouladen von Tödter«, hatte sie lediglich gesagt. Das war ihre Lieblingsmetzgerei um die Ecke, entsetzlich teuer, aber das Fleisch stammte nicht aus der Massentierhaltung und war eine kulinarische Offenbarung.

»Da vorn ist es schon«, sagte ich und deutete auf das kleine

Häuschen, das am Ende einer Reihe Häuser derselben Bauart stand.

»Hübsch«, meinte Jessi. »Und so … grün.«

Die Farbe war in der Tat gewöhnungsbedürftig. Mein Opa hatte sie ausgesucht, eine Mischung aus Jäger- und Badezimmergrün, die in der Malerfachsprache »Minze« hieß, meiner Meinung nach aber nichts mit der Farbe der Pflanze gemein hatte. Als das Haus vor einigen Jahren einen neuen Anstrich brauchte, hatte ich versucht, Oma Olga eine andere Farbe aufzuschwatzen, war aber gescheitert. Dieses Haus würde so lange minzgrün bleiben, wie sie lebte.

Meine Oma öffnete die Tür, und Leonie versteckte sich hinter den Beinen ihrer Mutter.

Zugegeben, auf eine Fünfjährige mochte meine Oma bei der ersten Begegnung Furcht einflößend wirken. Sie war für eine so alte Frau ziemlich groß, ging aufrecht, und ihr Gesicht sah aus wie ein von Erosion zerfurchter Lehmhang. Dazu diese unsägliche Kittelschürze, die sie quasi nie ablegte. Doch sobald Oma Olga lachte, änderte sich alles. Dann strahlte ihr sonst eher mürrisches Gesicht, und in ihren Augen blitzte etwas von dem jungen Mädchen auf, das sie einmal gewesen war.

Sie umarmte Jessi zur Begrüßung. Dann setzte sie sich auf die Stufen vor dem Haus und betrachtete Leonie.

»Hm«, machte Oma Olga. »Ich bin mir nicht ganz sicher, aber kann es sein, dass du Prinzessin Lillifee bist? Zumindest siehst du aus wie sie, oder?«

Meine Oma zauberte ein kleines Ausmalbuch besagter Prinzessin aus der großen Tasche ihrer Kittelschürze hervor und versetzte mich in Erstaunen. Ich hatte ihr zwar erzählt, dass Leonie auf diese Märchenfigur und die Eiskönigin stand, aber keine Ahnung gehabt, dass meine Oma überhaupt wusste, wo man solche Geschenke bekam. Und wie konnte es sein, dass sie sich solche Sachen merkte, ihre Adresse aber vergaß?

Wie auch immer, das Eis war gebrochen. Leonie verließ die

sichere Zone hinter ihrer Mutter, schnappte sich das Malbuch und folgte meiner Oma quasselnd ins Haus.

Darin duftete es nach dem Mittagessen. Der Tisch in der Küche war bereits gedeckt.

»Ich brauche noch fünf Minuten«, sagte Oma Olga. »Ob die kleine Prinzessin mir vielleicht hilft?«

»Ausnahmsweise«, beschied Leonie mit königlicher Herablassung.

»Ich will unbedingt dein Zimmer sehen«, flüsterte Jessi mir ins Ohr.

Also führte ich sie die Treppe hinauf ins Obergeschoss und beobachtete sie dabei genau. Kein mühsames Atmen, kein Zögern, auch ihre Gesichtsfarbe änderte sich nicht.

»Was ist so interessant an meinem Zimmer?«, wollte ich wissen.

»Na ja, du bist erwachsen und wohnst bei deiner Oma. Das klingt wenig sexy, und ich will wissen, ob du noch in deinem Jugendzimmer haust. Du weißt schon: *Bravo*-Starposter von Pamela Anderson an der Wand, ungemachtes Bett, herumliegende Wäsche und Pornoheftchen.«

»Das denkst du also von mir?! Ich bin entsetzt!«

Weil ich geahnt hatte, dass es zu dieser Zimmerkontrolle kommen würde, hatte ich natürlich vorher aufgeräumt. Das hatte eine ganze Weile gedauert, und ich war selbst erstaunt gewesen, was sich in zwei Räumen alles ansammeln konnte. Zudem hatte ich Kleidungsstücke gefunden, die ich schon länger vermisste.

Ich stieß die Tür am Ende des kurzen Ganges auf und ließ Jessi vorangehen.

»Aber hallo!«, rief sie. »Ganz anders als erwartet.«

Es hingen Bilder an den Wänden, ja, aber keine Poster irgendwelcher Popstars, sondern hochwertige Drucke von selbst geschossenen Motiven aus den Bergen. Gipfel in den Wolken, im Schnee, im Sonnenlicht, in der Abenddämmerung.

»Tolle Fotos!«

»Na ja, nicht halb so gut wie deine.«

»Natürlich nicht, aber doch ansehnlich.«

»Herzlichen Dank.«

»Ein genauer Beobachter könnte auf die Idee kommen, dass du die Berge liebst«, sagte Jessi.

»Findest du?«

Sie drehte sich einmal im Kreis.

»Wie hältst du es hier drinnen aus?«, fragte sie.

Ich hatte ein Lob erwartet, denn so schlecht eingerichtet war ich nicht. Vor zwei Jahren hatte ich renoviert und ein paar der Möbel sogar selbst angefertigt. Ikea kam mir nicht ins Haus, das ließ meine Berufsehre nicht zu.

»Du findest es nicht schön?«

»Doch, sogar sehr. Aber du hockst hier, träumst vom Chimborazo, siehst jeden Tag all diese atemberaubenden Bilder um dich herum und kommst doch nicht fort. Das muss doch wehtun.«

Ja, das tat weh. Aber nicht das Betrachten der Bilder, sondern Jessis Worte. Sie hatte wirklich Talent, den Finger in die Wunde zu legen.

»Warum? Ich gehe doch jedes Jahr zum Bergsteigen.«

»Ja, in die Alpen, zum hundertsten Mal. Das ist, als würdest du mit einem eingesperrten Orca schwimmen.«

Jessis Worte stimmten mich wieder einmal nachdenklich. Zudem sah sie mich aus ihren großen moosgrünen Augen auffordernd an und trat einen Schritt auf mich zu. Lediglich ein halber Meter trennte uns nun voneinander, ich konnte das Parfum riechen, das sie aufgelegt hatte.

Jetzt, dachte ich, jetzt ist der Zeitpunkt gekommen, es ihr zu sagen.

Doch plötzlich polterte es unten auf der Treppe, und Leonie kam hinaufgestürmt.

»Mama, Essen ist fertig«, rief sie schon von Weitem.

In dem Moment, bis sie oben war, kam Jessi mir ganz nahe, berührte meine Hand mit der ihren und flüsterte in mein Ohr: »Du bist hier eingesperrt.«

Leonie kam herein. Jessi drehte sich zu ihr um, nahm ihre Hand und stieg mit ihr die Treppe hinunter. Die beiden sprachen miteinander, es ging wohl ums Essen, so richtig bekam ich es nicht mit, denn ich war ziemlich verwirrt, und mein Herz schlug dumpf bis hinauf in meinen Hals. Ich zog die Zimmertür hinter mir zu, verharrte einen Augenblick und warf noch einen Blick zurück in mein Reich – oder mein Gefängnis, wie Jessi meinte. Ich hatte das noch nie so empfunden, und doch fragte ich mich jetzt, ob sie recht hatte. Hielt dieser sichere, heimelige Ort mich davon ab, hinauszugehen und die Welt zu erobern?

Alle Fragen und Gedanken zu Freiheit, Tod und Jessis Berührung wurden in der Küche sofort hinweggespült von Leonies Redeschwall. Die Kleine war nun vollkommen aufgetaut, und ich bekam einen Eindruck davon, was Jessi gemeint hatte, als sie sagte, ihre Kleine könne anstrengend sein.

»Warum sehen die aus wie Klopapierrollen?«

Leonie deutete auf die gerollten Rindsrouladen.

»Nun«, sagte Oma Olga, »weil das so sein muss.«

»Und wer sagt das?«

»Ich.«

»Und woraus sind die?«

»Aus Rindfleisch.«

»Was ist Rind?«

»So was Ähnliches wie eine Kuh.«

»Meine Oma macht aus Kühen Hackfleisch für Hunde.«

»Tatsächlich?«

Jessi klärte Oma Olga kurz über die Arbeit ihrer Mutter in der Tiernahrungsfabrik auf. Ihr Vater, so fügte sie an, arbeite auch dort, als Schichtleiter.

»Ich will kein Hundeessen«, sagte Leonie.

»Warum denn nicht? Hunde sind sehr große Gourmets. Die essen nur, was wirklich lecker ist.«

»Was ist ein Gurrmä?«

Und so ging das während des ganzen Essens fröhlich weiter. Es gab nichts, zu dem Leonie keine Frage hatte. Anfangs hielt meine Oma noch gut mit, parlierte, als hätte sie die letzten Jahre ständig kleine Kinder um sich gehabt. Erst, als sie etwas wortkarger wurde, klinkte ich mich häufiger ein und beantwortete Leonies Fragen. So konnte Oma Olga tun, was sie am liebsten tat: dafür sorgen, dass alle jederzeit genug auf dem Teller hatten, und ihre Augen strahlten vor Glück, weil ihre Gäste ordentlich zulangten.

Ich hatte meine Oma vorher instruiert, in Leonies Anwesenheit nicht über Jessis Erkrankung zu sprechen. Meine größte Angst war es, sie könne meine Bitte vergessen und das Gespräch in diese Richtung lenken. Nicht auszudenken, wenn sie Jessi nach dem von den Ärzten prognostizierten Todeszeitpunkt fragen würde. Das passierte aber nicht, überhaupt wurde während des Essens nicht über Krebs, Tod oder meinen Job gesprochen. Dafür sorgte schon allein Leonie. Bis zu dem Moment, in dem die Kleine es selbst ansprach.

»Meine Mama ist sehr krank. Sie stirbt vielleicht.«

Das kam aus heiterem Himmel. Eben noch hatte Leonie über einen Jungen namens Paul aus dem Kindergarten gesprochen, der sich dauernd die Hosen auszog und mit nacktem Po herumrannte. Das fanden alle lustig, und manche malten ihm mit Tusche oder Edding hübsche Motive auf die Backen.

»Wie kommst du denn darauf?«, fragte Jessi erschrocken und strich ihrer Tochter übers Haar.

»Oma und Opa haben das gesagt, ich hab aber nicht gelauscht, die waren so laut, als ich schlafen sollte, aber noch gar nicht müde war, weil meine Ohren noch so wach sind, und dann hören die immer besonders gut.«

»Ach!« Meine Oma winkte ab. »Was soll's, ich sterbe vielleicht auch bald.«

Mir rutschte das Herz in die Hose, und der letzte Bissen Rindfleisch blieb mir im Halse stecken.

»Echt?« Leonie sah Oma Olga mit großen Augen an und schob dann ihr Lieblingswort hinterher. »Warum?«

»Weil ich ganz furchtbar alt bin.«

»Stimmt, dein Gesicht ist ganz rissig. Viel doller als bei meiner Oma.«

»Siehst du, und wenn man erst so aussieht, dann stirbt man auch bald irgendwann.«

»Aber meine Mama sieht nicht so aus.«

»Gut beobachtet. Und deswegen glaube ich auch nicht, dass deine Mama bald stirbt. So ganz ohne Risse im Gesicht, das geht doch nicht!«

Leonie sah ihre Mutter genau an, suchte nach Falten.

Jessi drückte der Kleinen einen Kuss auf die Stirn.

»Ich bin krank, aber ich sterbe nicht. Die Ärzte machen mich wieder gesund.«

»Und das gute Essen!«, schob ich nach.

»Richtig, vor allem das«, gab Jessi mir recht.

»Bist du traurig, weil du bald stirbst?«, fragte Leonie Oma Olga.

»Nein, überhaupt nicht. Im Himmel gibt es jeden Tag gutes Essen. Da freue ich mich schon drauf.«

»Ich finde es doof, dass Menschen sterben.«

»Das ist aber nicht doof, das ist genau richtig. Sieh mal, dieses Haus, in dem haben vor uns schon andere Leute gewohnt, und vor denen haben auch andere Leute hier gewohnt. Wenn die alle noch leben würden, dann säßen jetzt hier in der Küche fünfzig Leute. Wir haben aber nur sechs Stühle. Nein, nein, das wären viel zu viele. Menschen müssen sterben, damit kleine Mädchen wie du groß werden können. Das ist schon sehr gut geregelt so.«

Leonie sah sich in der kleinen Küche um. Sie versuchte wohl abzuschätzen, ob fünfzig Menschen darin Platz hätten.

»Im Kindergarten ist auch zu wenig Platz für alle, deswegen muss ich nächstes Jahr in die Schule, sagt Frau Zittnick.«

»Das ist genau das Gleiche, du bist ein sehr kluges Mädchen«, sagte Oma Olga. »Du gehst in die Schule, ich gehe in den Himmel. Wir machen Platz für andere, und alle sind glücklich.«

»Paul sagt, die Schule ist scheiße.«

»Na ja, Paul ist wahrscheinlich dumm. Sonst würde er sich ja nicht ständig die Hosen ausziehen.«

Leonie nickte ernsthaft.

»Ja, Paul ist sehr dumm. Er verliert wirklich immer beim Uno.«

Damit war das Thema erst einmal beendet, und ich dankte im Stillen meiner Oma, weil sie so gut reagiert hatte. Als Nachtisch gab es Fürst-Pückler-Rolle, und während alle still vor sich hin löffelten, dachte ich darüber nach, wie es sein konnte, dass eine steinalte Frau und ein kleines Kind sich vollkommen unbefangen über den Tod unterhielten, während Jessi und ich beinahe alles dafür taten, dieses Thema auszublenden.

Irgendwas lief da doch verkehrt.

Der Tod auf dem Spielplatz

Nach dem Essen beschlossen wir spazieren zu gehen. In der Nähe gab es einen kleinen Spielplatz, auf dem Leonie sich austoben konnte. Vorher wollten wir Oma Olga bei der Küchenarbeit helfen, doch sie schmetterte all unsere Versuche ab und schmiss uns aus dem Haus.

»Hilfe, ich platze gleich«, stieß Jessi draußen auf der Straße aus und strich sich über ihren Bauch, der sich tatsächlich bedenklich vorwölbte.

»Können Menschen platzen?«, fragte Leonie, die an meiner Hand ging.

»Nein, das sagt man nur so, wenn man zu viel gegessen hat«, erklärte Jessi.

»Paul sagt, wenn man nicht kacken geht, platzt man irgendwann.«

»Nun ja, aber Paul ist was?«

»Dumm, sehr, sehr dumm«, konstatierten Leonie und ich im Chor.

An diesem schönen Samstagnachmittag war der Spielplatz gut besucht. Ein Dutzend Kinder turnten an den Geräten herum, Eltern oder Großeltern saßen auf Bänken oder auf dem Rasen und genossen die Junisonne. Jessi begleitete ihre Tochter zur Rutsche und blieb ein paar Minuten bei ihr, während ich mich auf eine freie Bank setzte und sie beobachtete. Mutter und Tochter, in spielerischer Harmonie, ganz so, wie es sein sollte. Ich sah mich um und fragte mich, wer von den anderen Eltern und Großeltern auf dem Spielplatz wohl ähnliche Probleme durchmachte. Jeden Tag legten sich Hunderte Menschen unter den Linearbeschleuniger von Carl dem Großen, und der war nur einer von dreien in der Stadt. Theoretisch mussten auf dem Spielplatz noch weitere Krebspatienten zugegen sein. Das waren keine schönen Gedanken, sie passten nicht zur Location und zum Wetter, aber als ich versuchte, sie beiseitezudrängen, wurden sie ersetzt von dem, was Jessi oben in meinem Zimmer gesagt hatte. Das war ziemlich hart gewesen. Aber würde ich weiter darüber nachdenken, wenn nicht zumindest ein Körnchen Wahrheit darin steckte? Ich fühlte mich in meinen Räumen nicht eingesperrt, in meinem Leben jedoch schon. Die Freiheit, einfach aufzubrechen, hatte ich nicht, aber die hatte kaum jemand. Klar, es gab Typen, die zogen ohne Geld einfach los, umrundeten die Welt auf einem Fahrrad, arbeiteten, wo sie Arbeit fanden, und kamen mit so gut wie nichts aus. Doch so ein Typ war ich nicht. Trotzdem würde ich eines nicht mehr so fernen Tages auf dem Gipfel des Chimborazo stehen, daran hatte ich keinen Zweifel. Allein schon, um Oma Olga Ansichtskarten von dort zu schicken. Und vom Himalaya natürlich.

Leonie fand schnell Anschluss an andere Kinder, sodass Jessi sich bald zu mir setzte. Sie seufzte, als sie sich auf die Bank fallen ließ.

»Alles in Ordnung?«

»Ja. Aber nach diesem Essen hätte ich eine Siesta gebraucht. Ich hab lange nicht mehr so gut gegessen. Meine Eltern waren nie besonders gute Köche. Nudeln mit Ketchup war bei uns der Dauerbrenner. Du hast wirklich Glück mit deiner Oma, weißt du?!«

»Ja, ich weiß.«

»Und auch sonst ist sie cool drauf.«

»Die coolste Oma der Welt«, bestätigte ich. »Deine Eltern sind aber auch …«, ich suchte nach dem treffenden Wort, »… besonders.«

»Du hast sie kennengelernt?«

Ich berichtete Jessi von dem zufälligen Zusammentreffen vor dem Krankenhaus. Die Drohung ihres Vaters ließ ich jedoch unter den Tisch fallen.

»Die beiden waren schon immer so, ich kenne sie nicht anders. An erster Stelle stehen ihre Motorräder und die Ausfahrten. Sie sind mit Herz und Seele Biker. Aber lass dich von dem schroffen Verhalten meines Vaters nicht täuschen. Er ist ein herzensguter Typ. Wie die meisten Biker.«

»Das glaube ich gern. Fährst du auch Motorrad?«

»Ich hab den Führerschein, hatte aber nie genug Geld für ein eigenes. Hin und wieder durfte ich das meiner Mutter fahren, aber so richtig wild darauf bin ich nicht.«

»Oje, das schwarze Schaf der Familie.«

Jessi nickte nachdenklich.

»Meinem Vater macht es am meisten zu schaffen. Als es mir damals bei der Chemo richtig schlecht ging, hab ich ihn zum ersten Mal weinen sehen. Raue Schale, weicher Kern.«

»Kann ich verstehen.«

»Den eignen Tod, den stirbt man nur, doch mit dem Tod der andern muss man leben«, zitierte Jessi einen Satz der Dichterin Mascha Kaléko aus dem Gedicht *Memento*.

»Ja, aber du stirbst nicht.«

»Doch, werde ich.«

»Sag so etwas nicht.«

»Warum nicht? Es wird passieren, das weiß ich. Ich kann es hinauszögern, aber nicht verhindern.«

»Aber du hast doch gesagt …«

»Ich weiß, was ich gesagt habe. Nämlich genau das, was man von jungen Krebspatienten erwartet. Dass ich kämpfen werde, dass mir die Meinung der Ärzte egal ist, dass ich für meine Tochter da sein will, sie aufwachsen sehen möchte. Das stimmt ja auch alles, aber ich bin nicht dumm. Ich weiß, was es bedeutet, wenn mehrere Ärzte zur selben Einschätzung gelangen.«

»Nein! Akzeptiere ich nicht.« Ich schüttelte den Kopf. »Das ist nicht wahr.«

»Wahrheit ist die Übereinstimmung mit der Wirklichkeit.«

Leonie stand oben auf dem Kletterturm, rief nach ihrer Mama und winkte. Wir winkten beide zurück und klatschten Beifall, als sie in Windeseile an dem dicken Seil mit Knoten darin herunterkletterte.

»Soll das heißen, du hast dich damit abgefunden?«, fragte ich.

»Ich tue alles, was ich tun kann, um es hinauszuzögern.«

»Aber du glaubst nicht, dass du den Krebs besiegen kannst?«

»Adam, hör zu …«

Leonie kam herbeigelaufen und unterbrach sie.

»Mama, hast du gesehen, wie schnell ich klettern kann?«

»Ja, das hast du toll gemacht.« Jessi richtete Leonies Rock, der hochgerutscht war. »Kannst du auch wieder hochklettern?«

»Ganz bestimmt!«

Sie verschwand so schnell, wie sie gekommen war. Ihre kurzen Beinchen in den pinken Strumpfhosen flogen nur so über den weißen Sand.

»Man hat mich aufgeschnitten und wieder zugenäht und mir gesagt, keine Chance, der Tumor lässt sich nicht entfernen. Er ist praktisch eins mit der Luftröhre und wird mich irgendwann ersticken.«

Leonie hing an dem Kletterseil und gab alles, ihr Kopf war hochrot vor Anstrengung.

»Toll machst du das!«, rief Jessi ihr zu.

»Warum willst du dann auf einen Berg?«, fragte ich.

Leonie hatte keine Kraft mehr. Sie hangelte sich ein Stück abwärts, ließ sich in den Sand plumpsen und kam wieder zu uns.

»Meine Arme sind ganz zitterig geworden«, sagte sie.

»Macht nichts, beim nächsten Mal klappt es bestimmt«, tröstete Jessi sie. »Geh doch noch mal rutschen.«

»Au ja!«

Und weg war sie.

»Ich bin noch nie auf einen Berg gestiegen«, sagte Jessi. »Ist doch ein nobles letztes Vorhaben, findest du nicht?«

Ich schüttelte den Kopf, konnte nicht fassen, welche Wendung das Gespräch genommen hatte. Eben, beim Mittagessen, hatte ich mich noch darüber gewundert, dass Leonie und Oma Olga so unbefangen über den Tod sprechen konnten, Jessi und ich aber nicht. Jetzt sprach Jessi auch darüber, und ich war schlichtweg überfordert. Offenbar war ich hier der Einzige, der Probleme damit hatte.

»Wir haben einen Deal«, erinnerte Jessi mich. »Versprich mir bitte, dass du dich daran hältst.«

»Wie stellst du dir das vor? Es ist nicht so einfach, einen Berg zu besteigen. Außerdem …«

»Nein«, sagte Jessi klar und deutlich. »Keine Ausflüchte, keine Gründe, die dagegensprechen. Lass es uns einfach tun. In zwei Wochen bin ich mit der Chemo durch, dann wird der Tumor für eine Weile Ruhe geben. Das ist der richtige Zeitpunkt.«

Leonie war oben auf der Rutsche angekommen. Sie rief nach ihrer Mama, damit sie hinschaute. Jessi winkte ihr zu, und Leonie rutschte mutig mit dem Gesicht voran in den weichen Sand des Sandkastens.

»Aber du musst weiterhin jeden Tag zur Bestrahlung, wir können nicht einfach für ein paar Tage …«

»Adam, nicht. Du suchst schon wieder nach einem Aber. Genau wie bei deinem Traum vom Chimborazo. Aber ich habe nicht genug Geld, aber Ingo hat keinen Urlaub, aber so einfach ist das nicht. Aber, aber, aber statt einer Lösung. Wir können an einem Samstag aufbrechen, dann haben wir schon zwei freie Tage, und wenn wir den Montag und Dienstag auch noch dranhängen müssen, dann ist das eben so. Die Bestrahlung wird mich ohnehin nicht retten.«

Mir schossen spontan noch so einige andere Abers durch den Kopf. Doch sie hatte recht, ich hatte ihr bereits zugesagt, wir hatten einen Deal. Zudem saß ich hier neben einer Sterbenskranken, und nicht sie, sondern ich klang weinerlich und zögerlich. Was für ein Held und toller Abenteurer ich doch war! Ließ mir einen klugen Spruch auf die Uhr gravieren und lief mit einer beeindruckenden Erklärung für mein Vielleicht durchs Leben, knickte aber ein, sobald ich einer wirklichen Bewährung gegenüberstand. Stundenlang konnte ich einen Fuß vor den anderen setzen, steilste Bergflanken erklimmen, mein Wille siegte dabei über Müdigkeit und Erschöpfung, aber wenn ich einer zum Tode Verurteilten einen letzten Wunsch erfüllen sollte, brach ich zusammen. Der Sieg des Geistes über den Körper war eine Sache, der Sieg des Geistes über die Angst eine ganz andere.

»Ich kann kaum noch etwas selbst entscheiden, nicht mal, wie ich sterbe«, sagte Jessi. »Wegen Leonie, verstehst du? Ich kann mir nicht einfach das Leben nehmen, um dem Schmerz und der Qual zu entgehen, das kann ich meiner Kleinen nicht antun. Deshalb muss ich bis zum letzten Atemzug kämpfen, damit habe ich mich abgefunden. Ich tue das für sie, für niemanden sonst, nicht für meine Eltern, nicht für mich. Aber auf einen Berg zu steigen, das würde ich für mich tun. Du hast diesen Wunsch in mir entfacht, du kannst jetzt nicht einfach aussteigen.«

»Ich weiß nicht …«, sagte ich.

Jessi nahm meine Hand und strich mit den Fingern über meinen Handdrücken.

»Wenn du für mich dasselbe empfindest wie ich für dich, und ich glaube, dass es so ist, dann tu das bitte für mich.«

»Egal, wie viel Zeit das Schätzchen noch hat, tun Sie, was Sie tun müssen, damit es eine glückliche Zeit wird, junger Mann.« Die Worte von Frau Schierloh schossen mir durch den Kopf.

»Okay«, sagte ich.

»Versprochen?«

»Versprochen.«

Sie beugte sich herüber und hauchte mir einen Kuss auf die Wange.

Dann stand sie auf und ging zu ihrer Tochter hinüber, die kopfüber am Klettergerüst baumelte und das Leben in vollen Zügen genoss.

Herzinfarkt im Bordell

Früher hatte ich regelmäßig an den Wochenenden zu meinem normalen Dienst mindestens eine Nachtschicht drangehängt, meistens in der Nacht von Freitag auf Samstag. Aufgehört hatte ich, nachdem ich überfallen worden war. Mir war nichts passiert, nur die Einnahmen der Nacht und mein Trinkgeld waren futsch, aber der Schock saß tief, und ich hatte erst einmal die Nase voll von Nachtschichten.

Jetzt nahm ich sie wieder auf.

Weil ich das Geld brauchte.

Die Freitagsschicht begann um zwanzig Uhr und dauerte bis sechs Uhr morgens. Als ich sie antrat, war ich noch guter Dinge, doch bereits zwei Stunden später machte sich bleierne Müdigkeit bemerkbar. Es war nicht besonders viel los, die Pausen zwischen den einzelnen Fahrten waren lang, und mir fielen immer wieder die Augen zu.

Um mich wachzuhalten, schrieb ich Jessi eine SMS und fragte sie, wie es ihr ging. Am Vormittag hatte ich sie zur üblichen Bestrahlung und danach zur Chemo gefahren. Auf dem Rückweg war sie guter Dinge gewesen, allerdings auch sehr müde.

Jessi antwortete sofort.

Es ist verrückt. Tagsüber fallen mir die Augen zu, und nachts finde ich keinen Schlaf.

Willkommen im Club!

Wie geht's dir?

Langweilig. Lieber würde ich dir beim Schlafen zusehen.

Ich schlaf ja nicht.

Ich könnte dir eine Geschichte vorlesen. Darin bin ich derart schlecht, da schläfst du freiwillig ein. Was machst du?

Fernsehen. Walking Dead.

Ich hatte Jessi die Serie empfohlen und ihr die erste Staffel ausgeliehen. Sie hatte allen Ernstes noch nie davon gehört. Was für eine unglaubliche Bildungslücke!

Und? Wie findest du's?

Bin noch nicht sicher. Wann kommt dieser Daryl, von dem du erzählt hast? Den Bullen, Rick, finde ich doof.

Kommt noch, durchhalten.

Hm. Ich selbst fand Rick eigentlich toll, auch wenn er mitunter zu pathetisch rüberkam und seine dauernde Rechtschaffenheit ein wenig nervte.

Ich musste Schluss machen. Die Zentrale vermittelte mir eine Fahrt vom Bahnhof nach Borgfeld.

Nachdem ich den Auftrag erledigt hatte, meldete ich mich erneut bei Jessi.

Und? Wird schon gemetzelt?

Das ist widerlich!!!!!!!

Ach, sind doch nur Zombies.

Ich bin froh, dass Leonie nicht hier ist. Dieses Zombiegekreische hätte sie geweckt.

Wo ist sie?

Bei Oma und Opa. Ich war heute so entsetzlich müde, aber kaum war Leonie weg, konnte ich nicht einschlafen. Jetzt hätte ich meine Kleine gern hier … oder dich!

Ehrlich?

Ja.

Walking Dead ist zu zweit auch viel romantischer.

Gibt es Liebesszenen?

Darüber musste ich nachdenken. Es dauerte ein wenig, bis mir Glenn und Maggie einfielen.

Ja, gibt es, aber das dauert noch. Erst wird gemetzelt.

Okay, ich halte durch.

Eine weitere Fahrt kam rein. Die Zentrale schickte mich zum Blauen Haus.

Dabei handelte es sich um ein Bordell außerhalb der Stadt. Regelmäßig fuhren wir Gäste dorthin oder holten sie nach getaner »Arbeit« wieder ab. Hinbringen war lukrativ, da wir Fahrer von der Puffmutter zehn Euro für jeden Fahrgast bekamen, den wir dort abluden und nicht in irgendeinem anderen Bordell.

Um Viertel nach eins traf ich vor dem Blauen Haus ein und stellte das Taxi direkt vor die Hintertür, so, wie wir es immer machten, damit die Kunden unerkannt einsteigen konnten. Ich nahm mir vor, zehn Minuten zu warten, bevor ich klingelte.

Diese Karenzzeit war einem Erlebnis geschuldet, auf das ich gern verzichtet hätte. Einmal war ich zu früh gewesen und musste drinnen, in der Lounge, eine Viertelstunde auf den Kunden warten, der mir eine Cola spendierte und dann ganz ungeniert mit einem Mädchen knutschte, während auf den Bildschirmen in den Ecken des Raumes Pornos liefen. Atemberaubende Damen in knapper Unterwäsche stolzierten auf hohen Schuhen an mir vorbei und fragten mich, wie ich es denn am liebsten möge.

Das blieb mir diesmal erspart. Plötzlich flog die Tür auf, zwei leicht bekleidete Damen kamen heraus, zwischen ihnen ein Mann, den sie untergehakt hatten. Der Blick ins Glas war wohl etwas zu tief gewesen, allein laufen konnte er jedenfalls nicht mehr. Eine der Damen riss die Beifahrertür auf, und mit vereinten Kräften stopften sie mir den Gast in den Wagen.

»Dem geht es nicht so gut, fahr den mal zum Krankenhaus«, sagte das junge Mädchen mit russischem Akzent.

Dann flog die Autotür auch schon wieder zu, und die beiden verschwanden flugs im Haus.

Mein Fahrgast war in sich zusammengesackt. Er atmete schwer, stöhnte und schwitzte.

»Wo … soll es denn hingehen?«, fragte ich vorsichtig.

»Arzt«, stammelte er.

Dann fasste er sich mit schmerzverzerrtem Gesicht an die linke Brust.

Herzinfarkt, schoss es mir durch den Kopf. Die Symptome waren eindeutig. Er war kreidebleich, schwitzte stark und hatte offensichtlich Schmerzen in der Brust. Zusätzlich begann er jetzt, sich den linken Arm zu massieren.

Ich ließ den Motor an und fuhr eilig vom Hof.

»Ich bringe Sie sofort ins Krankenhaus!«

Das hatte mir gerade noch gefehlt, dass der Typ auf dem Beifahrersitz des Taxis starb und ich ihn wiederbeleben musste, nachdem er im Blauen Haus wer weiß was getrieben hatte. Mir schauderte bei der Vorstellung, ihn beatmen zu müssen.

»Nein … nicht ins Krankenhaus«, presste er mühsam hervor.

»Natürlich ins Krankenhaus«, rief ich aufgebracht.

»Mein Hausarzt … Rufen Sie meinen Hausarzt an, bitte …«

Ich wollte nicht, aber er bettelte darum und gab mir die Nummer, die er auswendig kannte. Also rief ich zu nachtschlafender Zeit dort an. Es dauerte eine Weile, bis jemand abnahm.

»Büchner?«

»Ja, äh, hallo, entschuldigen Sie bitte, ich bin Taxifahrer, und ich … äh …«

»Horst?«, quatschte mein Fahrgast dazwischen. »Ich bin's, Günther …«

Er stöhnte laut auf und griff sich wieder an den Brustkorb.

»Hallo? Was soll das? Wer ist da?«

»Doktor Büchner«, sagte ich, »ich habe Herrn … Wie heißen Sie?«

»Fischer«, grunzte mein Fahrgast.

»Ich habe Herrn Günther Fischer in meinem Taxi, dem geht es schlecht, sieht nach Herzinfarkt aus. Er will aber nichts ins Krankenhaus, sondern zu Ihnen.«

»Wie? Was? Sind Sie wahnsinnig? Günther, bist du das?«

Günther konnte gerade nicht sprechen, sein Herz gab auf.

»Dem geht's richtig dreckig.«

Ich schrie jetzt fast, Panik machte sich breit.

Günther Fischer schlug mit der Stirn gegen die Seitenscheibe, Schaum quoll aus seinem Mund. Die Flecken am Glas waren deutlich zu sehen.

Mit fliegender Stimme schilderte ich die Symptome.

»Bringen Sie ihn auf keinen Fall zu mir! Hören Sie! Ins Krankenhaus, aber schnell!«

Ich legte einfach auf.

Wie sollte ich dem Doktor erklären, aus welchen Gründen eine Aufnahme im Krankenhaus für Günther peinlich werden würde? Außerdem hatte ich keine Lust, auf dessen Befindlichkeiten Rücksicht zu nehmen. Selbst schuld, warum musste er sich in seinem Alter mit zwei Damen vergnügen? Eine hätte ja wohl auch gereicht.

»Ich fahre Sie jetzt ins Krankenhaus«, sagte ich entschieden und gab Gas.

Bis zum Klinikum Mitte waren es nur fünf Minuten. Ich betete zu Gott, er solle den Mann bis dahin durchhalten lassen. Fischer versuchte zu protestieren, doch sein kapitulierendes Herz ließ ihn nicht. Ich fühlte mich, als würde ich selbst jeden Moment einen Infarkt erleiden, und schwitzte mindestens ebenso wie mein Fahrgast. Mit quietschenden Reifen bog ich in die Auffahrt zum Krankenhaus, kam mit einem Ruck vor der Notaufnahme zu stehen und wollte schon rausspringen, doch Fischer packte mich am Arm.

»Mein Auto … vor dem Puff … wenn meine Frau … können Sie es hierherholen?«

Er hielt mir einen Autoschlüssel sowie einen Hunderter und einen Fünfziger entgegen.

»Bitte … Rest … für Sie … bitte.«

Sein flehender Blick erweichte mein Herz. Ich nahm Geld und Schlüssel, versprach ihm, seinen Wagen auf dem Krankenhausparkplatz abzustellen und den Schlüssel an der Information abzugeben. Dann stieg ich aus, lief in die Notaufnahme und brüllte herum, ich hätte einen Fahrgast mit Herzinfarkt im Taxi.

Plötzlich ging alles schnell. Zwei Pfleger schnappten sich eine fahrbare Trage, liefen hinaus, holten Fischer aus dem Taxi, packten ihn auf die Trage und fuhren ihn flugs in die Notaufnahme.

Von einer Sekunde auf die andere stand ich allein da. Niemand kam, um mich zu fragen, wie es zu alldem gekommen war, wahrscheinlich nahmen sie an, ich würde ihnen folgen. Doch dann müsste ich Günthers Geheimnis verraten, und das ging nicht. Besser, ich verdrückte mich. Schnell sprang ich in den Wagen und verließ das Krankenhausgelände.

Fünf Minuten später raste mein Herz immer noch wie verrückt. Am nächstbesten Parkplatz fuhr ich raus, sprang aus dem Taxi und atmete erst einmal tief durch. Mein Shirt klebte feucht an meinem Rücken. Erst jetzt wurde mir bewusst, wie knapp ich an einer Katastrophe vorbeigeschrammt war – und dass ich gerade einhundertdreißig Euro Trinkgeld kassiert hatte. So viel wie sonst in zehn Nachtschichten. Nicht schlecht!

Ich hatte das Geld genommen, folglich durfte ich Fischer nicht hängen lassen. Irgendwie konnte der arme Kerl einem auch leidtun. Wie peinlich, zugeben zu müssen, man sei beim außerehelichen Sex mit zwei Prostituierten kollabiert! Wie auch immer, der Wagen musste zum Krankenhaus, und zwar pronto. Das konnte ich nicht allein erledigen. Ich rief zwei Kollegen an, doch beide waren gerade unterwegs. Willi-Chef schlief, bei dem brauchte ich es gar nicht zu versuchen, außerdem musste er von dem satten Trinkgeld nichts erfahren. Fischers Wagen würde also warten müssen, bis einer der Kollegen Zeit hatte.

Ich lehnte mich ans Taxi, sah zu den Sternen hinauf und musste lachen. In all den Jahren als Taxifahrer hatte ich vieles erlebt, so etwas aber noch nicht.

Davon musste Jessi erfahren. *Walking Dead* konnte süchtig

machen, wie ich nur zu gut wusste, vielleicht war sie noch wach. Ich schrieb ihr eine SMS.

Menschenleben gerettet!, tippte ich.

Sie antwortete sofort.

Was ist passiert?

Bordellbesucher mit Herzinfarktsymptomen ins Krankenhaus gebracht.

Ist nicht dein Ernst?

Doch. Zwei junge Mädels waren zu viel für den alten Sack.

Ihre Antwort bestand aus einer Reihe heulender, lachender und verblüffter Emojis.

Ich schrieb ihr von dem horrenden Trinkgeld und was ich dafür tun musste.

Ich kann doch helfen!, schrieb Jessi zurück.

Echt?

Ja, klar, kann sowieso nicht schlafen, und Daryl ist nicht in Sicht. Da kann ich auch mit dir vorliebnehmen.

Parkplatzkuss

Ich rief in der Zentrale an und meldete mich für die nächste Stunde ab. Als Ausrede führte ich einen Kotzzwischenfall an, das zog immer. Gerade nachts waren die Fahrgäste häufig betrunken, und einige, vor allem Frauen, vertrugen in dem Zustand das Autofahren nicht so gut. Manchmal warnten sie einen, und man konnte gerade noch rechtzeitig anhalten, manchmal schoss es aus heiterem Himmel während eines Gesprächs aus ihnen heraus oder wenn sie lachten. Das Saubermachen des Taxis blieb an uns Fahrern hängen, eine ekelhafte Arbeit, die je nach Konsistenz und Mageninhalt schon mal ein bis zwei Stunden dauerte. Die Zentrale bekundete Mitleid und sagte, ich solle mir Zeit lassen, es war ohnehin nicht viel los.

Jessis Angebot hatte mich überrascht, aber ich freute mich darauf, sie zu dieser ungewöhnlichen Zeit zu sehen, und gab auf dem Weg durch die Stadt ordentlich Gas. Die fest installierten Blitzer kannte ich und auch die Stellen, an denen nachts gern mal die Polizei lauerte. Die Cops waren Gewohnheitstiere, so wie wir alle.

Jessi wartete bereits auf dem Bürgersteig. Sie trug eine weiße Wollmütze. Zum ersten Mal sah ich ihre Glatze nicht.

»Brrr, kalt«, sagte sie beim Einsteigen und rieb sich die Hände.

Es war ganz und gar nicht kalt, ich wusste, sie fror wegen der Chemo am Vormittag.

»So, erzähl noch mal. Die ganze Geschichte, bitte.«

Um sie nicht allzu schnell herunterzuleiern, schmückte ich die Story ordentlich aus, achtete auf die Details und übertrieb ein wenig hinsichtlich Fischers Gesundheitszustandes.

Jessi brach in lautes Lachen aus. Ein Lachen, wie ich es bei ihr noch nicht gehört hatte, ansteckend, voller Leben und Leichtigkeit. Da musste ich einfach mitlachen und war meinem Fahrgast insgeheim sogar noch dankbar für seinen »Arbeitsunfall«.

»Das ist die verrückteste Geschichte, die ich je gehört habe«, sagte Jessi. »Stell dir vor, er wäre hier drin gestorben.«

Sie klopfte auf den Sitz, wie Vero es getan hatte.

»Hör bloß auf!«

»Dann wäre die Polizei ins Spiel gekommen, und du hättest die Wahrheit sagen müssen. Die arme Ehefrau. Wie erklärt man das den Kindern und Verwandten?«

»Hört mal gut zu, meine Lieben«, sagte ich mit weiblich verstellter Stimme, »euer liebevoller Vater, guter Freund und mein treu sorgender Ehemann ist heute Nacht in einem Bordell von Irina und Swetlana hart rangenommen worden und anschließend im Taxi auf dem Weg ins Krankenhaus verstorben. Den Taxifahrer trifft keine Schuld, er hat sein Möglichstes getan, doch Günthers Herz war einfach zu schwach – zumindest für zwei Russinnen.«

Jessi brach abermals in schallendes Gelächter aus.

»Es gehört sich nicht, über einen Toten zu lachen.«

»Er lebt ja noch.«

»Schon, aber seine Situation ist kritisch.«

Es tat gut, zusammen mit Jessi Tränen zu lachen. Schon lange hatte ich mich nicht mehr so losgelöst gefühlt, so frei von Sorgen und Ängsten.

Die Fahrt zum Blauen Haus verging viel zu schnell.

Ich fuhr direkt auf den Parkplatz, auf dem noch drei Autos standen. Ein silberner Lexus, eine grüne Mercedes E-Klasse und ein schwarzer Audi A6. Auf dem Schlüssel, den Jessi in der Hand hielt, prangte das Lexus-Emblem.

»Gut betucht, die Herren Freier«, sagte Jessi.

»Das Blaue Haus ist nicht für schnelle und günstige Nummern bekannt.«

»Aha! Du kennst dich also aus.«

»Wenn du wüsstest, wie oft ich schon da drinnen war.«

»In diesem Fall erspar mir bitte die Einzelheiten.«

Ich stellte den Motor ab, und wir stiegen aus. Jessi betätigte die Funkfernbedienung. Der Lexus blinkte hübsch orange und gab ein dezentes Piepen von sich.

»Automatik«, sagte ich nach einem Blick ins lederbezogene Innere. »Kommst du damit zurecht?«

Jessi antwortete nicht so wie erwartet.

»Adam«, sagte sie warnend.

Ich drehte mich in die Richtung, in die sie schaute.

Vor der Hintertür des Blauen Hauses stand rauchend die Puffmutter Cordula in ihrer ganzen Wucht. Sie war klein, hatte aber Oberarme wie Männer Oberschenkel und ein Gesicht, das jeden Pitbull vor Neid erblassen ließ.

»Was soll das werden?«, fragte Cordula mit ihrer Reibeisenstimme.

»Äh … wir holen den Wagen ab, weil …«, stotterte ich mir zurecht, kam aber nicht weit.

»Ihr holt hier gar nichts ab, bevor Günther nicht bezahlt hat. Die Rechnung an der Bar ist noch offen. Haben die Mädchen in der Aufregung vergessen.«

Bevor ich etwas sagen konnte, trat Jessi vor.

»Wie viel ist denn noch offen?«, fragte sie.

»Siebenhundertzwanzig.«

»Wie bitte?«, entfuhr es Jessi und mir unisono.

»Nicht meine Schuld. Günther säuft ja nur Schampus für hundertachtzig die Pulle. Vier Flaschen in drei Stunden. Eigentlich kein Wunder, dass er einen Herzkasper bekommen hat.«

Cordula zog an ihrer Zigarette und verzog das Gesicht zu etwas, das wohl ein Lächeln sein sollte.

Jessi schüttelte den Kopf und ließ die Schultern sinken.

»Ich weiß nicht, was in ihn gefahren ist … Wir verlieren alles,

Haus und Hof … Die Bank sitzt uns schon lange im Nacken, und jetzt das …«

So verzweifelt hatte ich Jessi noch nie gehört und gesehen. Ich warf ihr einen raschen Blick zu, um mich zu vergewissern, dass es wirklich sie war, die da sprach.

»Häh?«, machte Cordula.

Ihre Augen wurden groß, und die Brauen, die nichts weiter waren als braune Striche, formten sich zu Fragezeichen.

»Wie soll ich das alles allein schaffen … Die Kinder sind ja auch noch da«, stammelte Jessi. »Ich kann doch nicht schon wieder meine Eltern um Geld bitten.«

Cordula machte einen Schritt auf Jessi zu.

»Soll das heißen, du bist Günthers Frau?«

Jessi nickte.

»Ich hätte es besser wissen müssen … Aber ich dachte, er liebt mich, er hat es doch auch gesagt, so oft, und die erste Zeit hat er mich auf Händen getragen, besonders als Joshua, unser Sohn, zur Welt kam … Er war so stolz … aber dann … ich weiß auch nicht, es holt ihn immer wieder ein.«

Jetzt schluchzte sie sogar, und ich war ob dieser schauspielerischen Leistung einfach nur perplex.

Jessi nahm die weiße Wollmütze ab, und die mit allen Wassern gewaschene Puffmutter zuckte zusammen.

»Ich hab Krebs … und mein Mann treibt sich im Bordell rum. Lässt mich mit all den Sorgen allein … Wie viel, haben Sie gesagt? Siebenhundertzwanzig? Ich … ich hab nicht so viel … kann ich es in Raten abstottern?«

Für einen Moment war Cordula zu Stein erstarrt. Es war dunkel in dieser Ecke des Parkplatzes, aber ich meinte doch, die Muskeln an ihren Oberarmen anschwellen zu sehen. Sie hatte die Show durchschaut und würde uns beide jetzt nach allen Regeln der Kampfkunst fertigmachen. Schon suchte ich aus den Augenwinkeln nach einer Fluchtmöglichkeit, als Cordula ihre noch nicht aufgerauchte Zigarette aufs Pflaster warf, mit dem Hacken drauf- und auf Jessi zu trat.

»Ich hasse Männer, allesamt Schweine, ohne Ausnahme.«

Warum sie jetzt mir einen Blick zuwarf, wusste ich nicht.

»Nimm die Karre und verschwinde, Kleine.«

Jessi schüttelte den Kopf.

»Das kann ich nicht annehmen.«

»Doch, du kannst.«

Jetzt legte Cordula ihr sogar eine Hand an den Oberarm und streichelte sie. Die knallharte Puffmutter wurde gefühlsduselig.

»Ist er schon krepiert?«

Jessi schüttelte den Kopf.

»Ich erspar dir die Einzelheiten von dem, was dein Mann da drinnen alles anstellt, aber ich rate dir, lass dich scheiden, so schnell wie möglich. Und zieh ihm jeden Cent aus der Tasche. Er hat es nicht anders verdient.«

Cordula tätschelte Jessis Schultern, dann wandte sie sich ab und ging kopfschüttelnd auf die Hintertür des Blauen Hauses zu.

»Ich hasse Männer«, grummelte sie vor sich hin.

Der silberne Lexus rollte hinter dem Taxi auf den großen Parkplatz des Klinikums, in das ich Fischer gegen seinen Willen eingeliefert hatte. Rötliches Licht aus den Peitschenlampen ließen den Asphalt glühen. Tagsüber fand man hier selten einen freien Stellplatz, zu nachtschlafender Zeit hatte man jedoch freie Auswahl. Jessi manövrierte das große Auto mit einer solchen Leichtigkeit rückwärts in eine Parklücke, als sei es tatsächlich ihr Wagen.

Ich parkte daneben, stieg aus und ging zu ihr. Mein Kreislauf hatte sich beruhigt, aber meine Knie waren noch immer ein bisschen wackelig.

Jessi kam mir mit breitem Grinsen entgegen und warf mir den Schlüssel zu.

»Du bist verrückt!«, sagte ich.

»Wieso? Ich dachte mir, auch eine Puffmutter empfindet Mitleid. Und ich hatte recht.«

»Verdammt, Jessi …« Ich schüttelte den Kopf. »Ich dachte, die frisst uns auf.«

»Ach was. Die Krebs-Nummer zieht immer. Irgendwelche Vorteile muss so ein Tumor schließlich haben.«

»Du warst so was von überzeugend, sogar ich hab dir das abgenommen. Bist du sicher, dass du Fischer nicht kennst?«

»Muss ich gar nicht. Du hast es doch gehört. Alle Männer sind Schweine.«

»Das war mir zu undifferenziert.«

»Ja, da stimme ich dir zu.«

»Ich geb dir die Hälfte vom Trinkgeld ab, das hast du auf jeden Fall verdient.«

Jessi schüttelte den Kopf.

»Nicht nötig, so viel Spaß hatte ich schon lange nicht mehr. Das reicht als Bezahlung. Ach ja, und dieses noch …«

Sie nahm mein Gesicht in ihre Hände und küsste mich, direkt auf den Mund, einfach so, lange und leidenschaftlich.

Ich stand nur da und ließ es geschehen, wie ein Volltrottel, der zum ersten Mal in seinem Leben geküsst wird und nicht weiß, dass man dabei durchaus auch die Hände benutzen kann. Zu meiner Ehrenrettung kann ich nur anführen, dass wenigstens Lippen und Zunge meiner Kontrolle unterlagen.

Als Jessi sich von mir löste, war ihr Lächeln sanfter, ihr Blick aber noch immer wild und voller Gier. Heute Nacht war sie ein aus dem Käfig entflohener Tiger.

»Das war so was von überfällig«, sagte sie.

Ich zog sie zu mir heran, küsste sie noch einmal und benutzte diesmal auch meine Hände. Ihr Körper fühlte sich gut an. Sie legte ihre Arme um meinen Hals, und wir versanken ineinander.

»Mehr als überfällig«, stieß ich atemlos aus, als wir uns voneinander trennten.

Sie blickte mir in die Augen.

»Ich sag doch, der Krebs-Bonus zieht immer«, flüsterte sie.

»Ich hätte dich auch ohne Krebs geküsst.«

»Glaub ich nicht, du stehst doch nur auf meine Glatze.«

»Das hast du bemerkt?«

»Kleener, du bist ein offenes Buch für mich«, machte sie Vero nach.

Einen Moment lang sahen wir uns tief in die Augen. In diesem Licht wurde aus Moosgrün Jadegrün, und ich entdeckte feine Splitter darin, die goldgelb schimmerten.

»Ich bring mal lieber den Schlüssel zur Information«, sagte ich und schaffte es, mich loszureißen.

»Okay, ich warte hier.«

Mir war schwindelig, und auf dem Weg zur Klinik taumelte ich sogar ein wenig. Immer wieder blickte ich zurück, um mich davon zu überzeugen, dass Jessi noch da war. Ich hatte ihren Geschmack auf den Lippen und konnte dennoch nicht glauben, dass das alles wirklich passierte.

Diese Nacht war noch nicht zu Ende, doch bereits jetzt ein Superlativ. Es war die ungewöhnlichste Nacht meines Lebens. Ich hatte einen Herzinfarktpatienten gerettet, eine Puffmutter belogen und eine Krebskranke geküsst. Mehr Abenteuer zu erwarten wäre unverschämt.

Am Empfang des Krankenhauses saß die Nachtwache. Der Mann sah mich aus müden Augen gelangweilt an. Ich dagegen stand unter Strom und war hellwach. Ich übergab den Schlüssel und bat darum, ihn an Günther Fischer weiterzuleiten. Eine Erklärung lieferte ich nicht, und der Mann schien auch kein Interesse an einer zu haben.

Als ich zurückkehrte, saß Jessi auf der Lehne einer Parkbank, die am Rande des Parkplatzes stand, die Füße auf der Sitzfläche abgestellt. Sie hatte die Mütze abgenommen, ihre Glatze schimmerte rötlich.

Ich setzte mich zu ihr.

»Schau dir die Sterne an«, flüsterte sie.

»Atemberaubend.«

Keine Wolke verstellte den Blick, die Sterne strahlten in einzigartiger Klarheit, wie auf schwarzen Samt hingeworfene Diamanten.

»Weiß du, wie lange ich schon nicht mehr nachts draußen war?«, fragte Jessi.

»Nein.«

»Viel zu lange. Ich glaube, seitdem Leonie auf der Welt ist. Dabei ist die Nacht doch der bessere Tag.«

»Definitiv.«

Sie sah mich an. In ihren Augen glühten die Sterne nach, in die sie eben noch geschaut hatte.

»Adam Wondrascheck, ich liebe dich. Das ist zwar ein schlechter Zeitpunkt, so kurz vor meinem Tod, lässt sich aber nicht ändern. Ich hoffe nur, ich breche dir nicht das Herz.«

»Doch, tust du. Auf jeden Fall.«

»Dann soll es so sein.«

»Ja, dann soll es so sein. Darf ich deine Glatze streicheln?«

»Ich wusste, du bist einer, der auf Fetische steht.«

»Ja, aber diesen hast erst du in mir geweckt.«

»Na dann …«

Sie schloss die Augen und neigte den Kopf.

Ich hob die rechte Hand, ließ sie einen Moment über ihr schweben, senkte sie behutsam ab und fuhr sanft über ihren Kopf. Der war natürlich nicht weich; ich spürte die harte Schädelplatte unter der dünnen Haut, war aber überrascht von der Wärme, die sie abstrahlte. Es schien, als würden feine elektrische Signale bis in mein Schultergelenk hinauffahren.

»Wie fühlt es sich an?«, fragte Jessi.

»Himmlisch«, sagte ich und meinte es zum Teil auch so, aber es war nicht die volle Wahrheit.

Das Gefühl war ganz und gar ungewöhnlich, rief aber auch ihre Krankheit in Erinnerung, und plötzlich wollte ich die Hand wegziehen, kämpfte gegen den Impuls an, fuhr an ihrem Hinterkopf entlang zu ihrem Nacken und weiter und ließ sie schließlich auf ihrem Rücken liegen.

Jessi erzitterte.

Ich zog sie zu mir her.

»Wieder kalt?«

»Nein. Gänsehaut bis an die Zehen«, sagte sie und presste sich ganz fest an mich.

Eine Weile saßen wir schweigend nebeneinander.

»Ich hab einen Berg für dich«, sagte ich irgendwann.

»Ehrlich?«

»Er ist nicht spektakulär, aber wie versprochen ist er der höchste von Irgendwo und hat eine tolle Aussicht – wenn das Wetter mitspielt.«

»Klingt toll. Lass es uns nächsten Samstag machen. Ich bin fit.«

»Okay.«

»Wie heißt der Berg?«, fragte sie.

»Verrate ich nicht.«

»Auch gut, ich liebe Überraschungen.«

Wir starrten schweigend in die Sterne, bis im Taxi das Funkgerät quakte. Die Zentrale suchte mich.

»Wenn ich nicht rangehe, rufen die bald die Polizei«, sagte ich und hasste mich dafür, diesen außergewöhnlichen Moment beenden zu müssen.

Jessi nickte.

»Mach ruhig. Und dann bring mich bitte nach Hause. Ich glaube, ich kann jetzt schlafen.«

Probleme über Probleme

In dieser einen Woche bis zur Besteigung des höchsten Berges von Irgendwo lernte ich, was Einstein meinte, als er sagte, Zeit sei ein relativer Begriff. Eigentlich war es eine ganz normale Woche ohne große Aufregung, die im Schneckentempo vergangen wäre, doch mit jedem Tag, den der Aufbruch näher rückte, vergingen zuerst die Stunden, dann die Minuten und am Ende auch noch die Sekunden schneller als gewohnt. Ich saß in einem ICE, der an den anderen Menschen vorbeiraste, und suchte verzweifelt nach der Bremse, um die Geschwindigkeit zu reduzieren, doch die gab es nicht.

Mein Appetit litt, und Oma Olga fragte mich, was los sei. Ich wollte nicht, dass sie sich Sorgen um mich machte, also erzählte ich ihr von Jessis Wunsch und meinem Versprechen. Zu meiner Überraschung fand Oma Olga das Unterfangen gut und begründete ihre Meinung mit folgenden Worten: »Nur die Dinge, die wir nicht getan haben, bereuen wir auf dem Sterbebett.« Ich wusste ziemlich sicher, dass diese klischeehafte Weisheit nicht von ihr stammte, aber das sagte ich natürlich nicht. Klischee hin oder her, bei Jessi traf es fraglos zu.

Zwei Tage vor Tag X klang Jessis Stimme in der Gegensprechanlage ihrer Haustür anders als sonst. Irgendwie belegt und traurig. Sofort war die alte Angst wieder da, und tatsächlich kam Jessi mit Tränen in den Augen herunter. Im Taxi erzählte sie, dass ihre Eltern am Samstag eine Sonderschicht im Hundefutterwerk schieben mussten und deshalb nicht auf Leonie aufpassen konnten, wie es geplant gewesen war. Jessi war am Boden zerstört. Ich schlug vor, das Ganze um eine oder zwei Wochen zu verschieben. Jessi wurde richtig sauer, sagte, sie habe keine eine oder zwei Wochen. Am Freitag bekam sie die letzte Chemo, und wenn die Wirkung nachließ, würde der Tumor weiterwachsen. Eine weitere Chemo kam nicht infrage. Es flossen Tränen, mein Herz brach, und ich konnte gar nicht anders, als in der Zeit, in der Jessi sich von Free Willy bestrahlen ließ, Oma Olga anzurufen und sie zu fragen, ob sie Samstag und Sonntag auf Leonie aufpassen würde.

Oma Olga sagte ohne Zögern zu.

Kaum war Jessi im Wagen, berichtete ich ihr.

»Und du bist dir sicher, dass deine Oma das schafft? Leonie kann wirklich anstrengend sein.«

»Sie hat mich aufgezogen, damit ist sie für jeden Ernstfall gewappnet.«

»Okay … gut.« Sie dachte nach und kaute dabei auf der Unterlippe. »Und was sage ich meinen Eltern? Die werden wissen wollen, wo Leonie und ich das ganze Wochenende sind.«

»Wie wäre es mit der Wahrheit?«

»Das ist keine Option! Mein Vater reißt dich in Stücke, wenn er davon hört.«

Ich brachte Vero ins Spiel. Wir riefen sie vom Taxi aus an, weihten sie ein und baten sie um ein Alibi. Zwei Minuten lang schimpfte Vero auf mich wie ein alter Kesselflicker, dann kam sie wieder runter und ließ sich von Jessi beruhigen. Sie beharrte aber darauf zu erfahren, auf welchen Berg ich Jessi zu schleppen gedachte. Also fuhr ich an den Straßenrand, stieg aus und erzählte es ihr außerhalb von Jessis Hörweite. Danach war sie beruhigt und sagte zu, als Alibi zu fungieren. Offiziell würden Jessi und Leonie übers Wochenende also zu Vero nach Berlin fahren.

Nachdem das geregelt war, dachte ich darüber nach, wie ich das mit dem Auto hinbekommen sollte. Willi-Chef wollte ich nicht fragen, der würde ohnehin Nein sagen. Seine Frau Silke würde mir wohl helfen, müsste dann aber ihren Mann belügen, und in diese Situation wollte ich sie nicht bringen. Mein ziviles

Skoda-Taxi würde normalerweise das ganze Wochenende vor meiner Haustür stehen, und niemand würde bemerken, wenn ich ihn benutzte, aber der Teufel steckte bekanntlich im Detail. Was, wenn Willi-Chef ihn gerade dann brauchte? Mir fiel keine andere Lösung ein, als es einfach drauf ankommen zu lassen.

Am Nachmittag, als ich eine halbe Stunde Pause hatte, ging ich hinunter in die Höhle des Linearbeschleunigers und suchte nach Kerstin, der MTA. Sie war im Dienst, aber gerade am Gerät und konnte nicht sprechen. Ich ließ ihr ausrichten, dass ich wartete.

Zehn Minuten später kam sie ins Foyer. Ich schob sie sachte in die hinterste Ecke, wo niemand unser Gespräch mithören konnte, und fragte sie, wie körperlich leistungsfähig jemand war, der zugleich Bestrahlung und Chemo bekam.

»Hm, schwer zu sagen, hängt von vielen Faktoren ab. Allgemeinzustand, Alter, Dauer der Behandlung … Um wen geht es denn?«

»Die Person ist Mitte zwanzig und wirkt eigentlich ganz fit«, sagte ich ausweichend.

»Körperliche Höchstleistungen wird niemand in dem Zustand erbringen«, sagte Kerstin und sah mich eindringlich an. »Es geht um Jessi, nicht wahr?«

Was blieb mir übrig, als es zuzugeben? Ich hatte bewusst Kerstin um ein Gespräch gebeten, weil ich ihr vertraute und beobachtet hatte, wie fürsorglich sie mit Jessi umging.

Ich nickte.

»Was habt ihr vor?«, fragte sie.

»Einen längeren Spaziergang«, sagte ich.

»Sie muss das selbst entscheiden«, sagte sie und sah mich eindringlich an. »Allerdings schätzt sie sich fitter ein, als sie wirklich ist. Behalt sie gut im Auge.«

Ich versprach es.

Wirklich beruhigt hatte mich das Gespräch nicht, aber es war auch nicht so negativ verlaufen, dass ich die ganze Sache hätte abblasen müssen.

Alle Zeichen standen auf »Go«, aber nach Murphys Gesetz kam es natürlich, wie es kommen musste.

Freitagmittag, ich hatte Jessi nach der letzten Chemo gerade zu Hause abgesetzt und ihr versprochen, sie am nächsten Morgen um fünf abzuholen, rief Willi-Chef an. Er fragte, ob ich heute nicht doch eine Nachtschicht einlegen könne. Für eine Firmenfeier mit dreihundert Personen brauchte er jeden Fahrer. Ich lehnte ab. Mürrisch akzeptierte er, bat mich dann aber, meinen Wagen am Wochenende auf dem Betriebshof abzustellen und ihn nicht wie sonst mit nach Hause zu nehmen. Die Begründung war, dass er ihn für die Firmenfeier benötigte, doch ich wusste es besser. Er wollte mir eins auswischen dafür, dass ich die Nachtschicht ausschlug. So war er eben.

Minutenlang saß ich wie betäubt im Wagen und wusste nicht, was ich tun sollte. So kurz vor Tag X würde ich nirgendwo einen anderen Wagen herbekommen. Über eine offizielle Autovermietung einen Wagen zu mieten war viel zu teuer. Die Sache war geplatzt.

Nur, wie sollte ich das Jessi beibringen?

Ich nahm mein Handy, um sie anzurufen.

In dem Moment kam mein Kollege Michael über den Parkplatz auf mich zu. Gut gelaunt und selbstbewusst wie immer, kaute er auf einem Croissant herum, Krümel bedeckten das Hemd oberhalb seines Bauches wie eine frisch gefallene Schneedecke.

Für die Entscheidung benötigte ich nur den Bruchteil einer Sekunde. Ich tat es nicht gern, aber bei Weitem lieber, als Jessi zu enttäuschen.

Rasch stieg ich aus, hielt Michael auf und fragte ihn, ob er etwas für sich behalten könne.

»Sehe ich aus wie eine Tratschtante?«, parierte er.

»Na ja, du bist schon sehr gesprächig.«

»Alter, das ist Business. Unter Freunden bin ich verschwiegen wie eine Mumie.«

Mir war gar nicht bewusst, dass wir Freunde waren, aber ich nahm das Angebot nicht ganz uneigennützig einfach mal an und erzählte ihm, was Jessi und ich vorhatten. Während ich sprach, aß und nickte er in einem fort, und die Krümel mehrten die Schneedecke.

Schließlich grinste er breit.

»Und jetzt willst du meinen Wagen dafür?«, kombinierte er zielsicher.

»Würdest du das machen?«

Michael schüttelte den Kopf, und ich sah meine Aktien sinken, doch dann schlug er mir auf die Schulter und zog mich zu sich heran. Ich prallte an seinem Bauch ab, und die Krümel fielen der Gravitation zuliebe zu Boden.

»Alter, du bist so ein verklemmter Furz, das hätte ich dir nie zugetraut. Mann, ein richtiger Renegade, was? Ich muss schon sagen, Respekt! Ich mach dir einen Vorschlag: Ich fahre die Kleine dorthin, und du machst die Nachtschicht für Willi. Dafür halte ich auch meine Klappe.«

Hatte ich es doch gewusst! Man konnte dem Kerl nicht trauen. Jetzt erpresste er mich doch glatt.

Michael zeigte mit dem Finger auf mich und lachte.

»Alter, du solltest dein Gesicht sehen! War nur ein Scherz. Wie sollte ich denn auf diesen verdammten Berg kommen? Nee, keine Frage, mach ich natürlich, ich bring dir den Wagen heute Abend sogar bis vor deine Hütte. Ehrensache.«

»Ist das dein Ernst?«, fragte ich kleinlaut.

Michael sah mir tief in die Augen.

»Ich bau dir ein Denkmal für diese Tat, Alter. Klar ist das mein Ernst.«

Der Chimborazo von Lower Saxony

Während ich wartete, erinnerte ich mich an meinen ersten Tag an dieser Haustür. Der lag mehr als einen Monat zurück, doch kam es mir vor, als sei es gestern gewesen. Nichts ahnend hatte ich hier gestanden, einen normalen Tag erwartet und war von dem, was dann passierte, vollkommen überrascht worden …

Leonie kam als Erste die Treppen hinuntergelaufen. Jessi rief ihr von oben zu, sie solle warten, doch sie hörte nicht.

»Ich schlafe bei Oma Olga«, rief sie mir vom unteren Treppenabsatz zu.

Natürlich trug sie wieder ihr bevorzugtes Prinzessin-Lillifee-Outfit, und ihre Zöpfe standen kerzengerade zu den Seiten ab. Hinter sich her zog sie einen kleinen bunten Koffer.

»Und sie freut sich schon sehr auf dich«, sagte ich und nahm den Wirbelwind in Empfang.

Sie lief mir direkt in die Arme und brachte mich beinahe zu Fall. Wahnsinn, wie viel Energie in diesem kleinen Wesen steckte.

Jessi folgte langsam. Langsamer als die letzten Tage, das fiel mir gleich auf. Vielleicht lag es an dem Kindersitz, den sie mit sich schleppte.

Sie trug Jeans, eine Wetterjacke und knöchelhohe Wanderstiefel aus Leder.

Wir umarmten uns zur Begrüßung.

»Geht's dir gut?«, fragte ich und sah sie forschend an.

»Noch einmal diese Frage, und ich fahre doch mit Michael«, drohte sie mir.

»Fast wäre es dazu gekommen, aber das erkläre ich dir später.«

Jessis moosgrüne Augen wirkten vollkommen normal, das beruhigte mich.

»Das ist nicht deine Krebskarosse«, sagte sie beim Anblick des silbernen VW Touran.

»Nein, den fährt sonst Michael.«

Sie warf mir einen fragenden Blick zu, befestigte dann aber den Kindersitz auf der Rückbank und schnallte ihre Tochter fest.

»Alles in Ordnung?«, fragte sie mich.

»Von mir aus kann es losgehen.«

»Erfahre ich jetzt, wohin?«

»Sobald wir Leonie abgesetzt haben.«

Die Kleine quasselte während der fünfzehnminütigen Fahrt unablässig und klärte uns darüber auf, was sie alles mit Oma Olga zu unternehmen gedachte. Dieses Wochenende würde für meine Oma sehr anstrengend werden.

Die Verabschiedung an der Haustür dauerte nicht allzu lange. Leonie verschwand mit ihrem Koffer voller Malbücher, Spielsachen und Kleidung schnell im Haus. Jessi verharrte noch einen Moment, blickte auf die geschlossene Tür. Ich trat an sie heran, legte ihr eine Hand auf die Schulter.

»Alles klar?«, fragte ich.

»Wenn ich mich endgültig von ihr verabschiede, muss es genau so sein. Ohne Tränen. So, als würden wir uns bald wiedersehen.«

»Ich hoffe, dieser Tag liegt noch unendlich weit entfernt.«

Sie warf mir einen ihrer kryptischen Blicke zu, dann stiegen wir in den Wagen.

Zuallererst klärte ich sie über die Umstände auf, die dazu geführt hatten, dass wir mit Michaels Wagen fuhren statt mit meinem.

»Dann darfst du ihn offiziell gar nicht benutzen?«, fragte Jessi.

»Nein, offiziell klaue ich den Wagen gerade. Wenn alles gut geht, bekommt mein Chef das aber nie mit.«

»Aber die gefahrenen Kilometer?«

»Überprüft höchstens das Finanzamt, er nicht. Dafür hat er gar keine Zeit.«

»Du wirst also für mich zum Verbrecher.«

»Tja, ich danke dir, dass du meine verborgenen Charakterzüge zum Vorschein bringst.«

»Gern geschehen. Ich hab von Anfang an gewusst, da schlummert Abgründiges in dir.«

Wir schwiegen einen Moment.

Jessi wartete auf die Offenbarung des Geheimnisses unseres Reiseziels.

»Ich hab ein bisschen Angst«, sagte ich.

»Musst du nicht, ich fühle mich gut. Verrätst du mir jetzt endlich, wo der höchste Berg von Irgendwo liegt? Sonst muss ich dich foltern, um es herauszufinden.«

»Na ja, der höchste Berg von Irgendwo liegt gar nicht so weit entfernt. Quasi vor der Haustür. Es ist der Chimborazo von Lower Saxony.«

»Der Brocken also.«

»Richtig.«

»Ich hab's mir schon gedacht.«

»Enttäuscht?«, fragte ich und warf ihr einen Blick zu.

Jessi schüttelte den Kopf.

»Nein, ist eine gute, vernünftige Wahl. Viel mehr geht bei mir ja nicht.«

»Bist schon mal dort gewesen?«

»Nein.«

»Umso besser. Ich zeige dir den schönsten Weg hinauf entlang eines Wildbaches. Ist fast wie in der kanadischen Wildnis.«

Brockenblick

Der Brocken in der norddeutschen Tiefebene war ein Wolkenfänger ohnegleichen, und wie an den allermeisten Tagen klebten sie auch heute schwer und grau an ihm. Noch nicht einmal von Weitem war uns ein Blick auf die Bergkuppe mit den markanten Bauten vergönnt. Noch regnete es nicht, es sah aber danach aus, als würde sich das in den nächsten Stunden ändern.

Wir erreichten den kleinen Ort Ilsenburg gegen acht Uhr. So früh an einem Samstag war kaum jemand auf den Straßen unterwegs. In einer kleinen Eckbäckerei, deren Schaufenster vom Dunst der frischen Backwaren beschlagen war, holte ich zwei belegte Brötchen und zwei Nussecken. Dann fuhr ich mit dem Touran so tief hinein ins Ilsetal, bis es nicht mehr weiterging. Rechts und links stiegen die bewaldeten Hänge an, eine steinerne Klippe stach daraus hervor. Es gab einen Parkplatz für Wanderer, er war beinahe leer. Dort stiegen wir aus.

Aus dem Kofferraum holte ich die beiden Rucksäcke, die ich gestern Abend vorbereitet hatte. Daypacks mit dem Nötigsten: Wasser, Müsliriegel, Regenkleidung. Da ich in Jessis Größe keine Kleidung besaß, hatte ich für sie einen roten Poncho mit Kapuze eingepackt. Ich half ihr, den Rucksack aufzusetzen und einzustellen.

»Na also«, sagte ich zufrieden. »Passt, wackelt, hat Luft. Auf zum Gipfelsturm!«

Noch am Wagen aßen wir die Käsebrötchen, die Nussecken kamen in meinen Rucksack. Kauend standen wir beieinander und betrachteten die Umgebung.

Viel Licht war hier unten im Tal zwischen den Hängen nicht,

es herrschte eine eher bedrückende Stimmung. Ich hätte mir besseres Wetter für Jessi gewünscht, sie schien es jedoch nicht zu stören. Ihre Augen strahlten vor Freude.

Nach dem kleinen Frühstück ging's los.

Der Wanderweg begann gleich am Parkplatz. Ein schmaler Pfad führte von dort zu dem kleinen Flüsschen Ilse hinunter.

Wären wir in den Rocky Mountains, hieße der Bach wahrscheinlich Granit Falls, denn über seinen gesamten Verlauf ergoss er sich über mächtige Granitsteine, manche davon so groß wie Autos. Wir befanden uns jedoch im Harz, und hier hatte man sich für den etwas unscheinbaren Namen »Ilse« entschieden. Das tief eingeschnittene Tal, durch das er floss, hieß selbstredend Ilsetal.

Hier unten war es noch relativ flach, und das reine, klare Wasser floss ruhig dahin. Buchen, Fichten, Tannen und Eichen bildeten einen dichten grünen Mantel, ein zauberhafter Bergwald, in dem es bis auf das Plätschern und Gurgeln des Wassers still war.

»Irgendwie mystisch«, sagte Jessi leise.

»Ja, ist es. Der Sage nach lebt eine Prinzessin in dem Fluss. Nach ihr ist er benannt.«

Jessi grinste.

»Und wahrscheinlich kann sie Krankheiten heilen.«

»Es kann auf jeden Fall nicht schaden, von ihrem Wasser zu trinken.«

»Gute Idee!«

Jessi wollte das sofort tun, doch ich hielt sie davon ab.

»Vielleicht am Oberlauf, da ist es sauberer.«

Sie hakte die Daumen in die Rucksackgurte und schritt kräftig aus. Ich ließ sie. Sobald das Gelände anstieg, würde sie von allein langsamer werden.

Es war ein üblicher Anfängerfehler, den ich selbst auch begangen und für den ich schmerzhaft bezahlt hatte. Aus Übermut und Enthusiasmus war ich bei meiner ersten Bergbesteigung losgerannt wie ein Irrer und viel zu schnell aufgestiegen. Bei zweitausend Metern Höhe war mir die Puste ausgegangen, ich war fix und fertig gewesen, hatte keinen Schritt mehr bergan gehen können und war umgekehrt, ohne dem Gipfel auch nur nahe gekommen zu sein.

Hier am Brocken spielte Höhenluft aber keine Rolle, folglich machte ich mir keine allzu großen Sorgen. Dies war Jessis Tag, und ich wollte ihn nicht gleich zu Beginn schon mit Ermahnungen vermiesen.

Der gewundene Weg führte ganz nah am Bach entlang. Aufgrund des dichten Blätterdaches trocknete es hier nie wirklich ab, alle Steine und aus dem Boden ragende Wurzeln waren feucht und moosüberwachsen, eine rutschige Geschichte, man musste darauf achten, wohin man den nächsten Schritt setzte.

Jessi machte es gut, sie rutschte nicht ein einziges Mal aus, ging zügig voran, und ich konnte ihr ansehen, wie sehr sie es genoss, in der Natur unterwegs zu sein.

Als wir an eine schmale Holzbrücke kamen, blieb sie stehen und drehte sich zu mir um. Ihre Wangen waren gerötet, auf ihrer Stirn standen ein paar Schweißperlen, ihre moosgrünen Augen strahlten.

»Das ist der schönste Tag seit Langem«, sagte sie. »Adam Wondraschek, ich spreche dir hiermit ganz offiziell meinen zutiefst empfundenen Dank aus.«

»Nicht so voreilig, junge Dame. Die zweite Hälfte der Strecke wird eine einzige Quälerei.«

»Eine Qual, die ich mit Freude ertragen werde.«

Sprach's, setzte einen Fuß auf die feuchten Planken der Holzbrücke, wollte loslaufen, rutschte aus, verlor das Gleichgewicht und taumelte zurück. Der Sturz wäre wohl schlimm ausgegangen, hätte ich nicht direkt hinter ihr gestanden, so aber geriet er zu etwas, das in einem Bollywood-Film einstudiert gewirkt hätte. Jessi fiel direkt in meine Arme, und ich hielt sie, als wollte ich sie küssen.

Nach einer Schrecksekunde legte sie ihre Hand in meinen Nacken und zog meinen Kopf zu sich hinunter.

»Das war Absicht, weil du so schüchtern bist.«

Sie küsste mich.

»Da kommen noch ein paar Brücken«, sagte ich, nachdem ich sie wieder auf die Beine gestellt hatte.

»Nur nicht unverschämt werden.«

Sie hielt sich zu beiden Seiten an den Geländern fest und überwand die Brücke ohne weitere Zwischenfälle.

Nach einer Stunde verließen wir das noch relativ flache Gelände, überquerten einen Forstweg und gelangten an die oberen Ilsefälle. Hier plätscherte das Wasser nicht, es rauschte und polterte. Direkt hinter der Brücke, über die der Forstweg verlief, hatte der Fluss über die Jahrhunderte ein tiefes, rundes Becken ausgespült, in dem sich das klare Gebirgswasser sammelte. Den Grund bildete eine glatt geschliffene Granitplatte. Es sah aus wie eine natürliche Badewanne, ich war selbst schon drin gewesen und konnte Jessis Gedanken erraten.

»Denk nicht einmal dran«, warnte ich. »Ist eiskalt.«

»Aber trinken darf ich, oder?«

»Von mir aus.«

Der Weg hinunter zum Becken war wegen der steilen Uferwände nicht gefahrlos. Ich kletterte vor und bot Jessi meine Hand, wo es brenzlig wurde.

Unten angekommen hockte sie sich ans Wasser, formte mit den Händen eine Schale, füllte sie und tauchte ihr Gesicht hinein. Das wiederholte sie dreimal und trank jedes Mal ein bisschen davon. Schließlich erhob sie sich. Ihr Gesicht war vom kalten Wasser gerötet und nass, es sah aus, als weine sie.

»Das liegt direkt vor der Haustür, und ich war nie zuvor hier«, sagte sie. »Dabei ist es so wunderschön.«

Sie blickte hinauf zu den Wipfeln der Fichten und den steilen Granitwänden, die uns hier umgaben. Das Kinn nach oben gereckt, die Schultern gestrafft, ließ sie diesen besonderen Ort auf sich wirken.

Ich beobachtete Jessi und erkannte, sie empfand genau wie ich, hatte feine Antennen für solch spirituelle Plätze, deren Schönheit die Seele berührte.

Wäre ich nicht längst schon in Jessi verliebt gewesen, so wäre es in diesem Augenblick um mich geschehen.

»Bleib so!«, befahl ich, holte mein Handy hervor und schoss ein Foto von diesem besonderen Moment.

Nachdem ich es weggesteckt hatte, schenkte Jessi mir ein bezauberndes, unergründliches Lächeln.

»Ich kann es kaum erwarten, auf dem Gipfel zu stehen. Was sagtest du? Wie hoch ist der Berg?«

»Eintausendeinhundertsechsundvierzig Meter.«

»Und wie hoch sind wir jetzt?«

»Vielleicht vierhundert Meter.«

»Dann lass uns weitergehen.«

Die erste kleine Veränderung bemerkte ich bereits, als wir aus dem Becken herauskletterten. An einer Stelle musste Jessi sich mit den Armen emporziehen, dabei begann sie am ganzen Körper zu zittern. Nur kurz, aber ich spürte es, weil ich sie an der Hüfte hielt, schenkte dem aber keine Bedeutung.

Der Weg wurde immer steiler, und wie ich es geahnt hatte, wurde Jessi schnell langsamer. Ich ließ sie weiterhin vorangehen und das Tempo bestimmen, blieb dabei dicht hinter ihr, konnte aber aus dieser Position ihr Gesicht nicht sehen und damit nicht ablesen, wie es ihr ging. Zudem verlor ich mich selbst ein wenig in der Natur, so wie es immer geschah, wenn ich draußen unterwegs war. Meine Aufmerksamkeit schwand, Ängste und Sorgen verflogen, die Gedanken entflochten sich, das Wirrwarr des Alltags löste sich in sanften Rauch auf, den der Wind mit sich forttrug. Ich spürte meinen Körper leichter werden, beinahe schien ich zu schweben.

Meter um Meter stiegen wir schweigend auf. Am Ende der

oberen Ilsefälle, wo der Fluss seichter und leiser wurde, eröffnete sich ein Plateau mit einer großen Lichtung. Dort, wo sich mehrere Forstwege trafen, stand die Bremer Hütte, eine kleine hölzerne Schutzhütte.

Plötzlich blieb Jessi stehen, und ich lief beinahe gegen sie.

Die Wolkendecke riss auf und gab den Blick auf den Brocken frei. Wir sahen die kahle Kuppe mit dem Fernsehturm und dem Sendemast, dahinter klarer blauer Himmel. Das Spektakel dauerte vielleicht fünf Sekunden, dann schloss sich die Lücke wieder.

»Wow!«, machte Jessi ehrfürchtig.

Ich wusste, wie es ihr ging. Dieser Augenblick, in dem der Gipfel zum Greifen nah schien, kurz aus den Wolken hervorlugte, machte viele Stunden Schmuddelwetter wett. Es war, als böte das Wetter uns einen kleinen Vorgeschmack. *Seht her, das erwartet euch, also strengt euch an.* Dann zog es den Vorhang wieder zu, als gelte es, ein Geheimnis zu wahren.

»Das ist selten«, sagte ich. »Und heute nur für dich.«

Ich nahm ihre Hand und erschrak. Sie war trotz der Anstrengung eiskalt. Auf ihrer Stirn standen Schweißperlen, aber ihre Wangen waren nicht mehr gerötet, sondern weiß wie eine Wand, und über ihren Pupillen lag ein trüber Schimmer. Auch ihre Lippen waren blutleer.

»Alles in Ordnung mit dir?«, fragte ich alarmiert.

Sie nickte.

»Geht schon … vielleicht eine kleine Pause.«

Langsamer als zuvor gingen wir zur kleinen Schutzhütte hinüber.

Jessi ließ sich auf die Bank fallen und ihren Kopf zwischen die Schultern sinken.

»Mir ist gerade ein bisschen schwindelig«, sagte sie mit zittriger Stimme.

Ich holte Wasserflasche und Müsliriegel aus meinem Rucksack.

»Hier. Du musst essen und trinken.«

Sie nahm die Wasserflasche und trank fast einen halben Liter. Den dargebotenen Riegel lehnte sie jedoch ab.

»Keinen Hunger.«

»Ist mir egal, du isst jetzt was.«

Das war nachdrücklich genug. Sie biss kleine Stücke von dem Riegel ab, doch ich konnte sehen, wie schwer es ihr fiel, das Gekaute auch hinunterzuschlucken.

Ich legte meinen Handrücken an ihre Stirn. Sie war genauso kalt wie ihre Hände.

»Sollen wir umdrehen?«, fragte ich.

Jessi schüttelte den Kopf.

»Es geht gleich wieder, ich glaube, ich war unterzuckert.«

Tapfer kämpfte sie gegen die Schluckbeschwerden an und aß den Riegel auf. Nach zehn Minuten Pause drückte sie sich von der Holzbank hoch. Hätte sie in diesem Moment getaumelt oder irgendein Anzeichen von Schwäche erkennen lassen, ich hätte die Aktion sofort abgebrochen.

Doch Jessi trat vor die Hütte, blickte Richtung Gipfel, der nicht mehr zu sehen war, und sagte: »Ich hab ihn gesehen, jetzt will ich auch da rauf.«

Kein Zweifel, keine Unsicherheit, kein Zögern.

Sie wollte es unbedingt.

Also marschierten wir weiter, geradewegs auf ein schwieriges Teilstück zu. Der Weg verlief dort durch niedrigen Tannenwald. Es ging immer steiler bergan, und die flachen Granitplatten zwangen mitunter zu großen Schritten.

Meine Sorgen wogen immer schwerer, wusste ich doch, dass die härteste Passage mit der steilsten Steigung noch vor uns lag. Eine Steigung, bei der selbst ich aus der Puste kam und die sich lang hinzog. Ich war hin- und hergerissen. Immer wieder sagte ich mir, dass das Risiko zu groß sei, doch dann sah ich Jessis Gesicht in diesem ganz besonderen Moment unten an dem natürlichen Wasserbassin, als sie ganz eins geworden war mit der Natur und alle Gedanken an Krankheit und Tod von ihr gewichen waren und ich mich zum zweiten Mal unsterblich in sie verliebt hatte. Ich wusste, oben auf dem Gipfel würden ihre Empfindungen noch viel stärker sein, und ich wollte ihr die Chance auf dieses Erlebnis nicht nehmen. In Gedanken ging ich bereits durch, was ich tun würde, wenn sie nicht mehr weiterkonnte. Zurück zur Schutzhütte würden wir es sicher irgendwie schaffen, dort würde ich sie zurücklassen, ins Tal laufen und den Wagen holen. Für Privatpersonen war das Befahren der Forstwege zwar verboten, in einem Notfall würden die Ranger wohl aber beide Augen zudrücken. Doch so weit war es ja zum Glück noch nicht. Vielleicht reichte es auch, noch langsamer zu gehen und viele kleine Pausen einzulegen.

Jessi wurde von selbst bereits immer langsamer, aber sie schien ansonsten so weit okay zu sein.

Wir erreichten einen besonders großen Granitbrocken, über den wir hinwegmussten. Davor lagen zwei kleinere, zu einer Art Treppe aufgeschichtet.

Jessi stieg die ersten beiden Stufen hinauf und setzte den Fuß auf den oberen Brocken. In dieser Position hielt sie inne, und ich konnte von hinten sehen, wie ihr Körper zu zittern begann.

»Jessi?«, fragte ich.

Sie sackte gegen den Felsen, klammerte sich mit den Händen daran, wollte sich wieder hochziehen, auf keinen Fall aufgeben. Ich griff nach ihr, stützte sie.

Plötzlich stieß sie ein entsetzliches Wehklagen aus und brach in Tränen aus.

»Ich kann nicht …«, schrie sie laut auf und sah mich an. »Ich … kriege keine Luft mehr.«

»Alles gut, ich hab dich, komm, setz dich erst mal hin«, redete ich beruhigend auf Jessi ein und half ihr, sich auf den Granitbrocken zu setzen.

Mit dem Rücken lehnte sie sich an einen Felsen.

Verzweiflung stand ihr ins Gesicht geschrieben. Sie rang nach Luft, ihr Oberkörper bäumte sich unter jedem mühsamen Atemzug auf, ihre Hände verkrampften sich zu Fäusten.

»Scheiße … scheiße … scheiße«, stieß sie immer wieder aus und schüttelte den Kopf.

Ich nahm ihr den Rucksack ab, holte die Wasserflasche hervor und gab ihr zu trinken. Doch schon beim ersten Schluck Wasser hustete sie, spuckte alles wieder aus, würgte und bekam ihre Atmung nicht unter Kontrolle. Ich stand vor ihr, hilflos, wusste nicht, was ich tun sollte.

»Aufstehen … ich muss aufstehen …«

Ich half Jessi hoch, und sie stützte sich schwer auf mich, bog den Rücken durch, reckte das Kinn und rang verzweifelt nach Luft. Ich spürte ihre Hitze, ihr Gesicht glühte plötzlich, und nackte Panik ergriff Besitz von mir.

»Was kann ich tun? Sag mir, was ich tun kann!«, bat ich inständig, doch Jessi war nicht in der Lage zu sprechen.

Sie riss die dünne Jacke auf, die sie trug und fasste sich an den Hals. Die Geräusche in ihrem Brustkorb klangen entsetzlich, ein einziges Pfeifen und Röcheln, wie ich es noch nie zuvor gehört hatte. Ihre Beine gaben nach, und ich konnte sie nicht länger halten, musste sie wieder auf den Stein sinken lassen, wo sie wie eine leblose Puppe zur Seite kippte.

Ich flehte und bettelte, sie möge bei mir bleiben, streichelte und berührte sie und erlitt gleichzeitig Höllenängste, weil es so aussah, als würde sie sterben. Sie lag seitlich auf dem flachen Granitbrocken, eine Wange auf dem Fels, Spucke und Schaum liefen ihr aus dem Mund, ihr Oberköper bebte, und ihre Beine zuckten.

»Ich rufe Hilfe«, sagte ich und zog mein Handy hervor.

Doch meine Hände zitterten so sehr, dass ich es fallen ließ, es rutschte zwischen zwei Steine und verschwand in einem schmalen Spalt. Gerade so gelang es mir, meinen Unterarm hineinzustecken und das Handy zu packen. Als ich es nach mehreren Versuchen endlich geborgen hatte, griff Jessi nach meinem Arm.

»Nein … nicht«, keuchte sie und hob den Kopf. »Warte.«

Ich hätte nicht auf sie hören dürfen, und es waren noch nicht einmal ihre flehende Stimme und ihr Blick, die mich davon abhielten, den Notruf zu wählen, sondern meine Angst davor, was passieren würde. In diesem Moment hoffte ich für mich selbst, dass Jessi sich wieder genug erholte, um mit mir zusammen ins Tal abzusteigen. Denn wenn ich die Bergwacht rief, würde alles herauskommen, auch die Sache mit dem geklauten Wagen. Meinen Job könnte ich dann vergessen. Ich hasste mich für diese Gedanken, die so schrecklich egoistisch waren.

Zwei, drei Minuten, länger nicht, dachte ich, und tatsächlich schien es Jessi langsam besser zu gehen. Sie zuckte und krampfte nicht mehr, ihre Atmung beruhigte sich.

Dennoch blieb sie minutenlang auf dem Felsen liegen, eine Hand um meinen Unterarm geklammert. Ich beugte mich über sie, streichelte ihren Rücken und versuchte sie mit geflüsterten Worten zu beruhigen – und mich selbst auch.

Derweil begann es zu regnen. Zuerst nur leicht, ein paar Tropfen, die ihre Abdrücke auf dem trockenen Felsen hinterließen, doch rasch wurde der Regen stärker. An der Bergkuppe hatten sich die schweren Wolken verdunkelt, und ich sah dichte Schauer daran vorbeiziehen. Kurz darauf erfasste uns der Wind und rauschte in den Tannen rechts und links des Weges.

Ich holte den großen roten Poncho aus Jessis Rucksack, breitete ihn zeltartig über uns aus und hielt ihn fest. Der Wind brachte ihn zum Flattern, Regentropfen pladderten darauf, und darunter war es wie in einer kleinen Höhle, einem sicheren Zufluchtsort.

Es dauerte sicher noch zehn Minuten, in denen sich der Regen steigerte und meine Beine durchnässte, die nicht mit unter den Poncho passten, bis Jessi sich vollkommen beruhigt hatte.

»Ich werde keinen Berg mehr besteigen«, sagte sie irgendwann, so leise, dass ich es kaum verstand.

»Doch, wirst du, aber nicht heute. Wir kommen ein anderes Mal wieder.«

Sie schüttelte den Kopf.

»Ich … hatte diesen einen Versuch … es tut mir leid, Adam … es tut mir so unendlich leid … ich hätte das nicht von dir verlangen dürfen …«

»Hör auf damit, dir muss gar nichts leidtun. Beim Bergsteigen geht es nicht darum, den Gipfel zu erreichen, es geht darum, es zu versuchen. Mal gewinnt man, mal scheitert man, man muss einfach beides akzeptieren lernen.«

»Ich wollte es unbedingt … mehr als alles andere … dieses eine noch für mich tun … ich war so egoistisch …«

»Schscht, still jetzt, ich will kein Wort mehr hören.«

Weitere zehn Minuten prasselte der Regen ordentlich auf unser provisorisches Zelt hernieder, es wurde immer kälter, und Jessi begann wieder zu zittern. Bei mir hielt das Adrenalin die Kälte in Schach, doch ich wusste, wir konnten nicht länger hierbleiben.

»Kannst du gehen?«, fragte ich, als der Regen etwas nachließ.

Jessi hob den Kopf und nickte.

»Lass uns zurück nach Hause, zu Leonie«, sagte sie leise und mit Resignation in der Stimme.

Sie schien sich damit abgefunden zu haben, den Gipfel nicht erreichen zu können. Diesen nicht und auch keinen anderen.

Ich half ihr hoch, zog ihr den Poncho an und die Kapuze über ihre Glatze, nahm ihren Rucksack, legte ihren Arm um meinen Nacken und stützte sie. Jetzt waren die Felsen nass und rutschig, der matschige Boden dazwischen setzte das Profil unserer Schuhe zu und schuf eine schmierige Schicht. Wir gingen langsam, kamen kaum voran, und nachdem wir fünf Minuten unterwegs waren, brauchte Jessi bereits eine Pause.

Da es nichts gab, worauf sie sich hätte setzen können, hielt ich sie einfach fest. So fest wie möglich. Wir sahen uns an. Regenwasser lief mir übers Gesicht, ihres war unter der Kapuze zwar geschützt, aber dennoch nicht trocken. Nach wie vor war sie sehr blass, auch die Lippen waren ohne Farbe und die Augen trübe. Ich ahnte, dass wir es nicht bis ins Tal und zum Wagen schaffen würden.

»Nur noch bis zur Schutzhütte«, sagte ich. »Dann rufe ich die Bergwacht. Die holen uns mit einem Wagen ab.«

Jessi schüttelte den Kopf.

»Nein, ich will das nicht.«

»Okay, aber komm. Wir müssen zur Hütte.«

Ich trug sie mehr, als dass sie selbst ging, mitunter berührten ihre Füße kaum den Boden, und ich spürte, wie auch meine Kraft nachließ. Ich machte mir schwere Vorwürfe und schwor mir, auch heute nicht aufzugeben, bevor Jessi nicht sicher von dem Berg herunter war. Ich hatte schon härtere Sachen überstanden, und wenn es irgendwie ging, würde ich ihr die Peinlichkeit ersparen, von Rettern vom Berg gefahren zu werden. Allerdings wusste ich, dass ich an der Bremer Schutzhütte eine Entscheidung treffen musste. Dorthin konnte man über die Forstwege mit einem Wagen gelangen. Hatten wir erst den Weg entlang der oberen Ilsefälle eingeschlagen, war das nicht mehr möglich.

Die Entscheidung wurde mir abgenommen.

Wenige Meter, bevor wir die Schutzhütte erreichten, brach Jessi erneut zusammen. Plötzlich gaben ihre Beine nach, und sie hing mit ihrem ganzen Gewicht an mir. Weil ich darauf nicht vorbereitet war, sackten wir zusammen zu Boden, hinein in eine tiefe kalte Pfütze.

»Jessi, was ist?«

Sie antwortete mir nicht, sah mich auch gar nicht mehr an, sondern schien in eine Art Trance gefallen zu sein. Ich ließ die Rucksäcke liegen und trug Jessi die letzten Meter auf meinen Armen. In der Schutzhütte legte ich sie auf der Holzbank ab und rief sofort die Bergwacht an, deren Nummer ich eingespeichert hatte. Ich beschrieb die Situation und sagte, wo wir uns befanden, und bat die junge Frau in der Leitung, uns einen Wagen zu schicken, der uns ins Tal hinunterbrachte, doch darauf ließ sie sich nicht ein. Sie befahl mir, in der Schutzhütte zu bleiben.

»Rettung ist in ein paar Minuten bei Ihnen«, sagte sie und legte auf.

Ich nahm Jessis Kopf auf meine Oberschenkel und streichelte sie, damit sie spürte, dass ich bei ihr war. Sie war nicht mehr bei Bewusstsein, ihre Lippen bewegten sich unablässig, und hinter ihren geschlossenen Lidern zuckten die Augäpfel nervös hin und her.

»Keine Angst, ich bin bei dir, alles wird gut.«

Doch sosehr ich versuchte, ihr Mut zu machen, so sehr verließ mich mein eigener. Hoffnung weicht der Wahrheit aus, die Tanzfläche ist zu klein für beide, und egal, wie positiv das eigene Wesen ist – und ich habe mich stets als positiven Menschen begriffen –, steht man angesichts verifizierter Fakten ganz schnell mit dem Rücken zur Wand. Keine Chance mehr auszuweichen.

Als ich aus der Entfernung Hubschrauberrotoren hörte, brach ich in Tränen aus.

Mit Gero in Hogwarts

Der Notarzt hatte mich nicht beruhigen können. Die Gefahr, dass Jessi das Krankenhaus nicht lebend erreichte, war seiner Meinung nach groß. Also war es an mir, ihre Eltern zu informieren. Die Nummer fand ich in Jessis Handy. Die Wahl, ob ich Angel oder Gero anrufen sollte, fiel mir leicht. Vor Gero hatte ich viel zu viel Angst. Die beiden waren auf der Arbeit in der Hundefutterfabrik, Angel nahm aber sofort ab.

So sachlich wie möglich erzählte ich Angel, dass wir sie belogen hatten, wo wir tatsächlich waren, was passiert war und wohin der Rettungshubschrauber Jessi bringen würde. Ich bemühte mich auch, sie zu beruhigen, doch es blieb ein armseliger Versuch.

Solange ich sprach, hörte sie schweigend zu, abgesehen von einigen schmerzgepeinigten Ausrufen, die mir tief in den Bauch fuhren.

Am Ende fragte sie: »Wie konntest du das tun?«, und legte auf.

Ich saß noch eine Weile im Wagen, starrte vor mich hin, unfähig, einen klaren Gedanken zu fassen, geschweige denn, loszufahren und Jessi zu folgen. Vielleicht war das eine Art Schutzmechanismus, damit ich nicht völlig die Nerven verlor.

Irgendwann fiel mir ein, dass ich auch Vero anrufen sollte. Die Nachricht warf sie aus der Bahn. Ich hörte sie schluchzen. Komisch, bis zu dem Zeitpunkt hatte ich geglaubt, jemand wie Vero könne gar nicht weinen. Sie konnte nicht weg aus Berlin, und ich versprach ihr, wieder anzurufen, sobald Jessi zurück in Bremen war.

Irgendwann hatte ich genug Kraft gesammelt, um den Motor anzulassen. Mehrere Versuche waren dazu notwendig. Nicht, weil er nicht anspringen wollte, sondern weil ich mit den Fingern am Zündschlüssel immer wieder kniff.

Die Fahrt ins Krankenhaus nach Göttingen, wohin man Jessi nach Auskunft des Notarztes geflogen hatte, geriet zu der längsten und quälendsten, die ich je hinter mich gebracht hatte. In Anbetracht meines Jobs hieß das schon was. Einige Male gab es die Gelegenheit, an einer Abfahrt vorbeizufahren und den direkten Rückweg nach Bremen anzutreten, und tatsächlich dachte ich darüber nach. Jessis Eltern eilten nach Göttingen, ich war dort nicht vonnöten, würde wahrscheinlich sogar stören oder von Gero getötet werden. Gute Gründe, die Flucht anzutreten, aber ich wusste, ich würde es mir nie verzeihen, wenn ich jetzt nicht hinfahren würde, falls Jessi dort starb.

Ich litt seit frühester Kindheit unter einer sehr speziellen Phobie, der Zahnarztfurcht. Ich ging zwar trotzdem hin, allerdings quälte mich diese Furcht schon Tage vorher. Selbst wenn es einmal nicht wehgetan hatte, war sie beim nächsten Mal wieder genauso schlimm. Geholfen, damit klarzukommen, hatte Oma Olga mir irgendwann mal, und zwar durch ein ganz einfaches Mittel: Sie hatte mich gefragt, ob sie mich schlagen dürfe. Ich hatte es erlaubt, sie hatte mir mit einem hölzernen Kochlöffel auf die Hand geschlagen. Der Schmerz war erträglich gewesen, aber sie hatte mir gesagt, ich solle darauf achten, wie er abebbte. Während ich wie gebannt dem leiser werdenden Schmerz nachfühlte, hatte Oma Olga immer wieder einen Satz wiederholt: »Alles vergeht, und morgen ist ein neuer Tag.« Das mochte billig und abgedroschen klingen, aber es hatte geholfen. Ich ging immer noch mit leichter Furcht zum Zahnarzt, aber es war lange nicht mehr so schlimm wie früher, weil ich mir vorher immer wieder sagte, dass auch das vorbeigehe, und während der Behandlung fühlte ich dem verebbenden Schmerz in meiner Hand nach, der irgendwie immer noch da war.

Genau so machte ich es während der Fahrt nach Göttingen.

Auch das geht vorbei, und morgen ist ein neuer Tag.
Auch das geht vorbei, und morgen ist ein neuer Tag.
Auch das geht vorbei, und morgen ist ein neuer Tag.

Drei Stunden, nachdem Jessi aus dem tiefen Bergwald des Brockens ausgeflogen worden war, erreichte ich die Uniklinik Göttingen. Der Komplex erinnerte mich an Hogwarts: riesig und verwinkelt, mit sich ständig verschiebenden Treppen, sodass man sich kaum zurechtfand. In meiner immer noch klammen Kleidung irrte ich auf der Suche nach der Notaufnahme durch die Gänge.

Und dann stand er plötzlich wie aus dem Nichts vor mir: Gero, der Rocker. Er kam aus einer doppelflügeligen Tür, die sich gerade hinter ihm schloss, und erinnerte mich an einen Cowboy, der den Saloon verließ, um sich auf der Straße davor zu duellieren. Sein Gesichtsausdruck war wie geschaffen dafür. Hart, unbewegt, undurchdringlich. Clint Eastwood at his best. Er änderte sich auch nicht, als er mich erblickte. Vielleicht ein kleines Zucken im Augenwinkel und in den Fingern, die an der Hüfte nach dem Colt suchten.

Er war zu überraschend aufgetaucht, als dass ich in der Lage gewesen wäre, vernünftige Worte von mir zu geben. So stand ich da wie ein Depp und erwartete einen ordentlichen Schwinger gegen mein Kinn.

Gero kam zwar auf mich zu, packte mich aber lediglich am Oberarm, so hart, dass es wehtat, und zerrte mich mit sich.

»Komm schon«, knurrte er.

Wir folgten Schildern mit einer Zigarette darauf und traten durch eine Feuerschutztür nach draußen auf einen Balkon, wo wir allein waren.

Gero holte eine Packung Marlboro und ein Feuerzeug hervor. Wortlos bot er mir eine an. Ich hatte noch nie geraucht, aber mir war klar, es würde meine Überlebenschancen deutlich erhöhen, wenn ich einen auf Kumpel machte und mit ihm rauchte. Also nahm ich sie, ließ mir sogar von ihm Feuer geben, schielte dabei aber auf seine Handknöchel, die sehr nah an mein Gesicht kamen und so aussahen, als hätten sie schon das eine oder andere Nasenbein zertrümmert.

Gero nahm einen tiefen Zug und schaute lange einfach nur auf den Parkplatz, der zwei Etagen unter uns lag.

Ich zog vorsichtig an meiner Marlboro, stieß den Rauch aber sofort wieder aus.

»Geht es Jessi gut?«, fragte ich leise.

Dafür fing ich mir jetzt doch einen Schlag vor die Brust ein. Nicht sehr heftig, aber ich taumelte zurück, vor allem, weil ich mich erschreckte. Gero fixierte mich aus schmalen Augen, die mich an Schießscharten erinnerten.

»Hör auf, so blöde Fragen zu stellen, du weißt genau, dass es ihr nicht gut geht und auch nie wieder gut gehen wird. Aber sie lebt. Das wolltest du eigentlich wissen, oder?«

Ich nickte.

Er wandte sich ab und stützte sich mit den Unterarmen auf dem Eisengeländer ab.

»Du bist ein Idiot, weißt du das?«, fragte er.

Ich nickte wieder, was er nicht sehen konnte, da ich hinter ihm stand. Ich wusste nicht, wohin mit der Zigarette, zog ein weiteres Mal daran und stieß den Qualm sofort wieder aus.

»Wenn sie bei dieser verrückten Aktion gestorben wäre, wärst du deines Lebens nicht mehr froh geworden, das ist dir hoffentlich klar.«

»Ja.«

»Ich hätte dich bis in den hintersten Winkel der Welt verfolgt und zur Strecke gebracht.«

»Ich weiß.«

Er nickte, schwieg einen Moment und rauchte.

»Ich bin ebenfalls ein Idiot. War ich schon immer. Idioten trauen sich was, deswegen haben sie mehr Spaß. Aber manchmal machen sie auch alles kaputt.«

Ich wusste nicht, ob Gero eine Reaktion von mir erwartete oder nicht, daher schwieg ich lieber.

Es dauerte, bis er fortfuhr.

»Jessi hat uns erzählt, sie hätte dich unter Druck gesetzt, diesen Berg mit ihr zu besteigen, und sie bat mich, dir nicht die Beine zu brechen.«

»Ich bin froh, das zu hören.«

»Freu dich nicht zu früh. Ich hab es ihr nicht versprochen. Druck hin oder her, du hättest auch Nein sagen können.«

»Hätte ich ... Nein, hätte ich nicht«, verbesserte ich mich und beschloss, ehrlich zu Gero zu sein. »Jessi wollte das unbedingt, und ich finde, sie hat ein Recht darauf, zu tun, wozu sie Lust hat. So wie jeder andere Mensch auch. Warum erwartet von Krebspatienten eigentlich jeder Vernunft? Ist doch völliger Schwachsinn. Wenn sich jemand wie ein Idiot aufführen darf, dann doch wohl eine Todkranke. Ich meine, wann sonst, wenn nicht dann?«

Gero sagte nichts, blickte weiter rauchend in die Ferne.

Mir hatte es gutgetan, frei von der Leber weg zu sprechen, und ich fühlte so etwas wie Mut aufflammen. Übermütig zog ich an meiner Marlboro, zu tief im Eifer des Gefechts, und der Qualm suchte sich seinen Weg in meine Lunge. Die Quittung stellte mein Körper sofort aus. Ein Hustenanfall schüttelte mich, und Tränen schossen mir in die Augen.

»Deine Erste?«, fragte Gero, nachdem ich mich beruhigt hatte.

»Und auch die Letzte.«

Ich drückte den Stängel in den Sand des Standaschenbechers.

»Hat Jessi dir die Geschichte mit dem Orca erzählt?«, fragte Gero.

»Ja, hat sie.«

»Na, dann weißt du ja, wie sie ist. Und weil ich das auch weiß, sehe ich davon ab, dir die Beine zu brechen. Jessi kommt nach mir. Was sie sich in den Kopf setzt, zieht sie auch durch.«

»Beneidenswerte Charaktereigenschaft.«

»Schleim hier nicht so rum.«

»Ich mein's ernst.«

Er nickte, zog an seiner Zigarette, hustete, starrte seine Zigarette an, als sehe er sie zum ersten Mal in seinem Leben, und warf sie über die Brüstung.

»Ich rauche seit meiner frühesten Jugend, ich sollte Krebs haben, nicht meine Kleine.«

Gero drehte sich zu mir um.

»Soll ich dir was wirklich Krankes erzählen? Eine Weile glaubte ich echt, jemand wie Jessi, mit ihrem dicken Kopf und ihrer Willensstärke, wenn sie es sich fest vornimmt, dann besiegt sie den Krebs auch.«

Ich sah ihn schweigend an.

»Ich glaube das sogar jetzt noch, weil es das Einzige ist, was zu glauben übrig geblieben ist.«

Geros Augen wurden feucht, und er drehte sich wieder weg.

»Damals, als wir die Nachricht bekamen, ich kann mich noch genau erinnern ... Alle waren sofort auf Kampf eingestellt. Jessi, Angel, ich. Wir haben immer kämpfen müssen, für alles, nichts ist uns einfach so in den Schoß gefallen, und wir wussten, wenn wir nur zusammenhalten, als Familie, dann schaffen wir auch das. Aber dem scheiß Krebs ist es egal, ob du kämpfst, ob deine Familie hinter dir steht, ob du alles dafür tust, wieder gesund zu werden. Interessiert ihn nicht. Der ist wie Jessi und ich. Er zieht es durch.«

»Sie glauben nicht mehr wirklich daran, dass sie es schafft?«

Ich lehnte mich neben ihn an das Balkongeländer.

»Der Arzt hier, ein Professor, war knallhart ehrlich. Trotz Bestrahlung und Chemo wächst der Tumor. Weil Jessi jung und kräftig ist, ist es der Tumor auch, der lässt sich nicht aufhalten. Spätestens in drei Monaten ist meine Kleine tot.«

Ich hätte ihm gern einen Arm auf die Schulter gelegt, hatte aber viel zu viel Respekt vor diesem Mann.

»Darf ich zu ihr?«, fragte ich.

Gero schüttelte den Kopf.

»Sie ist zu schwach, aber das ist nicht der Hauptgrund. Meine Frau ist echt wütend auf dich, und das legt sich auch nicht so schnell. Ich an deiner Stelle würde da nicht reingehen.«

»Okay, wenn Sie meinen.«

»Meine ich. Aber du kannst etwas anderes tun.«

»Alles, wenn es nur hilft.«

»Fahr nach Hause, und kümmere dich um Leonie. Jessi sagt, sie ist bei deiner Oma?!«

»Ja, und sie ist dort wirklich gut aufgehoben.«

»Trotzdem. Kümmere dich um sie. Wir bleiben noch bis morgen hier, dann wird Jessi nach Bremen verlegt. Morgen Abend hole ich Leonie bei dir ab.«

Gero löste sich vom Geländer und legte jetzt mir einen Arm um die Schultern.

»Wenn Jessi nicht mehr ist, wird Leonie bei uns aufwachsen. Du bekommst hiermit also eine zweite Chance. Versau es nicht.«

Alles richtig gemacht?

Es war bereits dunkel, als ich Bremen erreichte. Mir war zwar klar, dass die Sache spätestens dann auffliegen würde, wenn Carl der Große von Jessis Kurzaufenthalt in Göttingen erfuhr, dennoch klammerte ich mich an die Hoffnung, den Autodiebstahl oder besser: die »Ausleihe« verheimlichen zu können. Deshalb führte mein Weg mich zuerst zu Michael.

Ich rief ihn an, kurz bevor ich bei ihm ankam, und er wartete bereits in der Hofeinfahrt des Einfamilienhauses, in dem er bei seinen Eltern wohnte. Auch er konnte sich von dem mageren Taxifahrergehalt keine Wohnung leisten.

»Und? Wie ist es gelaufen?«, fragte Michael.

Ich berichtete nur, dass wir die Bergtour abbrechen mussten, weil es Jessi nicht so gut ging, nicht aber von der Hubschrauberrettung. Klar, Michael hatte sich durch seine Hilfe die ganze Wahrheit verdient, aber ich war viel zu müde für lange Erklärungen.

Ich bedankte mich noch einmal für seine Hilfe, schulterte den Rucksack, in dem auch Jessis steckte, und lief los. Eine Stunde würde ich bei flottem Tempo für den Weg nach Hause brauchen. Wahrscheinlich hätte Michael mich gefahren, wenn ich ihn darum gebeten hätte, aber ich brauchte jetzt Bewegung und frische Luft.

Ein paar Minuten lang hielt ich ein halbwegs normales Spaziertempo durch, doch die Wut darüber, wie dieser Tag verlaufen war, stachelte irgendwas in meinem Inneren an, und ich begann zu laufen. Ingo und ich hatten schon häufig in voller Ausrüstung und mit Rucksack gejoggt, um die Anforderung zu erhöhen, es war für mich also nicht ungewöhnlich, aber die wenigen Menschen, an denen ich vorbeilief, warfen mir fragende und misstrauische Blicke zu. Ab ungefähr der Hälfte der Strecke setzte Regen ein. Zuerst noch verhalten, wurde er schnell stärker, und mir lief das Wasser aus dem Haar durchs Gesicht. Binnen fünf Minuten war ich, zum zweiten Mal an diesem Tag, bis auf die Unterwäsche durchnässt, spürte es aber kaum. Ich steigerte mich in den Lauf hinein, wurde schneller und schneller, bis irgendwann meine Lunge so sehr brannte, dass ich eigentlich hätte abbrechen müssen, aber ich hielt noch durch, kämpfte gegen den Schmerz an, lief mit zusammengebissenen Zähnen weiter und wünschte mir, niemals anhalten zu müssen. Natürlich übersäuerten irgendwann die Muskeln, und mein Körper zwang mich zu stoppen. Nach Luft japsend, lief ich aus, stützte mich vornüber auf die Oberschenkel ab und fragte mich, ob es sich so für Jessi anfühlte, wenn ihr Tumor ihre Luftröhre quetschte.

Eine Polizeistreife hielt neben mir am Straßenrand, das Beifahrerfenster war geöffnet, eine junge Beamtin mit zu einem Pferdeschwanz gebundenem Haar sah mich an.

»Brauchen Sie Hilfe?«, fragte sie.

Ich schüttelte den Kopf, sprechen konnte ich nicht.

»Darf ich fragen, was Sie hier tun?«

»Trainieren«, stieß ich aus.

»Und wofür trainieren Sie?«

»Chimborazo.«

Sie sah mich noch einen Moment mit zusammengezogenen Augenbrauen an, dann sagte sie etwas zu ihrem Kollegen, und der gab Gas.

Ich wartete, bis der Streifenwagen an der nächsten Ecke verschwunden war, dann ging ich weiter – jetzt allerdings wie auf Eiern. Meine Beine schmerzten bei jedem Schritt, und als ich endlich Oma Olgas Haus erreichte, war ich so zerschossen wie schon lange nicht mehr.

Um dreiundzwanzig Uhr schloss ich auf und betrat den Flur.

Es brannte noch Licht.

Von unterwegs hatte ich Oma Olga angerufen und sie darauf vorbereitet, dass es spät werden und Leonie über Nacht und auch den morgigen Tag bei uns bleiben würde. Details über den Verlauf des Tages kannte sie noch nicht.

Natürlich hatte sie auf mich gewartet und kam sofort in den Flur.

»Jesus!«, rief Oma Olga aus. »Was ist passiert?«

»Es regnet.«

»Und deswegen fährt die Straßenbahn nicht?«

»Ich wollte laufen.«

Sie schüttelte den Kopf.

»Geh erst mal heiß duschen, ich mach dir einen Tee und eine Kleinigkeit zu essen. Und dann erzählst du, was passiert ist.«

»Wo ist Leonie?«

»Die schläft längst, was denkst du denn?«

Als ich nach einer sehr langen Dusche in Omas Stube kam, lief der Fernseher. Es roch nach Salbeitee, und auf dem niedrigen Tisch drängten sich auf einem Holzteller zwei Brote.

Beim ersten Bissen bemerkte ich, wie ausgehungert ich war, und verschlang die Käse-Schinken-Brote regelrecht. So gut es ging, berichtete ich dabei vom heutigen Tag.

Oma Olga schüttelte die ganze Zeit den Kopf.

»Und wie geht es jetzt weiter?«, fragte sie am Ende.

Ich zuckte mit den Schultern. Ich hatte keine Ahnung. Irgendwie ging es immer weiter, so sagte man ja leichthin, aber im Moment hatte ich das Gefühl, am Ende des Weges angekommen zu sein.

Oma Olga starrte auf die Mattscheibe, aber ich wusste, sie bekam davon nichts mit. Sie dachte nach.

Irgendwann erhob sie sich schwerfällig aus dem Sessel, kam zu mir, tätschelte meine Schulter und sagte: »Ich bin stolz auf dich. Du hast doch alles richtig gemacht. Ich geh jetzt schlafen. Dieses Kind ist sehr, sehr, sehr anstrengend.«

Ein Tag mit Leonie

Sonntag stand ich früh auf. Um sechs Uhr war ich bereits geduscht und fertig angezogen, um Brötchen zu holen. Immerhin hatten wir einen Gast mit gesegnetem Appetit.

Gerade, als ich das Haus verlassen wollte, hörte ich Geräusche aus dem Zimmer, in dem Leonie schlief. Sachte klopfte ich an die Tür, öffnete sie und bekam einen ordentlichen Schrecken.

Leonie balancierte auf der schmalen Fensterbank, Gesicht und Hände an die Scheibe gepresst, die bereits beschlagen war von ihrem warmen Atem.

»Leonie, was tust du da!«, rief ich aus, war mit zwei schnellen Schritten bei ihr und packte sie.

»Da fahren Lokomotiven direkt am Haus vorbei«, sagte sie ehrfürchtig staunend.

Für jemanden, der es nicht gewohnt war, musste es wohl ein toller Anblick sein, die Züge in weniger als zwanzig Metern Entfernung vorbeirumpeln zu sehen und zu hören. Leonie war jedenfalls fasziniert. Ich ließ sie schauen, bis der Güterzug vorbei war, dann nahm ich sie von der Fensterbank, behielt sie aber noch auf dem Arm.

»Warum bist du denn schon wach?«

»Weil die Lokomotiven so laut sind und ich furchtbar Hunger habe.«

»Na, das trifft sich ja gut. Ich will Brötchen holen. Kommst du mit?«

Was für eine Frage! In Windeseile war Leonie angezogen, fast ohne meine Hilfe, sogar die Schnürsenkel konnte sie beinahe allein binden.

Auf leisen Sohlen, um Oma Olga nicht zu wecken, schlichen wir aus dem Haus. Nebeneinander gingen wir die noch menschenleere Straße entlang.

Ich hielt Leonie an der kleinen Hand und stellte fest, was für ein schönes Gefühl es sein konnte, die Verantwortung für einen Menschen zu tragen.

Natürlich wollte Leonie wissen, wo ihre Mama war.

»Deine Mama musste gestern ganz dringend in ein Krankenhaus.«

Ich hatte mir vorgenommen, die Kleine nicht anzulügen. Verharmlosen und abschwächen war erlaubt, aber nicht lügen. Vielleicht würde sie sich an all das hier irgendwann nicht mehr erinnern, möglicherweise blieb aber doch etwas zurück, und ich wollte nicht, dass es das Gefühl war, Erwachsenen nicht trauen zu können.

»Geht es ihr wieder schlecht?«, fragte die Kleine.

»Ja, leider. Aber die Ärzte dort helfen ihr, und heute Abend kannst du schon wieder nach Hause. Dein Opi hat gesagt, ich soll auf dich aufpassen, solange deine Mama noch im Krankenhaus ist. Also machen wir uns heute einen richtig schönen Tag. Was meinst du, wollen wir ins Kino gehen?«

Leonie war sofort Feuer und Flamme, und ich hoffte inständig, dass irgendwo in der Stadt ein Film lief, der für sie geeignet war.

In der kleinen Bäckerei an der Ecke gab ich Leonie fünf Euro, ließ sie die Brötchen aussuchen und bezahlen, und noch während sie dabei war, bemerkte ich den Eingang einer SMS auf meinem Handy. Sie kam von Jessi.

Was macht meine Prinzessin?

Da ich das Handy nun schon mal in der Hand hatte, schoss ich ein Foto von Leonie beim Bezahlen und schickte es Jessi mit einer Nachricht.

Besorgt Nahrung für mich und Oma Olga.

Du lässt mein Kind für dich arbeiten?

Nur für Kost und Logis. Wie geht es dir?

Ich will mit ihr reden. Ich ruf gleich an.

Wir verließen den Laden. Leonie hielt eine prall gefüllte Brötchentüte im Arm, deren Inhalt für eine Großfamilie reichte. Ich nahm sie ihr ab, gab ihr mein Handy und zeigte ihr, was sie tun musste, wenn es gleich klingelte. Noch während ich erklärte, rief Jessi an, und ihr Foto erschien auf dem Bildschirm.

Leonie quietschte: »Das ist Mami!«, nahm ab und hielt sich das Handy ans Ohr.

Beim Telefonieren bekam sie einen ernsten, konzentrierten Gesichtsausdruck, und es war zauberhaft zu sehen, wie sie dauernd nickte oder den Kopf schüttelte, um Gesagtes zu unterstreichen. Bald verabschiedete sie sich und reichte mir das Telefon.

»Mami will mit dir reden.«

Leonie trug wieder die Brötchen, ich nahm sie an der Hand und telefonierte beim Gehen mit Jessi.

»Sie klingt glücklich«, sagte sie.

»Ja, und uns steht ein super Frühstück bevor. Sie hat zwei Dutzend Brötchen gekauft, weil sie sich nicht entscheiden konnte.«

»Bist du mir böse?«

»Ich bitte dich. Auf gar keinen Fall. Wie geht es dir?«

»Morgen darf ich vielleicht zurück nach Bremen. War mein Vater nett zu dir?«

»Wir hatten ein … interessantes Gespräch. Und er hat davon abgesehen, mir die Beine zu brechen.«

»Auf mich ist er richtig sauer.«

»Soll ich noch mal mit ihm reden? So von Mann zu Mann?«

»Untersteh dich! Ich … wollte dir noch für deine Hilfe danken.«

»Musst du nicht. Ich hab noch nie eine Hubschrauberbergung live erlebt. War sehr interessant.«

»Ich hätte das nicht von dir verlangen dürfen. Es tut mir leid.«

Ich bückte mich und hielt Leonie das Handy ans Ohr.

»Sag deiner Mami bitte, wenn sie das noch einmal sagt, rede ich nicht mehr mit ihr.«

»Was sagt?«

»Na das!«

»Adam sagt, wenn du das noch mal sagst, sagt er nichts mehr zu dir.«

Leonie wartete mit ernster Miene Jessis Antwort ab und sah mich dann mit einem sehr erwachsenen Stirnrunzeln an.

»Mami sagt, ich soll dich heute so doll nerven, wie es nur geht.«

Jessi bat mich, gut auf ihre Kleene aufzupassen, dann musste sie das Gespräch beenden.

Ich konnte hören, wie schwach sie war. Zeit, darüber traurig zu sein, hatte ich nicht, denn Leonie war voller Tatendrang. Mit ihrer unbekümmerten Art würde sie mich von all den Problemen ablenken – zumindest bis heute Abend.

Der Tag verlief merkwürdig. Anders, als ich ihn mir vorgestellt hatte, und das lag an meiner Oma. Sie stand eine halbe Stunde später auf als gewöhnlich, wirkte fahrig und konnte kaum unseren Gesprächen folgen, und den Kaffee, den sie aufsetzte, hätte man problemlos als Gift deklarieren können, so schwarz, bitter und herzbeschleunigend war er. Nach dem Frühstück kippte sie mit den Brötchenkrümeln vom Schneidebrett auch die Salami in den Mülleimer. Ich hatte das beobachtet, sagte aber nichts und beruhigte mich mit dem Gedanken, dass der gestrige Tag allein mit Leonie Oma Olga überfordert hatte. Immerhin wurde sie neunzig, und selbst mich brachte die Kleine an die Leistungsgrenze.

Später rief Gero an, um mir mitzuteilen, dass er und Angel Leonie heute gegen neunzehn Uhr abholen würden. Ich ließ ihn mit seiner Enkelin sprechen. Sie quasselte wie ein Wasserfall, zuerst mit ihm, dann mit ihrer Oma, doch als Leonie mir das Handy zurückgab, weil ich mit Angel sprechen wollte, war sie schon nicht mehr in der Leitung. Einfach aufgelegt. Sie musste wirklich sauer sein auf mich.

Als es auf ein Uhr zuging, die Zeit, zu der Oma Olga in der Regel das Mittagessen fertig hatte, war die Küche noch kalt. Oma saß im Wohnzimmer in ihrem Lieblingsohrensessel und starrte auf den ausgeschalteten Fernseher. Auf meine Frage, ob alles in Ordnung sei, antwortete sie, sie sei ein bisschen schwach und müde heute, und nein, Hunger habe sie keinen.

Also brach ich mit Leonie auf. Zuerst zu McDonald's, dann auf den Spielplatz und schließlich ins Kino. Tatsächlich lief im *Kristall-Palast* im Weserpark *Die Eiskönigin*, und das waren die einzigen zwei Stunden, in denen die Kleine nicht sprach. Sie war vollkommen in den Film vertieft. Ich dagegen nickte zwischendurch immer wieder ein. Nach dem Film ging es noch mal auf den Spielplatz. Dann waren noch Abendessen, Malbuch und Geschichte vorlesen nötig, um sie müde zu bekommen.

Pünktlich um neunzehn Uhr fuhr Gero vor – ohne Angel. Sie war bei Jessi in Göttingen geblieben und würde mit ihrer Tochter nachkommen, sobald sie transportfähig war. Die Ärzte wussten nicht, wann das sein würde. So gut, wie Jessi sich mir gegenüber am Telefon gegeben hatte, ging es ihr laut Gero nicht. Er berichtete, sie sei am Vormittag noch einmal kollabiert. Die Ärzte hatten ihr ein Medikament zur Muskelentspannung gespritzt, weil die sich unter dem ständigen Druck des Tumors zusammenzogen und die Luftröhre quetschten.

Gero sah fix und fertig aus, hatte tiefe dunkle Ringe um die Augen, und die Cowboy-Attitüde, die ich so cool an ihm fand, war völlig verschwunden. Ich sah einfach nur einen Mann, der sich um seine kranke Tochter sorgte.

Nachdem er und Leonie abgefahren waren, schaute ich bei meiner Oma im Wohnzimmer vorbei. Sie sah fern. Es ginge ihr schon besser, behauptete sie, es sei nur eine vorübergehende Schwäche gewesen. Das Kind sei ja auch sehr anstrengend.

Ich gab ihr uneingeschränkt recht. Sogar ich war am Ende, konnte mich aber noch nicht ausruhen, da ich mein Taxi noch vom Betriebshof abholen musste.

In der Straßenbahn hatte ich Mühe, die Augen offen zu halten. Nur weil meine Gedanken darum kreisten, wie ich Willi-Chef erklären sollte, warum ich mit einer todkranken Patientin in Michaels Taxi, beziehungsweise streng genommen seinem Taxi, in den Harz gefahren war, wo besagte Patientin dann von einem Rettungshubschrauber abtransportiert worden war, schlief ich nicht ein. Einerseits war ich gewillt, ihm meinen Diebstahl noch heute Abend zu gestehen, weil er ja sowieso ans Licht kommen würde, ein anderer Teil von mir – der müde Teil, der kaum noch ein Wort herausbrachte – hatte keine Lust dazu. Lass es drauf ankommen, nuschelte der. Und wenn Willi laut wird, dann kündigst du einfach. Taxifahrer werden immer irgendwo gesucht.

Willi-Chef wurde aber nicht laut. Er war gar nicht da. Silke bemerkte jedoch sofort, dass mit mir etwas nicht stimmte. Aber selbst auf ihre Nachfrage hin brachte ich es nicht übers Herz, ihr von der Aktion zu erzählen, denn schließlich hatte ich irgendwie ja auch ihr Vertrauen missbraucht. Ich kam mir schäbig vor, als ich vom Betriebshof fuhr. Liebend gern wäre ich eine Weile einfach so durch die Stadt gecruist, traute mich aber nicht, den Wagen schon wieder zweckzuentfremden.

Oma Olga schlief bereits, als ich zu Hause ankam.

Ich krabbelte ebenfalls ins Bett und schrieb Jessi eine SMS, um zu fragen, wie es ihr ging, bekam aber keine Antwort.

Auf die zweite und dritte SMS auch nicht.

Irgendwann schlief ich gefrustet und enttäuscht ein.

Job weg

Nachdem der Montag krisenfrei verlaufen war, gab ich mich der Hoffnung hin, alles würde unentdeckt bleiben. Doch noch am selben Abend nahm das Unglück seinen Lauf.

Ich bekam eine SMS von Gero, in der er mir schrieb, dass Jessi zurück in Bremen sei. Ab dem folgenden Tag würde sie ihre Bestrahlung fortsetzen, meine Dienste seien aber nicht erforderlich. Gero und Angel würden ihre Tochter selbst fahren. Ich bedankte mich für die Information und fragte, wie es Jessi ging, doch Gero reagierte nicht darauf.

Leider bekam ich trotz mehrfacher Versuche auch keine Antwort von Jessi, und das wog viel schwerer. War sie sauer auf mich? Oder verhinderten ihre Eltern den Kontakt? Wenn Letzteres der Fall war, konnte es sicherlich nicht schaden, ein wenig Zeit vergehen zu lassen. In ein, zwei Tagen würden die Wogen sich bestimmt geglättet haben.

Am Dienstag absolvierte ich eine Reihe von Bestrahlungsfahrten, alles lief ganz normal, bis ich um halb elf eine SMS von Willi-Chef bekam. Er schrieb, ich solle mich um elf im Büro im Keller einfinden.

Da wusste ich, was kommen würde.

Und es kam auch.

Willi war nicht allein. Carl der Große hatte sich neben ihm aufgebaut, die Arme vor der Brust verschränkt, die Mimik auf Streit getrimmt. Nachdrücklich bat man mich, die Tür zu schließen.

»Was haben Sie sich dabei gedacht?!«, fuhr Professor Urban mich mit dröhnender Stimme an, kaum dass die Tür ins Schloss gefallen war.

»Wenn Sie mich kurz erklären ließen …«

»Danke, kein Bedarf, die Erklärung habe ich vom Kollegen aus Göttingen bekommen. Durch Ihren … Blödsinn haben Sie meinen Behandlungserfolg zunichtegemacht. Und nur weil Frau Bischoffs Eltern insistiert haben, sehe ich von einer Strafanzeige ab. Sind Sie eigentlich noch zu retten?«

Die eine oder andere Antwort wäre mir auf diese Frage schon eingefallen, aber ich zog es vor, sie hinunterzuschlucken.

»Was ich in meiner Freizeit tue …«, begann ich, wurde aber sofort unterbrochen.

»Wir haben hier eine Charta«, donnerte Carl der Große. »Und die untersagt private Kontakte zwischen Klinikpersonal und Patienten.«

»Eine Charta? Und die gilt auch für uns Taxifahrer?«

»Die gilt für jeden, der mit meinem Patienten zu tun hat.«

»Vielleicht hätte man uns mal über diese Charta informieren sollen. Was meinen Sie?«

»Darum geht es hier gar nicht. Sie haben leichtfertig das Leben einer Patientin aufs Spiel gesetzt, obwohl Sie von der Gefahr wissen mussten. Soll ich Ihnen die Definition von fahrlässiger Tötung geben? Strafgesetzbuch? Schon mal gehört?«

Ich fand, jetzt übertrieb der Herr Professor. Okay, vielleicht war es der falsche Zeitpunkt, um zu lachen, aber ich konnte es nicht zurückhalten. Die ganze Situation war einfach zu irrsinnig.

»Das Lachen wird Ihnen noch vergehen, junger Mann!«, kanzelte Urban mich ab.

»Ich kann nicht fassen, dass du meinen Wagen gestohlen hast«, mischte sich zum ersten Mal mein Chef in den Disput ein.

»Ich hab ihn ausgeliehen, das ist etwas anderes.«

»Werd nicht auch noch frech.«

Urban trat auf mich zu.

Er war wirklich von beeindruckender Größe, besonders, wenn

er sauer war. Ich wich dennoch nicht zurück, großartige Fluchtmöglichkeiten bot das enge Büro ohnehin nicht.

Er zeigte mit dem Finger auf mich.

»Ich will Sie nie wieder in meiner Klinik sehen«, sagte er, schob sich an mir vorbei und verließ den Raum.

»Du kannst heute noch zu Ende fahren«, schob mein Chef nach. »Dann gibst du Wagen und Schlüssel ab. Ich kündige dich zum Ende des Monats.«

Willi und ich sahen uns an.

Mein Chef war längst nicht so wütend wie der Professor, und mir war klar, er hatte keine andere Wahl, sein Handeln war angeordnet. Er würde sein Monopol für die Bestrahlungsklinik verlieren, wenn er nicht tat, was der große Carl wollte.

Ich trat vor und legte den Wagenschlüssel auf dem Schreibtisch ab.

»Ich kündige lieber sofort.«

Und dann ging ich.

Zu sagen gab es ohnehin nichts mehr. Ich war selbst schuld an dieser Situation und konnte nicht mal sauer sein auf Willi.

Dass die beiden mich aber nicht einmal hatten erklären lassen, warum ich mit Jessi in den Harz gefahren war, wurmte mich schon.

Ich trat aus dem Keller heraus ins Tageslicht, atmete einmal tief durch und ließ meinen Blick über den Parkplatz schweifen.

Gekündigt.

Arbeitslos.

Merkwürdig, es machte mir gar keine Angst. Im Gegenteil: Es fühlte sich sogar nach Freiheit an. Wie sagte man doch so treffend? Jedem Ende wohnte auch ein Aufbruch inne. Ich hatte zwar keine Ahnung, wohin ich aufbrechen sollte, aber gut fühlte es sich dennoch an.

Michael kam auf mich zu. Nicht so cool und selbstbewusst wie sonst, sondern mit hochrotem Kopf. Er zog mich an die Seite, und wir gingen auf die Rückseite des Gebäudes, wo wir konspirativ die Köpfe zusammensteckten.

»Warst du schon beim Chef?«

»Er hat mich gerade gekündigt.«

»Echt? Scheiße, Alter. Das tut mir leid. Aber ich musste das sagen, das verstehst du doch, oder?«

»Was sagen?«

Michael berichtete, Willi habe heute nach und nach alle Fahrer dazu befragt, wo die Fahrzeuge am Wochenende gewesen waren. Und da sich über den Flurfunk ohnehin schon die Geschichte von Jessis missglückter Bergbesteigung verbreitet hatte, hatte Michael sich entschieden, die Wahrheit zu sagen. Na ja, die halbe Wahrheit. Oder eigentlich nur ein Viertel davon, wenn überhaupt. Er rettete seine eigene Haut mit der Behauptung, ich hätte mir seinen Wagen auf Anordnung vom Chef für den Nachtdienst geliehen. Von der ganzen Aktion mit Jessi habe er überhaupt nichts gewusst. Ich war weit davon entfernt, es ihm übel zu nehmen, wenngleich ich mich schon fragte, was aus seiner Begeisterung für die Aktion geworden war.

»Kein Problem«, sagte ich. »Ich verstehe das. Danke noch mal für den Wagen.«

Michael brauchte dringend diese Absolution, und mich kostete sie nichts.

Ich ließ ihn stehen, lief zur nächsten S-Bahn-Haltestelle und fuhr nach Hause.

Oma war nicht da. Ein paar Minuten lief ich vollkommen orientierungslos durchs Haus.

Dann rief ich Ingo an. Er hatte Zeit. Also packte ich eilig meine Kletterausrüstung und fuhr zum Bunker. Ingo war schon da, als ich ankam. Von alldem, was am Wochenende passiert war, wusste er nichts, und ich behielt es erst einmal für mich. Zwei Stunden tobten wir uns aus, so lange, bis ich meine Finger nicht mehr bewegen konnte. Ich schaffte selbst den Knochenbrecher fehlerfrei und wagte mich noch an eine schwierigere Route, die ich ebenso bezwang. Ingo meinte, ich klettere heute viel befreiter als sonst, und er wollte wissen, was mit mir los sei.

Aber erst später, als wir vollkommen erschöpft auf einer Bank saßen, Wasser tranken und pappige Energieriegel aßen, war ich bereit auszupacken.

Ingo hörte schweigend zu. Darin war er wirklich gut, war vielleicht sogar der beste Zuhörer, den ich kannte.

»Coole Aktion, Alter«, sagte er schließlich. »Du weißt ja, bei mir kannst du immer nebenher Geld verdienen.«

»Danke, ich komm drauf zurück.«

»Was hast du jetzt vor?«

Ich dachte einen Moment darüber nach.

»Mit Jessi sprechen, aber man lässt mich nicht. Ich glaube fast, ihre Eltern haben ihr das Handy weggenommen.«

»Welcher Berg hat dich je ohne Schwierigkeit hinaufgelassen?«, fragte Ingo.

»Ich werde schon einen Weg finden«, sagte ich.

Die Conny-Frei-Idee

Die Suche nach diesem Weg führte mich am frühen Abend zu Jessis Haus. Abermals stand ich vor der Klingel, und wieder warf mich der Anblick in ein Wechselbad der Gefühle – wie so oft in den letzten Wochen. Heute bestand die Gefahr, dass Gero öffnete. Oder Angel, was im Moment wohl noch gefährlicher für mich war. Ich rechnete damit, war aber nicht darauf vorbereitet, es war mir schlicht egal, was passierte. Sollten sie mich anschreien und fortschicken, ich würde wiederkommen. Auf Dauer konnten sie mich nicht davon abhalten, Jessi zu sehen. Ich konnte Angel sogar ein Stück weit verstehen. Sie beschützte ihre Tochter, dazu hatte sie jedes Recht, und in den Augen einer verzweifelten Mutter musste ich wie ein Risiko wirken, das es zu umgehen galt. Das waren allerdings nicht meine größten Ängste.

Aber was war, wenn Jessi mich nicht sehen wollte?

Klingeln oder nicht, das war also die Frage.

Mit in den Taschen des Hoodies versenkten Händen stand ich eine Weile vor dem Haus und starrte es an wie jemand, der auf einen Einbruch aus war, und als ein anderer Mieter herauskam, ein älterer Herr mit Gehstock und Hut, warf der mir einen misstrauischen Blick zu und fragte mich, was ich hier wolle.

»Frau Bischoff besuchen«, antwortete ich wahrheitsgemäß.

Er schnauzte mich an, ich solle entweder klingeln oder verschwinden und blieb demonstrativ stehen, um zu sehen, was ich machte.

Natürlich konnte ich ihm nicht erklären, warum ich Angst hatte vor diesem Klingelknopf, also drückte ich ihn unter seinem wachsamen Blick.

Doch niemand reagierte auf mein Klingeln.

»Ist keiner zu Hause, also sieh zu, dass du Land gewinnst«, schnauzte der alte Mann mich an.

Ich hatte keine Lust auf einen Streit und räumte das Feld.

Dass mir nicht geöffnet wurde, war Antwort genug.

Zwar bestand die Möglichkeit, dass Jessi bei ihren Eltern war, aber ich vermutete sie eher immer noch im Krankenhaus. Die Ärzte hatten sie nicht gehen lassen, und das war ein schlechtes Zeichen.

Auf meinem Rückweg durch die Stadt fiel mir ein übergroßes Werbeplakat auf. Conny Frei, die bekannte Schlagersängerin, kam mit ihrer Show in die Stadthalle. Ich erinnerte mich daran, wie Jessi gesagt hatte, dass sie die Sängerin gar nicht so schlecht fand.

Obwohl die Frei vollkommen anders aussah als Jessi – und das lag nicht nur an den perfekten brünetten Haaren –, sah ich plötzlich Jessis Gesicht auf diesem Plakat, und eine Idee fiel mit der Wucht eines Vorschlaghammers über mich her.

Mit offenem Mund stand ich eine Weile vor dem Plakat und dachte nach. War das eine gute Idee? Konnte das klappen? Noch eine Katastrophe durfte ich nicht auslösen. Möglicherweise bekam ich nicht einmal die Chance dazu, einen weiteren Fehler zu machen, aber sollte ich es überhaupt versuchen? Wie hatte Gero der Rocker noch gesagt? Idioten trauen sich was, deswegen haben sie mehr Spaß. Aber manchmal machen sie damit auch alles kaputt.

Was konnte ich kaputt machen mit dieser Idee?

Mir fiel nichts ein.

Umgehend rief ich Ingo an.

»Du kannst ohne mich nicht leben, oder«, fragte er zur Begrüßung.

Ich bestätigte das und erzählte von meiner Idee.

»Nein«, sagte er, »für Conny Frei bin ich nicht zuständig, die bringt ihr eigenes Team mit, aber natürlich kenne ich einige von den Jungs, und wenn du das wirklich willst, helfe ich dir, keine Frage.«

Schwierig, das Gefühl zu beschreiben, das mich nach diesem Telefonat trug. Ich war wie neugeboren, losgelöst, voller Tatendrang, gleichzeitig betrübt, traurig und beschämt. Ein Wirrwarr an Emotionen, der Körper voller Adrenalin. Kopf in den Wolken, Füße auf dem Boden.

Eigentlich hatte ich nach Hause gehen wollen. Mit Oma reden, ihr von der Kündigung erzählen und durchblicken lassen, in welch weite Entfernung der Chimborazo dadurch gerückt war. Doch das kam jetzt nicht mehr infrage, dafür war ich viel zu aufgeregt.

Einen Versuch noch, so dachte ich mir, und fuhr mit der Bahn zum Krankenhaus Hinter der Weser.

Weit nach achtzehn Uhr kam ich dort an. Die Bestrahlungsklinik hatte längst geschlossen, es bestand keine Gefahr, entdeckt zu werden. Willi-Chef, Michael, Carl der Große, alle längst im Feierabend – hoffte ich. Vorsichtshalber setzte ich jedoch die Kapuze meines Hoodies auf und schlich wie ein Verbrecher mit gesenktem Kopf auf den Eingang zu. Drinnen steuerte ich den Empfang an, fragte nach Jessi Bischoff und bekam Station sowie Zimmernummer genannt.

Also war sie hier. Ich hatte es ja geahnt.

Schnell lief ich die Treppe in die fünfte Etage hoch. An der gläsernen Durchgangstür zur Frauenstation wurde es kritisch. War ich erst einmal hindurch, gab es keine Möglichkeit mehr, sich zu verstecken, dann musste ich es durchziehen.

Wenig später stand ich vor Zimmer 533. Die Tür stand offen. Schon auf dem Gang hörte ich Angels Stimme und erstarrte.

»… und das werde ich nicht zulassen, ganz egal, was du davon hältst.«

»Ich bin erwachsen, du kannst mir nicht einfach mein Handy wegnehmen.«

»Doch, kann ich, weil du nicht weißt, was du tust. Hör zu … es ist nur zu deinem eigenen Besten, ich will doch nur, dass du so schnell wie möglich gesund wirst und nach Hause kommst. Kannst du das denn nicht verstehen?«

»Ich werde aber nicht gesund«, sagte Jessi laut. »Kannst du *das* nicht verstehen?«

Ich suchte das Weite. Nicht so sehr, weil ich Angst vor einer Begegnung mit Angel hatte, sondern weil ich Jessi nicht noch mehr aufregen wollte, indem ich einfach so auftauchte und in das Streitgespräch hineinplatzte.

Als ich aus dem Krankenhaus trat, fühlte ich mich wie betäubt.

Den ganzen langen Weg nach Hause begleitete mich Jessis letzter Satz.

Veros Kuss

Aus kaum geöffneten Augen wagte ich einen Blick aufs Handy und erschrak. Viertel nach neun! Okay, als Arbeitsloser war es eigentlich kein Problem, länger zu schlafen, aber ich wunderte mich, dass Oma Olga mich nicht längst geweckt hatte. Am Abend zuvor hatte ich nicht mehr mit ihr sprechen können, sie war bereits im Bett, als ich weit nach zweiundzwanzig Uhr todmüde nach Hause gekommen war. Folglich konnte sie nicht wissen, dass ich nicht zur Arbeit musste. Drei oder vier Mal hatte ich in den letzten Jahren verschlafen, war dank meiner Oma dennoch pünktlich zur Arbeit erschienen. Sie stand immer vor mir auf, kochte Kaffee, bereitete das Frühstück, werkelte in der Küche herum, an keinem Wochentag war das anders gewesen. Jetzt machte mich die Stille im Haus nervös.

Barfuß, in Shorts und Shirt schlich ich die Treppe hinunter, blieb auf der untersten Stufe stehen und lauschte. Keine Geräusche aus der Küche. Nichts. Sie war nicht in der Küche. Und im Wohnzimmer auch nicht. Still und leer stand ihr Ohrensessel da wie ein Relikt aus einer anderen, längst vergessenen Zeit. Den Sessel mit den grünen Kissen so verlassen zu sehen jagte mir einen kalten Schauer über den Rücken.

Vielleicht lag sie noch im Bett? Als sie auf mein Klopfen an ihre Schlafzimmertür nicht reagierte, öffnete ich die Tür und rechnete mit dem Schlimmsten. Doch auch dort keine Oma Olga.

Mir kam eine Idee, und ich lief zurück in die Küche. Wenn Oma zu Hause war, hing ihre übergroße, abgegriffene Handtasche über einer Stuhllehne. Das war seit ewigen Zeiten so. Und tatsächlich: keine Tasche! Auch ihr Mantel hing nicht im Flur.

Natürlich! Daran hätte ich auch früher denken können. Sie war unterwegs, wahrscheinlich irgendetwas einkaufen. Ich beschloss, mir zunächst keine Sorgen mehr zu machen und erst mal zu frühstücken.

Währenddessen versuchte ich, Jessi zu erreichen, doch ihr Handy war noch immer out of order. So langsam machte es mich wütend, dass Angel und Gero mich auf diese Weise von Jessi fernhielten. Sie wussten doch, wie sehr ich mich sorgte.

Kaum legte ich das Handy beiseite, vibrierte es auf der Tischplatte.

Totenkopf-Vero war dran.

Sie kündigte an, um Viertel nach eins mit der Bahn in Bremen anzukommen. Ich versprach ihr, sie am Bahnhof abzuholen. Natürlich nahm sie an, ich würde sie, wie beim letzten Mal, mit dem Taxi fahren. Nur hatte ich keines mehr. Das Leben würde dadurch beschwerlicher werden, aber es gab ja noch die S-Bahn, sie fuhr vom Bahnhof direkt zur Klinik Hinter der Weser.

Nach dem Frühstück schrieb ich eine Nachricht für Oma Olga. Wieder einmal bereute ich es, sie nicht gezwungen zu haben, sich ein Handy zuzulegen. Die Diskussion hatten wir oft genug geführt, doch sie wollte partout keines, auch nicht als Notfalltelefon. Ihre Argumente waren bestechend: Wer ohne Handy aus der Hohen Tatra nach Deutschland geflüchtet war, der benötigte in Bremen, wo es von Menschen mit Telefonen nur so wimmelte, kein eigenes Handy. Wenn sie mich erreichen wollte, würde sie eben jemanden fragen. Dass ich sie nicht erreichen konnte, wenn sie außer Haus war, blieb dabei unbeachtet. Sei's drum, meine Oma war erwachsen, ich hatte ihr keine Vorschriften zu machen.

Zehn Minuten, bevor Veros Zug aus Berlin eintraf, stand ich am Bahnsteig.

Auf der anderen Seite der Gleise hing ein weiteres Werbeplakat für das Konzert von Conny Frei. Die Stadt war zugepflastert damit, und so wurde ich auf Schritt und Tritt an meine Idee erinnert. Ich musste unbedingt mit Vero darüber sprechen. Ich brauchte eine Komplizin. Und wer wäre dafür besser geeignet als Totenkopf-Vero?

Als sie aus dem Zug stieg, hätte ich sie fast nicht erkannt, denn heute sah sie aus wie ein normaler Mensch. Kein Emo-Look, keine Clownsklamotten, einfach nur Jeans, Shirt, Stiefel. Das pechschwarze Haar zu einem Pferdeschwanz gebunden, eine dunkle Sonnenbrille auf der Nase, kam sie auf mich zu, ihr Gesicht voller Traurigkeit.

Wortlos umarmte sie mich. Drückte mich richtig fest an sich und wollte mich nicht wieder loslassen. Heiß schoss mir die Angst durch den Körper. Wusste sie mehr als ich? Ich schob sie ein Stück von mir, hielt sie aber an den Händen.

»Ist was mit Jessi?«, fragte ich vorsichtig. »Ich habe seit Sonntag nichts mehr von ihr gehört.«

»Angel hat mich schon am Sonntag zurückgerufen und dann gestern noch einmal. Jessi geht es ziemlich schlecht, die Ärzte wissen nicht, ob sie noch einmal aus dem Krankenhaus herauskommt«, sagte Vero, während wir durch den Bahnhof gingen.

Ich blieb stehen und schlug die Hände vors Gesicht, versteckte mich wie ein kleines Kind, als ob sich dadurch etwas ändern würde.

»Das ist alles meine Schuld.«

»Ach so, von dir hat sie also den Tumor?!«

»Nein, natürlich nicht, aber …«

»Quatsch keene Scheiße, Kleener. Du bist an jar nichts schuld. Jessi war vor der Tour in den Harz todkrank und ist es jetzt auch noch.«

»Ich glaube, das sieht ihre Mutter anders.«

Vero warf mir einen prüfenden Blick zu.

»Weißt du, warum Angel nicht mit dir sprechen will?«, fragte sie.

»Weil sie wegen der Harzaktion sauer auf mich ist. Kann man ja auch verstehen.«

»Nee. Weil du etwas für Jessi getan hast, was sie selbst nicht konnte. Ein fremder Junge erfüllt der eigenen Tochter einen Herzenswunsch, vielleicht den letzten, während man selbst Hundefutter in Dosen füllt und keinen Urlaub bekommt, um für das Kind da zu sein. Kannst du dir vorstellen, wie hart das ist?«

Ich ließ die Arme sinken. Aus der Warte hatte ich es noch nicht betrachtet.

»Hat sie das gesagt?«

Vero nickte.

»Das und noch viel mehr.«

»Trotzdem ist es unfair, mich von Jessi fernzuhalten.«

»Heul nicht rum. Tu was dagegen.«

»Werde ich. Hast du mit Jessi gesprochen?«

»Ein wenig.«

»Und? Mein Gott, lass dir doch nicht alles aus der Nase ziehen.«

Wir erreichten den Bahnhofsvorplatz mit der S-Bahn-Haltestelle.

»Wo ist deine Krebskarosse?«, fragte Vero.

Ich erzählte ihr von der Kündigung. Zum ersten Mal klappte Vero in meiner Gegenwart aus Verblüffung die Kinnlade herunter.

»Das können se doch nicht machen. Oh, warte, diesen Prof knöpfe ich mir vor. Ich gloob, die Ochsen pfeifen.«

»Nee, lass mal, ich komm schon klar.«

»Kann schon sein, aber ich nicht. Solche Ungerechtigkeiten bringen mich ruckzuck auf hundertachtzig.«

Noch in der Straßenbahn echauffierte sie sich so laut über meinen Rauswurf, dass andere Fahrgäste immer wieder skeptische Blicke herüberwarfen. Nein, in Professor Urbans Haut wollte ich definitiv nicht stecken, wenn die beiden aufeinandertrafen.

Von meiner Conny-Frei-Idee erzählte ich erst, als ihre Gesichtsfarbe sich normalisiert hatte. Dann aber schoss es geradezu aus mir heraus, und ich spürte beim Erzählen, wie toll das werden würde – vorausgesetzt, es klappte.

Nachdem ich geendet hatte, sah Vero mich völlig entgeistert an, und ich dachte schon, sie würde mich für verrückt erklären. Dann packte sie mit beiden Händen mein Gesicht, zog meinen Kopf zu sich herunter und küsste mich hart und feucht mitten auf den Mund. Ein richtiger Knutscher, unsere Zähne stießen gegeneinander, und es schmatzte, als sie ihre Lippen von meinen löste. Spätestens jetzt hatten wir wirklich alle Blicke der anderen Fahrgäste auf uns gezogen.

»Kleener, ich habe mich in dir jetäuscht. Du bist alles andere als langweilig. Das ist die beste Idee seit Menschengedenken, auch wenn ich die Musik überhaupt nicht mag. Aber wir müssen das generalstabsmäßig planen, nicht, dass es wieder in einer Katastrophe endet.«

Perplex wie ich war, wischte ich mir erst mal den feuchten Mund ab.

»Und du meinst, sie freut sich darüber?«

»Was für eine Frage. Natürlich! Allerdings …« In Sekundenschnelle wechselte Vero von enthusiastisch zu nachdenklich. »Wir wissen nicht, ob ihr Zustand das zulässt.«

»Es dauert maximal fünf Minuten«, entgegnete ich.

»Ja, schon, aber anstrengend ist es dennoch. Vor allem, wenn sie davon überrascht wird, und eine Überraschung muss es sein, sonst hat es nicht die Wirkung, die es haben soll.«

»Das mit der Überraschung kann ich ein wenig abfedern, ohne etwas zu verraten, aber dafür brauche ich Kontakt zu ihr.«

Ich erklärte ihr, wie ich das Problem angehen wollte, und wir diskutierten uns in die Einzelheiten eines Planes hinein, bis die Bahn an der Haltestelle gegenüber der Klinik hielt und wir aussteigen mussten. Wir warteten eine Lücke im Verkehr ab und liefen hinüber.

Vor dem Gebäude blieb Vero stehen, griff mit einer Hand in ihr langes schwarzes Haar und zog es sich vom Kopf. Im selben Moment wurde mir klar, warum ich sie vorhin beinahe nicht erkannt hatte.

»Puh, ist voll warm da drunter«, stöhnte sie und fuhr sich über ihre Glatze.

»Warum trägst du eine Perücke?«

»Weil ich meine Haare vermisse, wat denn sonst.«

»Dann lass sie halt wachsen.«

»Jeht nicht, aber das verstehst du nicht, Kleener, ist ein Frauending.«

Ich war drauf und dran, ihr zu sagen, dass sie Jessi mit diesem Quasi-Spiegelbild keinen Gefallen tat, ließ es aber. Vermutlich würde ich ihr wehtun damit.

»Ich würde so gern mit Jessi reden, aber ich komme besser nicht mit hinein«, sagte ich und ließ meinen Blick an der Fassade des Gebäudes emporsteigen.

Vero grinste mich spitzbübisch an, kramte in ihrem Rucksack und holte ein Handy hervor.

»Ich hab immer mein altes Handy dabei, falls das aktuelle mal der Gravitation zum Opfer fällt. Kommt bei mir leider öfter vor. Ist funktionstüchtig und geladen. Ich schmuggle es ins Krankenhaus und lasse es Jessi da. Dann könnt ihr heimlich kommunizieren. Ach herrje, wie romantisch. Ich werd ganz gefühlsduselig.«

Vero klimperte übertrieben mit den angeklebten langen Wimpern.

»Das würdest du tun?«

»Kleener. Ich tue alles, um meiner Süßen in den letzten Wochen noch ein paar Träume zu erfüllen. Und deine Idee ist definitiv einer.«

Jessis Deal

Fahre mit Gero und Angel und verbringe die Nacht bei ihnen. Jessi ab jetzt allein. Hat mein Handy.

Ich hatte die letzten Stunden nicht allzu weit vom Krankenhaus entfernt verbracht und lief, nachdem ich Veros SMS erhalten hatte, augenblicklich zurück. Mein Handy behielt ich in der Hand und schaute immer wieder drauf. Die nächste SMS kam, da war ich noch fünf Minuten von der Klinik entfernt. Sie war von Jessi.

Kannst du kommen?

Bin gleich da.

Ab diesem Moment rannte ich, und obwohl ich bereits außer Atem in die Lobby stürmte, ließ ich die Fahrstühle links liegen und spurtete auch noch das Treppenhaus hinauf. Oben angekommen, glaubte ich, meine Lunge erbrechen zu müssen. Mit den Händen an die Wand des Flures gestützt wartete ich, bis mein Herzschlag sich beruhigt hatte.

Als ich mich der Glastür zuwandte, die die Frauenstation vom Gang trennte, stand Jessi dahinter. Sie öffnete sie, trat hindurch und verharrte. Die Arme vor der Brust verschränkt, sah sie mich aus müden, rot geränderten Augen an. In dem übergroßen grünen Bademantel sah sie klein und verloren aus, an den Füßen trug sie Schlappen mit dicken Socken darin. Auf ihrer Glatze spiegelte sich das Licht der Neonröhre in der Decke.

Ich trat zu ihr, nahm meinen Mut zusammen und schloss sie in meine Arme. Ihr warmer Körper fühlte sich schmal und zerbrechlich an. Sie umarmte mich ebenfalls, legte ihr Gesicht an meine Schulter, und ich spürte ihren Atem an meinem Hals. Ich war glücklich in diesem Moment. Nie zuvor war ich einem Mädchen näher gewesen.

Irgendwann lösten wir uns voneinander, hielten uns aber weiterhin an den Händen.

Aus großer Nähe betrachtet waren Jessis moosgrüne Augen noch immer beeindruckend schön, auch wenn Leid und Schmerz einen Weg in ihr Lächeln gefunden hatte.

»Es tut mir so leid«, flüsterte ich.

Sie schüttelte den Kopf.

»Sag das nicht. Es soll dir nicht leidtun. Ganz egal, wie es ausgegangen ist … es war schön, es war all das wert.«

Sie machte eine Bewegung mit dem Kinn, die den Flur, die Station, das Krankenhaus und den Schmerz mit einschloss.

»Danke«, sagte sie leise, beugte sich vor und hauchte mir einen Kuss auf die Wange.

Ich schloss die Augen, fühlte der flüchtigen Berührung nach.

»Lass uns auf den Balkon gehen, ich brauche frische Luft«, sagte Jessi.

Hand in Hand, die Finger ineinander verschränkt, gingen wir den Gang hinunter. Ich stieß die Tür zum Balkon auf, und wir traten hinaus. Wir waren allein dort. Fünf Stockwerke über dem Boden bot sich uns ein grandioser Ausblick auf den Fluss und die Stadt.

Jessi schloss die Augen und atmete tief ein und aus. Ich hörte das Schleifen und Scharren in ihrem Brustkorb.

»Ich hasse Krankenhäuser«, sagte sie.

»Dann sind wir schon zu zweit.«

»Die sagen, ich muss vorläufig hierbleiben, aber das können die vergessen.«

»Ich könnte dich entführen«, schlug ich vor.

»Daran hab ich auch schon gedacht. Aber wie ich gehört habe, hast du schon genug Ärger am Hals.«

Jessi drehte sich zu mir um.

»Vero hat mir von der Kündigung erzählt. Sie wollte direkt nach dem Besuch bei mir hinüber zu Carl dem Großen und ihn bei lebendigem Leib zerreißen. Ich bat sie, mir das zu überlassen. Gleich morgen bei der Bestrahlung werde ich …«

»Tu's nicht«, unterbrach ich sie. »Ich komme schon klar.«

»Aber es ist nicht fair.«

Das trockene Lachen konnte ich nicht verhindern.

»Fair? Was ist schon fair? Das Schicksal ist zu uns Menschen nicht fair, wir sind es untereinander nicht, es gibt keine Fairness.«

Jessi lächelte.

Trotz allem lächelte sie.

»Du bist wütend.«

Ich presste die Lippen zusammen und sah wortlos über ihre Schulter auf den Horizont.

Sie nahm meine Hände, strich mit ihren Fingerkuppen über meine Handrücken. Die Berührung ließ mich erschauern und löschte gleichzeitig die zerstörerische Hitze in mir.

»Ich darf dich um überhaupt nichts mehr bitten, das weiß ich …«, begann Jessi. »Aber da wäre noch etwas.«

»Du kannst mich um alles bitten.«

Es fiel ihr schwer, es auszusprechen. Weiterhin streichelte sie meinen Handrücken.

»Du schuldest mir einen Gipfel«, sagte sie.

Natürlich glaubte ich sofort, alles ginge wieder von vorn los, weil sie hartnäckig an ihrer Idee festhielt, auch wenn es unmöglich war. Doch es kam ganz anders.

»Zusammen werden wir in diesem Leben auf keinen Gipfel mehr steigen. Aber wenn ich mir etwas wünschen dürfte, dann wäre es, dich auf dem Gipfel des Chimborazo zu sehen. Ich hab davon geträumt, weißt du? Irgendwann, nachdem ich zusammengebrochen bin, habe ich davon geträumt. Ich hab dich gesehen, oben auf der Eisigen Frau. Umhüllt von glitzerndem Schnee und einem weiten, klaren blauen Himmel. Und du warst glücklich … so unendlich glücklich.«

Sie sah mich herausfordernd an.

»Eines Tages werde ich dort oben stehen«, sagte ich mit belegter Stimme.

Jessi schüttelte den Kopf.

»Nein, nicht eines Tages. Ich möchte es noch erleben.«

»Aber …«

»Kein Aber mehr. Deine Oma will eine Postkarte von dort, und ich will ein Foto. Ein Bild, das ich in meiner Erinnerung mitnehmen kann. Weder deine Oma noch ich haben Zeit, darauf zu warten, dass du endlich mal in die Gänge kommst.«

Das Streicheln endete abrupt, und sie drückte meine Hände fest zusammen.

»Adam Wondrascheck, krieg endlich deinen Arsch hoch, und besteig den höchsten Berg der Welt. Sonst wirst du als alter Mann in deinem Jugendzimmer unter dem Dach hocken, auf Fotos starren und jeden einzelnen Tag bereuen, an dem du untätig warst. Verstehst du, du sollst es nicht für mich tun, sondern für dich. Träume, die man zu lange vor sich herschiebt, verlieren ihre Strahlkraft und erscheinen irgendwann nicht mehr erstrebenswert. Das darf nicht passieren.«

Wie immer waren da Dutzende Aber, die ich einem ersten Impuls folgend alle ins Feld führen wollte. Die ersten Worte lagen mir bereits auf der Zunge, doch ich hielt inne und schluckte sie herunter.

Jessis Blick war beinahe unerträglich, doch ich hielt ihm stand.

»Selbst wenn ich sofort aufbräche, wäre ich drei Wochen fort.«

Wir wussten beide, was ich damit sagen wollte.

Jessi drückte meine Hände, bis es wehtat.

Sie wollte mir zeigen, wie stark sie war.

»Keine Sorge, ich werde durchhalten. Und selbst wenn nicht, will ich dich sowieso nicht auf meiner Beerdigung sehen.«

Jetzt musste ich doch kurz zur Seite schauen und die Tränen wegblinzeln.

»Sag so etwas nicht.«

»Warum nicht?«

»Weil es mir das Herz bricht.«

»Nein, tut es nicht, du hast es doch von Anfang an gewusst. Genau wie ich. Und jetzt wird es Zeit, die Realität zu akzeptieren. Bestrahlung und Chemo gleichzeitig haben das Wachstum nicht stoppen können. Meine Zeit läuft ab, Adam, aber damit bin ich nicht die Einzige. Du hast vielleicht mehr Zeit als ich, aber auch nicht endlos viel. Also mach dich auf den Weg.«

Ich konnte es nicht verhindern, mir liefen die Tränen die Wangen hinunter.

»Du bist unmöglich, Jessi Bischoff.«

»Eine tolle Eigenschaft, nicht wahr?«

Mit dem Daumen wischte sie meine Tränen weg.

»Vielleicht wäre es doch einfacher gewesen, Vero zu fahren.«

»Der erste Eindruck kann täuschen, wie du jetzt weißt.«

Kopfschüttelnd suchte ich nach einem Ausweg, doch es gab keinen.

»Ich kann aber nicht sofort los«, versuchte ich mich herauszuwinden, und das war nicht einmal gelogen.

Meine Conny-Frei-Idee stand einem überstürzten Aufbruch im Weg.

»Und wann kannst du?«

»Ich weiß nicht …«

Verzweifelt versuchte ich mich zu erinnern, wann dieses Konzert sein sollte.

Jessi stieß mir in die Rippen.

»In drei Wochen vielleicht«, entfuhr es mir leichtsinnig.

Ich sah, wie schwer es ihr fiel, daran zu glauben, dass sie in sechs Wochen noch am Leben sein würde, aber was sollte ich ihr anderes sagen?

»Sechs Wochen«, sagte Jessi nickend. »Ich halte durch, bis du vom Berg zurück bist. Und du versprichst, endlich deinen Traum wahr zu machen. Deal?«

Sie streckte mir ihre Hand entgegen.

Ich hatte mich bereits einmal auf einen Deal mit ihr eingelassen, und es endete in einer Katastrophe. Trotzdem schlug ich wieder ein.

»Deal.«

Was sollte ich tun? Ich war ihr hoffnungslos unterlegen.

Oma ist verschwunden

Nach dem Gespräch mit Jessi kehrte ich völlig ausgelaugt gegen Viertel nach neun nach Hause zurück und erwartete, Oma Olga in ihrem geliebten Fernsehsessel sitzend vorzufinden. In der Zwischenzeit war ich so mit anderen Dingen beschäftigt gewesen, dass ich gar nicht mehr an sie gedacht hatte. Aber nun war ich daheim, und sie war immer noch weg. Weder saß sie in ihrem Fernsehsessel, noch hantierte sie in der Küche, und im Schlafzimmer fand ich sie nicht. Auch Tasche und Mantel fehlten weiterhin.

Ich wusste nicht, was ich tun sollte.

Mich an die Polizei wenden? Aber ab wann konnte man erwachsene Personen als vermisst melden? Heute schon? Immerhin hatte Oma Olga das Haus bereits am frühen Vormittag verlassen und war manchmal etwas verwirrt. Andererseits: Wenn etwas passiert wäre, hätte ich dann nicht längst Nachricht davon? Schließlich steckte in ihrer Handtasche ihr Personalausweis.

In meiner Verzweiflung ging ich vor die Tür und beobachtete die Straße. Wünschte mir ein Taxi herbei, darin meine verwirrte Oma, die nur mit Mühe zu ihrem Haus zurückgefunden hatte. Diesmal würde ich dem Taxifahrer jeden Betrag bezahlen, wenn nur alles gut werden würde. Doch da kam kein Taxi, und es wurde immer später.

Mir fiel keine andere Lösung ein. Ich rief die Polizei an. Man bat mich, das nächste Revier aufzusuchen und eine Vermisstenanzeige aufzugeben.

Zu Fuß benötigte ich dorthin zehn Minuten. Noch einmal so lange musste ich warten, bis jemand Zeit für mich hatte. Die junge Beamtin mit Pagenschnitt und sympathischen Grübchen war einfühlsam, hörte genau zu und stellte die richtigen Fragen. In Oma Olgas Fall, so versprach sie mir, würde man nicht die bei Erwachsenen üblichen vierundzwanzig Stunden abwarten, sondern sofort mit der Suche nach ihr beginnen. Als Erstes würde man alle Krankenhäuser in der Stadt anrufen. Ich wurde gebeten, mich zu Hause zur Verfügung zu halten.

Das tat ich.

Der ersehnte Anruf ging nach einer halben Stunde ein.

Die Beamtin hatte eine gute Nachricht. Meine Oma befand sich im Krankenhaus Hinter der Weser. Zu ihrem Gesundheitszustand konnte sie nichts sagen, aber die Stationsleitung war darüber informiert, dass ich heute Abend noch vorbeikommen würde.

Das Krankenhaus Hinter der Weser! Ich konnte es nicht fassen! Wahrscheinlich war ich dort gewesen, als Oma eingeliefert worden war.

Sofort machte ich mich auf den Weg und bereute zum wiederholten Mal, mir kein eigenes Auto angeschafft zu haben. Es war ja so bequem gewesen, das Taxi zu nutzen.

In diesem Zusammenhang fragte ich mich während der Bahnfahrt, ob ich es mir vielleicht ganz allgemein zu bequem gemacht hatte in meinem Leben. Ich lebte bei meiner Oma, zahlte dafür kaum etwas, ließ mich von ihr bekochen, und wenn ich sie hin und wieder zum Einkaufen fuhr, benutzte ich dafür ein geliehenes Auto, das mich auch nichts kostete. Ich war fünfundzwanzig Jahre alt und lebte ein Leben auf Pump, gab mit meiner Bergsteigerei an und schob einen Traum vor mir her, der sich toll anhörte, wenn ich anderen davon erzählte.

Jessi hatte mich durchschaut. Das bewies ihre Bitte. Sie ahnte, ich würde niemals den Chimborazo besteigen, wenn mich nicht jemand in den Arsch trat.

Ich war bequem geworden.

Hatte mich eingerichtet.

Und steckte nun fest.

Daran musste ich etwas ändern.

Als ich erneut vor der hochaufragenden Fassade des Krankenhauses stand, stand auch mein Entschluss fest. Ich blickte auf die vielen erleuchteten Fenster, sah aber stattdessen einen verschneiten Berg vor mir, hinter dem die Sterne glitzerten, und nie zuvor in meinem Leben war ich mir einer Sache so sicher gewesen. Ich würde ihn besteigen, im nächsten Monat, so wie ich es Jessi versprochen hatte. Nichts würde mich davon abhalten.

Diesmal nahm ich den Fahrstuhl hinauf in die fünfte Etage. Nach Fitnesstraining war mir am Ende dieses Tages wahrlich nicht mehr.

Die Station lag im Halbdunkel. Im Schwesternzimmer brannte ein schwaches Licht. Ich klopfe sacht an die Scheibe, die diensthabende Schwester sah mich an und kam hinaus auf den Flur.

»Ich bin wegen Olga Wondrascheck hier«, sagte ich leise.

Es war so still hier, da musste ich einfach flüstern.

»Kommen Sie rein«, bat die Schwester und schloss die Tür hinter uns.

»Sie sind der Enkel, nicht wahr?«

»Ja, aber eigentlich der Sohn. Ich bin bei meiner Oma aufgewachsen. Andere Angehörige hat sie nicht. Was ist denn passiert?«

»Machen Sie sich keine Sorgen, es geht ihr ganz gut. Ein paar blaue Flecken und eine Hautabschürfung am Ellenbogen, mehr nicht. Soweit ich weiß, ist sie in der Innenstadt gestürzt, als sie aus einem Bus stieg. Sie war eine Weile bewusstlos, und als sie aufwachte, konnte sie sich nicht an ihren Namen erinnern. Eigentlich an rein gar nichts. Nachdem die Polizei angerufen hatte, fragte ich ihre Oma, ob sie Olga Wondrascheck sei, und da war die Erinnerung plötzlich wieder da. Das ist gar nicht so ungewöhnlich bei Menschen in ihrem Alter.«

»Hat sie … Demenz?«

Die Schwester schüttelte den Kopf.

»Wahrscheinlich nicht. Lediglich eine ganz normale altersbedingte Verschlechterung der kognitiven Fähigkeiten. Hatte sie viel Stress in letzter Zeit?«

»Ich … äh, na ja, ein wenig schon. Warum?«

»Weil Stress die Symptome wie Vergesslichkeit fördert.«

Natürlich fiel mir ein, wie verändert Oma Olga nach dem Tag mit Leonie gewirkt hatte, und sofort stellte sich mein Schuldbewusstsein ein. Ich hatte es wirklich total vermasselt, hatte alles aufs Spiel gesetzt für diese Tour auf den Brocken. Wie konnte man nur so egoistisch sein?

»Kann ich zu ihr?«, fragte ich.

Die Schwester schüttelte den Kopf.

»Sie schläft jetzt. Wir haben ihr ein Beruhigungsmittel gegeben, damit sie sich besser erholt. Kommen Sie doch morgen früh wieder. Und bringen Sie bitte einige persönliche Sachen mit wie Wäsche und Pflegeartikel.«

»Was? Wie lange muss meine Oma denn hierbleiben?«

»Ein paar Tage. Bis alle Untersuchungen abgeschlossen sind.«

Während sie mich aus der Station hinausbegleitete, beteuerte die Schwester noch einmal, ich müsse mir keine Sorgen machen, solle aber in Betracht ziehen, dass meine Oma wahrscheinlich nicht mehr allzu lange allein zurechtkommen würde.

Nachdem sie verschwunden war, drehte ich mich noch einmal zur Station um. Darin lagen nun zwei Menschen, die ich liebte. Das war an Komik und Tragik kaum zu überbieten.

Vielleicht sollte ich um ein Bett bitten.

Schatz in der Unterwäsche

Das Monstrum war vier Meter lang, erstreckte sich von Wand zu Wand, bestand aus dunklem Eichenholz und wog sicher mehr als zweihundert Kilo. Ein Meisterwerk der Handwerkskunst, von meinem Opa eigenhändig angefertigt. Ich erblasste aufgrund seines Fassungsvermögens.

Nie zuvor hatte ich einen Blick in den Kleiderschrank meiner Oma geworfen und stand nun vor der Herausforderung, aus diesen Untiefen die richtigen Kleidungsstücke herauszufischen. Zuvor hatte ich mir Gedanken gemacht, was das Richtige sein könnte, und in meiner Unwissenheit auf eine Expertin für Krankenhausaufenthalte zurückgegriffen.

Jessi.

Am frühen Morgen hatte ich eine SMS auf ihr Geheimagentenhandy geschickt, sie über Omas Unfall in Kenntnis gesetzt und gebeten, mir zu helfen. Die Antwort war ernüchternd ausgefallen: Unterwäsche, Nachthemden, Socken, Handtücher und, wenn vorhanden, Bademantel.

Da ich nicht wusste, wo ich suchen sollte, öffnete ich alle acht Türen des Kleiderschrankes. Die alte, mit Stoff bezogene Lampe über dem Bett spendete nur schwaches Licht, das kaum in den Schrank hineindrang und die Tiefen im Schatten ließ.

Was ich hinter den beiden rechten Türen fand, verschlug mir erst einmal den Atem. Es war die Kleidung meines Opas. Ordentlich gebügelt, gefaltet, hingelegt oder aufgehängt, fand ich dort alles, was ich je an ihm gesehen hatte. Oma hatte keines seiner Kleidungsstücke weggeworfen.

Ich schloss die Türen und widmete mich den übrigen Fächern

und Schubladen. Nach kurzer Suche stieß ich auf eine Kollektion altmodischer, wallender Nachthemden unterschiedlicher Farben und Muster. Da Oma nur ein paar Tage im Krankenhaus bleiben würde, packte ich drei davon in den kleinen Koffer, den ich zuvor auf dem Bett bereitgelegt hatte. Dann machte ich mich an die Unterwäsche. Die baumwollenen Unterhosen waren eine Wucht, sowohl in Größe als auch Form. Dass sie warm hielten, bezweifelte ich keine Sekunde, der Stoff war so dick wie der von Handtüchern. Eine davon hielt ich ins Licht und entschied spontan, dass der Anblick solcher Ungetüme jedem jungen Mann erspart bleiben sollte. Nun hatte ich aber einmal damit angefangen und würde tun, was ein Mann tun musste. Die Unterhosen ganz vorn in der Schublade schien Oma häufiger zu benutzen, sie sahen ein wenig fadenscheinig aus. Ich beschloss, nicht diese schäbigen, sondern die neuen aus den Tiefen der Lade zu nehmen.

Als ich hineingriff, wunderte ich mich, warum sie sich anfühlten wie Papier und außerdem raschelten.

Weil ich dort hinten nichts sehen konnte, nahm ich die ganze Schublade heraus und legte sie unter die Deckenlampe aufs Bett. Die Schublade war lang und beherbergte gut und gern dreißig bis vierzig baumwollene Unterhosen. Alle lagen sauber und ordentlich übereinander, und zwischen ihnen fand ich den Grund für das raschelnde Geräusch.

Geldscheine.

Alte DM-Scheine.

Hunderter.

Ich legte alle Unterhosen rechts neben den Koffer und die Geldscheine, die nagelneu wirkten, links daneben. Dann zählte ich.

Fünfzehntausend Deutsche Mark!

Die letzten Scheine noch in der Hand, sank ich aufs Bett und konnte es nicht glauben. Ich dachte darüber nach, wann die DM durch den Euro ersetzt worden war. Anfang 2002, wenn ich mich nicht irrte. Was bedeutete: Diese Scheine waren mindestens fünfzehn Jahre alt.

Herrschaftszeitennochmal!

Hatte Oma das Geld einfach vergessen?

Das Damenzimmer

Auf dem Weg ins Krankenhaus war mein Kopf voller Gedanken, die an das viele Geld im Kleiderschrank meiner Oma überwogen allerdings. War das irgendeine Art von Zeichen? Ein Wink des Schicksals mit dem Zaunpfahl? Alle Hinderungsgründe, die mich bisher von der Besteigung des Chimborazo abgehalten hatten, waren plötzlich neutralisiert. Zeit und Geld waren in Hülle und Fülle vorhanden …

Seit vier oder fünf Jahren versuchte ich, genügend Geld für eine Reise nach Ecuador zusammenzukratzen, dabei lag mehr als genug Geld zwischen den Unterhosen im Kleiderschrank meiner Oma.

Meine Oma war ein Ausbund der Sparsamkeit, immer wieder hatte sie auf ihre dürftige Rente hingewiesen, beim Einkaufen stets zu den billigen Artikeln gegriffen und nie etwas außer der Reihe ausgegeben. Wie oft hatte sie mich mit ihrem Postkartentick unter Druck gesetzt, mein großes Abenteuer endlich anzutreten, und immer hatte ich ihr erklärt, es fehle an Geld. Wenn sie von dem Geld gewusst hätte, hätte sie es mir gegeben, da war ich mir sicher. Ich konnte nur mutmaßen, wie lange es schon dort lag, ging aber davon aus, dass es bereits vor der Währungsumstellung seinen Weg zwischen die Unterhosen gefunden hatte. Oma hatte immer nur die vorderen zwei Reihen Schlüpfer benutzt und das Geld im Laufe der Jahre einfach vergessen.

In diesem Moment hielt die Straßenbahn vor dem Krankenhaus Hinter der Weser. Schon als ich ausstieg, erblickte ich Michael und Willi-Chef, die auf dem Parkplatz lebhaft miteinander debattierten. Und ich musste an ihnen vorbei.

Willi entdeckte mich auch, beendete das Gespräch und wandte sich mir zu.

»Was willst du hier?«, fragte er.

»Geht dich nichts an«, sagte ich.

»Professor Urban hat deutlich genug …«

»Professor Urban kann mich mal.«

Hocherhobenen Hauptes schritt ich an Willi und Michael vorbei auf das Eingangsportal der Klinik zu.

Im Zimmer meiner Oma erwartete mich eine Überraschung. Es war ein Zwei-Bett-Zimmer, wie es in dieser Klinik üblich war. In den beiden Betten lag niemand, aber an dem kleinen Tisch vor dem Fenster saßen Oma Olga und Jessi und spielten eine Partie Halma. Beide waren in das Spiel vertieft und bemerkten mich nicht sofort, als ich in der geöffneten Tür stand. Einen stillen Moment lang sog ich diese Szene in mich auf, spürte die Wärme, die sie in mir auslöste, sowie ein Gefühl von tiefer Friedfertigkeit.

Dann hob Jessi den Kopf, sah mich und lächelte.

Da war es wieder, ihr gesichtsfüllendes Lachen, das mich von Anfang an in seinen Bann geschlagen hatte.

»Der Mann unserer Träume ist da«, rief sie, stand auf, kam auf mich zu und schloss mich in die Arme.

»Was macht ihr hier?«, fragte ich verdutzt.

»Wir haben darum gebeten, zusammen auf einem Zimmer liegen zu dürfen, und wie du siehst, es hat geklappt.«

Jessi beugte sich ein wenig vor, sodass sich ihre Lippen ganz dicht an meinem rechten Ohr befanden.

»Du ahnst nicht, was ich in den letzten Stunden alles über dich erfahren habe. Du hast dir echt mal den Schniedel eingeklemmt?«

»Na super! Soll ich die Damen lieber wieder allein lassen, damit sie noch ein wenig über mich lästern können.«

Ich stellte den Koffer ab und nahm meine Oma in die Arme.

»Was machst du nur für Sachen?«, fragte ich sie. »Ich bin fast gestorben vor Sorge, als ich dich nicht finden konnte.«

Im folgenden Gespräch erfuhr ich, dass Oma Olga gestern von meinem Rausschmiss erfahren hatte. Silke, meine ehemalige Chefin, hatte sie angerufen. Daraufhin war Oma Olga in die Stadt gefahren, um eine Freundin zu besuchen, ein paar Dinge einzukaufen und ein Geschenk für mich zu besorgen, das mich aufmuntern sollte. Sie hatte an Bettwäsche gedacht, vielleicht mit Landschaftsmotiven. Alles hatte sie erledigt, nur mein Geschenk leider nicht besorgen können, denn auf dem Weg dorthin war ihr das kleine Missgeschick passiert, wie sie es nannte.

»Was ist in dem Koffer?«, wollte Oma Olga dann wissen.

»Etwas zum Anziehen für dich.«

»Wofür das? Ich komme heute nach Hause.«

»Das glaube ich nicht.«

In der Folge entwickelte sich eine lebhafte Diskussion zwischen Oma und mir, die erst durch das Hinzuziehen eines Arztes zu meinen Gunsten entschieden werden konnte. Doktor Shioban bestand darauf, heute noch ein paar Tests mit Oma zu machen, unter anderem ihr Hirn zu scannen, um sicherzugehen, dass sie wieder fit war. Und da Oma schon seit jeher großen Respekt vor Ärzten hatte, willigte sie schließlich ein.

Nachdem ich eine Runde Halma mit meinen beiden Herzensdamen gespielt hatte, legte Oma sich ins Bett.

Jessi und ich gingen hinaus auf den Balkon. Heute waren wir nicht allein, zwei Raucherinnen verpesteten die Morgenluft. Wir entfernten uns von ihnen und besetzten die hinterletzte Ecke.

»Wie geht es dir?«, fragte ich.

»Besser. Ich denke, in ein oder zwei Tagen kann ich nach Hause.«

»Und was dann?«

Jessi zuckte mit den Schultern.

»Die Bestrahlung zu Ende bringen, eine Woche habe ich ja noch. Damit wäre meine Behandlung abgeschlossen. Professor Urban hat uns gestern etwas von einem experimentellen Medikament aus den USA erzählt. Dafür werden Testpatienten gesucht. Angeblich soll es für meinen Tumor wie geschaffen sein.«

»Mach das!«

»Ich werde wohl nicht drum herumkommen. Sonst flößt meine Mutter es mir mit Gewalt ein.«

»Ist sie immer noch sauer auf mich?«

»Mama ist im Moment auf die ganze Welt sauer. Papa sagt, zu Hause ist es unerträglich mit ihr. Sie will es einfach nicht akzeptieren. Ich glaube nicht, dass sie so böse auf dich ist, wie sie es vorgibt zu sein, aber du bist gerade die ideale Projektionsfläche für ihre Wut. Vielleicht besuchst du sie einfach mal und klärst das.«

»Ich gebe zu, davor habe ich Angst.«

»Schlimmer als sterben wird es nicht sein.«

»Hm, auch wieder wahr.«

Wir schwiegen einen Moment und starrten über die Dächer der Stadt.

»Bleibt es bei unserem Deal?«, fragte Jessi irgendwann.

Darauf hatte ich gewartet.

»Unter einer Voraussetzung.«

Mit Argwohn im Blick sah sie mich an.

»Und die wäre?«

»Ein Gedicht für mich, bevor ich aufbreche. Vielleicht irgendwas mit Natur, Bergen und Abenteuer. Ich würde gern deine Gedanken mit auf die Reise nehmen.«

»Okay, ich überleg mir was. Kann aber ein paar Tage dauern.«

»Bei mir auch«, sagte ich.

Überfallkommando

Weil es bald Mittagessen geben würde, musste ich mich von meinen beiden Herzensdamen verabschieden.

Jessi umarmte mich zum Abschied und sagte etwas verklausuliert, ich solle mich dem stellen, was mich erwartete. Natürlich bezog ich das auf ihren Tumor. Unten in der Lobby der Klinik wurde mir aber schnell klar, dass ich mich getäuscht hatte.

Dort warteten Vero, Gero, Angel und Leonie. Als sie mich aus dem Fahrstuhl treten sahen, standen sie auf und kamen schnurstracks auf mich zu. Mein Blick irrte auf der Suche nach einer Fluchtmöglichkeit umher. Es gab keine, zumindest keine, bei der ich mein Gesicht nicht verlieren würde.

Leonie löste sich aus Veros Hand und kam auf mich zugelaufen. Ich hob sie hoch und nutzte sie als menschliches Schutzschild. Das war nicht sehr männlich, aber was blieb mir angesichts der Überzahl der anderen übrig?

»Wir müssen reden«, sagte Gero.

Mit einem Nicken willigte ich ein und folgte dem Überfallkommando in die Cafeteria der Klinik. Jetzt, um die Mittagszeit, war es dort fast leer. Gero schritt voran und suchte einen Tisch hinten in der Ecke aus. Vero klopfte mir auf die Schulter und warf mir einen aufmunternden Blick zu. Wird schon, meinte ich darin lesen zu können.

Trotzdem flatterte mein Bauch, als ich Leonie absetzte und mich Angel zuwandte.

»Angel …«, begann ich. »Es … es tut mir leid, ich wollte nicht, dass es …«

Sie hob die Hand und sah mich an, und mir wurde schlagartig

klar, dass nicht Gero der harte Cowboy der Familie war, sondern Angel.

»Lass gut sein«, sagte sie.

Gero, Angel und ich setzten uns, Vero nahm Leonie an die Hand und verschwand mit ihr in den Park, zum Enten füttern. Hilfe suchend sah ich den beiden hinterher. Als sie verschwunden waren, herrschte für einen Moment eisiges Schweigen am Tisch.

Es war Angel, die das Schweigen brach.

»Ich verstehe, warum du es getan hast und dass es Jessis Wunsch war, aber du hättest vernünftiger sein müssen.«

»Ja, hätte ich. Es tut mir leid.«

»Hör auf, dich ständig zu entschuldigen, wenn du es gar nicht ernst meinst«, fuhr Angel mich an.

Darauf erwiderte ich nichts. Sie hatte ja recht.

»Vero hat uns von deiner Idee erzählt«, sagte Angel. »Und wir finden sie gut.«

»Echt?«

»Ach scheiße!«, fuhr Gero dazwischen. »Die Idee ist nicht gut, sie ist sensationell. Ich ärgere mich, dass ich nicht selbst draufgekommen bin.«

»Vorausgesetzt, es geht Jessi gut genug dafür«, wandte Angel ein.

»Natürlich«, beeilte ich mich, ihr zuzustimmen. »Da es eine Überraschung werden soll, können wir alles auch im letzten Moment noch abblasen. Allerdings weiß ich noch gar nicht, ob es klappt.«

»Wovon ist das abhängig?«, wollte Gero wissen.

»Na ja, ich denke, in erster Linie von Conny Frei.«

»Vero sagte, du hast einen Kontakt?«

Ich erzählte den beiden von meinem Freund Ingo. Dann fasste ich noch einmal zusammen, wie ich mir die ganze Aktion vorstellte.

Am Ende griff Angel über den Tisch nach meiner Hand, drückte sie und sah mich an. Ihr Blick war weich, ihre Augen tränenfeucht.

»Du liebst Jessi, nicht wahr?«

Ich nickte. Der Kloß in meinem Hals ließ keine Worte zu.

»Wie kann das Leben einen solchen Weg wählen, um zwei Menschen zueinanderzuführen?!«, sagte Angel, und ich hörte die unterdrückte Wut in ihrer Stimme.

»Vielleicht gab es keinen anderen«, antwortete ich.

»Du weißt, dass sie stirbt, oder?«

»Ja, ich weiß.«

Wir vergossen zusammen ein paar Tränen, bis Gero plötzlich ruckartig aufstand, die Nase hochzog, tief einatmete und sagte: »Und jetzt mischen wir deinen Boss auf.«

»Was?«

»Deinen Rauswurf lassen wir nicht einfach so im Raum stehen.«

»Nein, ich ... äh, das ...«

Angel erhob sich ebenfalls, und gemeinsam blickten sie auf mich herab. Zwei wütende Rächer in Rockerkluft, die an irgendjemanden ihre Wut abreagieren mussten.

»Du bist doch ein Mann, oder?«, fragte Gero.

Das konnte ich schlecht bestreiten, also folgte ich den beiden.

Draußen gesellte sich Vero mit Leonie zu uns, und wir betraten gemeinsam die Klinik für Strahlentherapie und fuhren mit dem Fahrstuhl hinunter ins Reich von Free Willy.

Willi hockte wie immer in seiner Abstellkammer vor dem PC, eine Tasse Kaffee neben der Tastatur. Da die Tür offen stand, platzten wir einfach so hinein. Gero, Angel, Vero, Leonie und ich. Ich versuchte mir auszumalen, welches Bild sich Willi bot, doch das war gar nicht nötig, ich konnte es seiner Mimik entnehmen, die vollkommen seiner Kontrolle entglitt. Von Ärger über Erschrecken bis hin zu Fassungslosigkeit war alles dabei. Er war so perplex, dass er kein Wort hervorbrachte.

Gero trat in voller Größe – viel Platz blieb nicht zwischen seinem Kopf und der niedrigen Decke – vor den Schreibtisch, stützte sich mit den Händen auf die Lehne des Besucherstuhls ab und knurrte: »Wir sind Jessi Bischoffs Eltern. Und Sie erklären uns jetzt, warum Sie Ihren besten Fahrer rausgeschmissen haben.«

Gero zeigte auf mich.

Ich hielt mich im Hintergrund. Einerseits war mir der ganze Auftritt peinlich, andererseits genoss ich ihn auch ein wenig.

»Ich … äh … also, wir … ich meine …«

»Ich meine«, unterbrach Gero das Gestammel, »dass Sie hier und jetzt Ihre Entscheidung noch einmal überdenken sollten. Adam Wondrascheck hat sich selbstlos um unsere Tochter gekümmert, und die Fahrt in den Harz war ganz allein Jessis Idee. Ich bezahle Ihnen selbstverständlich die dadurch entstandenen Kosten.«

Willi sah von einem zum anderen. Dass sein Mund dabei offen stand, wirkte etwas unvorteilhaft, fand ich. Es dauerte, bis er sich gefangen hatte.

»Aber … er hat den Wagen gestohlen«, sagte er kleinlaut.

»Dabei handelt es sich doch um einen sogenannten Mietwagen, richtig?«

»Im Prinzip schon, ja, aber …«

Gero knallte zweihundert Euro so heftig auf den Tisch, dass der PC-Bildschirm wackelte.

»Ich weiß, bei all den kranken Menschen, um die Sie sich so aufopferungsvoll kümmern, geht es Ihnen bestimmt nicht ums Geld, aber damit Sie keinen Hunger leiden müssen, nehmen Sie das und betrachten den Wagen nachträglich als gemietet.«

Willi nahm das Geld nicht, er starrte es nur an.

Vero schob sich an Gero vorbei in den Vordergrund.

»Wenn ich och mal was dazu sagen darf. Sie sind ein janz mieses Arschloch. Hocken hier in Ihrem Kellerloch, zählen die Kohle und machen sich keenen Kopf darüber, wie et Ihren Leuten da oben jeht.«

»Vielleicht interessiert sich ja irgendeine Bremer Zeitung dafür, wie hier mit Menschen umgegangen wird, die sich um andere kümmern«, sagte Angel.

In diesem Moment tat Willi mir ehrlich leid. So in die Mangel genommen zu werden war hart. Mein Mitleid verschwand aber sofort wieder, als er sagte, ich hätte gegen die Charta der Bestrahlungsklinik verstoßen. Das war ja wohl ein Witz.

»Wir Fahrer haben nie etwas von dieser Charta gehört«, fuhr ich ihn an. »Und selbst wenn, wäre sie mir scheißegal. Ich sitze jeden Tag auf engstem Raum mit todkranken Menschen zusammen, kümmere mich ums sie, baue sie auf, höre mir ihr Leid an und sehe sie sterben, bekomme mehr von ihrem Leben mit als du oder irgendjemand hier in der Klinik, und da werde ich mir ganz sicher nicht von einem Professor sagen lassen, wo die Grenzen meines Kontaktes zu den Patienten verlaufen.«

»Jawoll«, sagte Vero.

»Aber Professor Urban …«, versuchte Willi sich zu verteidigen.

Gero würgte ihn ab.

»Wenn Sie diese Entscheidung nicht allein treffen können, dann holen Sie den Professor her, auf der Stelle.«

Willi dachte darüber nach, das wirklich zu tun. Sein Blick ging zum Telefon. Im letzten Moment entschied er sich jedoch dagegen.

»Okay, ich stelle Adam wieder ein«, sagte er. »Aber für die Klinik kann er nicht mehr fahren.«

Jetzt war ich an der Reihe, vor den Schreibtisch zu treten.

»Ich will den Job gar nicht zurück«, sagte ich, nahm die zweihundert Euro und gab sie Gero. »Und die nehme ich für die Jahre, die ich weit unter Mindestlohn für dich gefahren bin, bevor das

Gesetz dich dazu zwang, mehr zu bezahlen. Sagen wir einfach, wir sind quitt.«

Damit wandte ich mich ab und verließ mit meinem tapferen kleinen Gefolge den muffigen kleinen Kellerraum.

Ha!

Ingo und die Erkenntnis

»Wir packen gerade für Costa Cordalis«, erklärte Ingo, als ich ihn in seiner Firma Crazy Entertainment in der Neustadt besuchte.

»Ist nicht dein Ernst? Der macht noch Musik?«

»Kein Spruch wegen seines Alters, oder ich töte dich auf der Stelle.«

»Hatte ich nicht vor, ist doch auch ein toller Künstler. *Griechischer Wein*, oder?«

»Das war Udo Jürgens.«

»Ach ja, richtig.«

»Und der lebt nicht mehr.«

»Jaja, das Alter …«

Ich folgte Ingo grinsend in sein Lager.

Laute Musik dröhnte aus Deckenlautsprechern. Kein Schlager, wie ich bedauernd feststellte, sondern irgendeine Hardrockband, die ich nicht kannte. Zwei Mitarbeiter luden Equipment auf einen 7,5-Tonner, der an der Laderampe hinter dem Gebäude stand. Ich kannte die Jungs von anderen Besuchen hier. Claudio und Mario, beide große, schwere Typen mit ordentlichen Bäuchen und noch ordentlicheren Oberarmen. Ich begrüßte die beiden per Handschlag und bekam eine herzhafte Portion Männerschweiß in die Nase. In der niedrigen Halle war es aber auch verdammt warm. Die Vorbesitzer schienen die Klimaanlage mitgenommen zu haben.

»Wie geht's Jessi?«, fragte Ingo und widmete sich wieder seiner Arbeit.

An einen Tresen gelehnt, ging er eine Liste durch und hakte verschiedene Positionen ab.

Ich hatte auf ein Gespräch unter vier Augen gehofft, doch dafür war er wohl zu beschäftigt. Sei's drum, es ging auch so. Zwar wollte ich ein Geheimnis mit ihm besprechen, aber Claudio und Mario würden sicher nicht petzen.

»Viel besser als während der Harz-Aktion, aber richtig gut auch nicht. Sie ist seit zwei Tagen zu Hause bei ihren Eltern.«

Ingo sah von seiner Liste auf.

»Gibt's eine Chance?«

Ich hob die Schultern und ließ sie fallen.

»Sie nimmt neuerdings ein Medikament namens Xilopharalon, das aber noch getestet wird. Wir müssen abwarten.«

Bisher hatte Jessi noch keine der angekündigten Nebenwirkungen wie erhöhtes Schlafbedürfnis, Konzentrationsstörungen, Muskelschmerzen und Erbrechen bei sich festgestellt. Die erhoffte positive Wirkung, nämlich das Quasi-Einfrieren des Tumors in seiner jetzigen Größe, würde, wenn überhaupt, zeitverzögert in vielleicht zwei oder drei Wochen eintreten. Keiner der Ärzte traute sich, einen Blick in die nähere Zukunft zu wagen. Da es bisher keine vergleichbaren Studienergebnisse gab, tappte man sozusagen im Dunkeln. Jessi war ein Versuchskaninchen und wusste das auch.

»Ich drücke ihr auf jeden Fall die Daumen«, sagte Ingo und widmete sich wieder seiner Liste.

»Boss, die XS-100 auch?«, rief Mario.

»Ja, alle vier«, antwortete Ingo und hakte sie auf der Liste ab.

Mario und Claudio packten einen Lautsprecher von der Größe eines Kleiderschrankes und trugen ihn zum Lkw. Ihnen stand auch ein Hubwagen und mehrere Sackkarren zur Verfügung, aber die beiden schienen auf schwere Arbeit zu stehen.

»Okay«, sagte Ingo und befestigte die Liste auf einem Klemmbrett. »Ich muss mit anpacken, sonst werden wir heute nie fertig. Wir müssen während der Arbeit reden, wenn's dir nichts ausmacht.«

»Kann ich helfen?«

»Klar. Zwei Hände mehr sind herzlich willkommen.«

Ich packte eine große Holzkiste aus, in deren Schaumstoffausstattung hochwertiges technisches Equipment lagerte. Behutsam legte ich die Teile auf den Boden, Ingo hakte sie in seiner Liste ab, und ich packte sie wieder hinein.

»Ihre Eltern finden die Conny-Frei-Sache gut«, begann ich das erste Gespräch, wegen dem ich hier war.

Das Leichtere von beiden.

»Und? Schafft sie das?«

»Conny?«

»Nein, Jessi.«

»Wir machen es nur, wenn sie fit genug ist. Aber vorbereiten müssen wir es, auch wenn es nicht stattfinden sollte.«

»Ich kann dir wirklich nichts versprechen.«

»Nein, natürlich nicht, aber du hast die Kontakte.«

»Mario, komm mal her«, rief Ingo.

Mario kam angetrottet, wischte sich den Schweiß von der Stirn, trank aus einer Mineralwasserflasche.

»Du kennst doch diesen Typ aus der Crew von der Frei. Wie heißt der noch gleich.«

»Scary-Tim. Was ist mit dem?«

»Arbeitet der noch für die Frei?«

»Als persönlicher Leibwächter während der Tour«, sagte Mario und rülpste. »Macht einen auf Babysitter.«

»Der Typ heißt Scary-Tim und ist Leibwächter von Conny Frei?«, fragte ich erstaunt.

Mario grinste breit.

»Er hat Angst vor Insekten und so 'n Scheiß.«

Ich schüttelte ungläubig den Kopf.

»Erklär Mario, was du vorhast«, forderte Ingo mich auf.

Das tat ich. Ich erzählte ihm die ganze Geschichte, von Beginn an bis zu dem Tag, da Jessi mit einem Rettungshubschrauber aus dem Harz ausgeflogen worden war. Und dann erklärte ich ihm meine Idee.

Marios Gesicht wurde mit jedem Wort trauriger. Wahrscheinlich hätte er geweint, hätte er nicht schon so geschwitzt.

»Krasser Scheiß«, sagte er, nachdem ich fertig war. »Meine Schwester ist an Krebs krepiert, war nachher nur noch Haut und Knochen, ich hab gelitten wie ein Schwein, das kann ich dir sagen.«

»Tut mir leid.«

Mario nickte und holte sein Handy hervor.

»Ich ruf Tim an.«

»Jetzt sofort?«

»Klar.«

Ein Mann, ein Wort.

Mario bekam Scary-Tim überraschend schnell an die Strippe.

»Ich brauche deine Hilfe«, sagte er, und das klang nicht wie eine Bitte.

Es folgte ein typisches Männergespräch mit kurzen, hingebellten Sätzen, ohne Geschwafel und umständliches Um-den-heißen-Brei-Herumgerede. Bedankt wurde sich auch nicht. Als Mario nach wenigen Minuten das Gespräch beendete, waren Fakten geschaffen.

Ich würde nach Köln fahren und Scary-Tim treffen.

Echt crazy.

Ich bedankte mich überschwänglich bei Mario, nahm aber davon Abstand, den großen, haarigen, verschwitzten Körper zu umarmen.

Mario winkte lässig ab.

»Kein Thema, Mann. Aber ich will dabei sein.«

»Auf jeden Fall!«

Er widmete sich wieder seiner Arbeit, so herrlich unprätentiös und beiläufig cool, wie ich es nie hinbekommen würde.

»Unglaublich«, flüsterte ich Ingo zu.

»Eigentlich nicht. Ist wie in allen anderen Branchen auch. Jeder kennt jeden oder zumindest jemanden, der jemanden kennt. Vitamin B, du weißt schon.«

Eine Viertelstunde waren wir damit beschäftigt, Leuchteinheiten auf den Lkw zu laden.

Danach ordnete Ingo eine Pause an, und ich fragte ihn, ob er noch fünf Minuten unter vier Augen für mich hätte.

Wir gingen in sein Büro. Groß war der Raum nicht, und er wirkte noch kleiner durch die übergroßen Werbeplakate, mit denen die Wände gepflastert waren. Alle möglichen kleinen und größeren Stars waren dabei. Sein ganzer Stolz war das eigenhändig von Reinhold Messner unterschriebene Filmplakat zu dem Film *Nanga Parbat*.

Dabei handelte es sich um das berühmte Bild, auf dem Messner leicht vorgebeugt ganz allein auf dem Gipfel des Nanga Parbat steht. Um ihn herum nur Schnee, Wolken und Himmel. Natürlich kannte ich die Geschichte dahinter, den unglaublichen Willen, den dieser Mann aufgebracht hatte, um dort oben stehen zu können.

Nachdenklich betrachtete ich das Plakat. Es hatte immer eine besondere Bedeutung für mich gehabt. Dabei ging es mir gar nicht um den Sieg des Menschen über die Natur, dergleichen hielt ich sowieso für Quatsch. Was mich so beeindruckte, war die Fähigkeit, sich ein Ziel zu setzen, aufzubrechen und es zu erreichen. Und es musste nicht immer ein Berggipfel sein. Geschichten wie die von Jessi und ihrem Orca berührten mich genauso, und ich wusste mittlerweile auch, woran das lag. Nämlich an meiner Unfähigkeit, es diesen Menschen gleichzutun. Meine Ziele waren immer nur vage und verschwommen, und ich stürmte nicht wild entschlossen darauf los, sondern eierte herum. Allein die Tatsache, dass ich es nach meiner Ausbildung nicht geschafft hatte, mir eine berufliche Perspektive aufzubauen und stattdessen einen Aushilfsjob machte, der keinerlei Entwicklung bot, sagte einiges über mich aus. Noch vor wenigen Wochen waren mir solche Gedanken fremd gewesen, denn niemand hatte mich je infrage gestellt. Oma Olga nicht, Ingo nicht, ich mich selbst nicht.

Aber Jessi hatte es getan.

»Worum geht's?«, fragte Ingo, der sich hinter mir auf einen Drehstuhl fallen gelassen hatte.

»Darum«, sagte ich und machte eine Bewegung mit dem Kinn zum Plakat. »Um große Träume.«

»Du sprichst vom Chimborazo?«

Ich drehte mich zu Ingo um. Er warf mir eine kleine Wasserflasche zu. Ich entfernte den Deckel und trank erst einmal einen Schluck. Das Gespräch würde schwierig werden, und ich wusste nicht, wie ich es beginnen sollte. Nach einem weiteren Blick auf das Plakat entschied ich mich, mit der Tür ins Haus zu fallen.

»Ich kann nicht mehr warten«, sagte ich und erzählte ihm, dass es meiner Oma nicht so gut ging.

Bei den Untersuchungen im Krankenhaus hatte sich herausgestellt, dass Oma Olga mit ihren neunzig Jahren körperlich noch erstaunlich fit war, doch leider ließ ihr Gedächtnis nach. Beginnende Altersdemenz. In ein, zwei Jahren würde sie sich vielleicht nicht mehr daran erinnern, dass ich ihr eine Karte von der Eisigen Frau und dem Ort im Schnee versprochen hatte. Und falls ich ihr dann eine Karte schickte, würde sie nicht wissen, warum und von wem diese Karte kam. Es war also jetzt höchste Zeit, mein Versprechen einzulösen.

Dass Jessi mich unter Druck setzte, erwähnte ich erst einmal nicht.

»Tut mir leid zu hören«, sagte Ingo.

»Ich will den Chimbo dieses Jahr machen«, sagte ich entschieden.

»Hast du Geld?«

Natürlich erzählte ich nichts von dem Fund zwischen den Unterhosen. Dort befand sich das Geld immer noch. Ich hatte auch

Oma Olga nichts davon erzählt, als sie wieder nach Hause gekommen war. Die Gründe dafür verstand ich selbst nicht.

»Bekomme ich irgendwie zusammen«, sagte ich. »Du doch auch, oder?«

Er lachte durch die Nase.

»Ich kann in die Firmenkasse greifen, kein Problem, muss ich dann nur nächstes Jahr mit dem Finanzamt klären. Aber das ist nicht mein größtes Problem. Ich hab keine Zeit.«

»Drei Wochen wirst du dir doch wohl freinehmen können.«

»Eben nicht. Bis Ende Dezember habe ich jeden Monat ein Event. Und jedes Event muss eine Woche vor- und nachbereitet werden. Du weißt ja, wie das ist.«

»Komm schon, du hast doch Leute, die einspringen können.«

Ingo schüttelte den Kopf.

»Ich hab Leute wie Mario und Claudio, die anpacken können, aber niemanden, der organisieren kann. Ich müsste einen Auftrag an die Konkurrenz abgeben, und das kann mir in diesem Gewerbe so kurz nach Existenzgründung den Hals brechen. Zuverlässigkeit ist das A und O.«

»Ingo … ich würde dich nicht bitten, wenn es nicht wichtig wäre, aber … ich muss innerhalb der nächsten drei Wochen aufbrechen.«

»Spinnst du jetzt total?«, fuhr er mich an. »So schlecht geht es deiner Oma doch gar nicht.«

»Na ja, es hat auch mit Jessi zu tun.«

Ich sah ihn mit flehendem Blick an.

Ingo nickte.

»Alles klar, versteh schon. Du hast auch ihr ein Bild oder eine Karte oder sonst was versprochen.«

»Ich hab ihr nur versprochen, es nicht länger hinauszuschieben.«

»Warum? Wir haben doch keine Eile. Wir sterben schließlich nicht dieses Jahr.«

Ich starrte meinen Freund an, konnte nicht glauben, was er da gerade gesagt hatte.

»Tut mir leid«, nuschelte er. »Hätte ich nicht sagen sollen.«

Wir hatten schon oft miteinander geschwiegen, aber noch nie hatte es so wehgetan wie jetzt. Wir schafften es nicht einmal, uns anzusehen.

»Und wenn doch«, nahm ich den Faden wieder auf. »Ich will nicht irgendwann sterben und bereuen, es nie versucht zu haben.«

»Hör zu, das mit Jessi tut mir leid, ganz ehrlich. Aber keiner von uns beiden wird in nächster Zeit sterben. Es kommt nicht darauf an, ob wir es dieses oder nächstes Jahr machen. Lass es uns nächstes Jahr machen, okay? Ich trage es mir sofort im Kalender ein, dann kann nichts dazwischenkommen.«

Ich schüttelte den Kopf.

»Ich hab es Jessi schon versprochen.«

»Die du wie lange kennst? Vier Wochen? Wir beide sind befreundet, solange wir denken können. Das sollte einen Unterschied machen, findest du nicht?«

»Du könntest einer Sterbenden auch keinen Wunsch abschlagen.«

»Nein, könnte ich nicht. Aber ich will dir mal was sagen: Sie dürfte so etwas gar nicht von dir verlangen, und das weißt du auch.«

Ja, damit hatte Ingo recht. Den eigenen Tod sollte niemand als Druckmittel einsetzen, aber so hatte ich es auch nicht aufgefasst. Jessi spürte instinktiv, dass ich meinen Traum ohne ein bisschen Druck von außen niemals wahr machen würde. Sie wollte mir helfen, nichts weiter.

Oder nicht?

Würde Jessi das wirklich um eines Fotos willen von mir verlangen?

Nein, das glaubte ich nicht.

Oder steckte doch etwas anderes dahinter?

Plötzlich kam mir ein Gedanke, der mich erschreckte.

Dieser eine Satz von ihr, dass sie mich nicht bei ihrer Beerdigung dabeihaben wollte, war der vielleicht gar nicht scherzhaft gemeint gewesen? Wollte sie mich wirklich nicht dabeihaben, wenn sie starb?

Plötzlich fiel es mir wie Schuppen von den Augen. Jessi hatte mir versprochen, durchzuhalten, bis ich wieder zurück war, aber das war eine Lüge gewesen. Sie wusste, wann sie sterben würde, die Ärzte hatten es ihr längst gesagt. Während sie in irgendeinem Krankenhausbett um den letzten Atemzug kämpfte, würde ich mich auf den Gipfel schleppen und oben ein Foto für Jessi machen.

Ein Foto, das ich nur noch auf ihrem Grab ablegen könnte.

Scary-Tim

Mein Zug erreichte Köln um dreizehn Uhr dreißig. Mario hatte fünfzehn Uhr als Treffzeit und das *Café Reichard* in Dom- und Bahnhofsnähe als Treffpunkt mit Scary-Tim abgesprochen.

So hatte ich Zeit genug, vorher einmal um den Dom zu laufen. Der Himmel war bewölkt, und in diesem Licht fand ich das Bauwerk irgendwie bedrückend. Keine Ahnung, warum die Leute so einen Hype darum machten. Vielleicht musste man hineingehen, um das zu verstehen, aber dazu hatte ich keine Lust und keine Ruhe.

Mein Weg führte mich stattdessen auf die Hohenzollernbrücke. Wegen des Blickes auf die Rheinpromenade und die imposanten Bauwerke, außerdem wollte ich unbedingt die Liebesschlösser sehen. Am Anfang der Brücke hingen Bügelschlösser in unterschiedlichsten Farben dicht an dicht an dem Drahtgeländer, nicht ein Zentimeter Platz dazwischen. Je weiter ich die Brücke überquerte, desto mehr freie Stellen fand ich. Ungefähr in der Mitte blieb ich stehen, lehnte mich ans Geländer und ließ meinen Blick schweifen. Schon verrückt, was Menschen aus Liebe taten. Ein Bügelschloss hier anzubringen war eine schöne Geste, aber man musste es zu zweit tun, fand ich. Es machte absolut keinen Sinn, wenn ich es allein tat, ein Foto davon machte und es Jessi sendete. Dafür war ich auch nicht hier. Meine Geste der Zuneigung war ungleich schwieriger zu bewerkstelligen. Es erforderte die Mithilfe vieler Menschen und jede Menge Organisation. Jetzt, da ich die ersten Schritte unternommen hatte, bekam ich Angst. Angst, erneut zu versagen. Aber ich würde dennoch weitermachen.

Und gleich würde ich den persönlichen Leibwächter von Conny

Frei treffen. Herrgott! Ich konnte es noch nicht wirklich glauben. Was für ein Mensch war Scary-Tim, und wie würde er reagieren? Mario hatte ihm nichts weiter erzählt, er wusste also nicht, was ich von ihm wollte. Gut möglich, dass er die Idee scheiße fand und seiner Chefin noch nicht mal davon erzählte. Und selbst wenn er es tat, bestand noch die Gefahr, dass Conny Frei keine Lust darauf hatte. Oder ihr Agent. Oder ihr Berater. Oder die Veranstalter. Oder wer auch immer bei so einem Star noch mitmischte.

Pünktlich um fünfzehn Uhr betrat ich das Café, nachdem ich eine Viertelstunde davorgestanden und gewartet hatte. Es war groß, unübersichtlich und angefüllt mit Rentnern. An beinahe allen Tischen saßen grauhaarige Damen, wenige Herren, es wurde geschnattert und geratscht, Eierklikörtorte verdrückt und literweise Kaffee getrunken.

Ich suchte nach einem einzelnen Mann, der seinerseits suchend um sich blickte. Als ich zehn Minuten nach der vereinbarten Zeit langsam nervös wurde, sah ich einen Mann in der hinterletzten Ecke allein an einem Tisch sitzen, eine Tasse Kaffee und ein Buch vor sich. Er blickte nicht auf, schien konzentriert zu lesen. Da er mit dem Rücken zu mir saß, sah ich nicht mehr als ergrautes langes Haar, das ihm bis auf die Schultern reichte, sowie ein schwarzes Shirt und eine ziemliche fette Armbanduhr, als er die Seiten des Buches umblätterte.

Ich trat hinter ihn, nahm meinen Mut zusammen und räusperte mich. Erst jetzt wurde mir klar, dass ich nicht wusste, wie ich ihn ansprechen sollte. Mit »Scary-Tim« ja wohl kaum und »sehr geehrter Herr Leibwächter von Conny Frei« ging auch nicht.

Er drehte sich um und musterte mich.

»Entschuldigung«, sagte ich, »warten Sie vielleicht auf mich?«

»Wenn du ein Freund von Mario bist, ja.«

»Oh, ja, super, bin ich.«

Er stand auf, und wir schüttelten uns die Hand.

Seine war warm, weich und alles andere als übertrieben kräftig.

»Ich bin Adam Wondrascheck«, stellte ich mich vor.

»Tim«, sagte er kurz, bot mir mit einer Handbewegung einen Platz an und setzte sich wieder.

»Nur noch diesen Absatz zu Ende lesen, kleinen Moment«, sagte Tim, legte einen Finger auf den Text und las.

Eine merkwürdige Gesprächseröffnung, aber so hatte ich Zeit, ihn zu betrachten. Er mochte eins neunzig groß sein, fünfzig Jahre alt, war schlank, braun gebrannt, sehnig, hatte intensive blaue Augen und eine Haarfärbung, wegen der Richard Gere berühmt geworden war. Neben und unter seinen Augen hatten sich tiefe, sympathische Lachfalten eingegraben. Ein attraktiver Mann, aber keine so auffällige Erscheinung, wie ich erwartet hatte.

Sein Finger flog über die Zeilen, seine Lippen bewegten sich leicht. Schließlich schlug er das Buch mit einem lauten Knall zu.

»Augen überall«, sagte er und sah mich an. »Ich liebe diese Geschichte. Schon gelesen?«

Das Buch mit dem Titel *Die Zwölf* war ein richtiger Wälzer, sicher tausend Seiten stark. Mir sagte es nichts, aber ich las ja auch kaum.

»Nein«, gab ich zu.

»Eine Trilogie über Vernichtung und Auferstehung der Menschheit. Ein kleines Mädchen soll die Welt retten. Ein Leitspruch der Protagonisten ist ›Augen überall‹ als Ermahnung für die Wachsamkeit.«

»Aha«, machte ich und musste daran denken, wie leicht ich mich ihm von hinten hatte nähern können.

»Hab dich zehn Minuten vor dem Café herumstehen sehen«, sagte Tim und lächelte. »Hätte dich reinholen können, aber dann hätte ich zehn Seiten weniger geschafft.«

»Nun, jetzt bin ich ja da.«

»Richtig. Kaffee?«

Ich war zwar auch so schon aufgeregt genug, nahm die Einladung aber an.

Tim winkte einer Kellnerin zu, die ihm zu verstehen gab, dass sie gleich kommen würde.

»Amy, dieses Mädchen, das die Welt retten soll, wurde als Kind entführt und einem Experiment ausgesetzt. Sie und zwölf andere, wirklich gefährliche Männer«, klärte Tim mich derweil über das Buch auf. »Das war Thema des ersten Teils. *Der Übergang*. Toll. Musst du lesen. Weltuntergang. Genau mein Ding.«

Er erzählte noch ein bisschen mehr, bestellte zwischendurch für uns beide Kaffee, und mir blieb nichts anderes übrig, als freundlich zu lächeln und ein paar interessiert klingende Fragen zu stellen, obwohl ich doch nur eines wollte: meinen Plan darlegen.

Nachdem die Kellnerin den Kaffee serviert hatte, kam Tim plötzlich zum Thema.

»Womit kann ich dir helfen? Mario hat sich sehr bedeckt gehalten, aber wenn Mario mich um Hilfe bittet, sage ich nie Nein. Mario bittet mich selten um Hilfe, musst du wissen, und wenn er es tut, ist es wichtig. Ich hoffe, es ist wichtig.«

»Nun, es ist für mich wichtig und für einen wirklich ganz besonderen Menschen, der bald stirbt.«

Tims Blick verhärtete sich.

»Erzähl.«

Also erzählte ich. Und Tim hörte aufmerksam zu. Ich musste immer wieder hinunter auf meine Finger schauen, da ich seinem intensiven und starren Blick nicht wirklich standhalten konnte.

Nach einer Viertelstunde war ich fertig. Und das buchstäblich. Ich schwitzte, war erschöpft, und meine Stimmbänder kratzten. Erst jetzt merkte ich, wie sehr ich mich in Rage geredet hatte.

Tim legte seine gepflegte rechte Hand auf den Buchdeckel und fuhr mit der Fingerkuppe des Zeigefingers über die Buchstaben des Titels.

Ohne aufzusehen, sagte er: »Ich liebe starke Geschichten. Von Menschen, die Risiken eingehen, um zu tun, was richtig ist. Ohne

Rücksicht auf das eigene Leben. Früher gab es mehr solche Heldengeschichten. Heute ist fast nur noch Mord und Totschlag und alle sind verzweifelt und irgendwie gebrochen. Und alle wollen was von einem, weil sie meinen, es steht ihnen zu. Weißt du, was ich meine?«

»Äh … ich denke schon«, sagte ich vorsichtig, denn ich hatte das unheilvolle Gefühl, das Gespräch nahm eine Wendung, die mir nicht gefiel.

Tim nickte.

»Wer ist dein Lieblingsheld?«

»Mein was? Ich verstehe nicht?«

»Ist doch nicht so schwer. Jeder hat einen Lieblingshelden, meistens aus der Kindheit. So einer, bei dem man sich wünscht, so sein zu können wie er. Oder sie.«

»Daryl«, sagte ich wie aus der Pistole geschossen.

»Wer ist Daryl?«

»Der Typ mit der Armbrust aus *The Walking Dead.*«

Tims Gesicht hellte sich auf.

»Ach ja, richtig, genau, den finde ich auch gut. Toller Charakter. Was magst du an ihm?«

Darüber hatte ich mir noch nie Gedanken gemacht. Jedenfalls nicht in der Form, dass ich für mich dezidiert aufgeführt hätte, was diese Figur so interessant machte. Und ich hatte meine Empfindungen nie in Worte gefasst.

Doch jetzt starrte Scary-Tim mich erwartungsvoll an, und ich ahnte, von meiner Antwort hing eine Menge ab. Vielleicht sogar ein Ja oder Nein seinerseits zu meiner Bitte.

»Na ja, ich …«

In diesem Moment erfuhr ich, warum es »um die richtigen Worte ringen« hieß.

»Er ist stark, nach außen hin, aber auch sehr verletzlich, und er versucht immer, das Richtige zu tun, aus seiner Sicht das Richtige, auch wenn das nicht die Sicht der anderen ist. Sein Mut ist auch nicht aufgesetzt, er ist in einer Welt aufgewachsen, in der Mut das Überleben erst ermöglicht, kein großes Ding für ihn, nichts, worüber man dauernd quasseln muss. Er tut Dinge, ohne lange darüber nachzudenken, einfach, weil er es kann, und wenn er es nicht kann, wenn er Angst hat oder nicht weiß, ob es richtig ist, so zu handeln, dann tut er es trotzdem. Lässt sich nicht abhalten. Dabei hat er einen starken inneren Kompass für moralisches Handeln. Daryl ist ein Kumpel, auf den man sich immer verlassen kann, und wenn du in Bedrängnis gerätst, dann haut er dich raus. Aber er quatscht dir nicht nach dem Mund, um dein Freund zu bleiben. Du musst ihn und seine Ansichten schon akzeptieren, ihn respektieren. So, wie es in einer Freundschaft sein sollte. Kein großes Ding eben.«

Mir war selbst nicht klar, woher diese Worte plötzlich gekommen waren. Sie flossen wie Wasser, leicht, gleichmäßig, ohne Anstrengung, und ich hatte gespürt, wie sehr sie meiner Seele entsprachen, den Bodensatz der Gefühle darin wiedergaben. Und meine eigenen Ansprüche an mich selbst. Erst jetzt verstand ich, was die Filmfigur des Daryl so sympathisch machte. Jeder wollte so sein wie er, und jeder Mann und jede Frau wünschte sich so einen als Freund. Im wirklichen Leben, in dem wir nicht gegen Zombies kämpfen mussten, sondern gegen Geld- und Zeitmangel und andere Trivialitäten, versagten wir leider nur allzu oft und wurden diesen Ansprüchen nicht gerecht.

Wir waren eben keine Bilderbuchhelden.

Und das war Daryl auch nicht.

Er teilte unsere ureigenen Ängste und Schwächen.

Scary-Tim sah mich mit seinen leuchtenden Augen an, dann warf er einen Blick auf seine monströse Armbanduhr.

»Ich muss los, die Arbeit ruft. Muss noch einige Locations checken, bevor Conny hier eintrifft. Sie kommt übermorgen. Dann erzähle ich ihr davon.«

»Ehrlich?«

Tim streckte die Hand aus.
»Ein Mann, ein Wort, oder? Wie Daryl.«
»Wie Daryl«, sagte ich und ergriff seine Hand.

Wie Daryl sein

»Oma, ich hab dir doch Wäsche ins Krankenhaus gebracht, erinnerst du dich?«

Sie sah mich empört an.

»Ich war doch nicht im Krankenhaus!«

Mein überraschter Gesichtsausdruck war sicher zum Schießen komisch, meine Oma jedenfalls grinste, und ein fast schon kindlicher Schalk schlich sich in ihre Augenwinkel.

»Das war ein Scherz«, schob sie nach. »Natürlich erinnere ich mich.«

Ich atmete hörbar laut aus.

»Oma, bitte, damit macht man keine Scherze.«

»Warum nicht?«

»Weil … eben darum. Aber darum geht es gar nicht, sondern um deinen Kleiderschrank.«

»Was ist mit meinem Kleiderschrank?«

»Weißt du eigentlich, was da drin ist?«

»Meine Kleider. Was stellst du für merkwürdige Fragen?«

»Komm doch bitte mal mit«, bat ich meine Oma, stand vom Küchentisch auf und ging voran. »Ich möchte dir etwas zeigen.«

Sie folgte mir. Ich machte Licht, holte die lange Schublade mit den Unterhosen aus dem Schrank und legte sie aufs Bett. Ich traute mich nicht, vor meiner Oma in ihrer Wäsche herumzuwühlen, und bat sie, es selbst zu tun.

»Warum soll ich meine Unterwäsche durchsuchen?«, fragte sie. »Geht es dir auch wirklich gut, mein Junge?«

Ich sagte, es ginge mir sogar sehr gut und dass sie schon sehen würde.

Oma schüttelte den Kopf, beugte sich über die Lade und nahm die Unterwäsche heraus. Schon beim zweiten Griff erwischte sie einen Geldschein. Nachdem ich das Geld gezählt hatte, hatte ich es fein säuberlich wieder genau so versteckt, wie ich es vorgefunden hatte. Erst später, auf dem Weg ins Krankenhaus, war mir der Gedanke gekommen, es für meine Chimborazo-Tour zu nehmen, ohne Oma Olga etwas davon zu sagen. Es quasi zu stehlen. Ich schämte mich dafür, auch nur eine Sekunde daran gedacht zu haben. Daryl hätte das nie getan.

»Oh, schau mal, ein Hunderter!«, rief meine Oma überrascht aus und hielt ihn ins schummrige Licht. »Na so was! Wie kommt der denn hierher?«

Ich bat sie weiterzumachen.

»Oh, schau mal, noch einer, na so was.«

Die folgenden vier Geldscheine waren von ähnlichen Ausrufen begleitet, dann wurde meine Oma still und stiller und schüttelte schließlich nur noch den Kopf. Sie legte die DM-Scheine ordentlich auf der Tagesdecke ab, so wie ich es getan hatte.

Schweigend starrten wir sie an.

»Wie viel ist das?«, fragte Oma Olga irgendwann.

»Fünfzehntausend Mark.«

»Herr im Himmel!«, stieß sie aus, schlug eine Hand vor ihren Mund und sank auf die Bettkante.

»Du wusstest nichts von dem Geld?«, fragte ich.

Vehement schüttelte sie den Kopf, wollte etwas sagen, doch dann setzte die Erinnerung ein, und sie erstarrte.

»Ich … wusste bis eben nichts davon«, sagte sie schließlich. »Jetzt weiß ich es.«

»Woher stammt das Geld, Oma? Hast du eine Bank überfallen?«

»Es stammt aus der Lebensversicherung deines Opas. Du weißt doch, er hat immer gesagt, Banken kann man nicht trauen, denn sie bekommen niemals den Hals voll. Opa wollte immer einen

Sparstrumpf zu Hause haben. Hatte er auch, Zeit seines Lebens, aber der war sehr bescheiden gewesen. Nach seinem Tod wollte ich ihm diesen Gefallen tun und habe das Geld aus seiner Lebensversicherung abgehoben und hier versteckt. Das war … Wann war das? Vor fünfzehn Jahren?!« Oma Olga starrte mich entgeistert an. »Ich hab es einfach vergessen. Damals war ich fünfundsiebzig, fast noch ein Kind. Wie konnte ich es vergessen?«

Tränen traten ihr in die Augen.

Ich nahm meine Oma in den Arm.

»Macht doch nichts. Dafür freust du dich jetzt umso mehr darüber, nicht wahr? Und auf der Bank hätte es ohnehin kaum Zinsen abgeworfen. Opa hatte schon recht damit, dass die nie den Hals vollkriegen.«

Ich spürte, wie ein Zittern durch ihren Körper lief. Mir war nicht klar gewesen, wie sehr dieser Fund sie seelisch mitnehmen würde. Dabei hätte ich es mir denken können, bedeutete er doch, dass ihre Vergesslichkeit schon viel früher begonnen hatte.

Nach ein paar Minuten hatte Oma Olga sich wieder gefangen. Sie nahm die Geldscheine mit in die Küche, wo es wärmer war. Auf der alten Wachsdecke breitete sie sie erneut aus.

»Kann man die noch tauschen?«, fragte sie dabei.

»Ich weiß es nicht. Ich frag mal bei einer Bank nach.«

»Das ist ärgerlich. Dann sind wir ja doch wieder auf die Halsabschneider angewiesen.«

»Tja, eine andere Möglichkeit sehe ich nicht. Es sei denn, du packst es wieder zwischen die Unterhosen und lässt es dort. Schließlich hast du es bislang ja auch nicht vermisst.«

»Weil ich es nicht brauchte. Aber jetzt brauche ich es! Verstehst du nicht? Es ist ein Geschenk des Himmels genau zum richtigen Zeitpunkt.«

Ich sah Oma fragend an.

Oma Olga setzte sich auf ihren Stuhl und besah sich die sechs Häufchen, zu denen sie die Scheine gestapelt hatte.

»Im Krankenhaus, als ich mit deiner Jessi zusammen auf einem Zimmer lag«, begann sie, ohne mich anzusehen.

»Ja, was war da?«, hakte ich nach, weil ich glaubte, Oma habe den Faden verloren.

»Jessi und ich, wir haben über dich geredet.«

»Ich weiß. Die Sache mit dem eingeklemmten Schniedel hättest du nicht unbedingt verraten müssen.«

»Wieso? Ist doch lustig! Ich hab Jessi aber auch erzählt, wie gern ich eine Postkarte von der Eisigen Frau hätte. Und von dem Ort im Schnee. Und dass du versprochen hast, mir von dort Postkarten zu schicken, sobald du da bist.«

»Ja, und daran werde ich mich auch halten.«

»Ich weiß«, sagte Oma Olga. »Jessi hat gemeint, dass wir beide, also sie und ich, ja nicht mehr alle Zeit der Welt hätten, darauf zu warten, dass du endlich in die Gänge kommst.«

»Das hat sie dir gesagt?«

»Ja, hat sie. Ich hab ihr gesagt, es liegt am Geld, aber das ließ sie nicht gelten. ›Träume zu verwirklichen scheitert nie am Geld, sondern am Willen‹, meinte sie.«

»Ja, klingt nach Jessi«, bestätigte ich leicht frustriert.

»Verstehst du jetzt, was ich meine? Gerade haben wir noch darüber gesprochen, und jetzt liegt das Geld hier auf dem Tisch. Mehr als genug Geld für deine Reisen!«

Oma sah mich mit strahlenden Augen an, und mir wurde schlecht. Ich konnte mir zugutehalten, sie mit keinem Wort manipuliert oder in eine bestimmte Richtung gelenkt zu haben, dennoch waren wir an einem Punkt angelangt, zu dem zu kommen ich mir gewünscht hatte. Doch plötzlich wollte ich das Geld nicht mehr. Es erschien mir nicht richtig. Jessi lag falsch. Träume musste man sich erarbeiten. Opa hatte dieses Geld über Jahre hinweg von seinem kargen Lohn abgeknappst, um seiner Liebsten etwas zu hinterlassen, nicht, damit ich auf irgendwelche Berge stieg.

Das sagte ich meiner Oma.

Sie dachte einen Moment darüber nach.

»Aber dieses Geld bedeutet mir nichts, so wie es da liegt. Aus tiefstem Herzen freuen würde ich mich hingegen, wenn der Tisch voll wäre mit Postkarten aus fernen Ländern, mit Worten von dir an mich darauf. Als Opa starb, hattest du diese Pläne noch nicht, er konnte also nichts davon wissen, aber ich bin mir sicher, wenn er es gewusst hätte, hätte er gewollt, dass ich diese Postkarten bekomme.«

Oma Olga sah mich immer noch an.

Ich hielt ihrem Blick nicht länger stand, schüttelte den Kopf, stand auf ging zu ihr hinüber und nahm sie in die Arme.

»Danke«, flüsterte ich.

Was sonst gab es noch zu sagen?

Freudentanz mit Oma

Scary-Tim schickte mir drei Tage nach unserem Treffen in Köln eine SMS.

Glückwunsch, Daryl. Deine Geschichte geht weiter.

Soll das heißen, Frau Frei hat zugesagt?

So ist es. Lagebesprechung zwei Tage vorher. Hundert Plätze, die für Verlosungen gedacht waren, sind für euch reserviert.

Ich weiß nicht, wie ich euch jemals danken soll.

Mach einfach ein Happy End draus!

Das werde ich.

Da stand ich zwischen den Bergbildern in meinem Zimmer und wusste nicht, wohin mit meinen Gefühlen. Um nicht zu platzen, stieß ich einen Jubelschrei aus, nicht wirklich laut, aber doch laut genug für Oma Olga. Ihr Gedächtnis mochte schlechter werden, hören konnte sie jedoch immer noch wie ein Luchs.

»Was ist passiert?«, kam es von unten.

Ich lief die Treppe hinunter, umarmte meine Oma und führte einen kleinen Freudentanz mit ihr auf.

»Junge, du bringst mich noch ins Grab. Was ist denn passiert?«, rief sie atemlos.

Ich berichtete ihr.

»Ich wusste immer, die Frau Frei ist eine sehr sympathische junge Frau«, sagte Oma Olga und klang dabei, als spreche sie über jemanden in der Nachbarschaft.

»Du kommst doch auch?«, fragte ich.

»Wenn ihr mich dabeihaben wollt.«

»Unbedingt. Und sobald wir das über die Bühne gebracht haben, breche ich auf zum Chimborazo.«

»Dass ich das noch erleben darf.«

Da klang dann doch ein bisschen Sarkasmus mit.

Zu Hause bleiben ging jetzt nicht mehr, ich musste raus. Also schnappte ich mir mein Fahrrad und trat in die Pedale.

Mein erster Weg führte mich zu Ingo in die Neustadt. Seit unserem letzten Gespräch hatten wir uns nicht mehr gesehen. Zeit hätte ich gehabt, aber es stand noch eine Entscheidung aus, und ich wusste nicht, wie Ingo darüber dachte, deshalb hatte ich es vor mir hergeschoben. Würde er mich begleiten? Und wenn nicht, würde er es mir übel nehmen, wenn ich allein ging? Immerhin träumten wir diesen Traum schon seit Jahren gemeinsam, und eigentlich wollte ich nicht ohne ihn dorthin. Jedoch hatte ich zwei Menschen, die ich liebte, etwas versprochen, und jetzt war die Zeit, das Versprechen einzulösen. Konnte man Enttäuschungen gegeneinander aufwiegen? Musste man sich für den weniger Enttäuschten entscheiden, oder gab es so etwas gar nicht?

Immer wieder stand ich vor solch schwierigen Entscheidungen. Warum eigentlich?

Noch etwas sprach gegen eine Solobesteigung des Chimbo: meine Angst. Es war nicht unmöglich, aber leichtsinnig, denn die Gefahren auf dem Gletscher waren groß, und kein halbwegs vernünftiger Bergsteiger würde allein dort hinaufgehen.

Ich konnte mir aber auch Jessis Reaktion vorstellen, wenn ich dies als Grund anführte, es nicht zu wagen. Sie würde mir wieder vorwerfen, nach Gründen dagegen zu suchen, nach einem weiteren Aber, statt Probleme zu lösen. Und eine Lösung wäre in der Tat einfach: Mit etwas Geld könnte ich mich einer geführten Tour anschließen. Darunter litten zwar der Abenteuergedanke und der Spirit des Bergsteigens, aber war das ein schlagkräftiges Argument?

Ich wappnete mich für ein ernsthaftes Gespräch mit Ingo, doch als ich bei seiner Firma ankam, war er nicht da. Ich schickte ihm eine SMS, bekam aber keine Antwort. Mitunter, das wusste ich, war er zu beschäftigt, um direkt zu antworten, aber ich fragte mich auch, ob er mir unser letztes Gespräch, das ohne Ergebnis geblieben war, übel nahm. Ein wenig beleidigt hatte er schon gewirkt. Ich erinnerte mich, wie er darauf gepocht hatte, dass wir uns schon viel länger kannten und dass das einen Unterschied machen sollte.

Ich befand mich in einer Zwickmühle. Egal, wie ich mich entschied, ich würde jemanden verletzen.

Da ich Ingo nicht erreichte, rief ich Jessi an. Mittlerweile musste sie nicht mehr auf Veros Agentenhandy zurückgreifen. Angel hatte den Kontakt zu mir wieder freigegeben. Sie ging sofort dran.

»Hey, was macht mein Bergsteiger?«

Jessis Stimme klang dünn und leise, und mein Herz setzte einen Schlag aus.

»Geht es dir gut?«

»Ich hab ein wenig geschlafen … aber ja, es geht mir gut.«

»Hab ich dich geweckt?«

»Nein, schon okay. Was liegt denn an?«

»Ich habe eine Frage.«

»Schieß los!«

»Kennst du das *Katzen-Café*?«

»*Katzen-Café*? Nie gehört. Was ist das?«

Super, dachte ich, das passt.

»Nach meinem Dafürhalten das schönste Restaurant in Bremen. Es liegt gut versteckt mitten im Schnoorviertel. Bist du nie im Schnoor gewesen?«

»Du weißt doch, ich war lange in Berlin verschollen.«

»Na, dann wird es Zeit. Hiermit spreche ich eine offizielle Einladung zum Abendessen aus. Nur wir beide. Morgen, zwanzig Uhr.«

»Ein romantisches Date mit meinem Bergsteiger?«

»Erfüllst du mir diesen Wunsch?«

»Ich dachte schon, du würdest nie fragen.«

»Bekommt man von einer Frau eigentlich nie eine klare Antwort? So was wie Ja oder Nein?«

»Nein.«

»Nein wozu?«

»Zur letzten Frage. Zur ersten ein zweideutiges Ja.«

»Warum zweideutig?«

»Ich muss erst meine Eltern fragen. Sie betrachten unseren Kontakt weiterhin mit Skepsis.«

»Warum?«

»Meine Mama hält dich nicht für den perfekten Schwiegersohn.«

»Ich werde sie noch überzeugen, keine Bange.«

»Na dann, morgen Abend, zwanzig Uhr. *Katzen-Café*. Ich freue mich darauf. Sehr sogar.«

Katzen-Café

Einen schwarzen Anzug besaß ich, er war sogar noch relativ neu und modisch geschnitten. Dazu ein weißes Hemd. Auf eine Krawatte verzichtete ich, der oberste Knopf blieb offen, ich bekam ja so schon vor Aufregung kaum Luft.

Für den Abend mietete ich einen Wagen. Nicht irgendeinen, sondern ein nagelneues Mercedes Coupé, hergestellt in dem Werk in Bremen. Ich hatte die Wahl zwischen weißer und schwarzer Lackierung und entschied mich für die weiße. Jessi sollte nicht schon wieder das Gefühl haben, in einem Leichenwagen zu sitzen.

Neuwagengeruch und edles Interieur hüllten mich ein, und ich fühlte mich wie ein König, als ich mit dem Gefährt durch die Stadt rollte. Wir würden nach dem Essen definitiv noch eine Ausfahrt machen müssen.

Eine Viertelstunde vor der vereinbarten Zeit hielt ich in der Nähe von Jessis Elternhaus, unserem Treffpunkt. Jessi wohnte zwar wieder in ihrer eigenen Wohnung, hatte Leonie aber hierhergebracht.

Ich stieg aus, um durchzuatmen.

Der Abend war klar, die Luft warm, und mir tat der Bauch weh vor Anspannung.

Als es endlich so weit war, ließ ich den Wagen am Rinnstein vor einer Doppelhaushälfte ausrollen.

Das Jackett hatte ich vorsichtshalber im Fond aufgehängt, damit es nicht knitterte, jetzt zog ich es an, richtete noch einmal den Hemdkragen, wischte meine schweißfeuchten Hände an der Hose ab und trat auf die Haustür zu.

Und wieder hatte ich Angst vor einer Klingel. Irgendwie wurde das langsam symptomatisch bei mir.

Bevor ich draufdrücken konnte, wurde die Tür wie von Geisterhand geöffnet. Es war Leonie, die sie langsam aufzog und die ich erst entdeckte, als sie dahinter hervorlugte. Ihr Gesicht war mit Schokolade beschmiert, von den Lippen über die Wangen bis hin zu den Ohren.

»Wir machen Schokomuffins«, begrüßte sie mich und breitete die Arme aus.

»Wenn da mal noch Schokolade drin ist.«

Ich schaffte es irgendwie, sie so zu umarmen, dass ihre Hände von meinem Anzug fernblieben, aber die feuchten Abdrücke im Gesicht ließen sich nicht verhindern.

Angel kam an die Tür.

»Hey, gut siehst du aus … vor allem das Make-up«, sagte sie und umarmte mich ebenfalls.

Länger und fester als gewohnt, und es lag eine gewisse Traurigkeit darin. Das fand ich alarmierend.

»Komm mal mit, so kannst du nicht zu einem Date gehen.«

Sie schleuste mich in das winzige Gästebad gleich neben der Eingangstür. Im Spiegel sah ich, was Leonie angerichtet hatte. Auf beiden Wangen prangten lustige Schokoladenflecken. Angel feuchtete Toilettenpapier an und tupfte sie fort.

Ich schloss die Augen und erinnerte mich an jenen Tag, als Jessi mir vor dem Krankenhaus die Toilettenpapierreste vom Gesicht gezupft hatte. Wir kannten uns noch nicht lange, hatten aber bereits eine gemeinsame Geschichte, die sich in Erinnerungen manifestierte, und ganz egal, was passieren würde, das konnte uns niemand mehr nehmen.

»Wie geht es ihr?«, fragte ich leise.

»Besser«, antwortete Angel. »Vielleicht hilft das Medikament, vielleicht ist es auch nur vorübergehend, niemand kann uns das sagen.«

»Ich glaube ganz fest, dass es hilft.«

»Ja, aber ihr geht bitte trotzdem nicht auf einen Berg!«

Wir sahen uns an, ihr Lächeln war warm und herzlich. Sie war nicht mehr böse auf mich, hatte mir verziehen, aber verlorenes Vertrauen zurückzugewinnen war ein mühsames, langwieriges Unterfangen. Sie machte mir den Anfang leicht, indem sie mich plötzlich noch einmal in die Arme nahm.

»Danke«, flüsterte sie.

»Wofür?«

»Es ist alles so verdammt schwer … aber so glücklich wie in den letzten zwei Tagen war sie lange nicht mehr. Dafür.«

»Heute ist meine Mami die Prinzessin!«, rief Leonie, die im Türrahmen auf- und absprang.

Angel wandte sich schnell ab, schniefte, warf das schmutzige Papier in die Toilette, spülte und nahm Leonie auf den Arm.

»Ja, und du bist ein kleines Schmutzferkelchen. Los geht's, die Muffins warten.«

»Aber ich will Mami sehen«, protestierte Leonie und streckte ihre Schokoladenhände in die Luft.

Ich folgte den beiden in die offene Wohnküche, in der es wie in einer Backstube duftete. Der große Tisch in der Mitte lag voller Backutensilien und war mit einer klebrigen Masse überzogen. Backen mit einem Kleinkind schien eine komplexe Aufgabe zu sein.

Gero kam uns aus dem Wohnzimmer entgegen. Zum ersten Mal sah ich ihn nicht in Lederklamotten, sondern in Jeans, Karohemd und Pantoffeln. Er war dennoch nicht weniger mein Clint-Eastwood-Ersatz als sonst. Wir schüttelten uns die Hand.

»Schicker Anzug«, sagte er und nickte anerkennend.

»Mein einziger.«

»Einer ist erlaubt. Schon mal 'ne Kutte getragen?«

Ich wusste, er meinte nicht die Standardkleidung eines Mönchs, sondern eine Rockerkluft, und ich verneinte wahrheitsgemäß.

»Würde dir sicher stehen. Warte, ich hole meine.«

»Gero, untersteh dich!«, warnte Angel.

Sie stand am Tisch und füllte Backmasse in eine Muffinsform.

Leonie stopfte Schokoladensplitter wahlweise in die Masse oder ihren Mund.

»Wieso denn?«, fragte Gero. »Wie soll jemals ein richtiger Mann aus ihm werden, wenn …«

»Mami kommt, Mami kommt!«, rief Leonie und wollte von dem Stuhl springen, auf dem sie auf den Knien hockte, doch Angel hielt sie davon ab.

»Oh nein, Schokoladenmonster, du bleibst hier.«

Jessi kam aus dem Obergeschoss die schmale Treppe hinunter. Sie trug ein knielanges schwarzes Kleid, nicht zu streng, am Dekolleté jedoch hochgeschlossen, eine Mischung aus schlichter Eleganz und schönen Drapierungen, die ihrer Figur schmeichelten, dazu schwarze High Hehls. Sie sah atemberaubend aus in dem Kleid. Was mir aber so richtig die Sprache verschlug, war ihr Haar. Zum ersten Mal sah ich Jessi so, wie sie vor Ausbruch der Krankheit ausgesehen haben musste. Glattes blondes Haar fiel ihr bis auf die Schultern, eine Perücke, sicher, aber von echtem Haar nicht zu unterscheiden. Gemessenen Schrittes glitt sie die Stufen hinab und sah mich mit einem Augenaufschlag an, der mir den Rest gab.

Okay, sagte ich mir, du wirst beobachtet, also reiß dich zusammen, und vor allem: Schließ den Mund.

»Alter Schwede«, sagte Gero und pfiff anerkennend durch die Zähne. »Das ist mal ein Anblick, den auch ich nicht alle Tage zu sehen bekomme.«

»Mami ist heute eine Prinzessin und wuuuunderschön!« rief Leonie und klatschte in die Hände.

Muffinteig spritzte in alle Richtungen davon.

Das Gleiche hätte ich auch gern getan, einfach klatschend und pfeifend meine Begeisterung zum Ausdruck bringen, doch ich hielt mich zurück. Wenn man einen Anzug trägt, muss man sich auch wie ein Gentleman verhalten.

Dementsprechend reichte ich Jessi meine Hand für die letzte Stufe und sagte: »Ich weiß nicht, wer Ihr seid, schöne Fremde, aber bitte folgt mir.«

»Sehr gerne, schöner Mann.«

»Ein Kuss, Mami, ein Kuss«, forderte Leonie.

Im ersten Moment dachte ich, Leonie fordere sie auf, mich zu küssen, doch sie wollte den Kuss für sich.

Jessi küsste ihre Tochter ganz vorsichtig auf den Scheitel, alles andere war schokoladenverschmiert. Angel bekam auch einen, allerdings auf die Wange. Ihren Vater umarmte sie, legte ihr Gesicht an seinen Hals und schloss kurz die Augen. Geros Gesicht wurde weich, und seine Augen wurden feucht.

»Hol sie dir alle, Schätzchen«, sagte er mit rauer Stimme.

Jessi löste sich von ihm, winkte ihrer Familie zu, ergriff meine Hand und führte mich aus dem Haus.

Die Tür fiel ins Schloss, und sie drehte sich zu mir um.

»Du siehst klasse aus«, sagte sie und streckte die Hand nach meinem Gesicht aus. »Aber das musst du dir unbedingt abgewöhnen.«

Sie zeigte mir das Stück Toilettenpapier, das sie von meiner Wange geklaubt hatte.

»Ein Unfall mit dem kleinen Schokoladenmonster da drinnen«, rechtfertigte ich mich.

Jessi küsste mich, sanft, die Hände an meine Wange geschmiegt.

»Ich bin entsetzlich hungrig«, flüsterte sie, nachdem wir uns voneinander gelöst hatten.

»Na dann, darf ich bitten, schöne fremde Frau?«

Sie ergriff meinen dargebotenen Arm, und ich führte sie zum Wagen.

»Wow!«, stieß Jessi aus. »Adam Wondrascheck, ich bin überwältigt. Das ist mal was anderes als deine Krebskarosse.«

Zum *Katzen-Café* gelangte man nur zu Fuß, aber vom Taxifahren kannte ich ein paar Stellen am Weserufer, an denen man kostenlos parken konnte. Dort stellten wir den Wagen ab. Ich prüfte die Verriegelung doppelt und dreifach, dann ergriff ich Jessis Hand, und wir schlenderten am Ufer entlang.

Eine Weile sagten wir beide nichts. Ich arbeitete daran, mich wie ein ganz normaler Typ zu fühlen, der ein ganz normales Date mit einem ganz normalen Mädchen hatte, doch das war schwer. Niemand sah Jessi ihre Krankheit heute Abend an, wenn sie Blicke auf sich zog, dann, weil sie einfach atemberaubend aussah. Aber ich konnte sie dennoch nicht vergessen.

»Woran denkst du?«, fragte Jessi und riss mich aus meinen Gedanken.

Die Fähigkeit des Menschen, lügen zu können, hielt ich in diesem Moment für ein göttliches Geschenk.

»Ich bin gerade gar nicht in der Lage, einen klaren Gedanken zu fassen.«

»Warum nicht?«

»Na ja …«

»Liegt es an mir?«

»Ach was, überhaupt nicht. Deine Mutter hat mich umarmt, und ich bin immer noch ganz hin und weg.«

Endlich bekam ich mal wieder einen Ellenbogencheck in die Rippen. Mein Gott, wie hatte ich das vermisst!

»Stört dich die Perücke?«, fragte Jessi.

»Da könntest du mich auch fragen, ob mich dein Kleid stört. Du bist wunderschön, so, wie du bist.«

»Mich stört sie. Fühlt sich fremd an.«

»Dann setz sie ab.«

Jessi schüttelte den Kopf.

»Nein, heute Abend will ich einfach Jessi sein. Nicht Jessi, die Krebs hat, oder noch schlimmer, das Mädchen, das Krebs hat, sondern Jessi, die ein romantisches Abendessen mit ihrem Freund hat.«

»Dann bin ich also dein Freund?«

»Tun wir einfach mal so.«

»Okay.«

Nach einer kurzen Pause sagte ich: »Die Krankheit verändert einen, oder?«

Jessi schüttelte den Kopf.

»Nicht für mich selbst, ich bin immer noch die, die ich vorher war, nur mit anderen Problemen. Aber alle anderen sehen nur noch eine Krebskranke, auch meine Eltern, und das nervt.«

»Tut mir leid, wenn ich auch …«

»Schon in Ordnung, bei dir finde ich es sogar irgendwie süß. Du bist so schrecklich unbeholfen bei dem Thema, obwohl du doch jeden Tag beruflich damit zu tun hast.«

»Zu tun hatte«, korrigierte ich.

»Richtig. Was ich meine, ist, alle anderen – die Ärzte, meine Eltern, Freunde –, die versuchen, rational und abgeklärt damit umzugehen, so, als sprächen sie über ein technisches Problem an einem Auto. Und gerade dadurch fühle ich mich wie ein kaputter Gegenstand und nicht mehr wie Jessi Bischoff. Du tust das nicht. Du bringst eine Art von Mitleid auf, die ich erträglich finde und die mich wissen lässt, dass du den Menschen hinter der Krankheit siehst, nicht die Krankheit selbst.«

Ich schluckte trocken.

»Das liegt nur an dir.«

Ich bekam einen Kuss, begleitet von einem intensiven Blick.

»So, und den Rest des Abends will ich nicht mehr über Krebs sprechen«, bestimmte Jessi resolut.

»Zu Befehl, Eure Hoheit.«

Wir überquerten die Straße an einer Fußgängerampel und erreichten durch eine schmale Gasse zwischen zwei Häusern das Schnoorviertel.

Jessi fragte mich, woher der Name stammte, und ich griff auf mein rudimentäres Wissen darüber zurück.

Beim Schnoor handelte es sich um ein ehemalige Fischerviertel, in dem früher Seile, also Schnüre, gefertigt wurden, erklärte ich.

Nach ein paar Metern waren wir schon mittendrin, und ich konnte Jessi ansehen, wie der besondere Reiz dieses Viertels auch sie ergriff. Tagsüber konnte es hier mitunter sehr voll sein, gerade wenn mal wieder ein Reisebus seine Ladung ausgespuckt hatte, aber um diese Zeit, und dazu noch unter der Woche, war es durchaus erträglich.

Je tiefer wir eintauchten, desto enger wurden die Gassen, die winzigen, teilweise fachwerkverzierten Häuschen drängten sich dicht an dicht, das Kopfsteinpflaster war blank poliert von Millionen Schuhen, in den Sprossenfenstern leuchtete Tiffanylampen, vor den Restaurants standen Stühle und Tische mit Kerzen in Windlichtern darauf, leise Musik klang aus den Lokalen, Gesprächsfetzen mischten sich darunter. Die laute Stadt mit ihrem ständigen Verkehr, der Hektik und Betriebsamkeit war hier nur noch eine entfernte Ahnung, man fühlte sich in eine andere Zeit versetzt und schritt ganz automatisch langsamer dahin. Im Schnoor ging es um die Kleinigkeiten, um die Details, und sie zu entdecken erforderte Muße und den Willen, allen Stress abzuschütteln. Eine Kleinigkeit, sobald man von der besonderen Atmosphäre in den Bann gezogen worden war.

Jessi ging an meiner Hand und kam aus dem Staunen gar nicht mehr heraus. Sie schimpfte auf ihre Eltern, die ihr diesen Stadtteil niemals gezeigt hatten. Sie blieb vor Schaufenstern mit Nippes und Handwerkskunst stehen. Strich mit den Fingern über Sandsteinfensterbänke oder dunkel gestrichenes Fachwerk. Betrachtete ungläubig Häuser, die so schmal waren wie ein Auto, dafür aber dreigeschossig in die Höhe ragten, windschief zum Teil und angelehnt an das Nachbarhaus, das als Stütze diente.

Ich führte sie zu einer bestimmten Stelle und blieb stehen.

»Was ist?«, fragte Jessi.

»Hier müssen wir rein.«

Wie jeder andere, der nie zuvor hier gewesen war, hätte auch Jessi den Eingang der Gasse nicht ohne Weiteres entdeckt, so schmal und versteckt lag er. Ich führte sie hinein, und wir konnten nicht länger Hand in Hand nebeneinander gehen, dafür war es zwischen den Fischerkaten nun zu eng.

»Unglaublich«, entfuhr es Jessi.

Wir passierten das kleinste Hochzeitshaus Deutschlands, kamen an einigen Souveniershops vorbei, die bereits geschlossen hatten, und ich wandte mich nach links.

»Da geht es nicht weiter«, meinte Jessi, und auf den ersten Blick hatte sie recht.

Der zweite Blick offenbarte jedoch linker Hand einen versteckten Durchgang, der so schmal war, dass ich mich seitlich hindurchschieben musste. Einen Schritt weiter öffnete er sich ein wenig, und wir konnten wieder nebeneinanderstehen. Die Giebel der Häuser neigten sich einander zu, sodass der Nachthimmel nicht mehr war als ein dunkler Streifen, ein galaktisches Asphaltband.

Und dann lag es vor uns, das *Katzen-Café*, in seiner ganzen eigentümlichen Besonderheit, wunderschön illuminiert mit Lichtketten in Grünpflanzen und dezenten Lampen an den Tischen. Das Restaurant verteilte sich auf zwei Ebenen. In die unterste gelangte man über mehrere Stufen, während die oberste auf der Höhe der Gasse lag, in der wir uns befanden, und eigentlich eine umlaufende Balustrade war, von der aus man auf die unteren Tische hinunterschauen konnte. Kellner wuselten umher, Menschen aßen und unterhielten sich, scherzten, lachten, Kerzenlicht spiegelte sich in ihren Augen, Gläser klirrten sacht aneinander.

»Das ist ja wunderschön hier«, sagte Jessi, ergriff und drückte meine Hand.

»Hab ich zu viel versprochen?«

»Auf keinen Fall!«

Wir schritten die Stufen hinunter.

Die ersten beiden Kellner ignorierten uns, das gehörte hier dazu, der dritte, ein älterer, distinguiert wirkender Herr, sah uns mit hochgezogenen Augenbrauen an, bereit, uns auf die Frage nach einem freien Tisch mit einem müden Lächeln abzuspeisen.

»Guten Abend. Wir haben reserviert, für zwei Personen, Wondrascheck«, sagte ich.

Sofort änderte sich seine Mimik. Er reichte zuerst Jessi, dann mir die Hand.

»Sehr schön, wenn Sie mir folgen wollen, Mademoiselle et Monsieur.«

Er führte uns zu dem Tisch, den ich reserviert hatte, der schönste im Restaurant, in einer Ecke vor einer Natursteinwand, im Rücken Pflanzen, der Blick frei auf alle anderen Gäste.

Ich sah und spürte die Blicke, die uns dorthin folgten. Die meisten galten Jessi, ganz ohne Frage, manche sah man aber auch den Neid an, wie es denn wohl angehen konnte, dass zwei junge Leute wie wir zur Primetime den schönsten Tisch des Hauses bekamen.

Normalerweise wäre das auch nicht möglich gewesen. Normalerweise hätte ich die Ehefrau des Betreibers auch niemals kennengelernt, aber ich war eben ein Krebstaxifahrer, oder besser, ich war einer gewesen, und als solcher hatte ich die Frau des Betreibers über sechs Wochen hinweg zur Strahlentherapie gefahren. Sie war eine humorvolle, offene Frau, wir hatten uns gut verstanden, und zum Abschluss hatte sie mir statt eines Trinkgeldes angeboten, sie jederzeit anrufen und um einen Tisch bitten zu können.

Heute hatte ich dieses Angebot zum ersten Mal in Anspruch genommen und erfuhr, wie viel mehr wert es war als Geld.

Wir bestellten einen halbtrockenen Rotwein. Jessi kannte sich genauso wenig mit Weinen aus wie ich, wir taten nur so, lobten die Empfehlung des Kellners und ließen eine angemessene Zeit verstreichen, in der der Wein in den Kelchen atmen konnte, bevor wir anstießen.

Moosgrüne Augen sind selten und faszinierend, und wenn tiefe Blicke aus solchen Augen einen treffen, kann man schon die innere Balance verlieren. Im Zusammenspiel mit dem blonden Haar wirkten sie anders als zuvor, aber nicht weniger intensiv. Aus diesen Augen sah sie mich über den Rand des Weinkelches hinweg an, und für mich reduzierte sich alle Wahrnehmung nur noch auf Jessi. Das lebhafte Lokal war eine entfernte Welt, die mich nicht länger interessierte.

»Lass uns auf das Leben trinken«, sagte Jessi. »Weil jeder Moment zählt.«

»Auf das Leben, weil jeder Moment zählt.«

Wir stießen an. Die Gläser klangen teuer, und der Wein schmiegte sich regelrecht an den Gaumen.

»Das war ein Filmzitat, oder?«, fragte ich, nachdem ich das Glas ehrfürchtig abgesetzt hatte.

»*Titanic.* Leonardo diCaprio«, erklärte Jessi.

Der Ober kam zurück und nahm unsere Bestellung auf.

Ich beobachtete Jessi, während sie mit ihm sprach, ihr Lächeln, der Glanz der Lichter auf ihrem Haar, ihre perfekten Fingernägel, die kleine Vertiefung unterhalb ihres Kehlkopfes, und mir wurde beinahe schmerzhaft klar, was für ein glücklicher Mensch ich in diesem Moment war. Im Leben, so verstand ich jetzt, kam es nur auf Momente an, darauf, sie bewusst wahrnehmen und genießen zu können, die Flüchtigkeit eines Augenblickes einzufangen und nicht an den Mahlstrom der Zeit zu verlieren, der aus allem einen diffusen Brei machte, in dem Glück und Unglück ihre Schärfe, ihren Geschmack verloren. Selbst wenn das Medikament mit dem unaussprechlichen Namen nicht wirken sollte, selbst wenn Jessi noch dieses Jahr sterben würde, so würde dieser besondere Moment mich den Rest meines Lebens begleiten.

Der Ober verschwand mit unserer Bestellung, und Jessi beugte sich ein Stück zu mir herüber.

Flüsternd sagte sie: »Das ist doch bestimmt schweineteuer hier.«

Ich fand, nun war der richtige Zeitpunkt gekommen, ihr von Oma Olgas Unterwäschegeld zu berichten.

Nachdem wir darüber gelacht hatten, wurde Jessi ernster.

»Wenn man das hört, könnte man ans Schicksal glauben«, sagte sie.

»Was du aber nicht tust.«

Sie schüttelte den Kopf.

»Jedenfalls nicht in dem Sinne, dass es einen göttlichen Lenker gibt, der die Weichen stellt. Das wäre doch auch furchtbar, denn wo bliebe da der eigene Wille? Vom eigenen Willen ist das Schicksal abhängig, davon bin ich überzeugt. Unser Handeln, ob bewusst oder unbewusst, bestimmt unseren Lebensweg, nur manchmal eben nicht so, wie wir es uns vorstellen. Und manchmal kann man rein gar nichts machen, da hat man einfach Glück … oder Pech.«

Natürlich lag mir die Frage auf der Zunge, ob sie mit ihrem Schicksal haderte, ob sie es als unfair empfand, so viel Pech zu haben, aber Jessi hatte bestimmt, am heutigen Abend nicht über ihre Krankheit zu reden, und ich wollte mich daran halten.

»Tja, so sehe ich es auch. Aber da gibt es noch die Tage, da stehen die Sterne einfach richtig, Fortuna lächelt, und für einen winzigen Moment erreicht man Vollkommenheit.«

»So wie jetzt«, sagte Jessi.

»So wie jetzt«, pflichtete ich ihr bei, und wir stießen erneut an.

Die Vorspeise kam wie gerufen. Wir hatten beide Scampis, in Chili-Knoblauchöl gebraten, bestellt. Der Duft des Gerichts vernebelte die Sinne, und jede weitere Unterhaltung verbot sich von selbst. Die feine Schärfe harmonierte mit dem salzigen Grundgeschmack, und die Scampis waren sagenhaft frisch.

Wieder aß Jessi viel schneller als ich und stibitzte den letzten Scampi von meinem Teller. Ich ließ sie, diesmal gab es kein Gefecht der Gabeln.

Wir hatten Zeit für ein weiteres Glas Wein und ein paar Worte über meine Tour auf den Chimborazo, bevor das Hauptgericht gereicht wurde.

Ich bekam ein Rumpsteak vom Grill mit Pak Choi, Teriyakisoße und Kartoffelgratin. Jessi Norwegischen Lachs auf asiatischem Gemüserisotto an Safranschaum. Hingerissen von Geschmack und Konsistenz aßen wir nicht, nein, wir zelebrierten, genossen jede einzelne Gabel, die wir zum Mund führten, und ebenso die Blicke, die wir uns dabei zuwarfen.

Ich schenkte Jessi Wein nach, wechselte selbst zum Wasser, da ich ja noch Auto fahren musste. Nach dem dritten Glas bekamen ihre Augen einen glasigen Schimmer, und die Worte verließen nicht mehr ganz stolperfrei ihren Mund.

Zwischen Haupt- und Nachspeise gab sie zu, leicht angeschwipst zu sein, und erzählte davon, als sie zum allerersten Mal sturzbetrunken gewesen war.

Das war während ihrer Reise zum Tysfjord in Norwegen gewesen, am Abend, nachdem sie und Vero von einem kleinen Kutter aus Orcas beobachtet hatten. Trunken vor Glück und überwältigt von dem Naturschauspiel, hatten sie sich mit dem Kapitän angefreundet, einen rauen, alten Norweger mit Wikingerappeal. Käptain Orca, wie sie ihn kurzerhand getauft hatten, hatte die beiden für den Abend zu sich nach Hause eingeladen. Seine Frau hatte gekocht, er Seemannsgarn gesponnen. Und irgendwann nach dem Essen war dann die Flasche Selbstgebrannter wie von Zauberhand auf dem Tisch aufgetaucht. Auch wenn es verboten war, brannten viele Norweger selbst, und sie waren sehr kreativ in der Auswahl der Brände. Jessi und Vero hatten Vogelbeerschnaps vorgesetzt bekommen. Sehr sanft und bekömmlich, wie Jessi sich erinnerte. Jedenfalls beim Trinken. Später brodelte er in ihrem Inneren, setzte Motorik, Sensorik und die allermeisten vernünftigen Synapsen außer Gefecht und veranlasste die beiden, grölend zum Strand hinunterzugehen, um nochmals nach Orcas Ausschau zu halten. Dort wären sie wahrscheinlich eingeschlafen und erfroren, wenn der trinkfestere Käptain Orca ihnen nicht nachgegangen und sie in einer Holzschubkarre zurück nach Hause gebracht hätte. Die Nacht verbrachten sie im Gästezimmer, den nächsten Morgen auf der Toilette.

Nachdem Jessi die Geschichte erzählt hatte, ließ ich den letzten Tropfen Rotwein in ihr Glas rinnen und entschied, dass es keine weitere Flasche geben würde.

Schließlich wurde die Nachspeise serviert. Wir hatten beide Crème brûlée mit Kokosflocken und Zitronengras gewählt. Diesmal verteidigte ich meine Portion bis auf den allerletzten Löffel.

Die Portionen im *Katzen-Café* waren nicht riesig, aber drei Gänge waren drei Gänge.

Jessi ließ sich nach hinten sacken und strich sich über den Bauch.

»Ich brauche Bewegung«, stöhnte sie.

»Der Dame kann geholfen werden.«

Ich zahlte, und wir verließen das Restaurant.

Unser Weg zurück zum Wagen führte uns am weltberühmten Bremer Rathaus, dem Ritter Roland und der Böttchergasse vorbei.

»Hast du Lust auf einen kleinen Ausflug?«, fragte ich Jessi, als wir den Wagen erreichten.

»Fahr mit mir, wohin du willst, nur auf einen Berg darf ich nicht.«

Sternenfahrt ans Meer

Von Bremen aus führte die Autobahn geradewegs auf die Küste zu. Sie war nahezu leer, ich konnte den nagelneuen Wagen rollen lassen, ohne mich konzentrieren zu müssen. Die Reifen surrten, es war beinahe wie Gesang, der uns einlullte, und am klaren Nachthimmel wies der Nordstern uns den Weg. Jessi saß entspannt auf dem Beifahrersitz und sah gedankenverloren ins Reich der Galaxien hinauf. Versonnen lächelnd spürte ich einem Gefühl nach, das eine große körperliche Entspannung hervorrief und bei dem es sich nur um Glück handeln konnte.

Glück war kein Zustand und auch nichts Materielles, Glück war, nachts auf einer leeren Autobahn mit einem bezaubernden Mädchen unter einem perfekten Sternenhimmel auf die Küste zuzufahren. Glück schloss vorpreschende Gedanken aus, manifestierte sich nur im Hier und Jetzt und war deshalb so schwer zu fassen und gar nicht zu konservieren. Doch in diesem Moment spürte ich es so überdeutlich wie noch nie zuvor in meinem Leben.

»Wird das Wasser da sein?«, fragte Jessi mit schleppender Stimme.

»Ich weiß es nicht.«

»Hoffentlich!«

Damit war der Moment fort, denn die Gedanken richteten sich wieder auf das, was sein würde, nicht was gerade war. Ich bedauerte das ein wenig. Denn damit setzte sich auch das Karussell in meinem Kopf erneut in Gang. Ich musste unbedingt eine Sache mit Jessi klären, eigentlich sogar zwei, und ich wusste nicht, wie ich es anfangen sollte. Der richtige Moment war noch nicht gekommen.

Schweigend fuhr ich weiter und bemerkte nach einigen Minuten, dass Jessi eingeschlafen war. Ihr Kopf lehnte an der Seitenscheibe, ihre Hände ruhten in ihrem Schoß, die Finger um die blonde Perücke geschlossen, die sie abgesetzt hatte, nachdem wir losgefahren waren.

Es war ein Fehler gewesen, sie zu tragen, hatte Jessi gesagt, denn es spielte überhaupt keine Rolle, wie die Menschen um sie herum sie sahen. Solange sie selbst sich ihr Leben mit der Krankheit teilen musste, änderte weder die Perücke noch bei Gesprächen ausgeschlossene Themen ihre eigene Haltung. Sie war jetzt Jessi mit Krebs. Es gab sie nicht mehr allein … würde sie nie wieder allein geben.

Ihre Worte waren ohne Verzweiflung und Angst gewesen, und ich fragte mich, ob sie sich wirklich mit dem Tod abgefunden hatte oder es nur vorspielte. Starke Persönlichkeiten wie sie konnten lange, sehr lange Fakten zurückdrängen, die Wahrheit ausblenden oder mit beiden den Kampf aufnehmen. Aber selbst bei den Stärksten kam der Tag, an dem das nicht mehr ging.

Ich hoffte, für Jessi da sein zu können, wenn es bei ihr so weit war.

In weniger als einer Stunde erreichten wir Cuxhaven, und ich suchte mir einen Weg durch die Stadt zum Strand. Als ich den Wagen auf einem Parkplatz zum Stehen brachte, war es dort menschenleer und dunkel. Nur vereinzelt brannten Straßenlaternen.

Jessi schlief noch immer.

Ich beugte mich zu ihr und strich ihr über den Kopf. Die Berührung weckte sie. Sie schreckte nicht hoch, sondern glitt aus dem Schlaf in die Realität, begrüßte mich mit einem Lächeln und schmiegte ihre Wange an meine Hand.

»Hast du mich angeschaut, während ich schlief?«

»Ununterbrochen.«

»Habe ich gesabbert?«

»Nicht mehr als ein Hund.«

Der Ellenbogencheck blieb aus, stattdessen nahm sie meine andere Hand und verschränkte ihre Finger darin.

»Vorhin dachte ich, wenn es sich so anfühlt zu sterben, dann muss niemand Angst haben davor.«

»Wenn es sich wie anfühlt?«

»So, wie du gefahren bist. Ich hab mich wie auf einer Reise durch die Sterne gefühlt. Weißt du was? Alle Todkranken sollten in einer solchen Nacht irgendwohin fahren. Unter dem Sternenhimmel dahingleiten, die Gedanken loslassen, nur sein, nicht wollen, hoffen oder kämpfen. Ich war lange nicht mehr so zufrieden und glücklich.«

Wir küssten uns.

»Willst du ans Wasser?«, fragte ich.

»Auf jeden Fall.«

Ich stieg zügig aus, beeilte mich, das Auto zu umrunden, hielt ihr die Tür auf und half ihr in die Jacke. Sie hakte sich bei mir ein, und wir gingen langsam auf unser Ziel zu. Die Luft war frisch und klar und schmeckte nach Salz. Niemand sonst war unterwegs, es schien, als gehöre die Welt heute Nacht uns. Wir passierten die geschlossenen Nippesbuden, Fahrradverleiher, Kioske und Imbisse und blieben vor dem Deich stehen.

»Schließ die Augen«, sagte ich.

Jessi gehorchte, und ich führte sie auf die Deichkrone.

Beinahe hätte ich aufgeschrien, als ich das Wasser sah, in dem sich das Mondlicht brach. Es war da, keine Ebbe, was für ein Glück.

»Okay, kannst sie öffnen.«

Jessi sagte nichts. Schaute einfach. Sog den Anblick in sich auf.

Seemöwen zogen vor dem halben Mond vorbei, ihr sehnsüchtiger Klang übertönte das sanfte Rauschen der Wellen.

»Lass uns an den Strand gehen«, bat sie.

Da in diesem Bereich bis ans Wasser alles betoniert war, mussten wir zehn Minuten gehen, bevor wir ein Stück offenen Sandstrand fanden. Die Strandkörbe erinnerten mich an die Steinstatuen auf den Osterinseln, die still und stumm dastanden und alle in eine Richtung blickten – nach Westen, wo die Sonne unterging.

Jessi zog die Schuhe aus, ich tat es ihr gleich. Barfuß schlenderten wir im Zickzackkurs zwischen den Körben hindurch. Ein wenig Wärme steckte noch im Sand, das Wasser schwappte jedoch kalt an unsere Füße und Knöchel. Mittig zwischen uns schien ein Streifen bleichen Mondlichtes das Wasser zu teilen, rechts und links davon rauschte es in sanften Wellen gegen das Land.

»Es sieht aus wie ein Steg«, sagte Jessi, »ein imaginärer Weg aus Licht. Wer weiß, vielleicht führt er ins Jenseits.«

»Du glaubst daran?«

Sie zuckte mit den Schultern.

»Energie vergeht nicht. Vielleicht ist das Jenseits ein Sammelbecken für all die Energie der Verstorbenen, und wenn irgendwo Energie gebraucht wird, bedient man sich dort. Um neues Leben zu schaffen, zum Bespiel.«

»Du sprichst von Wiedergeburt?«

»Nein, niemand wird wiedergeboren im Sinne von noch einmal und noch einmal bis in alle Zeiten. Aber ich finde den Gedanken schön, dass dort, wo neues Leben entsteht, natürlich Energie benötigt wird, und diese nicht einfach so da ist, sondern aus dem Pool der Toten stammt.«

»So habe ich es noch nie betrachtet.«

»Das kommt, sobald du einen Tumor hast, glaub mir.«

»Oder eine Freundin mit Tumor.«

Jessi sah mich an.

»Bin ich das? Deine Freundin?«

»Hast du das nicht gespürt, gerade, als wir uns küssten?«

»Ich weiß nicht, ich glaube, ich brauche eine Bestätigung.«

Also küsste ich sie noch einmal. Am Strand, die Füße im kalten Wasser, der Steg aus Mondlicht vor uns.

»Glaubst du es jetzt?«, fragte ich danach.

»Ich hab es auch vorher schon geglaubt. Ich frage mich aber, warum? Ich werde bald tot sein.«

»Nein, wirst du nicht, und selbst wenn …«

»Ich werde bald tot sein«, wiederholte Jessi mit Nachdruck.

»Okay, selbst, wenn das der Fall sein sollte, kann ich es mir trotzdem nicht aussuchen, in wen ich mich verliebe.«

»Solltest du vielleicht.«

Ich schüttelte den Kopf.

»Nie und nimmer. Ich liebe Überraschungen.«

Ich spürte, wie sie zitterte.

»Ist dir kalt?«

Sie nickte.

»Ich will aber noch nicht wieder zurück.«

Ich drehte mich um und betrachtete die Strandkörbe.

»Okay, einer davon wird doch wohl offen sein.«

Wir zogen los und suchten. Zunächst fanden wir nur Strandkörbe, die gegen unbefugte Benutzung mit kleinen Bügelschlössern gesichert waren, aber dann entdeckten wir doch noch einen, bei dem sich die Halterung für das Schloss aus dem morschen Holz gelöst hatte. Ich musste nur ein bisschen nachhelfen, um ihn aufzubekommen. Theoretisch war das wohl so etwas wie Einbruch. Praktisch betrachtet musste ich meine Freundin vor dem Kältetot retten, damit ging das wohl in Ordnung. Ich entfernte das Gitter und klappte die Fußstütze aus. Gemeinsam drehten wir den Korb so, dass wir Richtung Meer schauen konnten. Dann kuschelten wir uns eng zusammen hinein. Ich ließ einen Moment vergehen und entschied, dass nun der richtige Moment gekommen war.

»Darf ich dich etwas fragen?«

»Sicher.«

»Auch, wenn es mit Krebs zu tun hat?«

»Ausnahmsweise.«

Ich schaute aufs Meer hinaus und atmete Mut in mich hinein.

»Vorausschicken möchte ich, dass ich keinen Rückzieher mache. Ich steige noch in diesem Monat auf den Chimborazo. Aber vorher muss ich über eine Sache unbedingt Klarheit erlangen. Als du mich zu diesem Deal überredet hast, sagtest du, du willst mich sowieso nicht bei deiner Beerdigung dabeihaben. Möglich, dass du es im Spaß gesagt hast, vielleicht aber auch nicht. Deshalb muss ich dich einfach fragen, ob ich nur aus diesem Grund nach Ecuador aufbrechen soll. Willst du mich, für den Fall, dass du stirbst, bewusst von deiner Beerdigung fernhalten?«

»Ja.«

Sie hatte nicht eine Sekunde nachdenken müssen.

»Warum?«, fragte ich.

»Eine Beerdigung ist nicht für die Toten, sondern für die Lebenden. Für ihren Schmerz, ihre Trauer. Es ist eine egoistische Veranstaltung in engem Korsett. Die meisten Menschen brauchen das, und damit hat es wohl seine Berechtigung. Ich selbst finde die Vorstellung, dass meine Eltern, Leonie, Vero, du … dass ihr alle an einem Loch in der Erde steht und um mich weint, furchtbar. Ich weiß, ich kann niemanden davon abhalten, es steht mir auch nicht zu, aber ich kann wenigstens dich darum bitten, anders zu sein. Du kannst das, weil das, was zwischen uns ist, auf Konventionen verzichten kann. In ein paar Wochen liege ich wahrscheinlich auf der Palliativstation, und jeder Atemzug kann mein letzter sein. Dann werde ich an diese Szene an meinem Grab denken, das lässt sich nicht verhindern, im strömenden Regen, um die Trauer perfekt zu machen. Aber ich möchte mir außerdem vorstellen können, wie du auf den höchsten Gipfel der Erde steigst, dort oben stehst und meinen Namen in den Wind rufst.«

Sie sah mich an.

»Findest du das egoistisch? Findest du das zu viel verlangt? Sei ehrlich?«

»Nein.«

Auch ich hatte nicht eine Sekunde über meine Antwort nachdenken müssen.

»Danke.«

»Und was, wenn ich zurückkomme, und du lebst noch?«

»Schreckliche Vorstellung, nicht wahr?«

»Kaum auszuhalten. Muss ich mich dann irgendwo verstecken, bis du … na ja …«

»Bis ich tot bin. Sprich es ruhig aus.«

»Bis du tot bist.«

»Na ja, du könntest dann sofort den Everest angehen. Wenn du schon einmal in Form bist. Schon allein für die Postkarte, die deine Oma sich so sehr wünscht.«

»Genau.«

Wie ein schon seit Ewigkeiten verheiratetes Pärchen saßen wir nebeneinander, zählten die Wellen und genossen unsere Eintracht.

»Hast du keine Angst?«, fragte ich nach der zehnten Welle, die irgendwie mickrig ausgefallen war.

»Ich hab sogar eine scheiß Angst.«

»Ich auch.«

»Es ist übrigens ein Paradoxon, dass Angst, die man teilt, kleiner wird, wusstest du das?«

»So wie geteiltes Leid bekanntlich halbes Leid ist?«

»Richtig. Glück allerdings verdoppelt sich, wenn man es mit jemandem teilt … Spürst du das nicht auch gerade?«

Ich sah sie an. In der Dunkelheit erkannte ich nur den Streifen ihres Gesichts, auf den ein wenig Mondlicht fiel.

»Du bist gerade jetzt glücklich?«

Jessi nickte.

»Wie lange nicht mehr. Dank dir.«

»Dann gibt es sogar eine Erweiterung dieses Paradoxons. Angst wird nicht nur durchs Teilen kleiner, sondern nimmt zusätzlich durch geteiltes und damit verdoppeltes Glück weiter ab.«

»Mir schwirrt der Kopf«, gab sie zu. »Lass uns eine Schweigeminute für die Paradoxe einlegen.«

Ich nahm Jessi in den Arm, und wir schwiegen uns ordentlich aus. Keine große Kunst, wenn die Wellen die Gedanken forttrugen und die Müdigkeit langsam Oberhand gewann. Wir wärmten uns gegenseitig, spürten unseren Herzen und unseren Atemzügen nach und versanken vollkommen in zutiefst vertrauter Zweisamkeit.

Kalter Morgen

Wir waren zusammen eingeschlafen, Arm in Arm, hinfortgetragen vom sanften Anbranden der Wellen, und als ich das nächste Mal die Augen öffnete, war das Wasser schon ein gutes Stück zurückgegangen. Die Ebbe setzte ein und nahm die Geräusche des Wassers mit sich.

Einen Moment dachte ich darüber nach, Jessi zu wecken, doch sie schlief tief und fest, und es war einfach ein atemberaubend schönes Gefühl, sie neben mir zu spüren und zu wissen, dass sie sich auf mich verließ, sich in meiner Gegenwart sicher und beschützt fühlte. Wider besseres Wissen wünschte ich mir, für immer und ewig für sie da sein zu können. Irgendwo im unberechenbaren Land zwischen Wachheit und Schlaf malte ich mir eine Zukunft mit ihr aus, in der es alle Farben des Lebens gab, nicht aber das Schwarz des Todes. Irgendwann schlief ich darüber wieder ein.

Als ich das nächste Mal wach wurde, fror ich. Da war noch ein wenig Restwärme zwischen Jessi und mir, aber nicht viel, und für eine Sekunde stieg Panik in mir auf, doch dann spürte ich ihren leisen Herzschlag und beruhigte mich rasch. Das Adrenalin war aber bereits in den Blutbahnen und hinderte mich zusammen mit der Kälte daran, wieder einzuschlafen. Ich hätte gern gewusst, wie spät es war, mochte mich aber nicht bewegen und das Handy hervorholen. Seltsames Zwielicht herrschte vor. Kein wirkliches Dunkel der Nacht, aber auch noch weit entfernt von der Morgendämmerung. Der Mond war längst verschwunden, genau wie das Wasser, und vor mir lag scheinbar unendlich weit eine dunkle unbewegte Fläche. Das Watt. Es hätte aber auch die Mondoberfläche sein können, so fremdartig erschien es mir.

Ich blieb wach, bis irgendwann das Zwielicht wich. Der Tag dämmerte in matten, wenig spektakulären Farben, die eigentlich keine waren, zumindest nicht in meinem Blickfeld. Braunschwarzer Matsch blieb braunschwarzer Matsch.

Mein Zittern verstärkte sich, die Kälte der frühen Morgenstunden war bissig, und ich befürchtete, sie könne Jessi zu sehr zusetzen. Also weckte ich sie.

Nur unter Schwierigkeiten fand sie aus dem Schlaf, war desorientiert und schien selbst mich einen Moment lang nicht zu erkennen.

»Wo sind wir?«, war ihre erste Frage.

»Am Meer«, sagte ich.

Sofort begann sie zu zittern.

»Scheiße, ist das kalt.«

Ich vermisste eine wärmende Decke, die ich um uns hätte raffen können, aber dieser Ausflug war ja auch nicht geplant gewesen.

Plötzlich begann Jessi zu husten. Erst nur leicht, dann immer stärker, und schließlich steigerte sie sich in einen Anfall hinein, der erneut die Panik in mir schürte. Sie beugte sich vor, ich strich ihr über den Rücken, sie richtete sich auf, fiel nach hinten in den Strandkorb und bog den Rücken durch, um sich Freiraum zu verschaffen. Schmerz und Kampf zeichneten ihr Gesicht.

Nach ein paar Minuten ließ es nach.

»Die Kälte …«, sagte sie mühevoll. »Die Muskeln verkrampfen sich.«

Ich zog das Jackett aus und hängte es ihr um.

»Komm, gehen wir zum Wagen.«

Ohne diesen Zwischenfall hätten wir eventuell noch den Sonnenaufgang abgewartet und währenddessen eine kleine Wattwanderung in unseren Ausflug eingebaut, so aber musste ich zusehen, dass ich mein Mädchen ins Warme bekam. Sie hakte sich bei mir ein, und ich führte sie vom Strand über den Deich zum Parkplatz.

Zum Glück wurde es im Wagen schnell warm. Nach wenigen Minuten hörte Jessi zu zittern auf und entspannte sich.

Dennoch spürten wie es beide: Der Zauber des gestrigen Abends war verflogen, ebenso die Vollkommenheit, dabei hatte es sich doch so angefühlt, als könnten wir beides bis in alle Ewigkeit festhalten. Schon als wir die Autobahn erreichten, war ich ein wenig niedergeschlagen, und Jessi wohl auch, denn sie sprach kaum, schloss zwischendurch immer wieder die Augen, und ich wusste nicht, ob sie schlief oder wach war. Kilometer um Kilometer brachten wir so hinter uns, und bald erreichten wir Bremen. An diesem frühen Sonntagmorgen herrschte so gut wie gar kein Verkehr, die Fahrt durch die Stadt dauerte nur wenige Minuten.

Vor Jessis Haus angekommen, blieben wir bei laufendem Motor im Wagen sitzen und wussten beide nicht, was wir sagen sollten oder konnten. Mir erschien jedes Wort verkehrt, und ich wünschte mir, wir wären noch in der Nacht wieder zurückgefahren, unter dem sensationellen Sternenzelt, das den Zauber für uns festgehalten hätte.

Schließlich regte Jessi sich und ergriff meine Hand. Ihre Finger waren erschreckend kalt, ihr Gesicht war blass.

»Ich danke dir für diese Sternenfahrt«, sagte sie, so, als könne sie meine Gedanken lesen.

»Das war schön, oder?«

»Ich hab mich gefühlt wie ein Zeitenwanderer, schwerelos, ungebunden, frei. Jeder Mensch sollte so etwas einmal erleben.«

Trotz ihrer Worte fiel ihr Lächeln knapp aus. Sie ließ meine Hand los und stieg aus. Ich folgte ihr bis zur Haustür und stellte die eine Frage, die unbedingt noch gestellt werden musste, auch wenn es jetzt gerade nicht passte.

»Wegen des Gedichtes, das du mir versprachst …«

»Ja?«

Sie sah mich aus müden grünen Augen an.

»Kann ich mir den Tag dafür aussuchen?«

»Natürlich. Wann immer du willst … und wann mein Tumor will.«

So ging sie davon.

Ich stand noch eine Weile vor der Tür und fragte mich, wie ich es hätte anders machen können. Wie ich die Stimmung und die Emotionen von gestern Nacht in den Morgen hätte retten können.

Ingo ist beleidigt

Ingo saß auf dem Fußboden in seinem Lagerraum und sah ziemlich gestresst aus. Er sortierte irgendwelche Kleinteile eines Verstärkers in einen Koffer, und ich hatte den Eindruck, er höre mir nur mit einem Ohr zu. Aber ich hatte keine andere Wahl, brauchte eine Entscheidung von ihm. Den kompletten gestrigen Tag hatte ich mit der Recherche verbracht und brannte darauf, ihm die Ergebnisse zu präsentieren. Denn eines war mir beim Abschied von Jessi am frühen Morgen klar geworden: Die Zeit drängte.

Auf dem Ausdruck stand alles, was für unsere Tour notwendig war, ich musste nur noch die Flüge buchen, dann konnte es losgehen.

Wir würden an einem Freitagmorgen um neun Uhr am Hamburger Flughafen starten. Von dort aus ginge es in acht Stunden nach New York. Beim Umsteigen hätten wir zwei Stunden Zeit für die Pass- und Zollformalitäten und um unser Gepäck von einem Flieger in den anderen zu bekommen. Danach stünde ein Vier-Stunden-Inlandsflug nach Houston an, wo wir abermals zwei Stunden Aufenthalt hätten, bevor wir in fünf Stunden nach Quito, die Hauptstadt Ecuadors, weiterflögen.

Das war ein bisschen viel Umsteigerei und Wartezeit, aber dafür war der Flug einfach unschlagbar günstig. Außerdem reduzierte sich die errechnete Flugzeit von einundzwanzig Stunden durch die Zeitverschiebung von sieben Stunden, sodass wir noch Freitagabend gegen dreiundzwanzig Uhr dort ankommen würden – ziemlich geschlaucht, wie ich annahm.

Aber das spielte keine Rolle, da wir vier Tage in Quito bleiben und auf einige der umliegenden Berge steigen würden, um mit der

Akklimatisierung zu beginnen. Danach ginge es mit dem Wagen weiter nach Riobamba, die Fahrt bis fast zum Refugio Herrmanos Carrel auf 4800 Metern dauerte eine Stunde. Dort würden wir vier weitere Tage auf die Akklimatisierung verwenden, bevor es vom Refugio Whymper in einer Zehn-Stunden-Tour auf den Gipfel des Chimborazo ginge.

Der Abstieg sowie der Rückweg nach Riobamba und Quito würde noch einmal zwei Tage in Anspruch nehmen, aber alles in allem war die Tour in vierzehn Tagen statt in drei Wochen, von denen wir bisher immer ausgegangen waren, zu schaffen.

Zugegeben, ich war ein bisschen stolz darauf und ging davon aus, dass Ingo sich freute, begeistert in die Hände klatschen und einen Freudentanz mit mir aufführen würde.

Tat er aber nicht.

Er sortierte einfach weiter. Pustete Staub aus einem kleinen Röhrchen und legte es in ein dafür vorgesehenes Fach.

Ich stand mit meinem Ablaufplan in der Hand da und starrte ihn an.

»Was ist? Willst du gar nichts sagen?«

Er zuckte mit den Schultern.

»Was soll ich da noch sagen? Für dich scheint ja alles klar zu sein.«

»Und für dich nicht? Ich hab die Tour für uns beide ausbaldowert, nicht für mich allein.«

»Doch, hast du. Denn du kennst meine Antwort. Ich kann nicht.«

»Kannst du nicht, oder willst du nicht?«

»Verdammt, Adam, ich hab keine Zeit. Geht das nicht in deinen Kopf?«

»Vierzehn Tage! Es dauert alles in allem nur vierzehn Tage!«

»Ja und? Ich hab nicht mal eine Woche übrig für Urlaub.«

»Soll das heißen, du kommst nicht mit?«

Er zuckte abermals mit den Schultern.

»Wir wollten es nächstes Jahr machen.«

»Schon seit drei oder vier Jahren verschieben wir es immer wieder aufs nächste Jahr.«

Jetzt wurde ich leider doch ein wenig lauter, obwohl ich das gar nicht wollte.

»Wir haben ja auch keinen Grund zur Eile«, versetzte Ingo. »Ich verstehe nicht, warum wir wegen Jessi jetzt plötzlich …«

»Ach komm, hör auf. Du suchst doch nur Gründe dagegen und nicht Lösungen dafür.«

Ich hörte mich an wie Jessi, das war mir bewusst, aber gerade fehlten mir die Argumente, denn ich war wirklich davon ausgegangen, dass Ingo nun mitkommen würde.

»Wenn du meinst. Dann fahr halt allein.«

»Wenn ich allein fahre, brauche ich dort einen Führer, und der kostet mich noch einmal mindestens tausend Euro extra.«

»Also hast du für den Fall auch schon recherchiert.«

Das war ein Vorwurf, der mich hart traf, weil er ungerecht war. Einen Moment blieb mein Unterkiefer auf halb acht hängen, und ich wusste nicht, was ich erwidern sollte.

»Bis du etwa beleidigt wegen Jessi?«, fragte ich schließlich.

»Sollte ich?«

Ingo schlug den Deckel der Kiste zu und stand auf.

»Wir planen das seit Jahren, trainieren darauf hin, und dann kommt dieses Mädchen und wirft alles über den Haufen. Sollte ich da etwa beleidigt sein?«

»Ingo … bitte.«

»Pass auf, ich sag es noch einmal. Nächstes Jahr habe ich einen ganzen Monat Urlaub eingeplant für unsere Tour. Wenn du nicht warten kannst, aus welchen Gründen auch immer, dann fahr allein – und klettere in Zukunft auch allein.«

Sein Blick war hart, und ich kapierte, dass ich nicht weiterkommen würde. Versuchen musste ich es trotzdem. Ingo war mein ältester, einziger und bester Freund.

»Deswegen würdest du unsere Freundschaft aufgeben?«

»Nein, nicht ich. Du tust das.« Er lachte trocken auf. »Und ich helfe dir auch noch, den Kontakt zu der Frei herzustellen.«

Er wandte sich ab, verschwand in einem schmalen Gang zwischen zwei Schwerlastregalen und begann herumzukramen.

»Und dafür werde ich dir ewig dankbar sein«, sagte ich laut genug, damit er es hören konnte.

Dann verließ ich mit meinem Ablaufplan in der Hand Ingos Firmengebäude.

Mit guter Laune und Euphorie im Herzen war ich gekommen, mit schlechter Laune und Trauer ging ich. Da stand ich also zwischen zwei Stühlen, zwei richtig fetten, schweren Dingern, die sich nicht verschieben ließen. Freundschaft und Tod standen sich unverrückbar gegenüber. Es gab keine einfache Lösung für mich. Entweder ich enttäuschte Ingo oder Jessi und Oma Olga – und auf jeden Fall mich selbst.

Sollte ich noch ein paar Tage warten, in der Hoffnung, dass Ingo es sich doch noch mal überlegte? Das Problem dabei war jedoch: Ich hatte keine paar Tage.

Ich fuhr mit dem Fahrrad zurück in die Innenstadt, setzte mich an der Schlachte in ein Café, bestellte Kaffee, schaute auf die Weser hinaus und sah sie doch nicht. Zu viel ging mir durch den Kopf. Einerseits die Vorbereitung für die Chimborazo-Tour, gleichzeitig aber auch die Planungen für den Conny-Frei-Abend. Gestern hatte ich mehrmals lange mit Vero telefoniert. Von ihrer Seite aus war alles klar. Sie hatte einige Leute aus Berlin mobilisiert, die zu Jessis Auftritt extra anreisen würden. Auch Scary-Tim stand weiterhin zu seinem Wort. Die Dinge liefen.

Und dennoch …

Ein schaler Beigeschmack blieb. Hervorgerufen durch die anhaltende Frage, ob ich alles richtig machte. Sie war wie ein ewiges Echo, ein Hintergrundrauschen, ein Piepen im Ohr. Gerade jetzt, nach der Abfuhr durch Ingo, war es wieder besonders laut.

Mein Kaffeebecher leerte sich, meine Gedanken wurden klarer, und ich wusste, ich würde noch hier, auf der Außenterrasse des Cafés an der Schlachte, eine Entscheidung treffen müssen, und von dieser Entscheidung würde ich nicht abkehren. Komme, was wolle.

Als ich aufstand, war sie gefallen.

Getauschtes Geld ist halbes Geld

Obwohl wir beide wussten, es würde gelingen, war die Aufregung groß. Oma Olga und ich waren früher als sonst aufgestanden, hatten weniger gefrühstückt, und der immer gleich starke Kaffee hatte heute doppelte Wirkung entfaltet.

Weil wir diesen besonderen Tag stilvoll begehen wollten, bestellten wir ein Taxi. Wir saßen zusammen auf der Rückbank, und ich fühlte mich hinter dem Fahrer einigermaßen merkwürdig.

Natürlich kehrte die Erinnerung an meinen alten Job zurück, ich wurde nicht wehmütig, das nicht, fragte mich aber schon, was ich in Zukunft tun sollte. Ein Zurück zu Willi-Chef würde es nicht geben, Regale bei Ikea zusammenschrauben kam aber auch nicht infrage. Ich fragte mich immer öfter, ob ich noch einmal ganz von vorn beginnen sollte, eine neue Ausbildung vielleicht, noch war es nicht zu spät. Oder mich mit einer guten Idee selbstständig machen – nur fehlte dafür die gute Idee.

Heute wollte ich diese Gedanken jedoch nicht weiterverfolgen, auch in den nächsten Wochen nicht, dafür stand viel zu viel an, und einstweilen kam ich auch so über die Runden. Dank Opas Vermächtnis und Omas Vergesslichkeit und Großzügigkeit.

Oma Olgas faltige Hände hielten die große schwarze Lederhandtasche mit den goldfarbenen Applikationen, die sie sonst nur für den sonntäglichen Kirchgang nutzte, fest umklammert. Ich war mir sicher, jeder Dieb, der es wagen sollte, sie ihr entreißen zu wollen, würde mit seinem Leben zahlen müssen. Vor weniger als einer Stunde hatte ich meine Oma am Frühstückstisch dabei beobachtet, wie sie die Hunderter in drei Umschläge steckte. Was ich nicht gesehen hatte, war, wie sie sie am Tag zuvor gebügelt hatte. Nun sahen sie nagelneu aus. Ich hatte geschimpft, auf die Brandgefahr verwiesen, doch Oma hatte meine Einwände mit dem Argument hinfortgewischt, sie würde auf keinen Fall zerknitterte Geldscheine zur Bank bringen. Es war ihr schon peinlich genug, dass sie so furchtbar alt waren.

Zuvor hatte ich mich bei mehreren Banken informiert. Auch heute noch, mehr als siebzehn Jahre, nachdem die D-Mark abgeschafft worden war, war es kein Problem, altes Geld in Euro umzutauschen.

Oma gab dem Taxifahrer ein ordentliches Trinkgeld.

Dann standen wir Schulter an Schulter vor dem Bankgebäude und blickten an der imposanten Fassade empor. Zu ihrer Kirchgang-Handtasche trug Oma ihren Sonntagsstaat. Besondere Kleidung, die ich in meinem ganzen Leben vielleicht vier Mal zu Gesicht bekommen hatte. Schwarzer Faltenrock, weiße Rüschenbluse, schwarzer Blazer sowie einen Hut, der schon aus der Mode gewesen war, als die Queen noch fit genug fürs Seilhüpfen gewesen war. Aber Oma sah eindrucksvoll aus, das musste ich ihr lassen.

Mit stolzem Blick, geradem Rücken und hocherhobenem Haupt betrat sie an meinem Arm das Gebäude. Wir hatten einen Termin vereinbart, wurden sofort zu dem zuständigen Sachbearbeiter geleitet, Herrn Scheibe, der meine Oma herzlich begrüßte und ihr sagte, wie gut sie heute aussah. Damit hatte er sofort ein Stein im Brett bei ihr. Und noch einen mehr, als er ihr bestätigte, es sei natürlich gar kein Problem, das Geld umzutauschen. Nichts anderes hatte ich ihr vorher zigmal gesagt, ohne ihre Unsicherheit zerstreuen zu können.

Oma zelebrierte den Vorgang. Zog die Hunderter hervor, legte sie fein säuberlich ausgerichtet auf den Schreibtisch. Zählte dabei noch einmal und kam wieder auf fünfzehntausendsiebenhundert D-Mark. Herr Scheibe zählte abermals und kam auf dieselbe Summe. Oma erzählte ihm die Geschichte, wie es zu diesem Geldfund gekommen war, und auch wenn Herr Scheibe ein freundlicher, geduldiger Mann war, konnte ich nicht umhin, zu bemerken, dass er ungeduldig wurde. Aber dies war Omas Tag, deshalb mischte ich mich nicht ein.

Herr Scheibe zahlte das Geld auf Omas Konto ein und zeigte ihr den Betrag. Achttausendsiebenundzwanzig Euro und achtundzwanzig Cent.

»Das klingt aber nicht mehr so gut!«, bemerkte Oma.

»Ja, aber der Wert hat sich nicht verändert«, rechtfertigte sich Herr Scheibe.

»Junger Mann, erzählen Sie mir nichts, oder wollen Sie wirklich behaupten, ein Graubrot hätte vor der Währungsreform acht Mark gekostet?«

»Nun ja, seitdem hat die Inflation natürlich …«

»Papperlapapp! Wir wurden betrogen, das sagen alle, aber darüber will ich mich heute nicht aufregen.«

Mit einem Kontoauszug statt Geld in der Handtasche verließen wir die Bank und kehrten ein ins *Teestübchen im Schnoor*, wo Oma Olga zur Feier des Tages hausgemachten Kuchen ausgab.

Wir saßen an einem kleinen Tisch in der Ecke, warteten auf unsere Bestellung, und Oma holte den Kontoauszug noch einmal hervor, strich ihn glatt und legte ihn auf dem Tisch ab.

»Wird das reichen für die Eisige Frau?«, fragte sie.

Ich hatte die Kosten für eine geführte Tour durchgerechnet. Die Hoffnung, dass Ingo doch noch mitkommen würde, hatte ich aufgegeben, er hatte sich nicht mehr bei mir gemeldet. Ein Führer war teuer, da er sich nur um maximal zwei Bergsteiger kümmern konnte. Alles in allem lag ich für die komplette Reise bei zweitausendfünfhundert Euro. Tausend Euro hatte ich in den letzten Jahren selbst angespart, und die würde ich auf jeden Fall einsetzen.

»Oma, es reicht auf jeden Fall, so viel brauche ich gar nicht. Das meiste bleibt für dich.«

»Ach, was soll ich denn damit? Junge Leute brauchen Geld, nicht die alten.«

»Ich weiß gar nicht, wie ich dir danken soll.«

»Doch, weißt du. Schick mir viele Karten von dort.«

»So viele ich finden kann. Dein Postkasten soll überquellen.«

Countdown

Noch einmal und noch einmal ging ich die Liste mit meinen Notizen durch, setzte einen weiteren Haken hinter bereits vorhandene und machte Fragezeichen, wo noch etwas zu klären war.

Scary-Tim hatte die Leute in seinem Team informiert. Alle wussten Bescheid.

Gero und Angel würden dafür sorgen, dass Leonie am Samstag bei ihnen übernachtete. Sie würden mit dem eigenen Wagen zur Stadthalle fahren, Oma Olga mitnehmen und sich um sie kümmern.

Vero würde Bremen um siebzehn Uhr erreichen. Das war drei Stunden zu früh, aber man musste die sprichwörtliche Pünktlichkeit der Bahn einkalkulieren, da war so ein Zeitpuffer schnell verschwunden. Vero hatte versprochen, sich irgendwie um die siebenundsiebzig Personen zu kümmern, die sie im Schlepptau hatte. Ich stellte mir vor, wie sie mit der Horde durch die City zog und eine Stadtführung der etwas anderen Art durchführte. Armes Bremen!

Erstaunlicherweise hatte ich meinen ehemaligen Arbeitskollegen Michael dafür gewinnen können, mich und Jessi zur Stadthalle zu fahren. Wir waren uns zufällig in der Stadt über den Weg gelaufen, und ich hatte die Gelegenheit ergriffen. Da Jessi seit vier Tagen mit ihrer Strahlentherapie durch war, bestand nicht die Gefahr, dass Michael sich verplapperte. Die beiden sahen sich ja nicht mehr.

Um ganz sicherzugehen, dass wir auch im Fall der Fälle gut versorgt waren, hatte ich Kerstin, die MTA der Strahlenklinik, angesprochen und eingeweiht. Sie war großer Conny-Frei-Fan und total begeistert von der Idee, vor allem, weil sie danach im Konzert bleiben konnte, für das sie keine Karten mehr bekommen hatte. Ihr Auftrag war es, ein Auge auf Jessi zu haben und im Notfall medizinische Erstversorgung zu leisten.

Für fünfundachtzig Leute waren Karten an der Abendkasse hinterlegt, die Vero abholen und verteilen würde.

Wenn nicht noch eine Naturkatastrophe über die Stadt einbrach, würde alles klappen.

Einen Unsicherheitsfaktor gab es aber nach wie vor.

Jessi.

Es ging ihr eigentlich ganz gut, sie meisterte ihren Alltag allein, hatte seit Langem keinen Erstickungsanfall mehr gehabt, und es sah so aus, als würde das neue Medikament wirklich helfen.

Die Ärzte hatten ihr mitgeteilt, dass der Tumor deutlich langsamer wuchs, allerdings keine Hoffnung bestand, ihn gänzlich zu stoppen. Das Medikament verschaffte Jessi ein bisschen Zeit, mehr nicht. Alle schienen sich damit abgefunden zu haben, auch Jessi, aber sie war launisch und schon lange nicht mehr das Mädchen, das immer lacht. Unsere Sternenfahrt nach Cuxhaven hatte irgendetwas verändert. Jessi sprach nicht mit mir darüber, aber es war deutlich zu spüren. Sie war wortkarg, zog sich zurück, verbrachte fast nur noch Zeit mit Leonie. Vielleicht täuschte ich mich, aber ich hatte den Verdacht, sie wolle mir durch ihr abweisendes Verhalten den Abschied leichter machen. Natürlich verzieh jeder ihr ihre schlechte Laune, auch ich. Großer Gott, ich in Jessis Situation würde wahrscheinlich abwechselnd heulen und wütend herumschreien.

Aber gerade zu diesem Zeitpunkt war das problematisch. Ich hatte verzweifelt versucht, den Kontakt nicht abreißen zu lassen, und sie ins Kino eingeladen. Sie hatte erst zu-, ein paar Stunden vorher aber abgesagt. Dann hatte ich Oma Olga gebeten, noch einmal ein Essen für Jessi und Leonie zu kochen, doch diese Einladung hatte Jessi sofort ausgeschlagen.

Ich war froh, dass wir für Samstagabend um neunzehn Uhr ein schon länger fest abgesprochenes Date für ihren Poetry-Vortrag hatten, aber eine Garantie war das nicht. Sie schuldete mir dieses Gedicht, es war Bestandteil unseres Deals, und ich war mir sicher, sie würde sich daran halten. Aber mein Flieger nach Ecuador ging erst am kommenden Freitag. Genug Zeit also für Jessi, das Date zu verschieben.

Ich seufzte, fuhr mir durchs Haar und schüttelte den Kopf.

In dem Fall würde mir nichts anderes übrig bleiben, als sie zu entführen.

Scheiße!

Auf was hatte ich mich da nur eingelassen?

Schon morgen war es so weit, und ich fühlte mich entsetzlich unvorbereitet.

Gleich nach dem Aufstehen ging es mir schlecht. Richtig schlecht, nicht nur ein bisschen. Ich bekam nichts hinunter und hatte das Gefühl, mich übergeben zu müssen. Eine Männergrippe, eine ausgewachsene Männergrippe hatte mich eiskalt erwischt und würde mich für mindestens eine Woche aufs Krankenbett werfen. Irgend so etwas hatte ja kommen müssen. Das Kratzen im Hals deutete auf einen beginnenden Husten, vielleicht sogar auf eine Mandelentzündung hin. Zum Arzt, ich musste sofort zum Arzt, wenn ich Glück hatte, würde ein starkes Antibiotikum mich wenigstens noch heute aufrecht halten.

Mühsam schleppte ich mich im Schlafanzug die Treppe hinunter und klagte meiner Oma, die erschreckend wach und vergnügt war, mein Leid. Sie sagte, ich solle mich zusammenreißen, das alles wäre gar nichts gegens Kinderkriegen. Ihre Anteilnahme war wirklich überwältigend. Ich ging ins Bad und duschte, und danach ging es mir irgendwie besser. Nun ja, vielleicht war ich doch noch einmal davongekommen.

Dann telefonierte ich noch einmal alle durch: Totenkopf-Vero,

Rocker-Gero, Taxi-Michael, Scary-Tim und MTA-Kerstin. Keine Ausfälle. Alle waren bereit.

Ich wartete bis elf, dann schrieb ich Jessi eine SMS.

Freue mich auf heute Abend. Sehr sogar!

Keine Antwort.

Die Symptome vom frühen Morgen kehrten sofort zurück. Ich unterdrückte sie und versuchte es eine Viertelstunde später erneut mit demselben Text.

Keine Antwort.

Mein Blutdruck stieg, mein Herz begann zu rasen, ich schwitzte.

Absagen! Ich würde alles absagen müssen. Jessi ging es ebenfalls nicht gut! Ich hatte mich bei ihr oder sie sich bei mir angesteckt. In jener Nacht am Strand, als wir beide bis auf die Knochen ausgekühlt waren, hatten wir uns etwas eingefangen, wäre ja auch ein Wunder, wenn nicht.

Dennoch … Ein erneuter Versuch.

Jessi, bist du da?

Ich saß da, starrte mein Handy an und erzwang mit der puren Kraft meines Willens eine Antwort. Nur leider nicht die, die ich mir erhofft hatte.

Kann leider nicht. Sorry!

Geht es dir nicht gut?

Doch. Anderes Problem. Bin noch nicht zufrieden mit dem Gedicht.

Okay, kein Ding, aber ich möchte dich trotzdem sehen.

Nein, erst, wenn ich es fertig habe. Es soll perfekt sein.

Es muss überhaupt nicht perfekt sein.

Meine Ansprüche sind hoch.

Bitte, gib mir keinen Korb, das würde ich nicht verkraften.

Lass es uns Sonntagabend machen. Bis dahin bin ich fertig.

Jetzt schwitzte ich Blut und Wasser. Meine Finger schwebten über dem Handy, meine Gedanken rasten. Was konnte ich schreiben, um sie umzustimmen? Betteln würde nichts bringen. Nein, ich musste sie irgendwie bei ihrer Ehre packen. So, wie sie es bei mir getan hatte.

Und du hältst mir eine Predigt darüber, nicht immer alles aufzuschieben?

Ist ja wohl ein kleiner Unterschied.

Wieso?

Weil ich bald sterbe.

Ich wahrscheinlich auch – auf diesem Berg.

Dann geh lieber nicht.

Zu spät. Und für dich auch. Du hast es versprochen und brichst mir das Herz, wenn du dich nicht daran hältst.

Du setzt einer Todkranken zu.

Sorry, aber es ist wichtig für mich.

Ich kann meinem Vater Bescheid sagen, dann kommt er dich mit seinen Rockerfreunden besuchen.

Ist mir egal. Ich will dich sehen.

Bist du lebensmüde?

Nein, nur einsam.

Also gut. Es bleibt dabei.

Danke, danke, danke. Bis später!!!

Ich sackte in mich zusammen und spürte alle Kraft aus meinem Körper entweichen wie Luft aus einem defekten Luftballon. Nur langsam beruhigte sich mein Herzschlag, und als meine Hände nicht mehr zitterten, schrieb ich eine weitere SMS, diesmal an Vero.

Jessi wollte absagen.

Sie war wahrscheinlich genauso aufgeregt wie ich und lauerte am Telefon, denn die Antwort kam prompt.

Was ist passiert?

Nichts, nur keine Lust.

Aber du hast sie rumgekriegt?

Gerade so.

Oh Gott, ist das aufregend, das überlebe ich nicht.

Ich sehr wahrscheinlich auch nicht. Nach diesen Nachrichten war ich fix und fertig und so verschwitzt, dass ich erst mal unter die Dusche musste.

Während mir das Wasser auf den Kopf prasselte, ließ ich den Schriftwechsel mit Jessi noch einmal Revue passieren, und mir fiel auf, dass die Drohung mit ihrem Vater und seinen Kumpels nicht so recht passen wollte. Das war zu flapsig für die ernste Jessi, die sie in den letzten Tagen gewesen war. Hatte sie den Braten gerochen und mich testen wollen? Oder hatte jemand den Mund nicht halten können?

Nein.

Nein, wahrscheinlich hatte ich einfach nur Glück gehabt und sie auf dem richtigen Fuß erwischt.

Mach dir keine unnötigen Gedanken, sagte ich mir. Du brauchst dein ganzes Potenzial für die nötigen.

Der Conny-Frei-Abend

Michael setzte mich um halb sieben vor Jessis Haus ab. Ab jetzt hatte ich eine halbe Stunde Zeit, Jessi zu überreden, mit mir zu kommen. Sie ging davon aus, dass wir zu Hause bleiben würden.

Michael wartete ein Stück die Straße hinunter im Wagen, damit Jessi ihn nicht von einem der Fenster aus sehen konnte.

Ich klingelte. Aus ganz anderen Gründen als sonst war mir erneut unwohl beim Anblick des Klingelknopfes. Noch immer war der Name »Bischoff« handschriftlich geschrieben, und ich fragte mich, ob sich mit solchen Belanglosigkeiten das Schicksal heraufbeschwören ließ? Vor meinem geistigen Auge sah ich den Tod durch die Straßen ziehen, auf der Suche nach Klingelschildern, die vorübergehend erschienen.

Ich schüttelte den Kopf und verscheuchte die Bilder.

Mit einem Summton öffnete sich die Tür, ich drückte sie auf und lief die Treppen im Eilschritt hinauf.

Langsam, sagte ich mir. Mach langsam, tu so, als hättest du alle Zeit der Welt, sonst merkt sie was.

Die Wohnungstür war angelehnt. Ich klopfte, hörte ihre Stimme irgendwas rufen und betrat die Wohnung.

Im Wohnzimmer lief der Fernseher. Als ich durch die Tür trat, traf mich der Schock. Jessi saß im Schneidersitz in einer alten, ausgebeulten grauen Jogginghose und einem Schlabbershirt auf der Couch, ein Kissen im Schoß, darauf eine Schale mit Chips, aus der sie sich bediente. Im Fernsehen lief eine Tierdoku, ich sah Giraffen majestätisch durch eine Grassteppe stapfen.

»Komm rein, willst du auch was?«

Sie hob kurz die Schale an, wandte den Blick aber nicht vom Fernseher ab.

»Total interessant. Wusstest du, dass Giraffen sich im für menschliche Ohren nicht hörbaren Frequenzbereich unterhalten?«

»Nein, wusste ich nicht.«

Ich trat in den Raum.

Plötzlich war die drängende Eile, die ich noch im Treppenhaus gespürt hatte, verschwunden. Ich war tief enttäuscht, hatte nicht erwartet, dass Jessi mir mit einer solchen Gleichgültigkeit begegnen würde. Nach allem, was wir gemeinsam erlebt hatten, tat sie so, als sei ich Luft.

Ich starrte sie an, eine, vielleicht zwei Minuten, dann reichte es mir.

»Was ist los mit dir?«, fragte ich.

Sie zuckte mit den Schultern.

»Was soll sein?«

Ein Löwe brüllte und schluckte einen Teil ihrer Worte.

Ich griff nach der Fernbedienung auf dem Tisch und schaltete den Fernseher ab.

»Hey, was soll das, ich will das sehen!«

Jetzt hatte ich Jessis Aufmerksamkeit.

Und mir fiel etwas auf: Sie sah merkwürdig aus. Sie trug diesen Schlabberlook, aber ihre Augen, die Lippen und Wangen waren geschminkt. Außerdem hatte sie eine Goldkette um den Hals und Perlmuttohrringe in den Ohrläppchen, die ich noch nie bei ihr gesehen hatte.

»Wir haben ein Date, schon vergessen?«, fragte ich, um Zurückhaltung bemüht.

»Ich bin doch hier, oder?«

Sie beugte sich vor, stellte die Schale auf dem Tisch ab und nahm einen eng beschriebenen Zettel in die Hand.

»Das ist mein Poetry-Slam für dich. Ich hab den ganzen Nachmittag daran gearbeitet. Er ist vielleicht nicht perfekt, aber nahe dran. Also, setz dich. Hör ihn dir an.«

Ich konnte es nicht fassen. Resigniert schüttelte ich den Kopf. In diesem Moment wusste ich, der Abend war gelaufen, ich würde das Ruder nicht mehr herumreißen können. Die ganze Arbeit und Aufregung war umsonst.

»Nein, so will ich das nicht.«

»Wie denn?«

»Ich dachte, wir gehen vorher essen. Wir haben einen Tisch im *Katzen-Café*, es sollte eine Überraschung für dich sein. Und danach wollte ich mit dir an den Werdersee gehen, um dein Gedicht zu hören.«

Jessi ließ das Blatt sinken und sah mich an.

»Das hättest du sagen sollen«, warf sie mir vor.

»Es ist Samstagabend, wir sind verabredet …«

Ich hob die Hände und ließ sie fallen, eine kleine Geste meiner blanken Verzweiflung.

Jessi erhob sich von der Couch.

»Für wann ist der Tisch reserviert?«

»Für halb acht.«

»Okay, rühr dich nicht von der Stelle, ich bin in zehn Minuten fertig.«

Sie eilte an mir vorbei ins Schlafzimmer, und die Tür fiel ins Schloss.

Woher kam dieser plötzliche Sinneswandel? Ich kapierte gar nichts mehr, doch die Hoffnung, den Abend noch retten zu können, keimte wieder auf. Ein Blick auf die Uhr verriet mir, dass wir noch genau diese zehn Minuten hatten, die Jessi brauchen würde. Das könnte klappen! Schlagartig war die Nervosität wieder da. Wie ein eingesperrter Tiger lief ich im Wohnzimmer auf und ab, dabei fiel mein Blick auf das eng beschriebene Blatt Papier auf dem Tisch. Jessis Gedicht.

Das würde sie brauchen, deshalb nahm ich es an mich, faltete es einmal in der Mitte, wollte es in die Hosentasche stecken, hielt aber inne. Ein schneller Blick vielleicht? Nur dir ersten paar Zeilen? Sie würde es ja gar nicht merken.

Ich wagte es.

> Nachdem Sie das Roastbeef
> gewaschen und mit grobkörnigem,
> süßen Senf eingestrichen haben,
> braten Sie es in heißem Öl kurz von
> allen Seiten an …

Wie bitte?!

Nur langsam verstand ich, dass ich ein Kochrezept für ein Drei-Gänge-Menu in den Händen hielt. So, wie es aussah, ein aus dem Internet heruntergeladener und ausgedruckter Text.

Was sollte das denn?

Die Tür zum Schlafzimmer ging auf, ich hörte Jessi im Flur rumoren.

»Bin gleich so weit!«, rief sie.

Ich legte das Kochrezept wieder auf den Tisch und ging in den Flur.

Jessi stand vornübergebeugt da und zog hohe Schuhe an. Sie bemerkte mich, richtete sich auf und präsentierte sich mir.

»Tadaaa!«

Sie trug wieder das entzückende Kleid, das sie an jenem Abend getragen hatte, als wir zum ersten Mal im *Katzen-Café* und danach an der Küste gewesen waren.

»Das … ging wirklich schnell.«

Ich war immer noch perplex.

»Tja, es hat auch Vorteile, wenn eine Frau sich die Haare nicht machen muss. Oder doch lieber wieder die Perücke?«

Ich schüttelte den Kopf.

»So ist es wunderbar … Du siehst toll aus.«

Sie kam auf mich zu und tat so, als müsse sie den Kragen meines Hemdes richten.

»Du aber auch, Taximann.«

Und dann bekam ich doch noch einen Kuss.

Im Treppenhaus schickte ich eine SMS an Michael, und als wir auf den Bürgersteig traten, fuhr er bereits vor.

»Was ist das?«, fragte Jessi belustigt.

Michael stieg aus. Einen Anzug besaß er nicht, aber immerhin trug er eine schwarze Hose und ein weißes, wenngleich auch kurzärmliges Hemd.

»Einen wunderschönen Abend, Frau Bischoff«, begrüßte er Jessi und überraschte sie mit einem Handkuss.

Dieser alte Schwerenöter!

Jessi kicherte und wurde sogar ein bisschen rot.

Sofort kehrte die alte Eifersucht aus den Anfangstagen zurück.

Ich kam Michael zuvor und hielt Jessi die Tür auf.

»Ich dachte mir, mit Chauffeur hat es mehr Stil«, sagte ich.

Jessi warf mir aus schmalen Augen einen geheimnisvollen Blick zu.

»Dachtest du, ja?«

Sie stieg ein, ich schloss die Tür und ging zusammen mit Michael um den Wagen herum.

»Alles klar?«, fragte er flüsternd. »Du siehst besorgt aus.«

»Nee, alles klar, passt schon. Sieh nur zu, dass du dich nicht verplapperst und wir pünktlich an der Stadthalle sind.«

»Zu Befehl, Chef!«

Er salutierte übertrieben und klemmte seinen voluminösen Körper hinters Steuer.

Ich stieg ebenfalls ein und konnte nicht umhin, zu bemerken, dass Jessi uns beide amüsiert betrachtete.

»Was gab's zu tuscheln bei den Herren?«, fragte sie.

Ich schnallte mich an und vermied den direkten Augenkontakt.

»Nichts, alles bestens.«

Mein Herz schlug mir bis zum Hals. Irgendwas stimmte hier nicht, aber was?

Michael fuhr los.

Augenblicklich tönte aus dem Autoradio Conny Frei. Dieser Trottel hatte doch tatsächlich wieder die Sängerin eingelegt!

Jessi sah mich an und rollte mit den Augen.

Ich spürte, wie sehr mir das Lächeln verunglückte. Mein Magen rollte sich auf die Größe einer Murmel zusammen, mein Hals war trocken.

Überraschend griff Jessi nach meiner Hand und verschränkte ihre Finger mit meinen.

»Vielen Dank für die Einladung«, sagte sie.

Ihr Blick fiel diesmal deutlich sanfter und nicht so geheimnisvoll aus.

»Irgendwie muss ich dich ja aus deiner Wohnung locken.«

»Mit gutem Essen schaffst du das immer. Für ein Conny-Frei-Konzert hätte ich mich dagegen nicht von der Couch bewegt.«

Ein Tiefschlag, der saß.

Die Fahrt bis vor die Stadthalle dauerte keine zwanzig Minuten. Da wir nicht mit den anderen Besuchern durch die normalen Eingänge mussten, sondern backstage hineindurften, brauchte Michael keine Zeit mit der Suche nach einem Parkplatz vergeuden.

Als er seinen Wagen anhielt, legte Jessi die Stirn in Falten.

»Hier ist doch nicht das *Katzen-Café*!«

»Ich … ähm … wir gehen noch ein Stück zu Fuß, wenn es dir nichts ausmacht. Ich möchte dir etwas zeigen.«

»Okay …«

Beim Aussteigen gab ich Michael ein Zeichen, und als ich um

den Wagen herumging, blieb ich an der Kofferraumklappe kurz stehen, bückte mich und sendete Scary-Tim eine vorbereitete SMS, damit er zum Hintereingang kam und uns hineinließ.

»Was hat so lange gedauert?«, fragte Jessi beim Aussteigen.

»Mein Schnürsenkel war auf.«

Sie strich ihr Kleid glatt und blickte an der grauen Betonfassade empor, die vor uns aufstieg.

»Sieht aus wie die Stadthalle von hinten«, bemerkte sie.

Michael fuhr fort, um den Wagen zu parken. Er würde später zusammen mit den anderen in die Halle kommen.

Um uns herum rollte Verkehr, geschäftige Menschen eilten vorbei. Ich versuchte, dass alles auszublenden, wandte mich Jessi zu und nahm ihre Hände.

»Du magst doch Überraschungen, oder?«, fragte ich.

»Na ja, kommt darauf an.«

»Wir … gehen nicht essen.«

»Was? Ich hab einen Mordshunger!«

»Vielleicht später, aber nicht sofort.«

Jessi sah mich misstrauisch an.

»Adam Wondrascheck, was führst du im Schilde?«

»Vertraust du mir?«

Ich drückte ihre Hände. Sie waren warm, meine dagegen eiskalt.

»Im Moment? Kein bisschen.«

»Bitte!«, flehte ich.

Plötzlich ließ sie meine Hände los, legte ihre in meinen Nacken, zog meinen Kopf sanft zu sich und küsste mich. Dann schmiegte sie ihre Hände an meine Wangen.

»Ich weiß es doch längst«, sagte sie.

»Was? Woher …?«

Sie schüttelte den Kopf und legte ihre Stirn an meine.

»Du musst noch so viel lernen über beste Freundinnen. Vero erzählt mir alles, aber das hier hat sie bis gestern sogar vor mir geheim gehalten. Sei ihr nicht böse, ich wäre heute Abend nicht mitgekommen, wenn sie es mir nicht gesagt hätte.«

»Und was hat sie dir gesagt?«

»Na ja, dass du Karten für das Conny-Frei-Konzert hast und wir sogar backstage gehen dürfen.«

Ich schüttelte den Kopf.

»Kann gar nicht sein. Du saßt in Jogginghose auf der Couch.«

»Um dir einen Schrecken einzujagen.«

»Glaub ich nicht.«

Aber ich glaubte es doch. Deswegen war Jessi geschminkt und so überaus schnell abfahrbereit gewesen, deswegen das Kochrezept. Sie hatte mich verarscht, wieder einmal.

»Vero ist eine Verräterin«, sagte ich mit gespielter Entrüstung, denn sie hatte ja gar keinen Verrat begangen.

Wenn sie nicht irgendetwas gesagt hätte, wäre der Abend ins Wasser gefallen, und was sie gesagt hatte, war nicht dumm. Es war sogar ziemlich schlau.

»Sie kann nichts dafür, ich hab ihr ziemlich zugesetzt. Ich war ein bisschen zickig in den letzten Tagen. Kannst du mir verzeihen?«

Ich schüttelte vehement den Kopf.

»Auf gar keinen Fall. Es sei denn …«

»Ja?«

Jessi klimperte mit den Lidern wie ein kleines Mädchen.

»Es sei denn, du verzeihst mir auch.«

»Und was soll ich dir verzeihen?«

»Das kann ich dir erst später sagen. Du musst mir sozusagen im Voraus vergeben.«

»Okay. Was hab ich schließlich zu verlieren?«

Diesen Satz quittierte ich mit einem gequälten Lächeln, nahm Jessi bei der Hand und führte sie auf die Stadthalle zu. Es war höchste Zeit!

»Auf in die Höhle des Löwen.«

Scary-Tim nahm uns in Empfang.

Er trug heute einen blauen Anzug und sah wie ein Schauspieler aus.

»Und du bist also Jessi«, sagte er und reichte ihr die Hand. »Dein Freund hat mir eine Menge erzählt.«

»Ja, er ist ein richtiges Tratschweib, nicht wahr?!«

»Ein Kaffeekränzchen ist eine ruhige Veranstaltung gegen ihn«, bestätigte Tim.

»Hey, ich kann euch hören«, machte ich mich laut und deutlich bemerkbar.

»Bist du bereit?«, fragte Scary-Tim Jessi.

»Bereit?« Sie legte die Stirn in Falten. »Wofür?«

»Für die große Bühne?«

»Ich verstehe nicht …«

Jessi blickte verwirrt von Tim zu mir und wieder zurück.

»Ist Teil des Deals«, sagte ich und zuckte mit den Schultern, als wäre es keine große Sache.

»Folgt mir unauffällig«, sagte Tim, drehte sich um und ging voraus.

In den Katakomben dieses gewaltigen Bauwerks war ich zuvor noch nie gewesen und genauso beeindruckt wie Jessi. Der nackte Beton war abstoßend und Ehrfurcht gebietend zugleich, unsere Schritte hallten zwischen den Wänden wider. Überall wuselten Menschen herum, einige vom Typ her eindeutig Roadies, andere eher Manager. Eine junge Frau mit kurzem blonden Haar und Klemmbrett unter dem Arm sprach Tim an. Sie wechselten ein paar Sätze, dann ging es weiter. Durch eine Feuerschutztür kamen wir in einen langen Korridor, von dem rechts und links einige Türen abgingen.

»Hierher gelangen nur die Wenigsten«, sagte Scary-Tim.

Nach ein paar Schritten stoppte er vor einer Tür. Daran steckte in einem kleinen Halter aus Plexiglas ein bedrucktes Kärtchen.

Conny Frei.

»Sie fokussiert sich gerade auf die Show, da dürfen wir leider nicht stören.«

Ich hatte schon befürchtet, Scary-Tim würde uns auf einen Prosecco in die Kabine führen. Dafür war die Zeit zu knapp. Um Punkt halb acht musste die Show beginnen, hatte er mir gesagt, keine Minute später. Jetzt war es fünf Minuten vor halb acht.

Tim führte uns den Gang hinunter, öffnete eine weitere Tür, und plötzlich änderte sich die Geräuschkulisse.

Es war, als stießen wir in ein Bienennest. Ein Summen und Brummen aus allen Richtungen, aber es waren nicht nur die Geräusche: Der Boden, die Wände, die Luft, alles schien von einem feinen Vibrieren erfüllt zu sein.

Es waren die Geräusche der Zuschauermenge in der großen Halle.

Jessi sah mich aus großen Augen an.

Sie ahnte immer noch nichts, dachte wohl, wir würden einfach nur die Halle durch den Bühneneingang betreten.

»Wir sind jetzt genau hinter der Bühne«, sagte Tim. »Auf dein Zeichen, okay?«

»Gib uns bitte noch eine Minute.«

Tim nickte und entfernte sich.

»Was geht hier vor?«, wollte Jessi wissen.

»Weißt du noch, dass du zu mir gesagt hast, du würdest gern einmal an einem Poetry-Slam vor großem Publikum teilnehmen?«

»Weiß ich, aber … nein!«

»Es ist kein Slam im eigentlichen Sinne, aber bei uns beiden war ja auch nie irgendwas im eigentlichen Sinne. Da draußen wartet Vero mit all deinen Freunden aus Berlin. Deine Eltern sind da, Leonie, meine Oma, Michael und sogar Kerstin aus der Klinik. Für ein paar Minuten ist das heute deine große Bühne.«

Die wortgewandte Jessi war sprachlos. Sie sah mich an, ihre Lippen begannen zu zittern, dann ihre Hände und der Körper.

»Das ist nicht dein Ernst«, stieß sie hervor.

Ich hielt ihre eiskalten Hände.

»Bevor ich aufbreche, möchte ich dich auf dieser Bühne hören. Ich möchte jedes einzelne Wort von dir aufsaugen, es verinnerlichen und mitnehmen auf meine Reise. Bei jedem Schritt den Berg hinauf werde ich daran denken, werde die Worte wiederholen, und ich bin mir sicher, egal wie groß die Qual, sie werden mich hinauftragen. Du willst mich nicht dabeihaben, wenn du stirbst, und ich kann dich verstehen, aber ich bitte dich, schenk mir dieses Gedicht, dieses Bild von dir.«

Jetzt weinte sie. Zwei einzelne Tränen rannen über ihre Wangen.

»Ich kann das nicht …«

»Doch. Du kannst es. Geh hinaus, und verzaubere die Menschen, so wie du mich verzaubert hast.«

Ich drückte ihre Hände, dann überließ ich sie einer jungen Frau, die sie zur Bühne brachte, und ging zu Tim, der ein wenig abseits stand. Er führte mich durch einen schmalen Gang zu einer Tür, vor der ein Gigant von Mann Wache hielt. Ich durfte passieren und befand mich einen Augenblick später in der Halle.

Die Menschenmasse verunsicherte mich. Es war ein Schwirren und Schwurbeln, überall Unruhe und Bewegung, ein Schwarm, der sich auf das große Ereignis vorbereitete.

Dann entdeckte ich die kleine Gruppe mit Plakaten in den vorderen Reihen.

Jessi, wir lieben dich!

Jessi, slam für uns!

Jes, she can!

Und noch einige Sprüche mehr, die vor meinen Augen verschwammen.

Vero hatte mich gesehen und winkte mir zu. Ich machte mich auf den Weg zu ihr, drückte und schlängelte mich durch die Menschen.

Im selben Moment meldete sich eine Stimme über die Lautsprecheranlage der Halle: »Meine Damen und Herren, wir haben ein unerwartetes kleines Vorprogramm für Sie. Freuen Sie sich mit mir auf Poetry-Slamerin Jessi Bischoff.«

Das Bienenstocksummen wurde schlagartig leiser und nahm schließlich ganz ab, als der Vorhang sich öffnete und Jessi auf die Bühne trat. Sofort erfassten sie mehrere Scheinwerfer, hüllten sie in Licht und schufen einen Weg bis vor das Mikrofon.

Jessi hielt ihre Hände vor dem Bauch verschränkt, sie ging langsam, vorsichtig, so, als würde sie es sich jeden Moment anders überlegen und umkehren. Keine Ahnung, woher sie sie hatte, aber sie trug jetzt eine schwarze Wollmütze, die erstaunlich gut zu ihrem Kleid passte.

Die fast einhundert Menschen, die Vero aus Berlin mitgebracht hatte, pfiffen und riefen und klatschten und schwangen ihre Transparente.

Ein schüchternes Lächeln huschte über Jessis Gesicht, und in diesem Moment war sie so verletzlich und anmutig, dass ich den Impuls niederkämpfen musste, auf die Bühne zu stürmen und sie vor dem, was ich hier verzapft hatte, zu beschützen. Dabei war sie viel stärker als ich, und das bewies sie gerade. Sie machte nicht kehrt, trat vor das Mikro und blickte ins Publikum.

Da niemand außer dem kleinen Kreis an Eingeweihten wusste, was hier abging, kehrte eine gespenstische, neugierige Ruhe ein.

Mitten in einem perfekten Lichtkreis stand Jessi in ihrem schwarzen Kleid und war nicht weniger perfekt. Ich war bereits bis über beide Ohren verliebt in sie, verliebte mich in diesem Moment aber noch einmal, ich glaube, es war das dritte Mal, und ich war mir sicher, vielen anderen in der Halle ging es genauso.

Jessi beugte sich ein kleines Stück vor und räusperte ins Mikro.

Das Geräusch füllte die Halle.

»Hi, ich bin Jessi. Vor einer Stunde saß ich zu Hause auf der Couch, in Schlabberklamotten, mit einer Tüte Chips, bereit, ein paar Kilo zuzunehmen und vor dem Fernseher einzuschlafen.

Aber dann kam ein Freund und sagte: ›Na los, komm schon, ich lad dich zum Essen ein. In ein schickes Lokal.‹ Jetzt stehe ich hier und bin immer noch hungrig.«

Sie erntete Lacher.

»Dieser Freund hat mich ausgetrickst und überrumpelt. Zusammen mit meiner besten Freundin. Wer solche Freunde hat ... na ja, Sie kennen das.«

Wieder lachte die Halle.

»Hey, Vero, ich liebe dich!«, rief Jessi ins Mikro.

»Ich dich och, meene Süße«, kam es dünn, aber hörbar aus dem Publikum zurück.

Dann legte Jessi beide Hände ums Mikro und ging ganz nah heran mit den Lippen. Die nächsten Worte sprach sie leiser und mit rauer Stimme.

»Hey, Adam, dich liebe ich auch.«

Ich rief nicht zurück, spürte aber, wie meine Lippen ganz von selbst denselben Satz formten.

»Was jetzt kommt, ist für dich. Für jeden Schritt und jeden Meter, für alle Träume, die noch kommen. Denn egal, was passiert, es gibt immer einen nächsten Traum.«

Zeit-Slam

Neulich Nacht, ich saß im Wagen, den Blick hinauf zum Sternenzelt,
frei der Kopf, mein Herz ganz weit, Reifen summten auf Asphalt,
da wusste ich mit einem Mal, was das All zusammenhält,
keine dunkle Materie, kein Nichts, kein Gas, tödlich und kalt.
Nein, was so schwarz und edel, den Raum zwischen den Sternen füllt,
was seit Ewigkeiten und ewig weiter der Menschen Streben nährt,
das ist die Zeit, von hier bis dort, die alles Leben sorgsam hüllt,
bis jeder hier, und du und ich, letztmalig zu den Sternen fährt.

Und ich verstand, da ist noch so viel Zeit, doch die gehört nicht mir.
Ich hatte meinen Teil, was jetzt kommt, gehört dir.

Ich frag nicht nach Gerechtigkeit, so dumm bin ich nicht,
ach scheiße, tu ich doch, auch wenn's das Herz mir bricht.
Bin ich schuld? Wenn ja, woran? An meinem eignen Tod?
Hab ich Zeit verschwendet, massenhaft und ohne Not?
Hab ich verschoben und getan, als wäre es kein Selbstbetrug?
Na klar, wie alle anderen, jeden Tag, Zeit gibt's ja mehr als genug.

Da steh ich nun, hab keine mehr,
verlange Nachschlag, das wäre doch fair.
So viel ist noch zu tun, doch sicher nicht von mir.
Ich weiß nicht, wer's machen soll, hängen bleibt's an dir.
Sei nicht blöd, so wie ich, sag nicht »morgen, irgendwann«,
es geht darum, es jetzt zu tun, raff dich auf und pack es an.

Versteh doch endlich: Da ist noch so viel Zeit, doch gehört sie nicht nur dir,
keiner weiß, wie groß sein Teil, doch du bleibst nicht ewig hier.

Mach was draus, geh hinaus, meinetwegen stürm den Berg,
denke groß, atme weit, sei kein Gartenzwerg.
Sternenfahrten wünsch ich dir, jede Nacht fortan,
stecke deine Ziele höher, damit niemand sie erreichen kann,
außer dir, denn es sind deine, den Weg dorthin man Leben nennt,
ein rasend vages Abenteuer, niemand seinen Ausgang kennt.

Und bist du müde, plagt dich der Schmerz, führt der Tunnel nicht ins Licht,
heb den Kopf und sieh hinauf. Wo Zeit die Dunkelheit durchbricht,
kann keine Grenze existieren, kein Leben wirklich endlich sein,
keine Energie sich je verlieren, das ist nicht alles Trug und Schein.

Ein fester Glaube, klar, der hilft, doch Glück verlangt nach mehr,
nach klaren Worten, starken Taten, auf dass ich mich verzehr,
nach allem, was mein Herz begehrt, was es wünscht und will,
strebe, lerne, kämpfe, liebe, stehe niemals still.

Du kannst mit Walen schwimmen oder der Welt aufs Dach
steigen,
du kannst die Menschen lieben und es ihnen jeden Tag zeigen.
Du kannst spielen oder singen oder ein Buch schreiben,
du kannst all das tun, nur hier kannst du nicht bleiben.

Denn wenn das All expandiert, gibt's für die Ewigkeit kein'
Ort,
wenn die Grenzen sich verschieben, auf immer von uns fort,
wie sollte es da denn Stillstand geben oder gar ein Ende,
an dessen Toren unser Leben seinen Schöpfer fände?

Das gibt es nicht, hat's nie gegeben, und wird's nie geben,
weil wir verdammt noch mal tatsächlich ewig leben,
nicht hier und heute, nicht dort und morgen,
aber gewiss irgendwo, hab keine Sorgen.

Da ist noch so viel Zeit, und die endet nicht hier,
Deine nicht und meine nicht, solang ich den Glauben nicht
verlier.

Chimborazo

Voran!

Schritt für Schritt.

Meter für Meter.

Starker Geist gegen schwachen Körper, ein Triumph des Willens, nicht aufzugeben, obwohl es doch so einfach wäre.

Die leichte Blockkletterei machte mir Spaß, ging mir locker von der Hand, ich liebte es, kalten rauen Fels unter meinen Fingern zu spüren. Den Blick gesenkt – denn ein falscher, unbedachter Schritt bedeutet den Tod –, betrachtete ich die eingeschlossenen Quarz- und Erzadern und versuchte zu verstehen, was Zeit für diesen Berg, diesen Fels bedeutete. Nichts. Und Ewigkeit.

Meine Zeit war genauso ewiglich wie die des Berges, das hatte Jessi mir beigebracht. Es war ein Fehler, die Zeitrechnung bei der Geburt beginnen und beim Tod enden zu lassen, ein dummer, dummer Fehler. Jessi hatte erkannt, was doch so deutlich vor uns liegt, was wir in jeder wolkenlosen Nacht sehen und verstehen können: ein Kontinuum aus Zeit, das immer größer, immer weiter und damit ewig wird. Und wir bewegen uns mit ihm und in ihm, einer ständigen Veränderung unterworfen, die wir nicht verstehen können.

Still vor mich hin lächelnd überkletterte ich eine Schlüsselstelle und wusste einen Moment später, als ich zurückschaute, nicht einmal mehr, wie ich es gemacht hatte, so tief war ich in meine Gedanken versunken. Ein kleines schneebedecktes Plateau breitete sich vor mir aus und gab den Blick frei auf den steilen Aufschwung zum Gipfel des Chimborazo. Alles war grellweiß. Ich setzte die Schneebrille auf, nahm die Flasche aus der Seitentasche des Rucksacks, trank und staunte.

War ich noch auf demselben Planeten, oder hatte ich ihn längst verlassen? Gab es ein Zurück für mich, wenn ich erst oben angekommen war? In der dünnen Höhenluft, ich spürte es deutlich, waren meine Gedanken wenig fassbar und kontrollierbar. Sie tanzten, mal hierhin, mal dorthin, vermieden jedes Ziel, ließen Fragen offen.

Frag nicht, nicht hier oben, sei einfach, mit jeder Faser, die dich ausmacht, spüre jeden Schmerz, jeden Stich, jeden Stein, der sich in deine Handfläche bohrt, jedes Eiskristall, das in deine Wangen sticht. Griff und Tritt und Atmung, nichts weiter, immer wieder von vorn. Griff und Tritt und Atmung, die heilige Dreifaltigkeit des Bergsteigers, ein unbändiger, einfacher Rhythmus. Wenn du dich ihm hingibst, nur das bist und nichts anderes, dann führt er dich hinauf, dann gibt es kein Scheitern.

Ich steckte die Flasche weg, holte den Eispickel heraus und ging weiter. Stach den langen, spitzen Griff des Pickels bei jedem Schritt in die harte Schneedecke und balancierte meinen Körper aus. Bis zu den Knöcheln versank ich im Schnee, noch einmal steigerte sich die Schwierigkeit, und ich spürte meine Lunge hart arbeiten, mein Herz zuverlässig pumpen. Steiler, immer steiler, einen Schritt gehen, vier Mal atmen und weiter und weiter und weiter …

Vom Fuße des Berges bis hier herauf hatte mich Hunderte Male die Erinnerung eingeholt, in Worten und Bildern und Gefühlen, hatte mich ein ums andere Mal in Tränen ausbrechen lassen. Mal vor Glück und Freude, mal aus Trauer und Verzweiflung, aber stets mit einem warmen Gefühl im Bauch. Und auch jetzt, in dieser weißen Wüste, die dem Menschen kein Lebensraum war, sah ich sie vor mir.

Jessi Bischoff, auf der großen Bühne ihres Lebens.

Die Stille im Saal nach ihren letzten Worten, die Ergriffenheit der Zuschauer, einen Moment nur, dann brandete der Applaus auf, und Jessis eigener Fanclub steigerte sich in Hysterie. Sie stand dort oben, in ihrem wunderschönen schwarzen Kleid, mit der schwarzen Wollmütze, das ganze Gesicht ein Lächeln, ein Strahlen, verneigte sich leicht und warf eine Kusshand in die Menge. Nicht für jemanden Bestimmtes, für alle, für jeden, auch für mich.

Meine eigenen Gefühle waren in diesem Moment so wenig fassbar wie meine Gedanken es in der Höhenluft waren. Ich weinte, ja, die Tränen rannen, doch gleichzeitig lachte ich und spürte tief in mir ein wohlig warmes Gefühl von Liebe und Vollkommenheit. Gleichzeitig war ich stolz und glücklich und traurig und verzweifelt. War zerrissen und heil, als wäre ich zerstört und neu zusammengesetzt worden.

In diesem Moment entdeckte mich Jessi, hob den Kopf, und ich sah, wie ihre Lippen lautlos Worte formten.

»Danke. Ich liebe dich.«

Ich hörte sie in meinem Kopf und schickte eine Antwort auf die Reise.

Plötzlich steigerte sich der Applaus. Zunächst wusste ich nicht, warum, aber dann sah ich den eigentlichen Star des Abends: Conny Frei. Zauberhaft, engelsgleich in einem kurzen silbernen Glitzerkleid. Sie kam auf die Bühne, ihre Bühne, winkte ihrem Publikum zu, ging zu Jessi und nahm sie in die Arme. Drückte sie fest und lange und flüsterte ihr etwas ins Ohr. Dann wandte Conny Frei sich der Halle zu, forderte noch einmal einen Applaus für die großartige Poetry-Slamerin Jessi Bischoff und bekam ihn natürlich. Erst jetzt bemerkte ich ein winziges Detail, das mich für alle Zeiten zu ihrem Fan macht: Sie trug die gleiche Wollmütze wie Jessi, auch wenn unter ihrer brünettes Haar hervorlugte. Ich war mir sicher, ihre Stylistin hatte Zeter und Mordio geschrien und gedroht zu kündigen, doch Conny war das egal, sie hatte die Mütze aufgesetzt, hatte ein Statement abgegeben.

Conny winkte ein letztes Mal, dann reichte sie Jessi die Hand und ging mit ihr von der Bühne …

Und ich war nun hier, an der steilen Flanke des Chimborazo, dem höchsten Berg der Erde, und ohne Jessi wäre ich heute nicht hier, mehr noch, vielleicht hätte ich es *nie* gewagt.

Jessi hatte stets so gelebt, als hätte sie keine Zeit. Alles, was sie sich in den Kopf gesetzt hatte, war sie sofort angegangen, ohne Rücksicht auf Verluste. Und wer weiß, vielleicht hatte sie tief in sich gespürt, dass ihr weniger Zeit zur Verfügung stand als den meisten anderen? Ich habe sie danach gefragt, ein paar Tage nach der Show, und sie meinte, sie wisse es nicht, es könne aber sein. So lange sie denken kann, so sagte sie, habe sie Stillstand gehasst, war ruhelos gewesen. Nicht gehetzt, das nicht, aber von einem Vorwärtsdrang erfüllt, der allzu oft mit dem Alltag kollidiert war. Dann kam der Tod, schickte seinen Boten, schnürte ihr den Hals zu, und Jessi machte sich intensive Gedanken über den Begriff Zeit.

Sie erzählte mir davon, an unserem letzten gemeinsamen Abend, bevor ich nach Ecuador aufbrach. Von den langen Nächten über einem Blatt Papier, von dem Bleistift, der verschlungene Pfade ohne Ende zeichnete, während sie auf die Worte wartete, die ihr helfen würden zu verstehen. Helfen würden, die Hoffnung nicht zu verlieren. Diese Gedanken waren in den Text eingeflossen, den sie an jenem Abend in der Stadthalle vorgetragen hatte, und weil sie um jedes einzelne Wort gerungen hatte, weil ihre tiefsten Gefühle, Ängste und Sorgen darin steckten, hatte sie sie mit Wahrhaftigkeit und Leben füllen können, wie es niemand sonst geschafft hätte. Das war es, was mich und Tausende Zuschauer so tief berührt hatte.

Während ich aufstieg, mich dem Gipfel näherte, wusste ich nicht, ob Jessi noch lebte. Den letzten Kontakt hatten wir am Tag meiner Ankunft in Ecuador. Wir hatten telefoniert, sie hatte mir viel Glück gewünscht, und auf mein Flehen hin, sie möge mit dem Sterben warten, bis ich zurück sei, geantwortet: »Nicht meine Entscheidung.« Ich hätte sie gern jeden weiteren Tag angerufen, doch das wollte Jessi nicht. Was auch immer gerade in Deutschland vor sich ging, ich bekam es nicht mit. Auch Vero hielt mich nicht auf dem Laufenden, da konnte ich machen, was ich wollte. Nichts kam zwischen zwei beste Freundinnen. An manchen Tagen, gerade in den Abend- und Nachtstunden, zerriss es mich beinahe, wenn ich mir vorstellte, dass Jessi in diesem Moment in einem Krankenhauszimmer vielleicht ihren letzten schmerzhaften, mühevollen Atemzug tat. Leonie und ihre Eltern an ihrer Seite, vielleicht auch Vero, aber nicht ich.

Nicht ich …

Zwar hatte ich ihr gesagt, ich würde sie verstehen und ihre Entscheidung deshalb akzeptieren, aber das war nicht die ganze Wahrheit. Eine Hälfte war Verständnis, die andere war – Angst. Nicht nur, weil ich es ihr versprochen hatte, war ich so bereitwillig nach Ecuador aufgebrochen, sondern auch, weil ich nicht dabei sein wollte, wenn Jessi starb. Ich schämte mich dafür und war ihr dankbar für den Ausweg, den sie mir geboten hatte.

Vielleicht wusste sie es ja.

Sie wusste so vieles über mich, mehr als ich selbst.

Schwindel erfasste mich, mein Blick trübte sich, zerfaserte an den Rändern. In meinem Brustkorb stand meine Lunge in Flammen, und ich begriff, tief in Gedanken und Erinnerungen versunken, war ich viel zu schnell aufgestiegen. Bisher hatte die dünne Luft mir nichts ausgemacht, aber man durfte die Höhe nicht unterschätzen. Ich blieb stehen, stützte mich schwer auf den Eispickel und ließ meinen Blick wandern.

Eine geführte Dreiergruppe befand sich ein Stück unter mir, eine andere etwas oberhalb, gerade noch so in Sichtweite. Die einheimischen Bergführer hatten in der Whymper-Hütte auf mich geschimpft, weil ich allein gehen wollte, doch ich hatte mich nicht umstimmen lassen. Ich wollte, musste bei diesem Aufstieg mit mir und meinen Gedanken allein sein, und die Gefahr hielt sich in Grenzen, wenn gleichzeitig andere Gruppen auf den Gipfel stiegen, die mitbekommen würden, wenn mir etwas passierte.

Nach wenigen Minuten ging ich weiter. Mit jedem Schritt wurde es beschwerlicher, und nach einer weiteren Stunde Aufstieg trat ich aus dem Windschatten der Bergflanke auf den Kamm. Der Wind schlug mir wie eine Faust ins Gesicht. Augenblicklich ließ ich mich auf die Knie fallen und wandte den Kopf ab. Windstärke acht, schätzte ich, das hatte gerade noch gefehlt.

Ich hatte solche Stürme schon in den Alpen oberhalb von viertausend Metern erlebt. Sie konnten einen in die Knie zwingen, den Atem von den Lippen stehlen, sodass man glaubte, ersticken zu müssen. Sie konnten einem das letzte bisschen Kraft aus dem Körper saugen und den Willen brechen.

Aber so weit war ich noch nicht.

Ich warf einen Blick voraus, konnte die voransteigende Gruppe nicht mehr sehen. Der Sturm wirbelte den trockenen Schnee auf, die Luft war angefüllt von tanzenden Eiskristallen, die mir ins Gesicht stachen, sobald ich wieder auf den Beinen stand. Ich zog die Kapuze enger ums Gesicht und den Mundschutz übers Kinn. Schräg gegen den Wind gestellt, kämpfte ich mich den Gipfelgrat hinauf. Mehr noch als zuvor wägte ich jeden Schritt ab, denn der Grat war nur schulterbreit. Rechts und links ging es Hunderte Meter in die Tiefe. Eine Fußspur, mehr Platz gab es nicht, und dazu die Schneewechte auf der linken, dem Wind abgewandten Seite, die an dem Berg klebte wie eine steife Fahne und jederzeit unter meinem Gewicht abbrechen und mich mit in die Tiefe reißen könnte. All diese Gedanken schob ich beiseite und konzentrierte mich, dachte an das Foto in meiner Brusttasche. Das Foto musste auf den Gipfel, und der Sturm würde mich nicht davon abhalten.

Nach zehn weiteren Minuten war ich mir aber nicht mehr sicher, ob ich es tatsächlich schaffen konnte. Meine Kraft ließ rapide nach, ich spürte die Kälte, und das war nicht gut. Statt vier- atmete ich achtmal zwischen jedem Schritt und kam entsprechend langsam voran. Ich wusste nicht, ob es den anderen genauso erging, da sie aus meinem Sichtbereich verschwunden waren, aber da mich bisher niemand eingeholt hatte, musste es wohl so sein.

Der Schnee tobte um mich herum. Eine besonders heftige Windböe zwang mich erneut in die Knie. Die nächsten Meter bezwang ich kriechend, aber weil der Schnee dafür eigentlich zu tief war, stand ich schließlich doch wieder auf. Für einen Moment schienen meine Beine sich weigern zu wollen, mich weiterzutragen. Sie zitterten, und die Waden verkrampften sich.

Weiter, sagte ich mir, geh weiter, was andere schaffen, schaffst du auch. So weit kann es nicht mehr sein, vielleicht noch eine halbe Stunde, also reiß dich zusammen und geh weiter.

Meine Augen auf die Spur meiner Vorgänger gerichtet, die gerade noch zu erkennen war, schlich ich weiter, und als ich das nächste Mal den Blick hob, erstarrte ich.

Nicht weit entfernt, vielleicht zwanzig Meter voraus über dem abfallenden Hang, erschien ein Regenbogen. Das Sonnenlicht brach in dem dichten Vorhang tanzender Eiskristalle zu Rot, Orange, Gelb, Grün, Hellblau, Indigo und Violett. Jedoch nicht in der üblichen Form, nein, dieser Eiskristallbogen schloss sich zu einem perfekten runden Kreis, und weil ich zwischen ihm und der Sonne stand, befand sich mein Schatten genau mittig in diesem Kreis.

Plötzlich schob sich ein zweiter Schatten in den farbigen Kreis aus Eiskristallen, und er schien mir zuzuwinken.

Jessi geht, schoss es mir durch den Kopf. In diesem Moment geht sie und winkt mir ein letztes Mal zu.

Dann senkte sich eine Hand auf meine Schulter. Viel zu erschöpft und viel zu fasziniert, um mich zu erschrecken, akzeptierte ich es einfach. Es war der Führer der mir nachfolgenden Gruppe, seinen Schatten sah ich im Eiskristallkreis.

»Amazing!«, brüllte er mir gegen den Wind ins Ohr.

Ich nickte lediglich.

»Are you okay?«

»Yes, sure …«

Ich machte ein bisschen Platz, und die Dreiergruppe stapfte an mir vorbei.

Sie waren durch Seile miteinander verbunden. Die beiden folgenden Bergsteiger klopften mir aufmunternd auf die Schulter, sie dachten wohl, ich wäre erschöpft und würde aufgeben, dann verschwanden sie in der Gischt aus aufgewirbeltem Schnee, und auch der kreisrunde Lichtbogen war verschwunden.

Ich fragte mich, ob ich ihn mir nur eingebildet hatte, aber der Bergführer hatte ihn doch auch gesehen … Nein, das war keine Fata Morgana, es war real, genauso real wie das Gefühl in meinem Inneren.

Jessi war gestorben, in diesem Moment, und sie hatte sich auf diese Art von mir verabschiedet.

Gern wäre ich noch länger stehen geblieben, um auf die Rückkehr des Lichtkreises zu warten, doch der Sturm rüttelte an mir und kühlte mich rasch aus. Also stapfte ich weiter, beseelt nun und mit neuer Kraft, die mich die letzten zwanzig Minuten bis zum Gipfel trug.

Plötzlich ging es nicht mehr weiter hoch.

Ab jetzt würde jeder Schritt wieder in die Tiefe zurückführen.

Von den beiden anderen Gruppen war außer deren Spuren nichts zu sehen, sie befanden sich bereits im Abstieg. Ich bekam zu spüren, warum sie so schnell weitergegangen waren. Der Wind war einfach zu brutal, um länger zu verharren. In dieser tosenden Hölle gab es kein Gipfelglück, kein stilles Genießen des Sieges.

Ich fiel auf die Knie, sah mich um und krabbelte auf die kleine Pyramide aus Steinen zu, die über die Jahre von Hunderten Bergsteigern aufgeschichtet worden war. Dort zog ich den rechten Handschuh aus. Sofort biss mir die Kälte ins Fleisch. Mit tauben Fingern schaffte ich es, den Reißverschluss meiner Jacke zu öffnen und das Bild herauszuholen. Ich steckte es zwischen die Steine. Es zeigte Jessi an jenem Tag im Harz, als sie an dem natürlichen

Becken des Wildbaches den Kopf gehoben hatte, den Blick in die Ferne gerichtet. Was immer sie dort gesehen hatte, es hatte sie glücklich gemacht.

Weil es auf jede Minute ankam, zog ich schnell die Kamera hervor, positionierte sie etwas entfernt im Schnee, schaffte es nach mehreren Versuchen, mit halb erfrorenen Fingern, den Selbstauslöser zu aktivieren und schoss ein Foto von mir neben der kleinen Steinpyramide mit dem Foto, das ich daheim extra in eine Plexiglashülle hatte einschweißen lassen. Rasch packte ich die Kamera wieder ein und zog den Handschuh an.

Ich wusste nicht, wo es hinunterging, folgte einfach der kaum noch erkennbaren Spur der anderen Gruppen.

Nach wenigen Metern drehte ich mich noch einmal um.

Der Gipfel war nicht mehr zu sehen, durch die Schneegischt zwinkerten mir Himmel und Sonne zu.

Mit tiefer Zufriedenheit im Herzen stieg ich hinab.

Meter für Meter schleppte ich mich ins Tal.

Zurück in ein Leben ohne Jessi.

Letzte Worte im Handschuhfach

Auf dem Flughafen anzukommen und nicht zu wissen, ob das Mädchen, das man liebt, einen erwartet, ob es überhaupt noch lebt, war mit Abstand das Härteste, was ich je erlebt hatte.

Der Abstieg vom Chimborazo war eine Qual gewesen, keine Frage, eine üble Schinderei, die mich an meine Grenzen und weit darüber hinaus geführt hatte. Mir war es wichtig gewesen, nicht mit einer Seilbahn hinunterzufahren, sondern zu gehen, den ganzen Weg, die Zeit nicht abzukürzen, nicht zu beschleunigen, sondern sie Schritt für Schritt zu genießen. Irgendwann, nachdem mein Verstand langsam realisiert hatte, dass ich tatsächlich auf dem höchsten Berg der Erde war, hatte ich mich an den Wegesrand gesetzt und geheult wie ein Schlosshund. Vor Erleichterung, Freude und Dankbarkeit.

Mit blutenden Blasen an beiden Füßen hatte ich mich bis ins Tal und in die kleine Pension geschleppt, dem Tode näher als dem Leben.

Aber das war körperliche Qual gewesen, und die war nicht zu vergleichen mit der, die ich durchlebte, als ich meinen Koffer vom Rollband nahm und auf den Ausgang zusteuerte.

Gleich am nächsten Tag nach meinem Abstieg hatte ich versucht, Jessi zu erreichen – vergeblich.

Ich dachte wieder an den Eiskristallkreis.

Jessis Abschied.

Also doch.

Volle drei Tage hatte ich gebraucht, um wieder fit zu werden, drei Tage, in denen ich erneut Postkarten verschickt, aber nichts von zu Hause gehört hatte.

Weil ich die Ungewissheit nicht mehr ausgehalten hatte, hatte ich erneut versucht, Jessi zu erreichen.

Nichts.

Also hatte ich Oma Olga angerufen. Sie war glücklich, endlich von mir zu hören, denn noch waren die fünfzehn Karten, die ich bislang aus Ecuador abgeschickt hatte, nicht angekommen. Oma Olga hatte mir gratuliert und gefragt, wie es war, aber von dem emotionalen Aufruhr konnte ich ihr nichts erzählen, dieses Gespräch wollte ich nur mit Jessi führen. Meine Oma wusste nichts Neues von ihr. Gleich darauf hatte ich es bei Vero und danach bei Jessis Eltern versucht, aber auch die waren nicht zu erreichen gewesen. Schließlich hatte ich mich überwunden und Ingo angerufen. Auch er hatte nichts von Jessi gehört, mir aber versprochen, sich zu erkundigen und mich am Flughafen in Frankfurt abzuholen.

Das hatte mich einigermaßen überrascht, und ich war gespannt, ob er sein Versprechen halten würde.

Tat er.

Obwohl es auf Mitternacht zuging, wartete Ingo in der Abflughalle des Frankfurter Flughafens auf mich.

Er hatte sogar einen kleinen gelben Wimpel in der Hand, auf dem *Bezwinger des Chimborazo* über einem stilisierten Berggipfel stand.

Ich war gerührt.

Wir traten uns gegenüber, und einen Moment lang wusste ich nicht, was ich tun sollte. Dann machte er den ersten Schritt und umarmte mich.

»Herzlichen Glückwunsch, Alter«, sagte er, nachdem wir uns voneinander gelöst hatten. »Ehrlich gesagt habe ich nicht geglaubt, dass du es schaffst.«

»Du hast mir unterwegs gefehlt«, sagte ich.

Ingo nickte.

»Tut mir echt leid, dass ich mich so zickig angestellt habe. Ich glaube, ich war eifersüchtig.«

»Also sind wir noch Freunde?«

»Den Everest machen wir zusammen, egal, was kommt.«

Wir umarmten uns noch einmal, und er steckte mir den peinlichen Wimpel in die Brusttasche meiner Jacke.

»Ich will die Fotos sehen und jedes Detail hören«, sagte er.

»Und Jessi?«

Ingo sah zu Boden.

Und damit war alles klar.

»Lass uns zum Wagen gehen«, sagte er und ging voraus.

Ich folgte ihm mit dem schweren Koffer im Schlepptau.

»Jessi ist vor sechs Tagen gestorben«, sagte Ingo. »Im Krankenhaus. Am Ende soll es sehr qualvoll gewesen sein. Sie ist erstickt, genau wie die Ärzte es vorausgesagt haben.«

Da war plötzlich eine Wand, mitten in der Halle, niemand sonst bemerkte sie, nur ich, denn ich lief dagegen. Sie stoppte mich hart, und wenn ich mich nicht auf den Koffer hätte stützen können, wäre ich wahrscheinlich gestürzt. So aber hielt ich nur inne und blinzelte mühsam die Tränen weg. Ich hatte es gewusst, aber gegen dieses Wissen bis zur letzten Sekunde gehofft, dass sie noch lebte und ich ihr das Gipfelfoto zeigen konnte. Vor sechs Tagen, hatte Ingo gesagt, das bedeutete, sie war einen Tag vor meinem Gipfelerfolg gestorben. Dennoch wollte ich weiterhin daran glauben, dass es ihr winkender Schatten gewesen war, den ich dort oben in dem bunten Eiskristallkreis gesehen hatte. Ihren und meinen. Für den Rest meines Lebens würde ich daran glauben. Und warum auch nicht?

»Alles klar?«, fragte Ingo.

Ich schüttelte den Kopf, brauchte noch einen Moment. Es war eine erstaunliche Erfahrung, wie sehr einen eine solche Nachricht aus der Bahn werfen konnte, selbst wenn man irgendwie damit gerechnet hatte. Ich hörte und sah schlecht und hatte das Gefühl, auf einer anderen Ebene als der Rest der Menschheit zu existieren. Hier kam alles nur gefiltert an, schonend, wahrscheinlich, um mir Gelegenheit zu geben, den Inhalt der Nachricht vollkommen zu erfassen. Aber das war nicht möglich, nicht zu diesem Zeitpunkt.

»Lass mich den Koffer nehmen«, bot Ingo an.

Das wollte ich nicht. Irgendwo musste ich mich festhalten.

Schweigend gingen wir zu seinem Wagen. Ingo schloss die hinteren Türen seines Transporters auf und warf den Koffer auf die Ladefläche, dann stiegen wir ein.

Die ganze Zeit fühlte ich mich wie betäubt und irgendwie schuldig, so, als hätte ich etwas Falsches getan, dabei war doch alles genau so gekommen, wie Jessi es sich gewünscht hatte.

Ingo startete den Wagen und fuhr vom Flughafengelände. Erst als der Verkehr etwas ruhiger wurde, sprach er wieder.

»Sie hatte ihren Eltern verboten, dich zu informieren, weil sie wollte, dass du dich nur auf den Berg konzentrierst«, erklärte er.

Ich nickte. Zu mehr war ich nicht in der Lage.

»Sie konnte verdammt stur sein, sagt ihr Vater.«

Ich nickte.

»Ich konnte es dir nicht am Telefon sagen«, fuhr Ingo fort.

Dann saßen wir eine Weile schweigend nebeneinander.

»Ich war gar nicht eifersüchtig auf Jessi«, schob Ingo irgendwann nach.

»Was?«

Ich hatte in Gedanken versunken aus dem Fenster in den Nachthimmel hinausgestarrt und seinen letzten Satz nicht wirklich mitbekommen.

»Ich war nicht eifersüchtig auf Jessi. Ich hatte Angst.«

»Angst? Wovor?«

»Vor diesem Berg.«

Ich sah meinen Freund erstaunt an.

Er blickte geradeaus durch die Windschutzscheibe.

»Glaub es oder nicht, aber es stimmt, ich hatte die Hosen voll. Ich hab geträumt, ich würde abstürzen, zweimal und … ich weiß nicht, wie ich es erklären soll … ich hatte das Gefühl, es nicht dieses Jahr wagen zu dürfen.«

»Warum hast es mir nicht gesagt?«

»Ich krieg es jetzt nur wegen Jessi über die Lippen. Macht nicht gerade einen unerschrockenen Typen aus mir, oder?«

»Es macht dich menschlich.«

Er presste die Lippen zusammen und nickte.

»Mach mal das Handschuhfach auf.«

Ingo deutete mit dem Finger drauf, und ich öffnete die große Plastikklappe. Darin lag allerhand Krimskrams, aber auch ein weißer Briefumschlag, auf dem handschriftlich *Adam* stand. Ich erkannte die Schrift sofort, es war dieselbe wie auf dem Klingelschild, vor dem ich mich so oft gefürchtet hatte.

»Als Jessis Vater hörte, dass ich dich abhole, hat er ihn mir mitgegeben. Streng genommen sollte er ihn überbringen. Aber ich denke, das geht schon in Ordnung.«

Ich nahm den Umschlag heraus, hielt ihn in den Händen und strich mit den Daumen darüber. Jessis letzte Worte an mich. War ich bereit dafür? Ich wusste es nicht, aber wahrscheinlich würde ich nie bereit sein, deshalb spielte es auch keine Rolle, wann ich diesen Umschlag öffnete, ob gleich hier oder später zu Hause.

Also machte ich ihn auf, zog das gefaltete Blatt Papier heraus und faltete es auseinander.

Sie hatte eine wunderschöne Handschrift.

Lieber Adam!

Als ich mit der Strahlentherapie begann, wusste ich, mir stehen einige harte Wochen bevor, wahrscheinlich die letzten meines Lebens, und die würden nicht so verlaufen, wie man es sich als Sterbende wünscht. Aber ich wollte Leonie zuliebe um jeden einzelnen Tag kämpfen, das hatte ich mir und ihr versprochen.

Und dann holtest du mich ab, und alles kam ganz anders. Aus den befürchteten trostlosen Wochen wurden die abenteuerlichsten und schönsten, die ich seit langer Zeit erleben durfte. Du hast mich mit dem leckeren Essen deiner Oma versorgt. Du hast mir den Fluss im Morgengrauen gezeigt und die Stadt bei Nacht, du hast mir die Wilde Ilse gezeigt und dafür gesorgt, dass ich in einem Hubschrauber mitfliegen durfte (auch wenn ich nicht viel davon mitbekommen habe). Du hast mich einer Puffmutter vorgestellt und mich zu einem romantischen Abendessen eingeladen. Du hast die Nacht mit mir in einem Strandkorb verbracht, hast mit mir gefroren und gelitten.
Vor allem aber hast du mir diese Sternenfahrt geschenkt, sie war von alledem für mich am wichtigsten. Denn erst in jener Nacht habe ich verstanden, dass ich ruhig sterben und euch alle hier zurücklassen kann. Ich kann das, weil meine Zeit weiterläuft, weil alle Zeit im Universum ewig dauert, weil ich nicht mehr hier bin, aber noch da und die Trennung nur auf Zeit ist.
Nie hat jemand etwas Bedeutenderes für mich getan.
Ich danke dir, Adam Wondrascheck.

PS: Ich wollte es nicht und hätte es gern verhindert, aber ich habe mich in dich verliebt. Sorry!

Ich ließ den Zettel sinken und meinen Kopf gegen die Seitenscheibe sacken und sah erneut in den Nachthimmel hinauf, der ähnlich klar und voller Sterne war wie in jener Nacht auf der Autobahn auf dem Weg an die Nordsee.

Ich war mir der Bedeutung dieser Fahrt für Jessi nicht bewusst gewesen.

Und ich war mir ziemlich sicher, sie hatte nicht gewusst, welche Zukunft ihre letzten Worte mir eröffneten.

Ich selbst hatte sie lange nicht erkannt.
Dabei lag sie doch vor mir.
Dort oben.

Blumenmädchen

Leonie trug wieder ihr Lieblingskleid, in dem sie nach eigenem Bekunden wie die Eiskönigin aussah, und Angel hatte ihr Zöpfe geflochten, die lustig zu den Seiten abstanden.

Es tat gut, ihre kleine warme Hand in meiner zu spüren, während wir über den Friedhof gingen. Noch im Wagen hatte die Kleine genauso gequasselt und Fragen gestellt wie immer, aber hier, auf den schattigen Wegen zwischen den Gräbern, wurde sie ruhiger.

Ich wusste nicht, was der Tod ihrer Mama mit ihr gemacht hatte, ob sie vollkommen erfasst hatte, was das für sie bedeutete, aber im Wagen hatte sie gesagt, es sei blöd, dass Mama jetzt auf dem Friedhof sei und nicht mehr zu Hause. Und dass sie auf der Beerdigung ganz traurig gewesen war und geweint hatte, weil so viele andere auch geweint hatten.

Vielleicht war es für Kinder in ihrem Alter einfacher, mit dem Tod umzugehen, vielleicht täuschte ich mich aber auch, und die Narben, die er hinterließ, schmerzten nicht an der Oberfläche, sondern mit Verzögerung, tief drinnen. Aber eigentlich glaubte ich das nicht, denn mir war es durch den Tod meiner Eltern ebenso ergangen, und solange man Menschen um sich hatte, die Liebe und Geborgenheit gaben, blieb der Schmerz erträglich.

Leonie würde nun bei ihren Großeltern aufwachsen, so wie ich bei meiner Oma aufgewachsen war. In ein paar Jahren würde sie vielleicht sogar »Mama« und »Papa« zu ihnen sagen.

In ihrer linken Hand trug Leonie einen kleinen Blumenstrauß, den wir auf dem Weg hierher besorgt hatten. Leonie hatte ihn selbst ausgesucht. Es waren kleine Sonnenblumen, nur Sonnenblumen, nichts anderes, darauf hatte sie bestanden, weil Mama nur Sonnenblumen gemocht hatte.

Was geschah mit solchen Details? Mit Erinnerungen, die sich schon jetzt tief eingegraben hatten? Die konnten doch nicht einfach so verschwinden!

Den Weg zum Grab hatte ich mir von Gero erklären lassen, trotzdem verliefen wir uns auf dem großen Areal zunächst. Irgendwann fanden wir aber die frische Grabstelle.

Einen Grabstein gab es noch nicht. Kränze mit beschrifteten Schärpen und vertrocknete Blumengestecke bedeckten es. Davor stand eine Reihe roter Grablichter, die angezündet waren. Angel war heute in der Früh schon hier gewesen – wie jeden Tag, seitdem ihre Tochter gestorben war.

»Wow, hat deine Mama viele Blumen«, sagte ich.

Leonie nickte.

»Von allen Menschen, die sie lieb hatten. Das macht man so, wenn jemand tot geht.«

Ich hatte auch einen Blumenstrauß dabei. Leider keine Sonnenblumen, denn diese Vorliebe von Jessi hatte ich nicht gekannt. Wie so vieles andere auch nicht. Unsere gemeinsame Zeit war viel zu kurz gewesen, zu kurz für die Details eines Lebens und auch zu kurz für die Vergangenheit. Vielleicht war sie aber gerade deshalb so intensiv gewesen, weil wir uns nur im Hier und Jetzt gekannt hatten.

Ich legte den Blumenstrauß auf die anderen, während Leonie ihre Sonnenblumen mit großer Ernsthaftigkeit einzeln verteilte. Ich beobachtete sie dabei und musste mich zusammenreißen, um die erneut aufsteigenden Tränen zurückzukämpfen.

Nicht hier vor der Kleinen, ermahnte ich mich.

Leonie kam zurück zu mir. Gemeinsam betrachteten wir die Grabstelle.

Dann holte ich das Foto heraus und zeigte es Leonie.

Genau wie jenes, das ich auf dem Chimborazo zurückgelassen

hatte, war auch dieses in Plexiglas eingeschweißt. Es war nicht besonders gut gelungen, leicht verwackelt und unscharf, und würde anderen nichts sagen, aber mir und Jessi schon, und das reichte.

»Siehst du, das kleine Bild dort zwischen den Steinen?«, fragte ich Leonie.

»Das ist Mama! Und daneben bist du!«

»Genau. Ich hab ein Bild von deiner Mama auf einen ganz hohen Berg gebracht. Da bleibt es jetzt für immer.«

Leonie schaute mich nachdenklich an.

»Wie hoch ist der Berg?«

»Manche sagen, er ist der höchste der Welt.«

»Bis in den Himmel?«

Ich nickte.

»Wenn man da oben ist, kann man den Himmel berühren.«

Ich stellte die Fotografie zwischen die Grabkerzen.

»Warum hast du Mamas Bild auf den Berg gebracht?«, fragte Leonie.

Na ja, damit hätte ich rechnen müssen, oder? Sie fragte einem Löcher in den Bauch, und viele ihrer Fragen waren unbequem, weil sie so ehrlich und geradeheraus waren. Wie diese. Ich wusste die Antwort, nur hatte ich sie zuvor nicht in Worte gefasst. Als Gefühl war sie aber schon lange da.

Ich saß in der Hocke, Leonie lehnte sich an mich, und ich legte ihr einen Arm um den Rücken.

»Weil deine Mama meine Antwort auf Vielleicht ist.«

Sternencruiser

Und das war weder übertrieben noch kitschig, sondern einfach die Wahrheit.

Jetzt, vier Monate, nachdem Jessi gestorben war, zeigte es sich besonders deutlich.

Jessis Einfluss manifestierte sich in einem Gegenstand, der auf dem Hof vor Oma Olgas Haus stand.

Ein gebrauchter dunkelblauer VW Caddy, beklebt mit einer Folie, die verschiedene Sternenkonstellationen nachbildeten. Er war für Rollstuhl- und Liegendtransporte ausgestattet und verfügte über ein Panoramadach von vorn bis hinten – ein nachträglicher Extraeinbau, auf den ich trotz der hohen Kosten bestanden hatte.

Auf beiden Türen und der Heckklappe befand sich ein dezenter Schriftzug.

Sternenfahrten

Meine Firma!

Ich hatte einen gemeinnützigen Verein gegründet, der sterbenskranken Menschen eine letzte Fahrt zu einem Ort ihrer Wahl ermöglichte. Die Krankenkassen zahlten für Behandlungsfahrten, nicht aber für Abschiedsfahrten, nicht für letzte Wünsche, die sonst in vielen Fällen auf immer unerfüllt blieben, und ich war selbst erstaunt über die große Nachfrage, auf die ich gestoßen war.

Mittlerweile führte ich bereits eine lange Warteliste, und es kamen immer noch mehr Anrufe. Angehörige, die durch Presseberichte von meinem Service gehört hatten und geliebten Menschen eine Freude bereiten wollten.

Aber der Weg dorthin war nicht leicht gewesen. Dagegen

empfand ich die Besteigung des Chimborazo nachträglich als Kinderspiel. Sponsoren zu finden war schwierig, ich hatte wochenlang Klinken putzen müssen, und es war auch nur gelungen, weil einige Menschen mir geholfen hatten. So hatte Conny Frei ihre Plattenfirma zu einem Sponsoring überredet, und ich befand mich im Gespräch mit einer Sicherheitsfirma, an die ich ohne diesen Kontakt niemals gekommen wäre. Ingos Veranstaltungsservice, die Hundefutterfabrik, in der jetzt nur noch Gero arbeitete, sowie der Motorradclub, in dem er und Angel aktiv waren, spendeten ebenfalls. Und, was mich besonders freute, die Bestrahlungsklinik von Carl dem Großen sprang ebenfalls mit einer nicht unerheblichen Summe bei. Ich hatte meinen Stolz überwunden, war hingegangen und hatte meine Idee vorgetragen. Wider Erwarten hatte ich ein gutes Gespräch mit Professor Urban gehabt und anschließend auch mit Willi-Chef, der sich bereit erklärt hatte, mir über seine Kontakte einen günstigen Wagen zu organisieren.

Und da stand er nun.

Der Sternencruiser.

Auf dem Kennzeichen die Buchstaben und Ziffern HB JB 17.

Reich würde ich mit dem Job nicht werden, zumindest an monetären Maßstäben gemessen. Im Moment konnte ich mir nicht einmal ein Gehalt zahlen, lebte immer noch von Opas Vermächtnis und Omas Hilfe, aber das würde sich ändern, und ich würde umso reicher an Erfahrungen werden, die kaum ein Mensch sonst machte, würde Abenteuer erleben, die weit über das Besteigen von Bergen hinausging.

Und heute stand die erste Tour an.

Eine alte Dame, mittellos und schwer krank, die noch einmal an die Küste wollte. Viele wollten an die Küste, viele aber auch zu einem Ort, der große Bedeutung in ihrem Leben gehabt hatte. Es schien, als würden die letzten Tage im Leben eines Menschen geprägt von einer großen Sehnsucht nach vergangener Zeit.

Auf meinen besonderen Rat hin fuhren wir in einer sternenklaren Nacht.

Denn eines wusste ich, dank Jessi Bischoff:

Unter den Sternen war die Zeit unendlich.

Liebe Leserinnen und Leser,

einen Teil dieser Geschichte habe ich erfunden, einen anderen selbst erlebt. Jahrelang fuhr ich ein Krebstaxi und bin in der Enge des Wagens dem Schicksal vieler Menschen sehr nahegekommen. Keines hat mich so sehr berührt wie das von Jessi Bischoff, die im wahren Leben einen anderen Namen trug. Diese Geschichte schrieb ich in Gedenken an sie. Und während ich sie schrieb, stieß ich bei Recherchen in der Tageszeitung auf einen gemeinnützigen Verein, der todkranken Menschen mit dem Konzept der Sternenfahrten einen letzten Wunsch erfüllt. Der Initator, Frank H. Wenzlow, lebt in meiner Nachbarschaft, seiner Idee ging ein schwerer Schicksalsschlag voraus, und ich finde es bewundernswert, was daraus erwachsen ist.
Das Team vom Ambulance-Service-Nord e.V. arbeitet ehrenamtlich, in der Freizeit, ohne Bezahlung, nicht einmal eine Aufwandsentschädigung bekommen sie. Sie machen es für die Dankbarkeit und Freude im Blick ihrer Fahrgäste. Da sich dieser Verein über Spendengelder finanziert, möchte ich genau dazu aufrufen. Jeder Euro hilft!

Ambulance-Service-Nord e.V.
IBAN: DE90 2915 1700 1530 0050 06
BIC: BRLADE21SYK

Vielen Dank!
Euer Hendrik Winter